KB056886

나 는 왜 말 이 많은가

일러두기

- 퍼스널은 글쓴이가 2019년부터 운영해 온 공간의 이름입니다.
- 본문 중 3인칭으로 지칭되는 '퍼사장'은 글쓴이 자신입니다.
- 글쓴이가 스스로를 '퍼사장'이라 지칭하는 건, 퍼스널이란 공간의
  손님들 대부분이 언제부터인가 그를 그렇게 불러왔기 때문입니다.
- 여전히 사람들은 글쓴이를 '퍼사장'이라 부릅니다.

contents

들어가는 말

004

2021

009

2020

171

2019

501

들어가는 말

이 책의 글들은 지난 3년 동안 '퍼스널'이란 공간을 운영하며 써온 것들입니다. 보기에 따라 일기, 또는 공지사항 정도로 분류할 수 있겠네요. 그 간극이 크다 해도 어쩔 수 없습니다. 정말 매일 같이 손님들을 상대로 해온 말들이니까. 받아들이기에 따라 개인적인 글로 보일 수도 있고, 공적인 글로 여겨질 수도 있겠죠. 어쨌든 제가 해온 말들임에는 틀림없습니다. 어떤 이들은 카페, 또 다른 이들은 개인 작업실로 기억하는 공간을 운영해오면서 말이죠. 그래요, 그 공간 또한 보기에 따라 공적인 공간으로 보일 수도 있고, 사적인 공간으로 여겨질 수도 있겠네요. 3년이란 시간을 정신없이 보낸 줄만 알았는데, 나름의 일관성은 있었나 봅니다.

아무튼 이제 서문이란 걸 쓰고 있긴 하지만, 솔직히 후기에 가까운 글이 아닐까 생각한 건 바로 그 때문이에요. '보통의' 작가들이 '보통의' 책을 엮어내는 방법과 달리, 다른 의도를 가지고 썼던 글들을 한데 모아 결과물로 내려는 것이니 말입니다. 어째서 나는 이런 글들을 써왔던 것일까. 이제 와 돌이켜 보니, 계획대로 된 것이 거의 없더군요. 작가가 되고 싶어 작업실을 연다는 것이 카페가 되었고, 이왕에 카페가 되었으면 동네 주민들을 위한 공간이 되길 바랐는데, 졸지에 힙한 공간으로 몰려 각지에서 사람들이 찾아들었으니 말입니다. 심지어 항변을 한다고 썼던 글들마저 사람들의 흥미만 자극하게 된 걸 보면, 진정 저는 흐름을 역행하며 지난 3년을 보낸 건지도 모르겠습니다. 어쩐지 사는 게 그리 고단할 수가 없더라니.

아마 이 책은 그 역행의 증거물인지도 모르겠습니다. 일이 마음먹은 대로 풀리지 않는 것에 대한 푸념부터, 그 수습을 위한 호소와 회유, 때로는 협박까지. 흐름을 거스르기 위해 어떤 노력을 행해왔는지가 여기에 다 쓰여 있죠. 그래서 말인데, 이렇게 읽어주세요. 여러분이 '퍼스널'이란 공간을 알고 있든, 모르고 있든. 그 공간을 카페로 생각하든, 개인 작업실로 생각하든. 그리고 이 글들을 개인적이라 여기건, 공적이라 여기건. 그건 그다지 중요하지 않습니다. 그저 한 '보통의'사람이 이런 마음을 가지고 살아왔구나, 누구나 그러하듯 만만치 않은 일상 속에서 제 나름의 방법으로 최선을 다해왔구나 생각하며 읽는다면 말이죠. 제법 읽을 만한 책 한 권이 아닐까 싶네요.

나는 왜 말이 많은가

2021

저는 한 번씩 '스티브블래스 증후군'을 겪곤 합니다. 일종의 '입스'인데, 쉽게 말하자면 평소 능숙하게 해낼 수 있는 일을 갑자기 하지 못하게 되는 증상이에요. 말하고 보니, 그다지 쉬운 설명인 것 같지는 않네요. 하지만 말씀드린 그대로입니다. 늘 하던 일인데, 한순간 하지 못하게 되는 증상이죠. 마치 '기억 상실증'에 걸린 환자가 가족의 이름을 기억해내려고 할 때처럼, 그저 아득한 느낌만이 가득할 뿐입니다.

사실 '스티브 블래스'는 6, 70년대 메이저리그에서 활약했던 한 야구선수의 이름이에요. 한때 리그 최고 중 한 명으로 손꼽혔던 투수이며, 특히 72년에는 19승의 성적을 거두며 올스타로 선정되기도 했죠. 데뷔 8년 만에 통산 100승을 이룩한 전도유망한 선수였습니다. 그런데 그 이듬해인 73년, 공교롭게도 이 선수는 공 던지는 방법을 새하얗게 잊고 맙니다. 아니, 정확히 말하자면 '스트라이크'를 던지지 못하게 된 것이죠.

이를 두고 많은 전문가들이 이런저런 분석을 내놓았습니다. 우선 신체적으로 아무 문제가 없었던 만큼, 정신적인 면에서 문제를 찾으려 한 이들이 많았는데요. 그중 유력한 주장 중 하나가, 같은 팀 동료이자 친한 친구였던 '로베르토 클레멘테'의 사망이 큰 스트레스로 작용했을 거라는 것이었죠. 실제 야구선수 중에는 평소 멀쩡하던 선수가 중요한 경기 때마다 번번이 실수를 한다던가,

상대 선수를 다치게 했던 경험 때문에 야구를 포기한다던가 하는 일들이 종종 있답니다.

하지만 당사자인 '스티브 블래스'는 시간이 지나고 그 조차 원인이 아니었다 밝혀요. 자신이 공을 던지지 못하게 된 것은 스트레스 때문이 아니었으며, 신체적 문제 또한 더더욱 아니었다고 스스로 밝히고 나선 겁니다. 정말 귀신이 곡할 노릇이죠. 세상에서 공을 가장 잘 던지던 사람이 어느 날 갑자기 공 던지는 방법 자체를 잊게 됐다니 말이에요. 이후 사람들은 이 같은 증상을 그의 이름을 따 '스티브블래스 증후군'이라고 부르고 있습니다.

저의 경우 해당 증상이 그림을 그릴 때 종종 발생하곤 해요. 그림 실력을 떠나서 늘 해오는 것임에도 불구하고, 어느 날 갑자기 손 드로잉을 할 수 없게 되는 것이죠. 정말이지 내가 그림이라는 걸 그렸던 적이 있었던가 의심이 들 만큼 드로잉이 낯설게만 느껴집니다. 어찌 보면 여기서 저기로 선을 긋는다는 건 볼펜을 들 힘만 있으면 가능한 일임에도, 생각했던 것과는 전혀 다른 선을 긋고 있는 자신을 발견하게 되죠.

그럴 때 힘이 되어준 것이 바로 이 피드의 글들입니다. 지금 당장 어찌할 수 없는 것은 잠시 잊고 여러분과 소통을 하다 보면, 어느 순간 자연스레 손끝의 감각이 돌아와 있더군요. 한동안 드로잉 좀 하지 않는다고 세상이 두 쪽 나는 것도 아니잖아요? 당장 어찌할 수 없는 것을 붙들고 늘어졌더라면 괜히 마음에 상처만 입었을 테죠. 실제 '입스'는 불안감에서 오는 근육의 경직이 원인인 경우가 많다고 해요. 반대로 말해, 해당 행위에 대한 불안을 잊는 것이 해결 방법인 셈이고요.

제가 불안에서 벗어나 현실로 돌아올 수 있도록 도와주셔서 감사합니다. 저의 많은 말들에 대한 여러분의 호응이 제 생각과 마음에 많은 자신감을 주었어요. 누군가 내 말에 귀를 기울여주는 이들이 있고, 한뜻으로 공감해 주는 이들이 있다는 것이 스스로를 믿을 수 있는 힘이 되어주었죠. 덕분에 지난 3년, 나 자신을 잃지 않고 무사히 헤쳐 나올 수 있었습니다. 오늘도 저는 '스티브블래스 증후군'을 겪고 있지만, 내일을 비관하지 않네요.

여러분은 어땠나요? 제게 그랬듯 이 피드에서의 소통이 여러분께 불안을 이길 수 있는 재미와 미래로 나아갈 수 있는 용기를 주었나요? 아마 모두에게 같은 의미일 순 없었을 것이고, 그 효과 또한 매 순간이 달랐을 테지만 누군가 한 명이라도 그 나름의 것을 얻어 갈 수 있었다면 말이죠. 그것만으로도 충분히 의미 있는 소통이 아니었나 싶습니다. 오늘은 2021년의 마지막 날, 함께 마무리해주어서 고마워요. 내일이면 많은 것들이 달라질 테지만, 자신감 가득 안고 새롭게 시작해 봅시다.

12월 22일

퍼사장은 여간해선 음식을 가지고 질린다는 소릴 잘 안 합니다.

아, '안 한다'가 아니라 실제로 질리는 일이 '잘 없다'라고 하는 것이 맞겠네요. 뭐가 문제인 건지, 남들처럼 어떤 한 음식을 지속적으로 먹으면서 지겹다고 느끼질 못해요. 제가 안주로 일주일 이상 회만 먹는 걸 여러분도 보셨잖아요? 웬만해선 주는 대로 먹는 편입니다.

아마 익숙해서 일 거예요. 제가 동생과 함께 어머니 밑에서 자란 건 이미 많은 분들이 아실 테니까, 그 당시 어머니께서는 홀로 저희를 키우시느라 많이 바쁘셨습니다. 어머니께서 미리 해두신 밑반찬이나 국, 찌개 등을 냉장고에서 꺼내 데워 먹는 건 당연한 일이었죠. 너무나도 당연한 것이어서 이를 두고 이상하게 느껴볼 겨를도 없었던 거 같네요.

그러다 최근에서야 알게 되었습니다. 생각보다 많은 분들이 매일 다른 새 반찬을 먹으며 자랐다는 걸 말이죠. 제 아내만 하더라도 장모님께서 찬 반찬을 내어주신 일이 없었다고 해요. 늘 새로 준비한 밥상이 기다리고 있었다는 겁니다. 저는 달랐어요. 사나흘에서 길면 일주일쯤은 동일한 식단을 먹으며 살아왔죠. 오히려 제 입장에선 매일 다른 반찬을 먹는다는 게 이상하게 느껴질 정도랍니다.

여기에 정답 같은 건 없어요. 각자 최선을 다하며 살아왔고, 살고 있고, 살아갈 겁니다. 밥 같은 건 이렇게 먹을 수도, 저렇게 먹을 수도 있는 것이죠. 마치 사람마다 샤워를 하는 순서가 다르고, 뷔페에 가서 선호하는 음식이 다른 것처럼 말이에요. 밥 먹는 습관 따위가 다르다고 해서 저를 사랑으로 키워주신 어머니의 마음이 곡해될리 없습니다. 덕분에 제가 반찬 투정 없는 어른으로 자랐으니 고마운 일이잖아요?

그런데 그런 저도 좋아하지 않는 음식이 하나 있습니다. 그건 다름 아닌 라면이에요. 저런, 여기저기서 탄식 소리가 들려오네요. 하지만 그렇다고 없는 애정을 만들어 내고 싶지 않습니다. 저는 라면이란 음식이 그저 그래요. 솔직히 일주일에 사오일은 라면으로 끼니를 해결하는 요즘은 지겨워 미칠 지경입니다. 질려요, 질려. 출근해서 라면 먹을 생각을 하면 한숨부터 나온답니다.

물론 제 입에도 라면이 맛있게 '느껴지긴' 하죠. 애초에 맛있게 느끼라고 각종 성분을 첨가한 결과물이 라면인데 맛이 없을 수가요. 다만 몇 젓가락 먹다 보면 늘 후회가 뒤따릅니다. "정말 다른 선택지가 없었던 것일까" 그렇게 꼭 마지막 몇 젓가락을 남기고 말죠. 지겨워요, 그 한 봉지 다 먹는 게. 아마도 음식에 질린다는 건, 재미가 없다는 의미일지도 모르겠습니다. 세상 모든 일이 재미없이는 하기가 싫은 법인데, 먹는 일이라고 다를 리가 없잖아요.

밥과 끼니는 다른 거예요. 밥은 먹는다고 표현하지만, 끼니는 때운다고 하는 것만 봐도 그렇죠. 제게 라면은 끼니 그 자체입니다. 어려서 고시원을 전전하던 시절이 있었어요. 바퀴벌레 좀 나오고, 모르는 사람과 섞여서 씻고 싸야 해도, 보증금 없이 몸 뉠 공간이 있다는 것만으로도 감사하던 시절이었죠. 그때 희망과 기운 말고도 넘쳐나던 것이 바로 '진라면'이에요. 라면 중에서도 가장 싸다 보니 어느 고시원을 가던 제공되는 끼니라곤 '진라면' 밖에 없었습니다. 그 맛없는 걸 꾸역꾸역 먹으며 버텼었네요.

산다는 건, 하고 싶은 걸 하기 위해 하기 싫은 걸 버텨내는 과정인 것 같습니다. 하다못해 라면을 좋아하는 사람도 그 라면을 먹는데 걸리는 시간은 5분 남짓이지만, 라면 살 돈을 벌기 위해 한 달을 꼬박 일해야 월급이 나오잖아요? 우리 모두는 인생의 대부분을 지겨운 일들로 채우게 될 가능성이 높아요. 그럼에도 우리가 이렇게 열심히 살아가는 건 말이죠. 결국 돌이켜보면 그 모든 게 행복이라는 걸 알고 있기 때문일 겁니다. 성공을 위한 노력이 불행일 리 없죠. 오늘도 지겹게 힘껏 달려봅시다. 행복을 향한 길은 따로 없으니.

12월 18일

솔직히 이 피드의 글들을 읽는 분들 중에는 저를 뭔가 깨달음을 얻은 사람처럼 대하는 분들도 있지만, 아니에요. 전혀 그렇지 못합니다. 저 역시 뒤늦은 반성이나 후회에 대해 글을 쓸 때가 많죠. 이런 걸 '현자 타임'이라고 하나요? 아마 그래서 유독 이 글들 중에는 옳은 소리가 많을 거라 생각합니다.

하지만 어쩌겠어요. 퍼사장 역시 사람인 걸. 많은 분들이 우스갯소리로 "퍼사장님은 커피보다 술이 잘 어울려요."라고 말할 만큼 제가 술을 즐기는 것만 봐도 '사이즈'가 딱 나오잖아요? 누구나 그렇듯 수많은 번뇌와 갈등 속에서 살아가지만 남들처럼 좋은 취미 생활로 풀어낼 엄두는 못내고 알코올의 힘만 빌리고 있는 상황입니다. 꾸준히 퍼스널을 찾아오시는 분들은 이 공간에서 시간을 보내는 것만으로도 스트레스를 풀던데, 그분들이야말로 저보다 나은 분들이라 할 수 있죠.

저는 오늘도 번뇌의 시간을 보내며 출근을 했습니다. 여전히 의문이에요. 이 스트레스를 어찌 풀어야 할지 결국 답을 내지 못했죠. 아무래도 새로운 프로젝트가 순조롭게 론칭이 될 때까진 별도리가 없을 것만 같아요. 술이나 퍼마셔 뎔 것 같습니다. 새로운 단계로 나아가겠다 주 5일로 영업시간을 바꾼 게 벌써 몇 달 전인데, 여전히 그 끝이 보이지가 않아요. 이러다 해를 넘길지도 모르겠다는 불안감에 떨고 있죠.

믿지도 않는 신이 있다면 묻고 싶습니다. 내가 잘 하고 있는 짓이냐고 말이에요. 스스로 능력이 부족하다 생각하는 분야에 도전하기 위해 이렇게 큰 모험을 해도 되는 것인지 묻고 싶죠. 당장 이 피드만 봐도 퍼사장을 찾는 팔로워가 이삼백 명은 줄어들었고, 퍼스널 또한 매출의 급감을 피하지 못했는데 계속해서 가속 페달을 밟아도 되는지 궁금하기만 해요. 이럴 땐 정말이지 엄마나 선생님의 허락을 구하는 아이가 된 것만 같습니다.

그런데 조금 더 깊이 생각해 보면, 제가 언제 어른들의 말을 잘 들었던 적은 있었나 싶네요. 그래요, 오지게 말 안 듣고 지 하고 싶은 대로 하면서 살다가 여기까지 온 인생인데, 이제 와서 안정감을 얻자고 누군가의 조언을 구한다는 것이 가당키나 한 일이겠습니까. 믿지도 않는 신에게 마음의 평화를 달라고 하는 것만큼 이기적인 행동도 또 없겠죠.

끝까지 가볼랍니다. 칼을 뽑았으면 무라도 하나 잘라야 된다는 말보단 엎지른 물은 주워 담을 수 없다는 말이 더 와닿지만 말이에요. 지금 잘 하는 일들도 처음에는 서툰 일들이었을 테니, 결국엔 이 또한 해낼 수 있을 거라 믿어 볼랍니다. 여러분 중에도 지금 이 순간 많은 갈등 앞에 서 계신 분들이 있을 거라 생각해요. 왜 안 그렇겠어요. 산다는 게 원래 번뇌인 것을. 갈등 없이 살아갈 순 없겠지만, 부디 그 안에서 용기 잃지 않길 바라겠습니다. 처음 시작부터 그랬던 것처럼 마지막까지 퍼스널이 여러분을 응원할게요.

12월 16일

어려서 사람들이 "오제이심슨, 오제이심슨"하고 떠드는 것만 들어봤지, 그게 무슨 말인지는 잘 몰랐었어요. 그러다 성인이 돼서 책을 읽었는데, 그에 대한.. 아니, 그 사건에 대한 이야기가 나와 있어 알게 되었습니다. 'oj 심슨'이란 은퇴한 미식축구선수가 그의 전처와 그 애인을 죽인 혐의로 전대미문의 재판을 받았었다는 걸 말이죠.

이게 참 기가 막힌 사건이에요. 범죄현장에서 발견된 모든 증거가 그의 범행을 가리키고 있었는데 무죄 판결이 나왔거든요. 심지어 그의 dna가 현장 곳곳에 넘쳐났음에도 배심원단은 'oj 심슨'의 손을 들어 주었죠. 아마 배심원들이 아닌 판사가 평결을 내렸어야 했다면 무죄라는 면죄부가 주어지지는 않았을 겁니다. 그는 사형과 가석방 없는 종신형이라는 가혹한 선택지 중 하나를 골랐어야 했을 테죠.

워낙 자극적인 소재이다 보니, 미국에서 해당 재판을 가지고 드라마를 제작했어요. 혹시 넷플릭스를 이용 중이라면 추천드립니다. 자극적인 장면 하나 없는 드라마 장르의 작품이지만, 완성도 높은 스토리 덕분에 굉장한 흡입력을 자랑하거든요. 할 일 없는 주말쯤은 거뜬히 재미있게 보낼 수 있을 겁니다. 저 역시 몇 날 며칠 밤 이 드라마를 본다고 늦잠을 잤을 정도죠.

이런 장면이 나와요. 'oj 심슨'의 화려한 변호인단에게 시종일관 시달리던 검사 하나가 야심찬 이벤트를 준비합니다. 생중계 중인 재판에서 범행 현장에서 발견된 장갑을 'oj 심슨'의 손에 껴보게끔 만들려고 하죠. 사람들의 집중을 끌기 위한 회심의 일격으로 말입니다. 진실을 말하고 있는 건 검사들인데, 배심원단의 관심은 오로지 변호인단의 화려한 술수에만 집중이 되어 있었거든요.

그때 동료 검사가 이를 말립니다. 결국 승리를 위해선 진실만이 필요할 뿐인데, 애써 저들과 같은 방법을 쓸 필요가 없다면서요. 아무리 변호인단이 주의를 흐트러뜨리기 위해 애쓴다 한들, 중요한 건 본질일 뿐이라고 말하죠. 하지만 해당 검사는 이 조언을 무시해요. 당연한 진실보다는 흥미로운 가십에만 관심이 많은 세상 사람들 때문이라도 쇼가 답일 때가 있다고 말입니다.

안타깝게도 그의 쇼는 무죄 판결에 도움이 되는 결정적 실수가 되고 말아요. 장갑이 'oj 심슨'의 손에는 작았던 것이죠. 이미 'oj 심슨'에게 가정폭력의 전력이 있고, dna라는 반박 불가한 증거가 있었음에도 배심원단은 고작 장갑 사이즈 때문에 무죄를 선고합니다. 사람들이 진실에 집중하지 못하도록 갖가지 쇼를 한 변호사들의 계략이 먹혀든 거예요. 실제 그 재판 이후 해당 변호사들의 몸값만 치솟게 됩니다.

세상의 이런 부조리만 놓고 보면 참 답답하죠. 비록 그 말들이 거짓일지라도 자극적이고 화려하기만 하면 사람들이 쉽게 혹하니 말이에요. 그래서인지 갈수록 많은 사람들이 '쇼'를 하기 위해 애를 씁니다. 인스타그램만 봐도 춤추는 사람들의 동영상들이 도배가 되어 있잖아요? 언제인가부터 인스타그램노, 그 본질은 사라지고 물질만능주의의 광고판 노릇만 하는 것 같네요.

하지만 여러분, 그래서 더욱 본질이 중요합니다. 많은 이들이 놓치고 있다고 해서 나마저 그 진실을 외면해 버리면 아무것도 남지 않아요. 'oj 심슨' 재판의 검사처럼 말입니다. 재판에 이기기 위해선 바뀌지 않는 진실 하나면 충분했는데 그걸 잊었던 것이죠. 여러분 자신에 대해선 스스로가 가장 잘 아는 법입니다. 이는 여러분 존재에 대한 명백한 증거와 같아요. 그 증거들을 믿고 여러분만의 길로 나아가시길 바랍니다. 진실을 향해, 본질 그대로.

12월 11일

퍼사장이 걸어서 출근을 하려면, 해운대 해수욕장을 끝에서 끝까지 가로질러야 합니다. 해안가를 따라 걷다가 수영강을 건너는 경로가 최단 거리이기도 하고, 딱히 이 경로 말고는 도보에 적합한 길이 없거든요. 바다를 끼고 백사장을 따라 걷다 보면 해운대 해수욕장의 광활함이 새삼 놀랍게 느껴지곤 한답니다.

그런데 오늘은 아침부터 바닷가에 사람들이 가득하더군요. 아마 주말을 맞아 부산으로 놀러 온 여행객들이었을 테죠. 느릿느릿 몰려다니는 인파를 피하기 위해 해변가 대신 대로변 인도로 길을 잡았답니다. 동네 주민인 제 입장에선 하루 정도 바다를 안 보고 걷는다고 문제가 될 것도 아니니까요.

아무튼 그렇게 대로변을 걷다가 발을 동동거리고 선 꼬맹이 두 녀석을 보게 되었습니다. 처음엔 무슨 일인가 했는데, 자세히 보니 녀석들 중 한 녀석의 킥보드 헬멧이 도로로 굴러떨어졌더군요. 끝없이 달려오는 차량의 행렬이 그 곁을 아슬아슬하게 빗겨지나 가고 있었죠.

어느 한 대 멈춰 서는 차가 없었습니다. 헬멧이 제법 도로 깊숙이 떨어져 있었지만 자동차 행렬의 속도는 줄어들 기미조차 보이지 않았어요. 그 곁에 서서 발만 동동거리는 꼬맹이들의 모습이 위험천만해 보였습니다. 안 되겠다 싶어 도로가로 바짝 붙어 섰죠. 손을 내밀어 차를 세워볼 요량이었습니다. 반대편에서 걸어오던 할아버지 두 분도 같은 생각을 하신 것 같았어요.

그때 차 한 대가 멈춰 섰습니다. 저와 할아버지 두 분이 채 손을 내밀기도 전이었는데, 갈 길 바쁜 차들로 가득한 도로 한가운데서 흰색 카니발 한 대가 비상등을 켜고 멈춰 섰죠. 뒤따르던 차들이 추월해 보겠다고 뒤엉키고 있었지만, 꼬맹이가 헬멧을 주워 들고 무사히 인도로 올라설 때까지 한참을 서서 기다려 주더군요. 헬멧을 안아들고 90도로 허리를 숙여 인사하는 꼬맹이 두 녀석까지, 오랜만에 보는 완벽한 모습이었습니다.

아마 할아버지 두 분은 물론이고, 카니발 운전자 역시 같은 마음이었을 거라 생각합니다. 대화 한 마디 나누지 않았고, 그대로 모두들 제 갈 길 갔지만, 절로 미소가 지어질 수밖에 없는 상황이었죠. 오늘 하루는 이 따뜻함으로 버틸 수 있을 것 같네요. 그래요, 우리가 누군가를 위해 친절을 베푸는 건, 어쩌면 우리 스스로를 위해서인지도 모르겠습니다. 작은 친절과 함께 하는 하루 보내시길 바랄게요.

12월 8일

이렇게 글을 쓰는 건 참 오랜만인 듯하네요. 나름의 바쁜 나날들을 보내고 있는 덕분에 좀처럼 여유가 나질 않더군요. 사실 지금도 일단 키보드 앞에 엉덩이 붙이고 앉기는 했지만, 여전히 처리할 일들이 많아 머릿속은 뒤죽박죽 정리가 되질 않는답니다. 그래도 오랜만에 '여러분'과 퍼스널만의 소통을 해볼까 해요. 여담이지만, 많은 분들이 퍼사장이 '여러분'이란 단어를 쓸 때 가장 재밌어하더군요. 그래요, 저 역시 여러분을 부르는 것만으로도 가슴 뭉클해지는 뭔가가 느껴지네요. 3년 가까이 입에 달고 살았던 말이니 그럴 만도 하지요.

아무튼, 어제는 일과를 마치고 영화를 한 편 봤습니다. 이미 밤은 늦었지만, 그렇게나마 스스로에게 작은 여가를 선물해 주고 싶었어요. 넷플릭스에 로그인해 최대한 짧고 밝아 보이는 영화를 한 편 골랐죠. 일종의 명랑 드라마였어요. 1999년을 살아가는 십대들의 성장기를 다룬 작품이었습니다. 감회가 새롭더군요. 저 역시 같은 시기 '펑크록'에 푹 빠져 살았던 중학생이었거든요. 영화 속 주인공이 그렇듯 친구들과 믹스테이프를 돌려가며 듣곤 했었습니다. 2000년이 오면 '밀레니엄 버그'때문에 종말이 올지도 모른다 수군대면서 말이죠.

아마 예전 같았으면 영화 속 등장인물 중 10대들에게 푹 몰입을 했을 겁니다. 보통 그렇잖아요. 우리가 어떤 작품을 감상할 때 감정 이입을 하게 되는 대상은 보통 이야기를 이끌어가는 주인공인 경우가 많죠. 그런데 어제는 계속해서 그 주변 인물들에 몰입을 하게 되더군요. 분명 저 역시 1999년에는 십 대에 불과했었는데, 40대 성인 배역들에게 감정이입이 되었습니다. 10대의 나이에 아이를 낳고, 그 아이가 커서 역시 10대에 낳은 아이를 홀로 키워내느라 아등바등 살아가는 '워킹 그랜마'. 과거 록 밴드 생활을 청산하고, 작은 음반 가게를 운영하며 살아가는 '은둔 고수'.

처음엔 좀 서글펐어요. 내가 스스로 닮았다 생각하는 인물들이 극 중 주인공이 아니라 주변 인물들이라는 사실이 당황스러웠습니다. 결국 이렇게 나이가 들어버렸구나, 흘러간 세월의 무게가 고스란히 와닿았죠. 평생 달릴 거라고만 생각했지, 언젠가 걷게 될 날이 올 거라는 걸 저 역시 몰랐던 모양입니다. 그래도 다행인 건 이제라도 깨달았다는 거예요. 곱씹어 생각해 보니 나이가 들어감에 따라 삶의 방식이 달라지는 건 당연한 일이고, 그런 면에서 나름의 구실은 하면서 살고 있구나 싶더군요.

여러분은 어떨지 모르겠지만, 저의 경우엔 10대 시절 꿈꾸던 모습과는 많이 다른 삶을 살고 있습니다. 일단 그림을 그리게 될 줄도 몰랐을뿐더러, 이 나이쯤 되면 현금으로 집도 사고, 차도 사고, 다 할 수 있을 줄 알았어요. 하지만 막상 살아보니, 대출의 연속이네요. 정확히 확인해 보진 않았지만, 예닐곱 개의 대출은 끼고 사는 것 같습니다. 숨만 쉬어도 나가는 돈이 매달 몇 백만 원은 되다 보니 말 그대로 먹고살기 위해 아등바등 대고 있죠. 나가는 돈이 월세 몇 십만 원에 밥값이 전부였던 20대 시절에도 전혀 예상치 못했던 모습입니다.

그런데 말이죠. 이게 참 멋있어요. 얼핏 보면 꿈 많고, 혈기 넘쳤던 시절의 모습이 더 멋있어 보이지만, 자세히 들여다보면 스스로의 삶에 책임을 다하기 위해 최선을 다하는 지금의 모습이 훨씬 더 멋지다는 걸 알 수 있습니다. 무엇보다 포기하지 않고 끊임없이 꿈꾸고 있잖아요? 살아가는 방식만 달라졌을 뿐, 여전히 저는 제 삶의 주인공인 셈이죠. 그래서 지금의 바쁘고 정신없음이 조금도 싫지가 않습니다. 솔직히 힘들긴 해도 하루하루가 보람돼요.

여러분도 그런 날들을 보내고 있기를 바라겠습니다. 몇 분을 빼고는 다들 못 본지 꽤 된 거 같은데요. 부디 각자의 자리에서 최선을 다하며, 꿈꾸고 있길 바랄게요. 응원합니다.

11월 10일

소 잃고 외양간 고친다는 속담이 있죠. 일이 터지기 전에 미리미리 대비해야 한다는 가르침이 담겨 있어 다들 어려서 이미 배웠을 말인데요. 왜 하나만 알려주고 둘은 알려주지 않은 건지 모르겠습니다. 이왕 가르쳐줄 거면 살다 보면 지켜야 할 외양간이 정말 많을 거라는 것 정도는 함께 알려줬어야 하는 게 아닌가 싶어요.

얼마 전부터 엄지손가락 통증이 상당합니다. 통증을 잊으려면 진통제를 먹거나, 술을 마시는 수밖에 없을 만큼 말이죠. 이럴 줄 알았으면 엄지를 좀 더 아껴줄 걸 그랬습니다. 솔직히 아프기 전까지 제가 이렇게나 엄지를 혹사 시키는 줄 몰랐었거든요. 글을 쓰거나, 그림을 그릴 때는 물론, 커피를 내릴 때도 엄지에게 가장 힘든 역할을 맡기고 있었지 뭐예요. 막상 엄지에게 휴식을 주려 하니, 엄지 없이 할 줄 아는 일이 있기는 한 것인가 싶답니다.

다행히 수없이 많은 외양간들을 고치며 배운 바가 있다면, 소를 잃었다고 모든 게 끝이 난 건 아니라는 거예요. 전설적인 야구선수 '요기 베라'의 말처럼 끝날 때까진 끝난 게 아닌 만큼, 포기하지 않고 외양간을 고치는 것이 훨씬 더 중요한 일이죠. 소야 잡아 오든, 새로운 녀석들을 사 오든 다시 채워 넣으면 그만이잖아요? 외양간을 고치느냐 마느냐는 여전히 우리의 선택지로 남아있고 말입니다.

저는 고쳐 쓰는 걸 택할랍니다. 아직 해야 할 것도 많고, 하고 싶은 것들도 많은데 포기할 수야 있나요. 엄지손가락과 이루고 싶은 것들이 참 많은 만큼, 억한 심정 살살 달래주고 노동 강도도 줄여줘 가며 부탁해 봐야죠. 다시금 건강하게 함께 하자고 말입니다. 아마 여러분 중에도 생각지 않은 일로 어려움을 겪고 있는 분들이 있을 텐데요. 우리가 포기만 하지 않는다면 아직 끝난 게 아니란 걸 기억하며 이번 한 주도 힘을 내보시면 어떨까요?

11월 5일

느닷없이 어젯밤에 목에 담이 와서는 밤새 낫지 않더군요. 아침에
일어나서도 여전한 통증이 느껴져 출근길에 병원부터 들러야겠단
생각에 서둘러 나왔습니다. 타이밍만 잘 맞으면 치료를 받고 점심
까지 해결한 다음에 출근이 가능하겠다 싶었죠.

하지만 뭐, 모든 게 마음처럼 풀릴 수야 있나요. 막상 한의원
에 도착해서 보니 이런저런 이유로 찾아온 분들이 많아 치료만 받
기에도 시간이 간당간당해 보였습니다. 그나마 다행히 서둘러 달
라 부탁한 덕분에 퍼스널 오픈 시간 10분 전에는 진료를 마칠 수 있
었어요. 물론 식사는 출근해서 어떻게든 때우는 방법 밖에는 보이
지 않았지만 말입니다.

그런네 수납을 위해 대기하다 보니, 같은 상황에 처한 분들이
저 말고도 또 있더군요. 아마 오후 출근을 앞두고 치료를 받으러 온
분들이 몰릴 시간이 아니었나 싶어요. 그중엔 한의원의 단골로 보
이는 분도 있어 직원분과의 대화 내용까지 우연히 들을 수 있었죠.
"식사도 못하고 출근해서 어쩌냐"라는 걱정에 그분은 "별 수 있나"
라며 쿠키 몇 개 가져가서 먹겠다고 답했습니다.

듣고 보니 정수기 옆에 한의원에서 준비해둔 다과가 몇 가지
준비되어 있었어요. 그중 사과쿠키가 제법 부피가 있어 요기로 가
능하겠다 싶었습니다. 아니나 다를까, 조금 전 그분이 골라간 것
역시 사과쿠키 두어 개였죠. 반가운 마음에 한 수 배운다는 심정으

로 저도 하나 가지고 나왔답니다.

　참 다들 바쁘게 살아요. 분명 여러분도 점심시간 쪼개가며 병원도 가고, 은행 볼일도 보고 할 거라 생각합니다. 그러다 운 나쁘면 끼니를 거르기도 하면서 말이죠. 이렇게만 보면 세상사 서러울 일 투성이 같네요. 밥 먹을 땐 개도 안 건드린다는데, 우린 스스로의 식사시간마저 뺏어가며 사니 말입니다.

　오늘 식사들 잘 하셨나요? 배불리 잘 챙겨 먹은 분들도 있을 것이고, 저처럼 간단히 해결한 분들도 있을 테죠. 중요한 건 우리가 어떻게 끼니를 때웠는지가 아니라, 이 또한 다 과정이라는 겁니다. 하루하루만 보면 웃는 날도 있고 우는 날도 있겠지만, 이 모든 날들은 결국 목표로 나아가는 과정 중 일부에 불과해요. 그러니 의기소침해지지 말고 오늘도 힘내봅시다. 용기만 잃지 않는다면, 오늘도 우린 또 한 발자국 목표와 가까워질 수 있을 테니까 말이죠.

11월 3일

요 며칠 생각을 해봤는데, 나이 들어간다는 것이 보통 어려운 일이 아닌 것 같습니다. 다른 분들은 어떨지 모르겠지만, 솔직히 저는 20대를 넘어 30대를 맞이하고 40대로 나아간다는 게 마냥 설레기만 했었거든요. 하지만 근래에 들어 느낀 건, 제가 아직 뭔가를 깨닫지 못했다는 겁니다.

아직은 몰라요. 어렴풋이 코끼리 다리 만지듯 '그런 게 아닐까' 하는 추측만 하고 있을 뿐, 여전히 제게 세상은 뿌연 안갯속 같은 느낌이죠. 이쯤 되면 안개가 걷히고 볕이 내리쬐는 양지가 나올 줄 알았다가 여전한 안개에 갇혀 허둥대고 있는 느낌이랄까요. 솔직히 이젠 양지바른 곳이 나오긴 하는 걸까 싶네요.

이래서 나이만 먹는다고 어른이 되는 게 아니란 말이 있는 거겠죠? 그래요, 사는 게 쉽기만 한 일이었다면 그 많은 철학자들이 제각각의 이론을 설파하는 일도 없었을 겁니다. 웬만한 도서관을 가득 메우고도 남을 정도로 많은 철학서들이 존재하는 건, 매일 같이 삶의 진리를 깨닫기 위해 공부하는 이들조차 답을 내지 못했기 때문일 테죠.

아무래도 세상의 부조리라는 어둡고, 또 어려운 부분을 이제는 들쳐봐야겠습니다. 저는 어려서부터 시험공부를 할 때 좋아하는 과목 먼저 해결하고 보는 타입이었거든요. 좋아하지 않는 수학은 늘 마지막으로 제쳐두었다, 공부 하나 하지 않고 시험을 치기 일쑤였죠. 덕분에 다른 과목에서 비교적 나쁘지 않은 점수를 받고도, 낙제점에 불과한 수학 점수 덕분에 매 학기 시험을 망쳐버리곤 했답니다.

삶에서도 마찬가지인 것 같아요. 제가 세상의 부조리 따위는 알고 싶지 않다고 제쳐두고 덤벼든 모양입니다. 모든 것엔 양면이 있는데, 밝은 부분만 보고 어두운 부분은 보고 싶지 않다고 저기 어디 10년 전쯤에 두고 온 모양이에요. 학창 시절 시험은 망쳤어도,

한 번뿐인 삶을 망쳐버릴 순 없으니 다시 되짚어가야지요. 불혹의 단계에 다다르기 전에 빠뜨린 뭔가를 찾을 수 있길 바랄 뿐입니다.

그리스 신화 중 '시지프스'에 대한 이야기가 있어요. '제우스' 신이 '시지프스'에게 산 중턱에 있는 큰 바위를 산꼭대기까지 밀고 올라가야 하는 형벌을 내리죠. 하지만 그가 간신히 밀어올린 바위는 번번이 굴러떨어져 버립니다. 많은 분들이 애정 하는 철학자 '알베르 까뮈'는 이 '시지프스' 신화야말로 삶의 부조리를 가장 잘 나타낸다고 말했죠.

아마 저 뿐 아니라 많은 분들이 바위를 산꼭대기로 밀어 올리는 것과 같은 노력을 하며 살고 있으리라 생각합니다. 또한 우리의 노력이 결국엔 수포로 돌아가진 않을까 두려워하고 있다는 것 역시 알고 있어요. 하지만 여러분, 이 부조리를 향해 덤벼들어야만 결론이 납니다. 일단은 바위를 산꼭대기로 가져가야 굴러떨어지든, 그곳에 자리를 잡든 하는 것 아니겠어요? 저처럼 두렵다고 바위 밀기를 미뤄뒀던 분들이 있다면 지금이라도 다시 내려가세요. 그리고 힘껏 밀어 올립시다. 죽이든, 밥이든 지어보자고요.

많은 분들이 '타고난 재능'이란 게 있다고 믿습니다. 이를테면 '빈 센트 반 고흐'는 예술가가 되기 위해 태어났고, '김연아'는 피겨 스케이팅을 하기에 적합한 몸을 가지고 태어났다고 생각하는 것이 죠. 그래요, 솔직히 누가 감히 '김연아'보다 스케이트를 잘 탄다 고 말할 수 있겠어요. 그렇게 치면 아무래도 '재능'이란 무엇인가가 있을 것 같긴 합니다.

　하지만 그녀 스스로는 늘 말해왔죠. 지독하게 훈련을 해왔다고 말입니다. 다시는 타고 싶지 않을 만큼 스케이트를 많이 탔다고 해요. 그녀의 연기를 보고 있으면 그 모든 게 숨을 쉬는 것만큼이나 당연해 보이는데, 막상 당사자는 그렇게 간단한 일이 아니었다는 것이죠.

　'고흐'의 경우에도 마찬가지예요. 그가 여러 가지 다른 일들에 도전을 했었고, 그 대부분의 것들에 적응을 하지 못하다 그림의 길로 들어섰다는 건 이미 널리 알려진 사실 중 하나입니다. 그림조차도 살아생전엔 성공을 거두지 못했고 말입니다. 죽고 나서야 받은 인정을 '타고난 재능'이라고 말할 수 있을까요?

　물론 그들에게 '재능'이 없다 말하려는 것은 아닙니다. 아마 그들 스스로도 스케이트가 탈 만하니 탔을 것이고, 그림이 그릴만해서 그렸을 테니까, 그 또한 일종의 '재능'이라 볼 수 있겠죠. 하지만 확실한 건, 그들의 성공이 노력의 결과물이라는 것입니다. '타고난 재능'이란 불확실한 영역 대신, '끝없는 노력'이라는 확실한 영역에 배팅해 결과를 냈잖아요?

　사실 이렇게 말하는 저 역시 여러분과 마찬가지로 삶의 많은 부분들을 감에 의존한 채 살아왔습니다. 그 일례로 퍼스널에서 판매하는 커피만 봐도 그래요. 남들은 다 정확한 계량을 위해 자동 그라인더를 사용할 때, 손에 익은 직감을 믿는다며 수동 그라인더를 사용해 원두를 갈아왔죠. 이게 얼마나 지독한 똥고집인지 업계 종사자분들이라면 아시리라 생각합니다.

그러다 이번에 극심한 손가락 통증으로 레버를 당길 수 없게 되고 나서야 자동 그라인더를 사용하기 시작했는데요. 이게 그야말로 신세계입니다. 제가 그동안 거스른 것이 시대의 흐름뿐 아니라 최상의 맛인지도 모르겠다는 생각까지 했다니까요. 지난 3년 동안 퍼스널의 커피를 아껴주신 분들께 죄송한 고백이긴 하지만, 여러분께만큼은 솔직하고 싶어 말씀드리는 겁니다.

그뿐만이 아니죠. 사실 저는 그림을 시작하고 지난 몇 년간 밑그림을 그려본 적이 없어요. 그 흔한 스케치 한 장 그리지 않고 바로 그림을 그려왔습니다. '손이 가는 대로, 마음이 이끄는 대로' 그림을 그려온 셈이죠. 말 그대로 감에 의존해서 그려 온 것입니다. 이렇게만 말하면 또 '재능' 같은 걸 떠올리시는 분들이 있을 텐데 말이죠. 여러분이 아는 '고흐'의 그림들은 하나같이 스케치가 존재한답니다. 대가조차도 연필 드로잉 없이는 붓을 들지 않았다는 거예요.

이렇게 돌아보니, 제 자신이 얼마나 엉성하게 살아왔는지 알 거 같아 부끄럽기만 합니다. 그동안 얼마나 많은 것들을 그저 운에 맡겨 왔는가를 생각하면 고개조차 들지 못할 만큼 말이죠. 그래도 한 가지 다행인 건, 반성을 하고 있다는 겁니다. 모른 척 넘어가는 대신, 무엇이 문제인지 정확히 짚고 고치려 한다는 것이죠. 그러니 여러분도 지금 이 순간 후회되는 부분이 있더라도 걱정하지 마세요. 중요한 건 우리의 미래는 노력으로 만들어 갈 수 있다는 것이니까 말입니다.

10월 28일

미국 프로야구 선수 중에 '제이크 디그롬'이라는 투수가 있습니다. 자타 공인 현역 투수 중 최고의 반열에 오른 선수죠. 그야말로 '언터처블', 역대 최고의 퍼포먼스를 보여주고 있다는 평가를 받고 있어요. 여전히 구위가 좋아, 한동안 이 선수의 독주가 이어질 가능성이 높아 보입니다.

그런데 특이한 건, 이 선수의 전성기는 30살이 넘어서 왔다는 거예요. 보통의 야구선수들은 20대 후반을 전후로 '에이징 커브', 즉 노화가 진행돼서 30대에 들어서면 성적이 떨어지기 마련인데, '제이크 디그롬'만큼은 30살에 비로소 빛을 보기 시작했습니다. 그래서 많은 스포츠 학자들이 이 선수를 두고 나름의 연구 결과를 내어놓기 시작했죠.

그중 가장 신빙성이 있어 보이는 이론은, 데뷔가 늦었기 때문이란 주장입니다. 이 선수는 대학교 3학년까지 유격수로 뛰다가 졸업을 앞두고 투수가 되었고, 덕분에 26살이라는 비교적 늦은 나이에 메이저리거가 되었거든요. 그래서 남보다 적은 양의 공을 던질 수 있었고, 그만큼 어깨가 아직 싱싱하다는 이야기죠. 쉽게 말해 어깨는 쓸수록 노화가 진행이 된다는 말과 같습니다. 나이보다 중요한 게 사용 횟수라는 거예요.

그제 밤엔 유독 잠이 오지 않았었는데, 깜빡 졸았다가 깨고 보니 다리 근육에 경련이 와 있었습니다. 운동을 열심히 하던 학창 시절 이후로 다리에 경련이 오는 일은 도통 없었었는데 말이죠. 목은 물론이고 장딴지와 허벅지가 조여들어 다리가 온전히 펴지지를 않았어요. 꽤나 고통스러운 시간이었습니다. 불면증에 다리 통증까지 겹쳐 밤이 그리 길 수가 없었어요. 결국 뜬 눈으로 동이 트는 걸 보았죠.

그래서 아침이 오자마자 걷기로 결정을 하고 준비를 했답니다. 아침에 걷고 나면 출근해서 피로가 몰려올 수도 있다는 걸 알았지만, 다리에 온 경련을 내버려 둘 수가 없었어요. 이 다리의 주인이 누구인지 똑똑히 보여주고 싶었죠. 근육들에게 그만 엄살 부리고 깨어나 일을 하라고 말을 해줘야겠다 싶었습니다. 그래서 걸어서 출근을 했어요. 평소보다 더 빠른 속도로 쉬지 않고 걸었습니다.

아마 '제이크 디그롬'을 연구했던 스포츠 연구가들이 들으면 혀를 찰 만 한 내용일 거예요. 그렇게 혹사를 하면 되려 경련이 배가 될지도 모르고, 앞으로의 미래를 위해서라도 다리를 쉬게 해주는 것이 좋겠다 말할지도 모르죠. 하지만 저는 혹사로 유명한 '김성근' 감독의 말을 더 신뢰하는 편입니다. '어깨는 쓸수록 강해진다'라는 논란 가득한 주장을 더 선호해요.

대다수의 사람들은 '제이크 디그롬' 같은 천재가 아니니까요.

물론 그 역시 뼈를 깎는 노력을 했을 테지만, 모든 사람이 노력을 한다고 최고의 자리에 오르는 건 아닙니다. 타고난 재능이 있어야만 휴식을 충분히 취하고도 정확한 공을 던질 수 있죠. 그렇지 않은 저와 같은 평범한 사람들은 끊임없는 수련을 통해야만 중간이라도 갈 수 있어요. 아프다고 스스로에게 면죄부를 주었다간 다시는 재기할 수 없을지도 모릅니다.

모든 걸 다 내려놓고 그만두고 싶은 마음을 여러분도 한 번쯤은 느껴보셨으리라 생각해요. 사는 게 왜 이리도 마음 같지 않은지, 의도와는 상반되게만 풀리는 인생을 굳이 애써가며 끌고 가야 하는 이유가 있을까 싶은 순간 말입니다. 그런 날이면 정말이지 침대에서 일어나고 싶지도 않잖아요. 이대로 계속 눈 감고 있는 동안 모든 게 끝나버렸으면 좋겠다 싶죠.

하지만 일어나서 걸어야 해요. 운명입니다. 잘나게 태어나지 않았으면, 이거라도 열심히 해야 중간이라도 갈 수 있다는 걸 스스로 잘 알고 있으니까요. 잔인하지만, 여러분 대부분도 저와 같은 입장일 겁니다. 가진 것 없이 세상에 던져진 존재죠. 그러면 일어나세요. 우물쭈물 변명 거리만 찾아봐야 변하는 건 없답니다. 아프니까 청춘이 아니라, 아프니까 더 발버둥 쳐 보자고요.

캔버스 작업을 시작하고 느끼는 건, 그림 참 어렵다는 겁니다. 퍼
스널에 보관 중인 완성작들만 보고 칭찬을 해주는 분들도 계시지
만, 막상 저는 그리는 내내 여간 애를 먹는 게 아니죠. 붓질 한 번
에 욕 한 마디씩 내뱉는 건 기본이에요. 모르고 보신 분들은 그림
그리는 모습이 멋지다고 할 때도 있지만, 입으로는 연신 '시발, 시

발' 대고 있답니다. 물론 저 자신에게 말이에요.

그런데 신기한 건, 그렇게 그려낸 그림들도 완성이 되고 나면 다른 모습이 된다는 겁니다. 분명 마음에 드는 붓질은 백 번에 한 번이 될까 말까 했는데, 그 붓질들이 만들어낸 결과물은 제법 마음에 들어요. 이게 정말 여태 내가 그리던 그 녀석이 맞나 싶을 때가 한두 번이 아니랍니다.

그래요, 아마 우리 사는 모습도 마찬가지일 겁니다. 하루하루 사는 게 어쩌나 엿 같은지, 개운한 마음으로 귀가를 하는 날이 연중에도 손에 꼽아야 할 정도죠. 저녁 식사 전 샤워를 하는 내내 '시발, 시발' 소리가 입에서 절로 나와요. 하지만 돌이켜보면 나름 많은 것들을 이뤄내며 살아왔다는 것을 깨달을 수 있습니다. 매일 같이 개판만 친 거 같아도, 뭔가 해왔으니 우리가 여기까지 온 거 아니겠어요?

그러니 오늘도 개판치고 있을 여러분, 기운 내세요. 엉성한 하루하루가 모여 남다른 결과물이 되어가고 있답니다. 다른 누구도 대신 그려낼 수 없는 여러분만의 그림이 지금 이 순간에도 그려지고 있어요. 이상한 사장이 별나게 운영하는 공간이지만 많은 분들이 찾아준 퍼스널처럼, 여러분도 사랑받고 있다는 걸 잊지 마셔요.

"제비 한 마리가 여름을 불러오지 않고 단 하루가 여름을 만들 수 없듯이, 인간의 행복은 하룻밤 사이에 완성되지 않는다."

〈 '아리스토텔레스'의 '니코마코스 윤리학' 중〉

10월 26일

오랫동안 퍼스널을 주변 사장님들을 비롯, 많은 분이 사랑방이라 부르며 개인적 용무로 방문을 해주셨었는데요. 죄송하지만 앞으론 퍼스널이란 공간을 이용할 목적이 아닌 퍼사장과의 대화가 목적인 분들은 방문을 정중히 거절하도록 하겠습니다.

성인인 우리 모두에겐 나름의 직장이 존재하듯이 퍼스널은 제게 직장과 같은 곳이에요. 찾아주신 손님들을 응대하고, 서비스를 제공하며, 개인 작업을 이어가는 것이 저의 현 직업입니다. 이곳에서 누군가의 사적인 이야기를 들어드리는 것은 정중히 거절하도록 할게요.

저와 사적인 대화를 나누고 싶은 분들은 퍼스널 영업시간 외에 독대로 부탁드립니다. 아마 저와 사적인 대화를 나눌 정도라면 연락처 정도는 알고 계시리라 생각해요. 미리 연락 주시면 약속을 정하고 만나도록 하겠습니다. 독대로만요. 애써 약속을 잡아서라도 만나려는 분들이라면 독대가 어색하진 않을 거라 생각합니다.

물론 제가 뭔가 잘난 사람은 아니기에, 이런 저의 부탁이 건방진 이야기로 보일지도 모르겠네요. 그렇게 느껴지신다면 죄송합니다. 그럼에도 이제 퍼스널에선 해야 할 일들에 집중을 하고 싶어요. 퍼스널을 운영하며 보낸 지난 3년을 돌아봤을 때, 제 자신에게 집중한 시간보다 남의 이야기를 들어주며 보낸 시간이 더 긴 것 같습니다. 사람을 좋아하거든요. 하지만 이젠 집중해야 할 때인 것 같습니다.

쉬운 이야기 또 길게 늘여했네요. 원래 그렇잖아요. 긴 글 읽어주셔서 감사합니다. 수요일부터 일요일, 오후 12시부터 저녁 8시까지 정상영업하오니, 퍼스널에서 만나요.

10월 22일

작년이었나요? 가수 '밥 딜런'씨가 노벨문학상을 탔던 일 많이들 기억하실 겁니다. 기라성 같은 문인들을 후보로 뽑았던 도박사들의 예측은 보기 좋게 빗나갔었죠. 역시, 세상은 머리로만 살아갈 수 있는 게 아닌 모양입니다.

아무튼, 그의 노래를 예로든 기사의 내용이 좋기에 여러분께 소개할까 해요. 무심코 읽다가 자리에서 벌떡 일어났을 만큼 깨우침을 주는 기사였습니다.

[자기모순은 딜런이 만든 노래의 주제이기도 하다. 이 노래의 화자는 "나는 모순이 많은 사람, 나는 다양한 기분을 오가는 사람"이라고 선언한다. 시인과 작곡가 모두 비일관성은 불가피하다고 보는 듯하다. 앞서 살았던 사람들이 너무 많고 너무 다양하다보니, 일관성은 오로지 진실하지 못한 대가를 치러야만 얻을 수 있는 것이다.]

어떤가요. 쉽게 말해 자기모순은 불가피하다는 겁니다. 우리는 모두 모순 덩어리라는 말이죠. 전에 사람들이 '김성근' 감독님을 두고 '한 입으로 두 말 한다'라고 비아냥거렸던 게 생각나네요. 이 팀에서 일할 때는 이렇게 말하다가, 다른 팀에 가서는 저렇게 말한다고 분통을 터트리는 사람들이 많았습니다.

하지만 그건 당연한 거예요. 자신이 소속된 팀 입장에서 말을 하다 보면 과거의 말과는 모순된 소리를 하게 될 수밖에 없는 것이죠. 아마 여러분도 비슷한 경험을 한 일이 있을 거라 생각합니다. 그때그때 주어지는 상황마다 달라질 수밖에 없는 게 우리의 감정이고 생각이잖아요. 스스로를 박애주의자라고 말하는 사람들도 음주 운전자들을 보고는 그 말을 함부로 내뱉을 수 없을 겁니다.

그러니 스스로를 너무 옭아매지 말자고요. 우리가 모순적인 존재인 건 당연한 일이니 작은 일 하나하나까지 자기비판을 해버리면 너무나 가혹한 처사예요. 마음에 꼭 들진 않아도 우리 스스로를 좀 더 너그럽게 대해 보도록 합시다. 제가 그동안 여러분께 날씨 좋으면 나가 놀라는 말을 자주 했었는데, 이제 그만 나가 놀고 퍼스널에 틀어박혀서 진토닉도 마시고, 커피도 마시고, 다 하세요.

10월 21일

어제는 오랜만에 연락을 한 통 받았습니다. "잘 지내냐"라고 묻기에 그럭저럭 대답하고 나서 나중에 다시 한번 생각해 봤지요. 스스로 잘 지내고 있는지 말입니다. 사실 그림이 마음처럼 그려지지 않는 것 때문에 최근 들어 상심이 크긴 컸습니다. 그림을 못 그려 자존심 상한다기 보다, 결과물이 나오지 않아 스스로 조급해지더군요. 마치 길을 잃은 듯한 느낌이었습니다.

그런데 어제 다시 한번 생각해 보니, 초행길을 헤맨다는 것이 그리 대단한 일은 아니잖아요? 누구나 겪을 수 있는 일이기도 하고, 시간제한이 있는 것 역시 아니니 마음 급할 이유도 없고 말이죠. 생각이 거기까지 미치고 보니까 잘 지내고 있지 않을 이유가 하나도 없더군요.

일상을 단순화 시켜 나름의 루틴도 만들어졌고, 감정 소모만 생기는 관계들은 정리를 해 삶의 집중도 또한 높아져 있었죠. 산다는 게 정처 없이 떠도는 것 같아도, 마음먹은 대로 흘러가는 것인가 봅니다. 그러니 푸념하지 않고, 오늘도 잘 지내보도록 해요.

10월 20일

여러분은 어떤가요? 스스로를 돌보며 살고 있나요? 솔직히 퍼사장은 아니었던 것 같습니다. 살면서 온전히 나 자신에게 집중했던 적이 한 번은 있었나 싶어요. '개인적인'이란 뜻을 가진 공간을 운영해온 지난 몇 년 동안에도 마찬가지로 말이죠. '퍼스널'을 운영하면서 잘도 어울리고 다녔던 것 같습니다.

불현듯 이대로 가다간 큰일 나겠다는 생각이 들더군요. 물이 흐르는 대로, 바람이 이끄는 대로 표류를 하고 있다는 느낌이 들었습니다. 목적지에 도달하기 위해서는 노를 저어야 하잖아요. 풍랑을 만났다고, 다른 배가 젓지 않는다고 나 역시 노 젓는 걸 잊었구나 싶었죠.

어제 서점에 들러 새 크로키 북을 샀습니다. 무려 4년 만에 말이에요. 그림을 그리겠다는 사람이 4년 동안 크로키 북 한 권 사지 않았다니. 노 없이 배를 몰아 바다로 나가겠다는 말과 다를 바 없죠. 여러분 앞이니까 고백하는 거지, 부끄러워서 어디가선 말도 꺼내지 못할 이야기랍니다.

그래도 중요한 건 말이죠. 지금이라도 노를 잡았다는 거예요. 방송인 '박명수' 씨가 말한 것처럼 '늦었다고 생각했을 땐 이미 늦은 거'지만, 살면서 중요한 건 속도가 아니라 '자의'잖아요. 한 번뿐인 인생을 내 의지대로 살 것이냐 보다 중요한 문제가 또 있을까요. 부디 오늘 하루도 스스로에게 충만한 하루 보내시길 바라겠습니다. 고되고 막막해도, 손에 쥔 노 꼭 붙들고 놓지 마세요.

10월 18일

일주일 만의 휴무를 앞두고 새벽 두 시가 다 되도록 넷플릭스 드라마를 보고 있는데 말이죠. 대사 중에 정말 멋진 말이 있네요.

　"인생의 비밀은 떠날 때를 아는 거야."

10월 15일

명절에 가족들과 함께 본 다큐멘터리에 이런 말이 나오더군요. "그림을 그리는 동안만큼은 캔버스 위에서 여러분이 왕"이라고. 정확하진 않지만, 그림 입장에서 봤을 때 그리는 사람은 전지전능한 존재이니 두려워하지 말고 그림을 그리라는 의미의 말이었어요.

그런데 이게 참 어렵습니다. 어차피 내 그림이라 어떻게 그리든 내 마음인데 자꾸만 내가 아닌 누군가의 눈치를 보게 돼요. 보고 있는 사람도 없는데, 누가 보고 별로라고 생각하면 어쩌나 노심초사하게 되죠.

재밌는 건 뭔지 아세요? 그렇게 남들 눈에 예뻐지길 바라며 그리는 그림들이 가장 못나진다는 겁니다. 의식하면 의식할수록 의사와는 반대로 그리게 되죠. 아마 스스로 느끼는 부자유가 올가미마냥 온몸의 조직 하나하나를 옥죄는 건지도 모르겠네요.

그러니 여러분도 남의 눈치 따위는 보지 말고 사세요. 우리 삶의 주인은 우리 개개인이잖아요. 그림이야 망치면 또 그리면 되지만, 여러분 인생은 단 한 번뿐이랍니다. 관심도 없을 남의 눈치 보다 망치지 말고, 왕으로 전지전능하게 사시길 바랄게요. 자, 그럼 저는 오늘도 왕처럼 그림을 그려내보도록 하겠습니다.

10월 14일

이번 10월은 말로만 듣던 지구온난화를 몸소 체험하는 달인 것 같습니다. 15도 안팎으로 떨어졌어야 할 기온이 오늘도 24도를 기록했어요. 그나마 지난주 보다 5도 정도 낮아져서 말이죠. 어려선 10월이 오면 국화꽃밭에 앉은 꽃등에를 잡으며 놀곤 했는데, 올해는 아직까지 매미 소리를 듣고 있네요. 이러다 정말 영화 '인터스텔라'에서처럼 세계 곳곳이 사막으로 변해버릴지도 모르겠습니다. 아니면 바닷물에 잠겨 또 다른 영화 '워터월드'에서 그랬듯, 물 위에 집을 짓고 살게 될지도 모르죠.

흠.. 이럴 때 흔히 나오는 이야기가 지구의 자정능력에 대한 것들인데 말이에요. 그 단계까지 가기 전에 우리 인류의 손으로 병든 지구를 고쳐냈으면 좋겠습니다. 우리가 저지른 일은 우리가 책임져야죠. 그렇게 다시 또 오늘을 추억할 나이가 되었을 때쯤엔 10월의 날씨가 쌀쌀해져 있기를 바라면서, 건배.

10월 9일

맑고 화창한 날, 오후 세 시부터 다섯 시.

개인적으로 이 공간이 가장 매력적으로 다가오는 시간대입니다.

10월 7일

지난밤 제가 아내에게 '계란으로 바위 치기'를 해서 미안하단 말을 했다고 합니다. 물론 술이 취해서 말이죠. 그 말 한마디 건네고는 그대로 잠이 들었다고 해요. 흠.. 제 경우엔 늘 술이 문제에요. '이 불킥' 과정은 지겨워서 더 이상 하지도 않습니다. 부끄러움은 언제나 스스로의 몫이니 그저 받아들이는 수밖에요.

아무튼 그림을 생업으로 삼아보겠다 덤벼드는 지금의 제 상황이, 스스로도 '계란으로 바위 치기' 같아 보였나 봅니다. 솔직히 스트레스가 커요. 잘 하지 못하는 걸 업으로 삼기 위해 애써본 경험은 제게도 흔치 않거든요. 당연히 잘하거나 익숙한 일들 위주로 살아왔죠. 어려서 처음 두 발 자전거나 수영을 배울 때 이후로 이런 막막함은 처음입니다. 이대로 앞가림도 못하고 살아가게 되는 건 아닌가 하는 두려운 마음이 들 때도 있어요.

혹시 '카일 시거'라는 야구선수를 아시나요? 아마 잘 모르실 겁니다. 저 역시 '코리 시거' 선수의 형이라는 것 밖에 모르니까요. 아무튼 이 메이저리그 선수가 며칠 전 현 소속팀에서의 마지막 경기를 치렀습니다. 십수 년을 '시애틀 매리너스'라는 팀에서만 뛰었는데, 그 팀에서 재계약 불가 통보를 했거든요. 드디어 익숙한 직장을 떠나야 할 때가 온 것이죠. 그는 수만 명의 관중들이 보내는 기립박수를 받으며 더그아웃으로 들어가는 내내 눈물을 보였답니다.

아마 그 역시 내년엔 저와 같은 입장이 될지도 몰라요. 운이 좋아 다른 팀과 계약을 하게 되더라도 완전히 새로운 환경에 적응을 해야 할 테며, 선수로서 은퇴를 하게 되면 평생 해온 일과는 다른 직업을 찾아야 할 겁니다. 음식점을 열거나, 자동차 세일즈를 하게 될지도 모를 일이죠. 아니면 저처럼 전업 작가를 꿈꾸던가요. 중요한 건 그게 무엇이 되었든, 그가 무사히 새 삶을 살게 될 거란 느낌이 든다는 겁니다.

물론 저는 그를 잘 몰라요. 제가 모르는 치명적인 약점이 있는 사람일지도 모르죠. 하지만 한 가지, 그가 야구선수로서 남긴 성적들만 봐도 그가 도전을 두려워하지 않는다는 걸 알 수 있어요. 올 한 해 동안 그는 2할 초반대의 타율을 거뒀습니다. 결코 좋은 성적이 아니죠. 그런 점이 반영되어 재계약이 불발 되었는지도 모르겠네요. 하지만 그는 일 년 내내 쉬지 않고 경기에 출전했습니다. 안타를 치고 득점을 올리기 위해 149경기를 뛰었죠.

얼핏 들어선 많은 경기에 나서 낮은 타율을 기록한 게 뭐 그리 대단한 일인가 싶을 수도 있습니다. 하지만 성인이 된 우리는 알아요. 살다 보면 스스로 잘 하지 못하거나 하기 싫은 일을 해야 되는 순간이 온다는 걸 말이죠. 그리고 그때만큼 비참한 순간이 또 없다는 것 역시 압니다. 그래서 '카일 시거'의 기록이 대단한 거예요. 어제는 잘 하지 못했어도, 오늘의 도전을 피하지 않고 살아온 것이죠. 그렇게 그는 평생 1480경기에 출전을 했고, '시애틀 매리너스' 팀 역사상 4번째로 많은 홈런을 친 선수가 되었습니다. 남들처럼 한순간 대단한 성적을 거둔 선수는 아니었지만, 차곡차곡 커리어를 쌓아 메이저리그를 대표하는 선수 중 한 명이 된 거예요.

하루에도 수십 번씩 고민을 합니다. 그림 그리겠다는 결심을 무르고 하던 장사나 계속할까. 취직해서 월급이나 꼬박꼬박 받아오는 게 떳떳한 일은 아닐까. 글쎄요, 그 고민들 속에 제가 내린 결론은 오늘도 캔버스 앞에 서서 '계란으로 바위를 치는 것'이 가장 용감한 일이라는 겁니다. 어제 그린 그림이 형편없어서 부끄러워도, 오늘 또 도전하는 것이야말로 믿음에 대한 보답이며, 성공으로 가는 가장 빠른 길이란 걸 깨달았죠. 어떤 목표가 있다면 여러분, 다른 길은 없습니다. 작가가 되려면 그림을 그려야 해요.

응원하겠습니다. 언제부터인가 이 피드의 글을 읽는 분들이 많이 줄어든 거 같은데, 여러분이 이 글을 읽었던, 읽지 않았던 누군가는 마음으로 여러분을 응원하는 이가 있다는 걸 잊지 마셔요.

10월 1일

퍼스널엔 큰 화분이 몇 개 있죠. 처음 샀을 때부터 한 덩치 하던 녀석들이라 눈치를 채지 못했었는데, 재작년 사진들과 비교해 보니 그새 많이도 자랐네요. 이제 키가 천장에 닿는 녀석도 있고, 벽 한 면을 가릴 만큼 잎이 풍성해진 녀석도 있습니다. 애 키우는 보람이란 게 이런 걸까요.

아무튼 이렇게 잘 커준 녀석들 덕분에 엉뚱하게도 "식물 잘 키우는 비결이 뭐냐" 라는 질문을 받을 때가 있습니다. 음.. 사실 퍼사장 또한 식물에 관해 문외한인지라, 그럴 때면 내심 당황하곤 하죠. 알려드릴 만한 전문 지식 따위가 제게 있을 리 만무하니까 말이에요.

하지만 제 나름의 방법이 아예 없는 건 아닙니다. 비결이라 부를 만큼 대단한 것이 아니어서 그렇지, 나름 이 방법 덕분에 퍼스널의 식물들이 잘 자라났다고 생각해요. 그건 다름 아닌 '물 주기'죠.

누구나 다 주는 물을 가지고 무슨 비결을 운운하냐 하실지 모르겠지만, 정말 그게 다입니다. 다른 건 몰라도 물만큼은 확실하게 주려고 해요. 그 누구의 눈치도 보지 않고 그야말로 흠뻑 주죠. 그래서 식물에 물주는 날이면 퍼스널의 바닥엔 어김없이 홍수가 납니다. 그걸 보고 웃는 분도 있고, 인상을 찌푸리는 분도 있지만 신경 쓰지 않아요. 이왕 줘야 하는 거 눈치 보지 말자는 게 제 방법입니다.

쉬운 거 같지만 그렇지 않아요. 살면서 눈치 보지 않고 제 할 일을 한다는 건 그리 녹록지 않은 일입니다. 말 그대로 더불어 살다 보니, 주변 곳곳엔 타인의 눈들이 존재해요. 안하무인이 아니고서는 그 시선들을 의식하지 않는다는 게 그리 쉬운 일이 아닐 겁니다. 퍼사장 역시 그림을 그릴 때면 남이 보기 좋게 그리려는 본능을 억제하는 게 가장 힘들더군요. 더군다나 그렇게 소심하게 그린 그림은 남이 보기에도 그다지 좋지 않을 때가 많고 말입니다.

결국 답은 나와 있네요. 남 눈치 보지 않고 하고픈 대로 할 때 결과물이 가장 좋게 나온다는 걸 아마 여러분도 이미 알고 있었을 겁니다. 굳이 제가 식물에 물주는 이야길 꺼내기 전에도 알고 있을 테죠. 오늘은 10월의 첫 번째 날. 언제든 할 수 있는 것이 새로운 시작이지만, 그 다짐에 명분을 주기 이보다 좋은 날이 어디 있을까요. 마음먹은 게 있다면 눈치 보지 맙시다. 그 누가 "방법이

틀렸다" 말할지라도, 꿈꾸는 걸 그려내는 방법은 그걸 하는 것 말고는 없다는 걸 잊지 말아요.

9월 24일

한 번씩 그런 날이 있어요. 칵테일 드시는 분들이 압도적으로 많은 날. 그런 날엔 마감을 하면서 생각하죠.

'아, 오늘이 그런 날이구나.'

나만 지친 게 아니구나, 나만 오늘만큼은 흐트러지고 싶다 생각한 게 아니구나 생각합니다. 그렇게 한바탕 설거지하고 나면 괜히 뿌듯해요. 이 사람들에게 잠시나마 기댈 구석이 될 수 있었다는 게 보람으로 돌아옵니다.

어제도 많은 분들이 칵테일 주문을 하셨었는데, 부디 따스한 마음으로 하루 마무리하셨길 바라요.

9월 23일

아침에 일어나서 가만히 생각해 봤는데.. 마땅한 핑곗거리가 떠오르지 않네요. 반항 않고 출근해서 퍼스널의 문을 열겠습니다.

9월 19일

고향 오니 좋네요. 목요일에도 문을 열지 않거든,

9월 16일

퍼스널의 오랜 전통에 따라.. 명절은 다 쉽니다. '오바마'는 물론이고, '트럼프'가 온다 해도 명절에는 어림없어요. 세상에 가족과의 시간보다 중요한 건 없다고 생각합니다. 혹시 명절에 방문 계획이 있었던 분들은 조금 앞당겨 주말을 이용해 주셔요. 주말엔 꼼짝 않고 퍼스널을 지키도록 하겠습니다.

가족과 함께하는 평온하고 풍성한 한가위 보내길 바랄게요. 진심이야.

9월 14일

휴무였던 월요일, 오랜만에 퍼사장은 전어회를 먹었답니다. 다들 전어 좋아하시나요? 회 센터 수족관마다 가득 들어찬 전어를 보니 비로소 가을이 왔다는 것이 실감 나더군요. 이 계절에만 맛볼 수 있다는 '가을 전어'의 맛을 그냥 지나칠 수가 없었습니다.

사실 퍼사장은 전어회를 그다지 좋아하지 않아요. 팬에 노릇노릇 구워 먹는 전어구이가 밥도둑이라는 의견에는 저 역시 이견이 없지만, 세꼬시 특유의 이물감 때문에 다른 맛 좋은 생선이 있을 땐 굳이 먼저 전어회를 찾진 않죠. 몸집이 작은 다른 잡어들도 기왕이면 포를 떠 달라고 해서 먹는 편이랍니다.

그럼에도 이번 전어회는 참 맛있더군요. 잘게 썬 회를 국수 마냥 듬뿍 집어 입안에 넣을 때마다, 전어 그 특유의 고소한 향이 입안을 가득 채웠습니다. 소주 한 병으로 끝낼 수 있는 맛이 아니었어요. 그 향이 느껴지지 않을까 봐 쌈도 없이 소주만 곁들여 한 배 가득 포식을 했답니다.

친구가 그 소식을 듣고는, 자신도 같은 경험을 했다더군요. 어려선 세꼬시가 영 입맛에 맞지 않았었는데, 갈수록 그 고소한 맛에 눈을 뜨게 된다는 것이었죠. 순간 나이 들면 입맛이 변한다던 어른들 말씀이 이런 경우를 두고 한 것인가 싶었습니다. 그 좋아하던 와인 대신 소주 위주로 음주를 하게 된 것처럼 말이에요.

하지만 이런 저의 의문들이 우문에 불과했다는 것을 깨닫기까지는 그리 오래 걸리지 않았답니다. 친구가 현답 한 마디로 상황을 정리해버렸거든요. 백 세 인생 중 40년도 채우지 못한 사람들이 나이 듦에 대해 논할 수나 있냐는 것이 친구의 의견이었습니다. 그러게요, 제가 참 건방졌던 것 같습니다. 흔히 그러듯 우리 인생을 마라톤에 비유하자면 아직 반환점도 돌지 못한 선수가 달리기에 대해 알 것 같다고 말한 셈이죠.

지금 우리 눈앞에 보이는 많은 것들이 자명해 보이지만, 사실 우린 그 대부분의 것들에 대해 잘 알지 못할지도 몰라요. 끝났다고 생각했을 때가 시작인 경우도 있을 테고, 틀렸다고 생각한 경우가 맞아떨어지는 일도 있을 겁니다. 그러니 겸손하게 새로운 매일을 경험해 보도록 해요. 자만하지도, 자포하지도 말고. 나름의 하루를 견뎌내고 있을 여러분을 퍼사장이 늘 응원하고 있는 거 알죠? 오늘도 스스로 충만한 하루 보내봅시다.

오늘은 재밌는 이야기 하나 할까요? 퍼사장이 중학교 다니던 시절 이야기예요. '호날두'는커녕 '루이스 피구'도 아는 사람만 알던 시절이죠. 그 시절의 퍼사장은 그저 겁 모르는 중학생 중 한 명이었습니다. 아마 그때의 추억들이 제 삶을 조금은 더 다채롭게 만들어주지 않았을까 생각하곤 해요. 다시 생각해도 정말, 음.. 아무튼!

하루는 수업 시간에 친구 한 명 손을 번쩍 들더군요. 학교에서 만나면 곧잘 지내지만 하교 후에는 딱히 겹점이 없는 친구 중 한 명이었죠. 녀석이 손을 들자마자 교실에 있는 모두가 그 상황을 흥미롭게 바라보기 시작했습니다. 생각해 보세요. 수업 중 학생이 먼저 손을 들 일이 그 상황 말고는 또 뭐가 있겠어요. 선생님도 바로 눈치를 채시고 군말 없이 다녀오라 허락을 하셨습니다. 여기까지는 그냥 누구나 겪었을 법한 평범한 이야기에 불과할 거예요. 그런데 친구 녀석이 예상치 못한 발언을 합니다.

"저는 집이 아니면 볼 일을 보지 못합니다!"

세상에, 화장실을 집으로 다녀오겠다는 것이었어요.

선생님이 당황하신 건 말할 것도 없고, 교실 여기저기에선 웃음소리가 터져 나오기 시작했습니다. 거짓말 조금 보태서 폭죽 터뜨리듯 휘파람을 부는 녀석들도 있었죠. 물론 선생님은 허락하지 않으셨습니다. 누가 봐도 장난으로 여길 만한 상황이었으니까요. 하지만 녀석의 의지는 꺾이지 않았습니다. 똥을 참느라 땀까지 뻘뻘 흘려가면서 집에 보내달라고 생떼를 쓰기 시작했죠. 제법 눈가가 촉촉해지기까지 했습니다. 하긴, 그도 그럴 것이.. 그때까지만 해도 학교의 화장실에는 양변기가 설치되어 있지 않았어요. 바닥에 쪼그려 앉아 변을 봐야 하는 좌변기가 전부였죠. 때문에 학생들 중에는 귀가할 때까지 변을 참는 이들이 제법 있었습니다.

하지만 그렇다고 선생님 입장에서는 느닷없이 학생을 집으로 보낼 수도 없는 노릇이고, 학생들의 환호 속에 대치 상황만 길어지고 있었죠. 그때 제 머릿속에 기발한 아이디어 하나가 떠올랐습니다. 안 그래도 수업 듣기가 지루하고, 일분 일초라도 나가 놀고만 싶었는데, 이 상황이 기회가 될 수도 있겠다 싶었어요. 그래서 이번엔 제가 손을 번쩍 들고 말했습니다. 책임지고 집까지 데려갔다가 다음 수업 전까지는 데리고 돌아오겠다고 말이죠. 이 역시 말 같지 않은 뻘소리에 불과했지만, 어서 수업 진행이나 하고 싶었던 선생님은 마지못해 허락을 해주셨습니다.

글쎄요. 다시 돌아가도 같은 선택을 할 것이냐 묻는다면, 아닙니다. 그냥 학교에 남아서 공부를 할 거 같아요. 그렇게 머리 굴려 나간 것치고 대단한 재미가 있진 않았거든요. 당연하잖아요. 남들 다 학교에 있을 시간에 똥 마려운 친구 하나 데리고 땡땡이쳐봐야 할 일이 뭐가 있겠습니까. 그냥 바깥공기 조금 마시고, 지금은 기억조차 나지 않지만 녀석과 이런저런 속 이야기 나눈 게 전부였죠. 만약 학창 시절이 하나의 시험 문제와 같다면 저는 오답을 제출한 거나 다름없을 겁니다. 분명 정답은 아니었어요.

하지만 후회를 하진 않습니다. 거기서 정답을 제출하지 못한 게 제 인생에 큰 오점으로 남지도 않았으며, 스스로 그 문제를 아쉽게 생각한 적은 더더욱 없죠. 솔직히 그 친구와는 이제 연락조차 닿지 않아요. 모르긴 몰라도, 우리 둘 다 언젠가 서로가 서로에게 그런 존재가 되리란 걸 어렴풋이 알았을 겁니다. 그래서 그때 한 시간 가까이 나눈 대화들이 기억조차 나지 않는 것이겠죠. 그래도 후회는 없어요. 분명 그때의 그 사건과 시간이 제게 나름의 자양분이 되어 주었을 거라 생각합니다. 시답잖았던 내용에 비해 밝고 따스한 힘으로 제 안에 남았으리라 생각해요.

삶은 시험이 아닙니다. 여러분 스스로 실수라 여기는 것들이 채점이 되거나, 탈락 요소로 작용하지 않아요. 스스로 주저앉지만 않으면 삶은 계속해서 굴러 갑니다. 예상과 달리 더 높고 멀리까지 뻗어나갈 수도 있죠. 그러니 당장의 선택들을 두고 후회하거나 슬퍼 마세요. 아니, 적어도 스스로를 탓하진 않으면 좋겠습니다. 선택의 순간이 오거든 그저 이것 하나만 기억하세요. 스스로 떳떳한 답을 써서 내야 한다는 것. 삶에 정답이나 오답이 없는 건, 그 답은 남이 아닌 우리 스스로만 알고 있기 때문입니다. 마음의 밝고 예쁜 부분이 이끄는 대로 나아가세요. 더 많이 웃게 될 거라고, 퍼 사장은 믿습니다.

9월 1일

9월입니다. 퍼사장이 손꼽아 기다리던 가을이 코앞까지 다가온 느낌이에요. 손만 내밀면 닿을 거리까지 말이죠. 아직은 긴팔 옷을 꺼내 입기엔 덥게 느껴지지만, 어느 날 갑자기 '뜨끈한 어묵탕에 소주 한 잔'이 생각나는 날이 올 겁니다.

퍼스널의 짙은 라떼 한잔하면서, 여름이 가면 가을이 오고, 가을이 오면 겨울을 대비해야 하는 이 단순 명료한 흐름을 느껴보세요. 당장 눈앞의 복잡한 일상만 생각하면 산다는 게 참 고되게 느껴질 테지만, 꼬리를 무는 의문들로는 결코 이를 해결할 수 없답니다. 그저 생각을 멈추고, 자연의 거대하고 당연한 흐름을 느껴보세요. 손에 쥔 라떼 한 잔 말고는 아무것도 중요하지 않다는 걸 깨달을 수 있을 테니까 말이죠.

이틀 전 큰 비가 왔을 때, 수영동이 물에 잠겼었죠. 정말 삽시간에 물이 불어나 골목을 물바다로 만들었었습니다. 마침 2층 창가에 서 있었던 제가 본 바로는 불과 1분도 되지 않는 짧은 순간 동안 그런 일이 발생했어요. 뭔가 이상하다고 느꼈을 땐 이미 범람한 물이 급류가 되어 흐르고 있었죠.

그때 불현듯 '재활용 쓰레기'가 생각났습니다. 마침 그날은 수요일이었고, 수요일은 '재활용 쓰레기' 수거가 있는 날이거든요. 저 역시 큰 비닐에 빈 병과 플라스틱 따위를 모아 1층 문 앞에 내 놨던 게 떠올랐습니다. 하지만 이미 일은 벌어진 뒤였어요. 제가 내려갔을 땐 이미 비닐봉지가 저 멀리 떠내려가 있었죠. 마치 영화 '캐스트 어웨이'의 '톰 행크스' 마냥 망연자실 바라보는 수밖에는 없었답니다.

다음 날 출근을 할 때까지도 '재활용 쓰레기'에 대한 걱정이 가시질 않았어요. 주인 모를 수많은 쓰레기들이 거리를 떠돌고 있겠구나 싶었죠. 실제로 출근해서 본 광경도 그와 크게 다르지 않았고 말이에요. 아마 그 장면을 봤다면 누구나 막막한 기분이 들었으리라 생각합니다. 집에선 100리터 들이 종량제 비닐을 채울 일도 그리 많지 않은데, 쓰레기가 산을 이룬 모습을 보면 막막하게 느껴질 수 밖에 도리가 있나요.

하지만 그런 제 생각이 어리석었음을 깨닫는 데까지는 그리 오랜 시간이 필요하지 않았습니다. 점심시간이 채 지나기도 전에 환경미화원분들이 나와 그 많은 쓰레기들을 순식간에 치워내시더군요. 전날 물이 불어나는 것보다도 빠른 속도로 골목을 깨끗이 청소해 주셨습니다. 그다지 서두르는 기색도 없이, 그저 능숙하고 묵묵하게 그 일을 해내셨어요. 신기하죠.

그래요, 어떤 고난이 와도 세상은 제자리를 잃지 않고 돌아갑니다. 심지어 그날, 폭우로 골목이 물에 잠겨있던 동안에도 택배가 도착했어요. 차로 배송이 불가능해지자 기사님이 직접 내려 무릎까지 차오른 물을 헤치고 배송을 오셨죠. 놀란 마음에 상자를 받아 들고 한참을 서 있었던 기억이 생생합니다. 참 놀랍죠. 이 세상을 온전히 돌아가게 하는 그 힘이 말이에요.

그 힘은 잘나 보이는 몇몇에게서 나오는 게 아니랍니다. 이 나라의 대통령은 물론이고, 미국 대통령이나 대기업 회장들도 아니에요. 유명 연예인과 학자 따위는 말할 것도 없겠죠. 그 힘은 바로 여러분이 가지고 있습니다. 아니, 오히려 누구에게도 주목받지 못하는 곳에서 묵묵히 제 역할을 다하는 사람들에게서 나오죠. 거리의 쓰레기를 치우는 환경미화원이나 한여름 식수 배송을 다니는 택배기사님들 같은 분들이 세상을 돌리고 있는 겁니다.

왜 그렇게들 잘나 보이려고 애들을 쓰는지. 갈수록 본질에는 관심이 없고, 겉치레에 신경 쓰는 사람들이 넘쳐 납니다. 우리 비록 허세와 허풍 가득한 sns를 통해 소통하고 있긴 하지만 잊지 말도록 해요. 결국 우리가 중요한 사람이 될 수 있는 한 가지 방법은, 주어진 역할에 최선을 다하는 것이란 걸 말이죠. 여러분이 지금 걷고 있는 그 길은 결코 헛되지 않습니다.

8월 24일

비가 제법 옵니다. 이곳 퍼스널을 처음 찾아왔던 날에도 비가 왔었는데 말이죠. 부동산에서 목 좋은 곳을 보여줘도, 시설이 좋거나 세가 저렴한 곳을 보여줘도 달갑지 않던 마음이, 여기에 들어서자마자 사르르 무장해제되어버리더군요. 근처 다른 매장을 보여주러 왔다가 비나 피할 마음에 데리고 들어온 곳을 제가 선택하자 부동산 업자가 의아해하던 모습이 아직도 눈에 선합니다. 연세가 많으신 집주인 할아버지를 막 대하던 못된 인간이었는데, 그 되바라진 모습까지도 생생히 기억나요.

계약 전 집주인께 양해를 구하고 새벽에 나와 밤늦도록 2층 창가에 서서 골목을 내려다본 날이 있었어요. 그때는 지나는 사람이 참 없었습니다. 상권은커녕 주변에 상점 하나 들어서 있지 않았으니 당연한 일이지요. 그게 참 마음에 들었습니다. 때타지 않은 산간벽지 어린애라도 만난 느낌이었어요. 악의를 가지고 이웃을 괴롭히거나, 그 옆에 붙어 분탕질 치는 어른들이 없다는 것이 무엇보다 큰 매력으로 다가왔죠. 그렇게 이곳에서 2년이란 시간을 보냈네요.

태풍이 지나갔다는 말이 무색하게 여전히 비바람이 세찹니다. 부디 무사하고 평온한 하루들 보내세요. 이런 날은 그저 가만히 앉아 비 구경이나 하는 게 최고랍니다. 퍼사장도 그렇게 하루 보내도록 할게요.

8월 20일

친한 손님 한 분이 퍼쿠키를 보고 간장 양념 맛 교촌 치킨을 닮았다고 '외모 비하 발언'을 해주셨는데 말이죠. 어허.. 우리 애가 생긴 건 좀 치킨처럼 생겼어도, 그 맛만큼은 다르답니다. 마치 외할머니께서 고아 내신 백숙 마냥 담백하고 구수하달까요. 좋은 재료만 믿고 특별한 비법이나 능력 없이 구워낸 통밀 쿠키 드시러 오세요. 맛보고 나면 왜 많은 분들이 원기 회복하러 퍼스널을 찾는지 이해하실 수 있을 겁니다.

8월 17일

밤이 오면 제법 서늘한 바람이 불어오고, 풀벌레 우는소리가 들려옵니다. 창가에 앉아 가만히 귀 기울이다 문득 잊고 지냈던 추억들을 하나 둘 떠올리곤 하죠. 일상이 아무리 고되다 한들 결코 변치 않을 좋은 기억들 말이에요. 행복은 그런 겁니다. 눈에 보이진 않지만, 늘 우리와 함께하고 있죠. 흩날리는 커튼을 보고, 말랑한 복숭아를 베어 물거나, 사각사각 책장 넘어가는 소리를 듣고 빙그레 웃을 수 있는 하루 보내길 바랄게요.

8월 12일

늦여름 노을이 참 예쁘죠? 며칠 전 귀가 중 교통체증에 막혀 꼼짝없이 도로 한가운데 갇힌 적이 있었어요. 앞뒤로 차들이 줄을 서 있는 상황이라, 그저 막힌 도로가 뚫리기 만을 기다리는 수밖에 없었습니다. 그래서 지루함이라도 달래볼 요량으로 라디오를 켰는데, 배철수 아저씨 그 특유의 목소리가 스피커에서 흘러나오더군요. '배철수의 음악캠프'가 진행 중이었죠.

꽉 막힌 도로 위, 해는 뉘엿뉘엿 저물어가고.. 발갛게 물든 하늘에 시선을 뺏기지 않을 수 없던 그 순간 선곡된 곡이 'no other love'라는 노래였어요. 하.. 목소리가 어쩜 그런지. 어떻게 사랑의 희열과 아픔을 한목소리에 담을 수가 있는지 말이죠. 순간 번뇌는 모두 녹아내리고, 세상은 온통 붉은빛으로 물들어 있었습니다. 그래요, 아무리 그래도 세상은 사랑으로 가득 차 있다고 믿습니다. 사랑하는 하루 보내시길 바랄게요.

8월 9일

다들 도쿄 올림픽 재밌게 보셨나요? 말도 많고 탈도 많았지만, 덕분에 많은 분들이 일상의 고됨을 잠시나마 잊을 수 있었던 것 같습니다. 아니었으면 무더운 한여름 날씨는 고스란히 우리의 몫으로 남았을 테죠. 우리 모두의 이름으로 그곳에 가 애를 써준 선수단 여러분께 감사의 마음을 전합니다.

아마 다른 분들도 그런 분들이 많았을 거라 생각되는데, 퍼사장은 특히 여자 배구 대표팀의 선전에서 큰 감동을 느꼈답니다. 솔직히 많은 분들이 국내 리그 경기를 챙겨보진 않잖아요. 그만큼 다른 구기 종목에 비해 인기도 없고, 객관적 전력 역시 저평가를 받고 있는 상황 속에서 포기하지 않는 모습이 우리에게 큰 귀감을 주었다고 생각합니다. 저는 그중에도 다음 두 장면을 손에 꼽고 싶어요. 이 모습들만 기억해도 우리가 살아가며 길을 잃은 일은 없을 거라 감히 확신할 만큼 말이죠.

하나는 8강, 터키전에서 나왔어요. 4세트인가 지리한 랠리가 이어지고 있을 때였죠. 아무래도 전력상 열세이다 보니 어렵게 포인트를 얻고, 쉽게 내주는 상황이 계속해서 이어지고 있었습니다. 그때 레프트로 경기에 나선 박정아 선수가 대각으로 스파이크를 내리꽂았어요. 상대의 블로킹이 미처 따라오지 못할 만큼 강력하고 빠른 공격이었죠. 그런데 그걸 받아 내더군요. 저희 입장에선 오랜만에 터진 시원한 공격이었는데, 터키 선수들은 이를 가볍게 받아냈습니다. 그것도 연거푸 두 번을.

사람 맥 빠지기 딱 좋은 상황이죠. 회심의 카드가 통하지 않는 상황만큼 상실감이 클 때가 없잖아요. 하지만 박정아 선수는 같은 코스로 세 번째 스파이크를 박아 넣습니다. 그리고 이 공격은 보기 좋게 득점으로 연결이 되죠. 중계진은 이를 보고 집념이라고 표현하더군요. 아마 상대편도 혀를 내둘렀을 거라 생각합니다. 두 번이나 통하지 않았던 방법을 또다시 쓰리라 생각하지 못했을 테죠. 그야말로 포기하지 않고 두드리면 열리지 않을 문은 없다는 걸 여실히 보여주는 장면이 아니었나 싶습니다.

또 다른 장면은 4강, 브라질전에서 나왔어요. 혹시 이소영 선수를 아십니까? 이번 올림픽에선 후보로 뛰었기 때문에 라이트 김희진 선수에게 휴식이 필요할 때만 잠깐씩 기용이 되곤 했죠. 하지만 이 선수가 바로 한국 최고의 배구 선수 중 한 명입니다. 물론 국대 모든 선수가 그렇겠지만, 이 선수는 지난 국내 리그 최우수 선수로 선정이 된 선수예요. 우승 팀의 에이스이자, 김연경 선수가 얄밉다 말할 만큼 배구를 잘 하는 선수입니다. 하지만 국대 경기에선 유독 후보 역할만 맡습니다. 키가 작거든요. 아무래도 외국 선수들의 키가 크기 때문에 감독 입장에선 기용이 망설여지는 게 당연할 겁니다.

자존심이 많이 상했을 거라 생각해요. 당당히 실력으로 최고의 자리에 올라갔는데, 백업 역할만 해야 한다면 그 실망감이 이루 말할 수 없을 만큼 크리라 생각합니다. 하지만 늘 웃으며 뛰더군요. 그리고 4강전, 패색이 짙어진 2세트 종반에 드디어 부름을 받습니다. 부상을 안고 있는 김희진 선수를 빼고 이소영 선수에게 남은 경기를 맡긴 거죠. 본래 레프트인 선수에게 라이트 자리에 서서 지는 경기를 마무리해 달라 부탁한 겁니다. 그리고 교체 후 첫 공격, 세터가 올린 공이 이소영 선수를 향했어요. 타점이 블로킹에 나선 상대의 얼굴 높이 밖에 미치지 못하더군요. 네트 위로 뻗어 나온 팔들에 가려 반대편 코트는 보이지도 않았을 겁니다. 하지만 이소영 선수는 그 블로커들을 향해 망설이지 않고 스파이크를 때려요. 본인이 늘 해왔던 대로 말이죠. 그리고 그 공은 상대 선수들이 만들어낸 벽을 뚫고 넘어가 득점이 됩니다.

우리가 해야 할 일은 그저 할 일을 하는 거예요. 비가 오나 눈이 오나 스스로 가장 잘 할 수 있는 일을 하면 되는 겁니다. 이소영 선수가 그랬듯이 말이죠. 아무리 상황이 어렵다 한들, 우리가 해야 할 일은 바뀌지는 않습니다. 높은 벽이 가로막으면 넘어가는 수밖에요. 삶은 어렵다고 주저앉아 끝내버릴 수 있는 게 아니잖아요? 그리고 혹시 한 번에 넘지 못해도 포기하긴 이르다는 거 아시죠? 박정아 선수가 그랬듯 시도하고 또 시도하다 보면 길은 자연스레 열릴 겁니다. 사는 게 늘 쉬울 수만은 없겠지만, 포기하지 말고 하루하루 자신만의 삶을 사세요. 그렇게 나아가다 보면 여러분도 누군가에게 힘을 줄 수 있는 드라마를 써 내려가고 있으리라 믿습니다.

퍼사장이 며칠 전에 마신 하이볼은 사실 메뉴에 없는 위스키로 만든 하이볼이었습니다. 그 순간만큼은 오로지 저 자신만을 위한 한 잔이 필요했거든요. 그래서 아껴 두었던 위스키 한 병을 오픈했답니다. 덕분에 그날의 감정을 그날이 가기 전에 추스를 수 있었죠.

그렇다고 값비싼 술을 마신 건 아니었습니다. 커티 샥, 아마 술 좀 마신다 하는 분들은 다들 알만한 저가 위스키 중 하나죠. 그 저 평범한 맛을 내는 흔한 술이라고 하면 적당한 표현이 될 것 같습니다. 솔직히 요즘 트렌드와는 대척점에 있는 술이에요. 고가의 싱글몰트위스키야말로 '좋은' 술인 것처럼 소비되는 지금의 분위기에선, 금주법 시대에나 잘 나갔던 블랜디드 위스키 '커티 샥'은 아마 줘도 마시지 않겠다는 사람들이 수두룩할 겁니다.

그래서 구하기가 힘들었어요. 거래처에 부탁한 게 2년 전인데, 이제서야 한 병 가져올 만큼 말입니다. 귀해서가 아니라 인기가 없어서라는 거 다들 눈치채셨죠? 수입사에 박스 단위로 주문을 해야 하는 거래처 입장에선 저 하나 때문에 군이 재고를 떠안기 싫었을 겁니다. 느닷없는 하이볼 열풍이 아니었다면 이런 싸구려 술을 구하는 건 더 오랜 시간이 필요했을지도 모를 일이죠.

영화 '그린북'을 보면 피아니스트 '돈 셜리' 박사가 밤마다 이 술을 마십니다. 흑인으로 태어났지만, 백인들이 듣는 음악을 하는 그에겐 친구가 없어요. 정작 그 자신은 인종차별에 대항하기 위해 연주를 하고 있다지만, 흑인들에게조차 그는 별종일 뿐이죠. 그래서 밤이면 홀로 싸구려 모텔 발코니에 앉아 커티 샥을 마십니다. 그래요, 그 장면을 보고 구해 달라 말했습니다. 거래처에 연락해 커티 샥 한 병을 가져다 달라고 했죠.

친구들과 마실 생각이었어요. '돈 셜리' 박사도 마음은 누군가 함께 마셔주길 바랐을 테니, 저 역시 친구들과 만나 저 술을 마셔야겠다 생각했었습니다. 하지만 결국 홀로 커티 샥을 마셨네요. 참 사는 게 마음 같지 않습니다. 친구들이 보고 싶은데, 마지막으로 본 게 언제인지 기억조차 나지 않아요. 갈수록 주변엔 의지할 곳이 없고 말이죠. 왜 그렇게들 관계를 가지고 저울질을 할까요. '확실한 내 편은 없다'라는 그 흔한 말이 이리도 사무칠 수가 없습니다. 고작 정 하나 때문에 나 같은 놈의 편도 들어줄 그 녀석들이 보고 싶어요. 어떤 상황에서도 곁을 지켜주는 내 친구들이 보고 싶습니다.

남의 눈치 따위는 보지 않고, 내 사람을 위해서라면 어떤 고난도 감수하는 친구. 여러분 곁에는 그런 친구가 함께 하고 있길 바랄게요.

8월 4일

퍼사장은 나름 매일 아침마다 가벼운 운동을 한답니다. 물론 이를
지켜본 사람의 의견에 의하면 '그건 운동이 아니라 율동'이라 할지
라도 말이에요. 최소한의 운동도 하지 않고 매일같이 알코올을 복
용하려 드는 건, 과욕에 불과하죠.

　아무튼 제가 그 최소한의 '활동'을 하는 동안 지루함을 해소하

기 위해 쓰는 방법 중 하나가 '넷플릭스' 시청인데요. 최근에 본 영국 드라마에서 이런 장면이 나오더군요. 여자 주인공이 겉보기에 세련되지 못한 남자 주인공을 부끄러워하자, 이를 본 어른이 저 남자는 '좋은'사람이냐 물어봅니다. 그리고 여자가 "그렇다" 대답하니 그 어른은, '좋은'사람을 곁에 두는 게 살아가면서 가장 중요한 부분이라 조언해 주죠.

뻔한 이야기 같나요? 그래요, 어쩌면 누구나 알고 있을 만한 사실입니다. 원래 정답은 늘 당연한 법이죠. 하지만 정작 사람들은 알고 있는 답과는 반대로 행동을 합니다. 내 안의 소리 대신 남이 내는 목소리에 귀를 기울여요. '좋은'사람보다는 '좋아 보이는'사람과 가까워지려 애를 씁니다. 돈이 많아 보이는 사람, 혹은 인맥이 넓어 보이거나 스스로 능력 있다 말하는 사람처럼 과시욕 넘치는 사람들 곁으로 불나방같이 달려들죠. 괜히 유명인들이 값비싼 물건들로 sns를 치장하는 게 아니랍니다.

하지만 기억하세요. 오답률이 99.9%에 달한다고 해서 시험 문제의 답이 바뀌지는 않는다는 걸 말이죠. 많은 사람들이 신호 지키길 귀찮아한다고 해서 신호 위반이 합법이 되는 일은 없다는 말입니다. 정답은 언제나 정답이고, 오답은 언제나 오답일 뿐이에요. 돈이 많고, 친구가 많아도 신호 위반을 하면 '딱지'가 집으로 날아옵니다. 운전을 아무리 잘 해도 적신호를 무시하고 달렸다간 면허부터 박탈당할 테죠.

누가 보지 않아도 횡단보도에서는 일단정지하고 보는 사람을 곁에 두려 애쓰시기 바랍니다. 조금 느려 보여도, 결국 무사히 여러분을 목적지까지 안내할 수 있는 사람이니까. 사실 이 얼마나 쉽나요. 횡단보도 앞에서 브레이크만 밟으면 되는데. 돈으로 해결할 수 있다고 말하거나, 경찰 중에 아는 사람이 있다고, 단속 카메라가 없는 길을 안다고 말하는 이들이 얼마나 멍청한 건지 아시겠죠? 정직하게 바른길로 나아가는 사람들과 함께 하세요. 행복은 늘 가까이 있습니다.

8월 1일

좀처럼 끝이 보이지 않는 코로나 사태로 인해 일상의 많은 부분들이 바뀌었죠. 굳이 국가가 정한 방역 수칙이 아니더라도, 스스로 몸을 사릴 수밖에 없는 시기니까요. 모두가 아는 애주가인 퍼사장 또한 여간 갑갑함을 느끼고 있는 게 아니랍니다. 좁은 생활 반경 내에서 종종대고 있으려니 머리도 굳고, 감정마저 메말라 가는 느낌이에요. 아마 다른 분들도 보이지 않는 구속감 안에서 하루하루를 방황하고 있으리라 생각합니다.

하지만 퍼스널을 지키고 있다 보면, 이런 상황 속에서도 평정심을 잃지 않는 분들이 보여요. 또렷한 눈빛부터 망설임 없는 행동까지, 자신이 무엇을 하고 있는지 분명하게 알고 있는 분들 말입니다. 당연한 듯 걸어 들어와, 명확하게 주문을 하고, 계획대로 시간을 보내죠. 지켜본 결과 이분들의 공통점은 바로 책을 읽는다는 것입니다.

흔히 독서는 지루하고 어려운 취미쯤으로 분류가 된다는 걸 알고 있지만, 생각해 보세요. 이렇게 한정된 반경 내에서 생활을 해야 할 때야말로 독서가 주는 자유는 그 무엇보다 특별할 겁니다. 생각의 경계를 허물고, 감정의 둑을 터뜨려 줄 테죠. 아무리 틀에 박힌 일상 속에서도 책을 읽는 동안만큼은 자유를 느낄 수 있습니다.

그래서 8월의 스티커는 독서와 관련이 있어요. 독서량만 보면 퍼사장 또한 이런 말을 할 자격이 없다는 걸 잘 알고 있지만, 해보니 가히 추천할 만합니다. 특히 저는 소설을 좋아하기 때문에, 책 속에서만큼은 다양한 걸 접하고, 멀리 여행까지 다녀올 수 있더군요. 오늘은 '해리 보슈' 형사와 함께 '할리우드' 구석구석을 떠돌고 있고 말이죠.

자, 이 더위에 정말 밖을 싸돌아다니며 땀이나 한 바가지 뺄 건가요? 그냥, 책 한 권 들고 진토닉에 와서 퍼스널 한잔하세요. 이보다 좋은 피서 방법, 또 없습니다.

7월 30일

가면 갈수록 퍼스널에 출근할 맛이 납니다. 몇 달째 이 공간에서 보내는 하루하루가 즐겁게 느껴지고 있어요. 전과 달리 밖으로 나

돌지 않고, 조퇴나 지각하는 날이 줄어든 건 다 그 때문입니다. 다른 이유는 없어요. 그저 어느 순간부터 이 공간에서 사람 사는 냄새가 나기 시작했습니다.

그동안 많은 분들이 도대체 사진 촬영에 제한을 둬서 얻는 게 무엇이냐 물어오곤 했었는데 말이죠. 이제 퍼스널에선 손님들의 대화 소리가 들립니다. 이미 알려질 만큼 알려져서인지 과도한 촬영을 두고 자제 요청을 드리는 경우는 한 달에 두세 번도 되지 않아요. 다들 자연스럽게 대화를 하러 이 공간을 찾아옵니다.

거의 일년 반을 셔터 소리 속에 살았던 거 같네요. 하루에도 수천에서 수만 번의 셔터 소리가 울려 퍼지던 공간을 이제는 사람들의 목소리가 채워내고 있습니다. 지난 반 년 동안 그 변화를 몸소 체험하고 있죠. 말 한마디 나누지 않고 서로 사진이나 찍어주는 모습만 보다가, 함께 웃고 떠드는 모습을 보고 있으니 마음이 따스해질 수밖에요.

여기까지 오는데 2년이란 시간을 애써야 했지만, 그 시간이 전혀 아깝지 않습니다. 오히려 여러분과 함께 퍼스널을 나눌 수 있다는 것이 고마워요. 누군가는 평범하지 않다 말하는 공간에 와서, 평범한 일상을 보내주셔서 고맙습니다. 그런 차원에서 앞으로도 사진 촬영은 10장 이하로 제한될 예정이오니, 까불지 말고 와서 퍼스널 무드나 만끽하세요.

7월 23일

어제는 오랜만에 커피 주문량이 진토닉 주문량을 앞질렀습니다. 지난 주말부터 며칠 동안은 진토닉이나 하이볼을 드시러 오신 분들이 많았거든요. 물론 더운 날씨 탓도 있겠지만, 퍼사장 개인적으로는 이런 변화가 참 반갑게 느껴집니다.

2년 전 이 공간의 문을 열고 가장 많이 들었던 말 중에 하나가 "여기 술집이에요?"라는 말이에요. 단지 메뉴에 진토닉이 있다는 이유 하나만으로 많은 분들이 질겁을 하시곤 하셨습니다. 카페라고 듣고 찾아왔는데 커피 메뉴는 아메리카노와 라떼 단 두 종류뿐이니 그럴 만도 하긴 하지요.

하지만 저는 그게 참 아쉬웠습니다. 어째서 사람들이 카페를 단지 커피 마시는 공간으로 생각에 제한을 두게 되었을까 안타까웠어요. 그 고리타분한 법률상에도 존재하지 않는 한계를 창창한 20대 손님들이 만들어내고 있다는 게 속상했죠. 아마 이 '정사각형 프레임'이 만들어낸 구속 일거라 생각합니다.

그래서 여러분께 고마워요. 제가 농담 삼아 "진토닉에서 퍼스널을 마신다"라고 말하곤 하는데 말이죠. 퍼스널에서 진토닉을 즐겨주셔서 감사합니다. 덕분에 이런 공간을 운영하면서도 외롭지 않네요. 이번 주말에도 곳간에 진과 위스키가 가득하니 맘 편히 오셔서 진토닉에서 퍼스널 한 잔, 추천합니다.

7월 21일

날씨가 더워서 그런지 힘이 나질 않는다는 분들이 속출하고 있는데 말이죠. 사실 저 역시 그렇습니다. 의욕도 떨어지고, 괜히 짜증이 날 때도 있어요. 여러분과 마찬가지로 말입니다.

한데 이게 자연스러운 거예요. 날 더운데 날뛰고 싶은 마음이 들면 그것이야말로 도리어 문제라 할 수 있죠. 이런 날씨에는 차분히 앉아 에너지 소비를 최소화하고, 땀으로 빠진 만큼의 영양을 섭취하는 데 신경을 써야 하는 것이 당연합니다.

그러니 실망하지 말고 기다리도록 해요. 먹고 싶은 것도, 하고 싶은 것도 많아지는 그날이 오면, 오늘의 이 '아무것도 하고 싶지 않음'이 준 휴식이 고맙게 느껴질 테니까요.

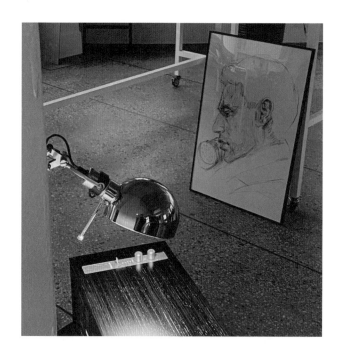

날이 참 덥죠? 퍼사장 어렸을 적만 해도 '이상기후'하면 해외토픽 기사로 접하는 게 전부라 크게 와닿고 하진 않았었는데요. 작년 50일 최장기 장마와 올해 10일 최단기 장마를 연년으로 겪고 나니 비로소 그 말이 실감이 납니다. 지구가 급격히 병들어가고 있다는 걸 말이에요. 당장 장마를 밀어내고 찾아온 끝 모를 폭염만 생각해도 식은땀부터 흐를 정도입니다.

그래도 할 건 해야 하기에, 어제는 휴무임에도 출근을 해서 대청소를 했어요. 지난 휴가 기간 동안 청소를 하지 못했으니, 지금이라도 그 몫을 하려 한 거죠. 그런데 막상 청소를 하다 보니 여간 더운 게 아니었습니다. 에어컨 청소를 해서 에어컨도 켤 수 없고, 제빙기 청소를 해서 시원한 커피도 만들어 마실 수 없는 상황 속에서 대청소를 하려니 땀이 비 오듯 쏟아졌어요. 그나마 퍼스널은 2층이라 바람이라도 잘 통했기 망정이지, 꽉 막힌 공간이었다면 더위를 먹고 며칠 쉬게 되었을 지도 모릅니다.

기사에서 접한 바로는, 쿠팡 물류센터의 근무 여건이 더없이 좋지 못하다고 해요. 낮 동안 철판으로 지어진 건물 외벽이 달궈져 실내 온도가 한밤에도 36도를 훌쩍 웃돈다고 합니다. 공간 또한 넓기에 일을 하다 보면 4만 보쯤 걷게 되는 건 기본이고 말이죠. 그럼에도 에어컨이 설치되어 있지 않다고 해요. 사람이 사우나 같은 조건 속에서 쉬지 않고 일을 해야 하는데 에어컨 설치를 해주지 않는다는 겁니다. 글쎄요, 이건 고문이란 표현이 맞지 않나요.

말로는 건축법 때문에 설치를 하지 않았다고 하는데, 정말 그 이유가 맞는다면 퍼사장은 법이 잘못된 거라고 생각합니다. 아니면 애초부터 법에 맞게끔 건물을 지었어야 하는 거죠. 그 많은 물류센터 건물들이 같은 조건으로 지어진 것으로 보아 누가 봐도 고의가 느껴지는 건 배제하고 봐도 말입니다. 에어컨을 돌리는 전기세보다 직원들의 치료 비용이 저렴하기 때문이란 말이 괜히 나오는 게 아닐 거예요.

그 회사 대표가 돈을 참 많이 벌었죠? 얼마 전 인터뷰에서 그 천문학적인 재산을 언젠가 사회에 환원하겠다 했다던데 말이에요. 그이는 정말 자신이 공정한 방법으로 돈을 벌었다 생각하는 모양입니다. 그 역시 기초교육과정을 거치며 조선 말기 양민 수탈의 역사를 보고 분개해 했던 사람 중 한 명이라면, 지금이라도 반성하고 직원들의 근무 여건 개선을 위해 곳간을 열길 바랄게요. 엄한 데다 돈 쓰고 사회 환원했다 말하지 말고 말이죠.

아무튼 썰은 여기까지만 풀도록 하고 이번 한 주도 힘차게 시작해 보겠습니다. 여러분은 그저 직원 근무 여건이 쾌적한 공간 퍼스널에서 시원하게 여름 나기에 성공하셔요. 오늘도 편하게 일 할 궁리에 애쓰고 있는 퍼사장이 여러분과 함께 하겠습니다.

7월 13일

동갑임에도 어른처럼 느껴지는 친구가 있어요. 그 친구라고 실수를 하지 않는 것은 아니고, 늘 바른 모습만 보여주는 것도 아니지만, 그래도. 함께 있다 보면 뭔가 다른 면을 느끼곤 합니다. 그래서 가만히 생각을 해봤죠. 그의 어떤 면이 다를까 하고 말이에요.

이제 보니 그 친구는 함부로 참언을 하지 않습니다. 상대방이 조언을 구하는 경우가 아니고서는 다른 이의 사정을 두고 이렇다

저렇다 말을 보태지 않아요. 분명 그 자신도 나름의 의견이 있을 테지만, 묻기 전에 먼저 참견을 하진 않습니다. 말을 아낀다는 게 바로 이런 경우겠죠.

퍼스널이 문을 연지 벌써 2년이란 시간이 지났음에도 여전히 말 한마디씩 보태는 분들이 많습니다. 이런 말들이 퍼사장의 기분을 상하게 하진 않아요. 다 관심이 많아서 하는 말들이니, 사실은 고마울 일들이죠. 본인의 시간과 노력을 할애할 만큼 퍼스널에 애정이 있다는 반증이니 말입니다. 그래서 그럴 때면 그저 가만히 듣는 편을 선택한 답니다.

하지만 분명한 건, 그 말들을 듣고 내리는 결정은 없다는 거예요. 미안하지만 정말 그렇죠. 그 의견들이 형편없어서도 아니고, 그 사람들이 중요하지 않아서도 아닙니다. 그건 단지 제게도 제 나름의 의견이 있기 때문입니다. 누구나 그렇듯, 저 역시 저만의 면모를 가지고 있어요. 어떠한 문제에 대해 생각할 때 우리는 결국 제각각 다른 결론을 내리게 되죠.

퍼사장은 이게 참 중요하다고 생각해요. 누군가와 나를 구분지을 수 있는 다른 면. 이것 없이는 결코 자신만의 삶을 살고 있다고 말할 수 없어요. 타인의 말대로 운영한다면 퍼스널을 제 공간이라고 말할 수 없는 것과 같은 논리입니다. 그래서 누구든 공간을 운영하려 한다면, 다른 공간과 비슷해지는 걸 가장 주의해야 한다고 생각해요.

이건 여러분도 마찬가지입니다. 다른 누군가와 같은 삶을 살기 위해 노력하지 마셔요. 며칠 전에 안타까운 기사를 봤습니다. sns가 유행한 뒤로 10대와 20대의 자살률이 급증했다더군요. 아직 고집불통 꼰대가 되지 못한 젊은이들의 자기 결정 능력이 현저히 낮아지고 있다고 해요. 그래서 다른 누군가와 자신이 달라 보이면 죽고 싶을 만큼 실망한다는 겁니다. 오늘 어떤 카페에 가면 좋을지, 그곳에서 어떤 메뉴를 마실지를 타인이 정해주길 바란다는 거예요.

퍼스널에서만큼은 여러분이 주문하고 싶은 걸 주문하셔도 됩니다. 퍼사장의 추천 메뉴를 마시지 않아도 좋아요. 다른 누가 맛있게 먹었다는 조합 같은 건 잊어버려도 좋습니다. 그놈의 '헤이즐넛 라떼 맛집'이라는 유명인의 추천 따위는 머릿속에서 지워버리세요. 라떼에 헤이즐넛 시럽 추가한 게 전부인 메뉴입니다. 달달한 음료가 당길 때 마시면 그만인 메뉴죠. 이곳에선 그저 메뉴판을 먼저 보시고, 그중 먹고 싶은 걸 선택하는 겁니다. 별거 아닌 것 같지만, 이게 바로 삶의 가장 중요한 부분이란 걸 잊지 마세요.

심경의 변화는 없습니다, 여러분. 그냥 자른 거예요. 허허. 출근길
에 머리 커트를 한다고 지각한 덕분에, 정신없이 쿠키를 굽고 보니
수십 통의 메시지가 와 있네요. 이런 이런, 빠짐없이 답장을 드리
도록 할 테니까 조금만 기다려 주십쇼.

　음, 퍼사장이 갑자기 긴 머리를 자른 건 말이죠. 거울을 봤기 때문입니다. 애초에 기르게 된 계기 자체가 흔한 남자들의 '자뻑' 때문이었는데요. 어느 날 '나 정도면 장발도 소화할 수 있지 않을까' 하는 괜한 호기가 생겨 머리를 길렀던 거랍니다. 그러다 어제 거울을 봤어요. 하..

"아, 진짜 못생겼네. 도저히 못 봐주겠다."

라는 말이 절로 나오더군요. 그래서 잘랐습니다. 미련 없어요. 그저 지난 2년간 저의 지저분한 몰골을 참고 지켜봐 주신 모든 분들께 감사의 인사 전할 뿐입니다.

이제 다시 지난 십수 년간 유지했던 머리 스타일로 돌아왔는데요. 어려 보인다는 여러분의 의견과 달리, 가까이서 보면 흰머리가 빼곡하답니다. 그새 많이 늙었네요. 피부도 탄력을 잃었고, 없던 주름도 보이고 말입니다. 심지어 머리통마저 커진 느낌이라니까요. 뭐, 별 수 있습니까. 이제 저도 낼모레 마흔인데. 앞으론 퍼사장 만나거든, '으른'공경의 의미로 좀 더 따스히 대해 주시면 감사드리겠습니다. 울지 않아.

7월 8일

날이 많이 덥네요. 가만히 서 있기만 해도 온몸이 축축이 젖을 만큼 습도마저 높고 말이죠. 출근해서 오픈 준비를 하는데, 아직 아무것도 한 게 없음에도 혼 빠진 사람 마냥 허둥댔답니다. 아마 여름만큼 날씨의 영향이 큰 계절은 없을 거예요.

덕분에 오늘 하려던 이야기가 기억이 나질 않습니다. 분명 뭔가 또 긴 이야기를 하려 했던 것 같은데, 오늘은 그저 에어컨 바람 쐬며 시원한 진토닉이나 한잔하는 게 좋겠어요. 이런 날 괜히 머리 쓰다 보면 자신도 모르는 사이 예민해지기 십상이니 말입니다.

간밤에 코로나 대응 단계가 격상되었다죠? 부디 모두들 무사하고 평안한 하루 보내시길 바라요. 또한 어제 내린 폭우로 어려움을 겪고 있을 동료 사장님들이 그 근심을 훌훌 털어버릴 수 있을 만큼 상큼한 일이 생겼으면 좋겠고 말이죠. 아무리 우리 인간이 본능적으로 편안함을 추구한다고 하지만, 건강과 안전에 버금가는 가치는 없다는 걸 잊지 않는 하루 보내도록 합시다.

7월 5일

퍼스널의 피드를 보신 분들이 가장 궁금해하는, 아니.. 답답해하는 것 중 하나가 메뉴에 대한 어필을 많이 하지 않는다는 것입니다. "이 메뉴가 어떤 메뉴다"정도의 설명만 할 뿐, 남들처럼 '최고의 맛'이니, '이태리나 미국 정통'이니 하는 식의 포장은 하지 않으니까요. 글쎄요, 정답이 없는 세상에서 그런 낯간지러운 이야기로 영혼을 팔고 싶은 마음은 없습니다. 늘 말씀드리는 것처럼 산다는 건, 우열을 가리기 위한 경쟁이 아니라 취향에 따른 선택이니 말이죠. 애써 남보다 내가 낫다는 식의 어필은 하지 않아도, 결이 맞는 분들은 자연히 퍼스널로 모여들 겁니다.

그래서 말인데, 퍼사장이 어필하고 싶은 바는 따로 있어요. 이 것이야말로 이 공간을 대표하는 정수가 아닐까 생각합니다. 하루 가 멀다 하고 가져다주시는 손님들의 선물들 이야기죠. 지금 이 글 을 쓰는 동안에도, 손수 만든 '에그 타르트'와 '단호박 케이크'를 선물로 받았네요. 농담 삼아 선물로 받는 것들의 가격이 퍼스널의 매출보다 높은 게 아니냐 말이 나올 정도로 많은 양의 선물을 받곤 합니다. 정말 감사한 일이에요. 덕분에 매출이 높지 않은 날에도 마음만큼은 충만하게 퇴근할 때가 많답니다.

아마 누군가는 이런 저의 이야기를 단순 자랑질에 불과하다 비아냥거릴 수도 있다는 걸 알아요. 뭐, 사실 퍼사장 또한 어쩔 수 없는 한국 사람이다 보니 선물 받았다 말하는 게 스스로 쑥스러울 때가 많고 말이죠. 하지만 그럼에도 이렇게 "선물 받았다" 용기 내 표현하는 건, 앞서 말한 바와 같이 이 선물들이 퍼스널을 나타내 는 아이덴티티라고 생각하기 때문입니다. 진정한 이 공간의 정수 라고 할 수 있죠.

중요한 건 선물들의 가격이 아닙니다. 정말 매출보다 선물들 의 값이 더 높을 수도 있겠지만, 정작 제 마음에 와닿는 건 그 가격 이 아니라 가치에요. 거기에 담긴 마음이 더 중요합니다. 생각해 보세요. 누군가 좋은 걸 마주했을 때, 눈앞에 있지도 않은 퍼스널 을 떠올렸다는 것이 얼마나 가슴 뜨거워지는 일인지 말입니다. 마음과 마음의 교감 없이는 불가능한 일이죠. 어찌 보면 부산에서 조금 낯선 공간일지도 모를 퍼스널을 대표하는 게 다름 아닌 손님들의 선물이다 말한 건 이 때문입니다. 마음과 마음을 촘촘히 엮어낸 결과물이 바로 퍼스널이죠.

마음을 쓰고 있습니다. 돈이나 벌 목적으로 문을 열었다면 40평이 넘는 공간에 고작 서너 개의 테이블을 놓는 멍청한 짓은 하지 않았을 거예요. 사진 촬영을 자제해달라 말하는 대신, 손님들 초상권이 침해당하건 말건 사진이나 많이 찍어서 홍보해달라 구걸했을 테죠. 하지만 아닙니다. 이 공간을 찾아온 여러분을 돈으로 생각해본 적 없어요. 그저 한 분 한 분 마음으로 대해 왔고, 덕분에 여러분이 있다고 생각합니다. 마음을 마음으로 대해주셔서 고마워요. 퍼스널을 마음으로 채워주셔서 감사합니다.

7월 1일

퍼스널은 매월 컵의 디자인이 바뀐다는 걸 이제는 많은 분들이 알고 있으리라 생각합니다. 7월의 디자인을 물어 오신 분들이 많았던 건 바로 그 때문이겠죠. 하지만 6월의 디자인이 제 몫을 다할 수 있도록, 오늘이 오기까지 함구하고 보여 드리지 않았어요. 궁금함을 참고 기다려주신 모든 분들께 감사드립니다.

단골손님들이 자주 말씀하시더군요. 이 공간에 위안을 얻으러 온다고 말이죠. 하루의 시작 또는 마무리를 하기 위해 오시는 분들이 많아요. 어제의 미련이나 오늘의 시련 따위를 차분히 정리하기 위해 퍼스널에 오시는 겁니다. 부디 그럴 수 있기를 바랄게요. 7월의 디자인에는 그 마음을 담았습니다.

6월 29일

때론 삶이 어떤 방향으로 흘러가고 있는 건지 감이 오지 않을 때도 있습니다. 하지만 중요한 건 우리가 끊임없이 노를 젓고 있다는 것이죠. 무기력하게 부유하고 있는 것처럼 느껴지지만, 노를 젓지 않는 자에게 일상은 주어지지 않아요. 여러분이 오늘 또 하루 이렇게 살아가고 있다는 건, 나름의 노를 열심히 젓고 있다는 의미일 겁니다. 한 해의 절반이 지나갔다고 한숨짓지 마시고, 소보와 퍼스널에서 또 절반의 2021년을 헤쳐 나갈 기운 충전해 가실 수 있으면 좋겠네요.

6월 26일

퍼스널에서 시그니처 메뉴 찾으면 뺨 맞는다는 소문에도 불구하고, 여전히 "자신 있는 메뉴로 내와 보라"는 손님들이 있는데 말이죠. 어느 것 하나 최선을 다하지 않은 메뉴가 없답니다. 돈이 될 만한 게 아니라 스스로 좋아하는 것만 팔기에, 누가 대충 하라 해도 대충 할 마음이 없어요. 아마 퍼사장이 아닌 누구라도, 자신이 좋아하는 것에는 진심을 다 할 겁니다.

그러니 시그니처 커피 같은 건 그만 찾고, 퍼스널에 왔으면 진토닉도 도전해 보세요. 술 좋아하기로 소문난 퍼사장이 가장 애정하는 주종이 '런던 드라이진'이란 건 모두들 아시잖아요? 진토닉 한 잔 마셔보지 않고는 어디 가서 퍼스널에 대해 안다고 말 한마디 보탤 수 없을 겁니다. 퍼스널의 유일한 메뉴는 아니지만 퍼스널의 진면목이 담긴 메뉴, 진토닉을 즐겨보세요.

6월 24일

어제 미국 프로야구 경기 중 이런 일이 있었답니다. 적시타가 터지면서 무난히 홈으로 들어올 수 있었던 주자가 달리다 다리를 접질린 거죠. 덕분에 부상을 입은 그는 천천히 걸을 수밖에 없었습니다. 절뚝절뚝, 한 발 한 발. 이대로 가다간 아웃을 당할 게 분명했죠. 그런데 그때 놀라운 일이 벌어졌어요. 공을 잡은 야수가 그를 아웃시키는 대신, 가만히 공을 들고 서서 그의 홈인을 기다린 겁니다. 주자가 홈으로 들어가면 경기에서 질 수 있단 걸 알면서도, 불의의 사고를 당한 동업자를 배려한 것이죠.

퍼사장은 이런 이야기가 너무 좋아요. 사람 냄새나는 이야기. 시발, 사는 게 '주옥' 같아도 이런 이야기를 듣고 나면 포기할 수가 없다니까.

6월 22일

주변 사람들과 이야기를 나누다 보면 어렵지 않게, "아, 핸드폰 그만 봐야 하는데"라는 말을 듣게 됩니다. 열에 열은 아니어도 대다수의 사람들이 비슷한 말을 하죠. 퍼사장 또한 같은 말을 입에 달고 사는 사람으로서 그 마음을 모르는 바 아니랍니다. 흔히 말하듯 '습관적으로' 포털사이트 혹은 sns를 뒤적거리곤 해요.

음.. 솔직히 그 자체로도 그다지 좋은 습관일 리 없는 건 분명하지만, 우리가 고작 손바닥만 한 화면 좀 봤다고 이렇게나 자괴감을 느끼는 건 어째서 일까요. 일테면 딱히 볼 프로그램도 없으면서 tv 채널을 돌렸을 때나, 배가 고픈 것도 아닌데 과자 몇 봉을 먹어버렸을 때처럼 이유가 있기에 후회도 따르는 것일 겁니다.

아마 말은 안 해도 모두들 알고 있기 때문이겠죠. 포털사이트는 물론이고 sns까지, 우리가 핸드폰을 통해 접하는 정보들이 대부분 사실이 아니란 걸 말입니다. '네이버'에 올라온 인터넷 기사들만 보더라도, 정확한 정보가 아닌 '카더라'식의 소문을 바탕으로 쓰인 것들이 많아요. 공적인 정보를 다뤄야 하는 언론마저 이 모양이니, 사적인 정보가 모여드는 sns는 더 말할 것도 없겠죠. 그런 실체 없는 정보의 늪에서 하루 종일 시간을 보내다 보면 '현타'가 올 수밖에요.

개인적으로 퍼스널을 운영하다 보면 흥미로운 경험들을 할 때가 있습니다. 제가 누군지도 모르는 사람들이 저에 대해 이야기하는 걸 듣거나, 타인에게 이를 전해 듣게 되는 경우가 있죠. 심지어 길에서 모르는 사람들이 저를 알아볼 때도 있답니다. 글쎄요, 여러분도 아시다시피 저는 부산 출신이 아닙니다. 제가 이 도시에 아는 사람이라고 자신 있게 말할 수 있는 사람은 그다지 많지 않아요. 심지어 밥을 세끼 이상 같이 먹어본 사람도 열 손가락을 넘지 않습니다. 그럼에도 누군가는 저에 대해 이야기를 하죠.

처음엔 이게 정말 이상했습니다. 어째서 모르는 사람이 나에 대해 관심을 가질까. 인사 한두 번 나눈 걸로 친하다 말하는 사람은 누굴까. 근거 없는 이야긴 어떻게 만들어지는 걸까. 모든 게 낯설고 꺼림직하게 느껴졌습니다. 제가 연예인이나 운동선수와 같은 공인은 아니니까 말이죠. 대도시인 줄 알았던 부산이 작은 우물 안처럼 느껴지기도 했답니다.

하지만 지금은 더 이상 그런 말들에 관심이 생기지 않아요. 어른들 말씀처럼 '난 그저 내 할 일이나 하면 그만'입니다. 제게 있어 실체는 제가 살아내야 하는 하루하루가 전부라는 걸 알고 있거든요. 쉽게 말해, 저에 대해 말을 하고 옮기는 이들 중 진짜 저를 아는 사람은 없습니다. 대부분이 저를 만나본 적도 없는 사람일 테고, 남은 몇몇은 한두 번 이야기를 나눠 봤거나 술자리에서 우연히 마주친 게 전부일 테죠. 이런 사람들이 만들어 낸 세상이, 제가 살아가고 있는 세상일 리 없잖아요.

없는 실체를 잡기 위해 애쓰기보다, 당면한 하루를 잘 살아내기 위해 노력하시길 바랍니다. 누가 여러분에 대해 이야기하는 걸 알게 돼도 사실을 증명하기 위해 나설 필요 없어요. 애초에 거기엔 증명해 내야 할 사실이 존재하지 않으며, 그 말을 옮기는 이들이 바라는 것 역시 사실이 아니니까 말입니다. 우리는 그저 우리가 밥 먹고 숨쉬는 이 현실 세계를 살아가면 그만이에요. 남 이야기는 물론, 온라인 매체와 sns가 뱉어내는 소문 따위는 저리 치워두고, 오늘도 밥 잘 챙겨 드시길 바랍니다. 먹는 게 남는 거니까.

6월 18일

왜 퍼스널은 그 흔한 '바닐라 라떼' 조차 팔지 않냐 묻는 분들도 많은데, "내 맘"입니다. 누누이 말씀드린 바와 같이 이 공간은 컨셉 따위로 채우지 않았어요. 그저 퍼사장의 취향대로 엮어낸 공간이죠. 돈 몇 푼 벌어보고자 얕은 수작 부리는 건 제 성향에 맞지 않아요. 조금 돌아가거나 힘들지언정, 진정성을 다하는 게 속 편한 사람이랍니다. 그래서 메뉴가 단출해요. 사장이 좋아하는 것만 파니까.

아니, 그런데 말이죠. 이건 지극히 개인적인 견해긴 한데 말이에요. 저 풍성하고 짙은 풍미의 크레마 좀 보세요. 애써 바닐라 시럽을 더하지 않아도, 퍼스널 블랜드 커피가 알아서 우리를 가득 채워 줄 겁니다. 하루 종일 씻어낼 수 없는 텍스처가 여러분의 입안을 맴돌 테죠. 그러니 바닐라 시럽이 없다고 당황하지 마세요. 이미 충분합니다.

6월 17일

퍼사장이 백신을 맞은 지 이제 사흘이 지났네요. 여러분이 함께 마음 써주신 덕분에 건강한 모습으로 돌아왔습니다. 이제 지난 이틀 간의 단축 영업을 마치고 정상영업을 하도록 할게요. 따로 말씀드리지 않았음에도 격려를 보내주셨던 모든 분들께 감사의 말씀 보냅니다.

글쎄요, 가끔씩 어떤 분들이 물어 오실 때가 있습니다. 퍼스널은 어째서 손님들과의 관계가 그리 돈독할 수 있느냐고 말이죠. 듣던 소문과 온라인상 이미지만 봤을 땐 그 어떤 카페보다 손님과의 관계가 좋지 않아 보이는데, 막상 와보면 단순 공간과 손님의 관계를 넘어선 듯 친밀해 보인다는 말들을 자주 하세요.

제 생각엔 그저 호불호가 갈리기 때문에 그리 보이는 것이 아닐까 싶습니다. 퍼사장이 생각하는 카페는 포토존이 아니에요. 사진을 찍기 위한 배경이 아닌, 사람이 시간을 공유하는 공간이죠. 누군가는 이곳에서 진정한 휴식, 자신에게 집중할 수 있는 시간을 갖길 바란답니다. 따라서 본의 아니게 사진을 목적으로 하는 분들과는 갈등을 겪을 수밖에요.

문제는 그분들의 활동이 더 눈에 띈다는 것입니다. 일단 사진을 목적으로 공간을 방문한다는 것만 봐도, 블로그를 운영하거나 sns가 직업인 분들이 대부분이죠. 애초에 온라인상 평판을 목적으로 영업 해왔다면, 촬영 자제 요청 같은 건 하지 않는 편이 나았을 겁니다. 목적이 다를 뿐 저 역시 그분들을 싫어하는 게 아니거든요. 하지만 세상에는 퍼스널 같은 공간도 필요하다고 생각하는 바, 욕을 먹더라도 소신을 지켜나갈 수밖에요.

그리고 무엇보다 눈에 띄게 활동을 하지 않아서 그렇지, 저의 운영 방법을 응원해 주시는 분들 역시 많으니 힘을 낼 수 있답니다. 주로 개인적 영역에 집중하는 분들이라 쉽게 모습을 드러내진 않아도, 이 공간을 꾸준히 지지해 주시는 분들이죠. 물론 그분들도 눈과 귀가 있는 터라, 때때로 퍼스널의 안위를 물어올 때도 있는데요. 그럴 땐 그저 차라리 남들도 볼 수 있게 애정을 표현해 주시면, 더 큰 힘이 될 것 같습니다.

말이 많아지는 걸 보니 백신으로 인한 몸살 기운이 이제 완전가신 모양이에요. 저는 겪지 않을 줄 알았는데 정말 한 이틀간은 숙취를 겪는 듯한 느낌이었죠. 술도 안 마시고 숙취를 느낀다는 게 어찌나 억울하던지.. 지난 이틀 동안 퍼스널의 진토닉 맛이 얼마나 간절했는지 모른답니다. 어찌 보면 이 한 잔만 기다리면서 버텼는 지도 모르겠어요. 여러분도 묵은 답답함을 날려버리고 싶을 땐 아 시죠? 진토닉에 와서 퍼스널 한잔하세요.

'수단과 방법을 가리지 않는다'라는 말이 있죠. 음, 모르겠어요. 퍼사장 기억이 편향된 것일 수도 있지만, 제가 어릴 적만 하더라도 이 표현은 부정적인 의미로 사용할 때가 많았습니다. 이를테면, "매국노 이완용은 개인적 영달을 위해 수단과 방법을 가리지 않았다" 정도의 느낌으로 말이죠. 물론 그와 같은 의미로만 써야 하는 수사는 분명 아닙니다. 또 수단과 방법을 가리지 않아야 할 순간도 있는 법이고요.

하지만 우리는 기본적으로 수단과 방법은 가려야 한다고 배우며 자라나죠. 목적을 달성하는 것보다 중요한 덕목이 있다는 걸 가르쳐주지 않는 어른은 없습니다. '거짓말을 하지 말라'라는 흔한 말조차, 눈앞의 이득보다 정직을 우선으로 하라는 뜻이 내포되어 있다는 걸 모르는 이는 없을 거예요. 그래서 제 기억엔 노력의 의미로 사용할 땐, '물, 불 가리지 않는다'처럼 다른 표현을 많이 썼던 것 같네요.

'존 제임스 오듀본'이라고 조류 연구에 큰 업적을 남긴 사람이 있었습니다. 집대성이라 부를 만한 도감을 엮은 모양이에요. 덕분에 '자연 애호가'라는 칭호를 받고 역사에 이름을 남기게 됐죠. 아마 사람이라면 누구나 꿈꿀 만한 결과가 아닐까 싶네요. 인류사에 한 획을 긋는 것보다 더 큰 영예는 많지 않으니까 말이에요. 하지만 저는 결과만큼이나 과정 또한 중요하다 생각하는 사람이다 보니, 저 '조류 연구의 아버지'가 영 탐탁지 않습니다. '자연 애호가'라는 별칭과 달리 수단과 방법을 가리지 않고 연구를 했던 사람이거든요.

당시까지만 해도 새의 생김새를 남길 방법은 그림뿐이었답니다. 새를 잡아다 두고 보면서 그리는 수밖에 없었죠. 그래서 그가 선택한 방법은 산탄총이었어요. 작은 납 알갱이 수백 발을 발사해 한 번에 수십 마리씩 학살을 하는 방식으로 사냥을 했습니다. 덕분에 하루에도 수백 마리의 새들이 죽어나갔죠. 나중엔 그 자신도 더 이상 잡을 새가 없다고 한탄했을 만큼 말입니다. 그가 산탄총을 사용한 이유는 단 하나, 관찰하기 쉽도록 총알 자국이 작게 남길 바랐던 것이었어요. 보기 편하자고, 수십 마리를 죽여 한 마리 표본을 고른 셈이죠.

그래요, 그렇게라도 결과를 냈기에 먼 훗날 우리도 그를 기억하는 것일 겁니다. 그래서인지 갈수록 많은 사람들이 그와 같은 방법을 택하고 있어요. 수단과 방법을 가리지 않고 이득을 취하려 들죠. 어렸을 적 배웠던 덕목들을 지키지 못하더라도, 경제적 이윤만 남기면 사업이라 생각하는 사람들이 많아지고 있습니다. 얼마전 여배우들을 저격했던 유튜버만 봐도 그래요. 금전적 이득을 위해 남의 사생활을 만천하에 공개해 버리는 행위도 서슴지 않았죠.

하지만 기억해야 합니다. 우리가 살면서 이룰 수 있는 가장 큰 영예는 타인이 쥐여주는 것이 아니란 것을 말입니다. 한 개인의 생애가 얼마나 아름답고 가치 있었는지는 본인 스스로 가장 잘 알 수 있어요. '존 제임스 오듀본'과 같은 연구를 했던 이 중, 셀 수 없이 많은 새를 죽이는 대신 먼발치에서 관찰하고 조금 덜 정확한 조류 도감을 만든 것을 부끄럽다 생각한 연구가는 단 한 명도 없었을 것입니다. 오히려 진정으로 자연을 사랑하고 아낀다는 것에 자부심을 느끼며 살아갔을 테죠. 남에게 불리기 위해 애쓰기보다, 스스로 불렀을 때 부끄럼 없기 위해 노력하며 살아갑시다. 저 역시 다른건 몰라도, 그런 마음 변치 않고 퍼스널을 지켜나가도록 할게요.

6월 11일

세상은 요지경이라더니, 요 며칠 외국에서 흥미로운 사건들이 있었습니다. 하나는 프랑스, 또 다른 한 건은 미국에서 발생했는데 말이죠. 프랑스에서는 대통령이 시민에게 따귀를 맞았고, 미국에선 알몸 난동을 벌이던 여성이 테이저건을 맞습니다. 좀 더 자세히 살펴볼까요.

특권의식이 없기로 소문이 난 프랑스의 젊은 대통령 '마크롱'이, 평소처럼 맨몸으로 시민들에게 다가가 악수를 청했습니다. 물론 몇 명의 경호원들이 급히 달려가 곁에 서 있긴 했지만, 순식간에 날아든 스매싱을 막을 틈까지는 없었어요. 그들이 한 일이라곤 따귀 때린 남성을 밀치고, 대통령을 안아 든 게 다였죠. 이 사건의 가장 큰 피해자는 아마 대통령이 아닌 경호원들이 아닐까 싶네요.

미국의 상황은 다릅니다. 평소에도 터프한 사건 처리로 유명한 미국 경찰관들이 이번에도 빠르게 사건 하나를 처리했어요. 이유는 알 수 없지만, 한 명의 여성이 상점 두 곳에서 옷을 벗고 난동을 부린 모양입니다. 혼비백산한 주변 사람들은 안중에도 없고 bar 위로 올라가 춤까지 췄더군요. 그리곤 번쩍, 건장한 경찰관 하나가 테이저건을 발사해 기절시켜 버렸답니다.

여러분이 보시기엔 이 두 사건이 어떻게 보이시나요. 서로 연관은 없지만, 보는 이에 따라 의견이 분분할 수는 있다는 공통점이 있죠. 하지만 글쎄요, 그저 있을 수 있는 일들에 불과하다는 것이 퍼사장의 생각입니다. 사람과 사람이 어울려 살다 보면 이런 일도 생기고, 저런 일도 생길 수 있는 법이에요. 신념이 다르면 대통령 따귀도 때릴 수 있는 거고, 고작 따귀 한 대 때렸다고 총질을 할 수는 없는 거고. 옷을 벗는 건 자유지만, 공공장소에서는 법이 우선이고.

그냥, 그게 다예요. 사람이기에 실수도 하고, 사람이기에 책임도 다하며 살아가는 거죠. 감정이 우선인 사람이 있듯, 이성이 먼저인 사람도 있는 게 세상입니다. 그러니 시선을 너무 한 쪽으로만 몰지 마셔요. 언제부터인가 이분법이 만연합니다. 남과 여, 좌와 우, 또 노인과 청년. 마치 세상이 바둑판인 양, 흑돌과 백돌 중 하나만 집어야 한다고 생각하죠. 하지만 그렇지 않아요. 카페라는 이름을 달고 개인 작업실이라 우기며, 술까지 팔아대는 '퍼스널'도 있지 않습니까.

이해할 수 없는 일로 고민이 될 땐, 이곳으로 와서 진토닉을 한잔하세요. 이 복잡 미묘한 세상이 얼마나 단순 명료하게 아름다운지 그 한 잔 술을 마시고 나면 보이기 시작할 겁니다. 그냥 생각을 멈추고, 그저 진토닉에서 퍼스널 한잔하세요.

6월 9일

국가대표 간판 사격 선수가 지속적으로 후배를 괴롭히다 12년 자격

정지 판결을 받았다는 기사를 봤는데 말이죠. 참 간 큰 사람이 아닐 수 없네요. 인생 한 방인 걸 모르는 모양입니다. 축구 선수나 농구 선수도 아니고 사격 선수끼리. 아, 그렇다고 축구 선수나 농구 선수끼리는 싸워도 된다는 말은 아니지만.

6월 8일

월요일 휴무를 하다 보니 퍼사장에게 한 주의 시작은 화요일입니다. 흔히 말하는 월요병을 느낄 일은 도무지 없어요. 되려 지난 한 주를 마무리하는 느낌으로 월요일을 보내곤 한답니다. 밀렸던 일 처리도 해야 하고, 다가올 새로운 한 주에 대비해 몸과 마음의 템포도 조절해두어야 하죠.

어제도 늘 하던 대로 밀린 빨래를 하고 집을 청소한 뒤, 잠시 산책을 나갔다 돌아와 밥을 해먹고, 설거지하며 '한국기행'을 시청하는 것으로 한 주를 마무리 지었습니다. 이렇게 말하니 특별할 것 없는 하루를 보낸 것 같지만, 글쎄요. 이렇게나마 최소한의 사람 된 구실은 하고 있다는 게 그나마 다행으로 느껴져 안도가 되는군요.

화요일은 퍼스널의 새로운 시작, 녹진한 라떼 준비해서 기다릴 터이니 또 한 주 잘 부탁드리겠습니다.

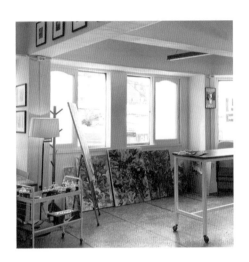

6월 3일

요 며칠 날이 습해서 그런지, 유독 몸과 마음이 지치더군요. 처음 엔 이게 날씨 때문인지도 모르고 이른 갱년기가 찾아온 건 아닌가 싶었답니다. 진땀이 좀 많이 나야 말이죠. 개인적으로 날씨만큼은 건조한 게 좋아요. 관계야 끈적끈적할 때 사랑도 피어오르곤 한다 지만, 날씨가 그랬다간 화만 돋울 뿐이죠. 습한 날엔 길에서 눈도 마주치지 말라는 어른들 말씀 틀린 것 하나 없습니다.

그래서 퍼사장은, 여름만 되면 이민 생각이 절실해지곤 해요. 건조한 기후로 유명한 지중해 근처 저 어디, 혹은 광활한 미 서부 어디쯤으로 말이죠. 로션 값이 조금 더 들어간다 해도, 그늘에 앉 아 느끼는 서늘한 공기의 맛에 비하면 저렴한 대가라고 생각합니 다. 하지만 저를 아는 주변 사람들의 의견은 다르더군요. 다른 건 몰라도 토종 입맛으로 유명한 제가 해외 체류를 장기간 할 수 있을 리 만무하다는 것입니다. 흠, 제가 국적 불문 가리는 음식도 없고, 다른 사람들이 힘들어하는 향신료와 식재료까지 즐기는 건 틀림없 으나.. 그렇네요. 그 말이 맞습니다.

호박잎에 싸 먹는 뻑뻑한 강된장의 짭조름하면서도 담백한 그 오묘한 맛이며, 살이 통통하게 오른 육젓을 올려 먹는 수육 한 점 의 시원 따스한 그 신묘한 맛을 포기할 수 있을 것 같진 않아요. 아 무리 맛 좋은 파스타와 햄버거가 있다 해도 몇 십 년 세월 뿌리 깊 게 새겨진 취향까지 바꾸진 못할 것입니다.

어느덧 퍼스널의 세 번째 여름이 시작되었어요. 처음 문을 열 때와 비교하면 달라진 것도 분명 있겠지만, 특유의 퍼스널 무드는 여전하다는 걸 많은 분들과 함께 느끼고 있습니다. 아니, 오히려 그 맛이 더욱 짙어지고 있다는 걸 여러분 역시 체감하고 있으리라 생각해요. 아마 결이 비슷한 우리의 취향이 만들어 낸 자연스러운 결과물일 테죠.

계절이 지나고, 해가 바뀌는 동안에도 취향을 공유해주셔서 고맙습니다. 수천 년을 묵혀온 장맛에 비할 바 아니겠지만, 우리 안 깊숙이 새겨지는 그날까지 퍼스널 무드를 하루하루 지켜나가도록 할게요. 첫 여름과 다름없이 퍼스널은 컨셉이 아니라 취향입니다.

한 번씩 이런 경우가 있어요. 얌전히 커피만 잘 마시고 있던 남자 손님들이, 여자 손님들의 등장과 함께 목소리가 커지는 경우 말이죠. 그래요, 이성의 관심을 끌고 싶은 건 dna 깊숙이 심어진 본능이라고 생각합니다. 어쩔 수 없어요. 하다못해 사자들도 꼭 암컷 무리 사이에서 힘자랑을 하잖아요. 문제는 이런 분들의 대부분이 목

청만 트이는 게 아니라, 대화에 비속어 및 욕설을 섞기 시작한다는 것입니다. 아마 건달들도 굳이 커피를 마시면서까지 그런 말들은 하지 않을 거예요. 말 그대로 '급발진'이 따로 없습니다.

이해는 해요. 퍼사장도 그런 시절이 있었으니까 말입니다. 저도 10대 땐 첫사랑만 보면 안 뱉던 침도 뱉고, 욕도 하고 그랬어요. '쎈' 척하면 섹스어필이 될 거라 생각했던 것이죠. 물론 씨알도 안 먹힐 방법입니다. 덕분에 저는 꽃다운 중고교 시절은 '모쏠'로 보냈어요. 첫사랑의 손 한 번 잡아보지 못하고 다시 못 올 '틴에이저'를 허비하고 만 것입니다.

하지만 낙담할 건 없어요. 스스로 변하려는 의지만 있으면, 기회는 얼마든지 다시 오니까 말이죠. 때는 바야흐로 20대, 그러니까 지금으로부터 십수 년 전에는 저도 이성분들께 패나 인기가 좋았었습니다. 참 매력적인 분들을 많이도 만났었어요. 뭐, 운이 좋았다고 볼 수도 있겠지만 말이죠. 지금 와 생각해 보면 그제 서야 사랑받는 방법을 깨달았던 게 아닌가 싶어요. 섹스어필을 위해 필요한 건 비속어나 침 뱉기, 그러니까 힘자랑 따위가 아니란 걸 알게 되었던 것이죠.

대단한 비법 같은 게 필요한 건 아닙니다. 그저 이 한 가지 단어만 마음속으로 되새기면 돼요. 매너. "열정, 열정, 열정!"이란 유행어가 있던데 이성의 관심을 끌고 싶을 땐 열정보다 매너가 더 도움이 됩니다. 매력적인 이성이 눈에 들어오거든 '풀 악셀' 밟지 마시고, 침착하게 되뇌세요. '매너, 매너, 매너.' 스스로 얼마나 사려 깊은 애티튜드를 갖추었는지 보여주는 겁니다. 그렇다고 과시를 해서는 안 되는 거 아시죠? 다 드러나게 되어 있습니다. 급조된 가면인지, 마음에서 우러나온 배려인지 구별 못할 만큼 인간의 지능이 낮지를 않아요.

그러니 평소에도 꾸준히 노력해야 하는 것입니다. 이성을 꼬시는 게 삶의 목적이면 사람 아니에요. 그건 그냥 동물일 뿐입니다. 우리가 매너 있는 사람이 되어야 하는 건 누군가에게 잘 보이기 위해서가 아니라, 그저 우리가 사려 깊은 인간이기 때문이죠. '측은지심'이라는 말처럼 우리 모두는 남을 위하는 마음이란 걸 품고 태어납니다. 이 마음을 행동으로 다룰 줄 알 때 '어른'이란 말을 듣게 되죠. 그리고 아시다시피, 섹스어필은 '어른'만이 할 수 있답니다. 공공장소에서 욕을 하거나 목소리 높이지 마세요. 그렇게 우리, 사랑받으며 살아갑시다.

5월 25일

전에도 말했었죠. 퍼사장은 농구라는 스포츠에 큰 애정이 있지 않습니다. 그저 유명한 선수들, 혹은 유명했던 선수들의 이름이나 얼굴쯤을 남들 아는 만큼 아는 정도예요. '마이클 조던'이야 남녀노소 불문하고 모르는 이가 없을 테고, 챔피언 자리를 두고 그에 맞섰던 팀 중 하나가 '칼 말론'과 '존 스탁턴'이 이끄는 '유타 재즈'

였다는 걸 아는 정도라 표현하면 적당할 것 같네요.

하지만 그런 제가 농구 경기를 챙겨보게 만든 이가 있으니, 그건 바로 '스테판 커리'입니다. 경력이나 능력 면에선 그 발치에도 미치지 못하지만, 농구라는 스포츠의 패러다임을 바꾼 영향력만큼은 '마이클 조던'에 버금간다는 평가를 받고 있는 농구선수죠. 몇 년 전 한국의 쇼 프로 '무한도전'에 출연한 바도 있어 여러분 또한 잘 아는 스포츠 스타 중 한 명일 거라 생각합니다.

광적으로 응원을 하는 건 아니지만, 저는 개인적으로 이 농구선수를 좋아하는 편이에요. 적어도 다른 선수들 보다 아끼는 건 틀림이 없습니다. 그의 팀을 수년간 챔피언 자리로 이끌었기 때문일 수도 있고, 득점을 많이 올리는 유형의 선수이기 때문일지도 모르죠. 하지만 단지 그런 이유들 때문에 좋아하는 것이라면, 굳이 이 선수 말고도 손에 꼽을 만한 선수들이 수두룩합니다.

그럼에도 콕 집어 '스테판 커리'라는 농구선수를 좋아하는 건, 이 사람이 지독한 연습벌레라는 걸 알기 때문이에요. 이미 역사를 새로 쓸 만큼 셀 수 없이 많은 3점 슛을 성공시켰음에도, 타의 추종을 불허하는 연습량을 자랑하죠. 얼마 전에는 105개의 3점 슛을 연속으로 성공시키는 훈련 영상이 화제가 되기도 했답니다. 그 말인즉, 그의 일과는 3점 슛을 던지는 것만으로 채워져 있다 해도 과언이 아닐 거예요.

사실 몰라서 그렇지 다른 스포츠 선수들의 일과도 그와 크게 다르지 않을 겁니다. 얼마 전 은퇴를 한 야구선수 '김태균' 역시,

천재타자로 이름을 날린 것과 달리 엄청난 훈련량을 소화했었다고 인터뷰한 적이 있죠. 동양인 최초로 메이저리그를 평정했던 '스즈키 이치로'는 물론이고, 전무후무한 피겨 챔피언 '김연아' 역시 주저앉아 눈물을 흘렸을 만큼 훈련을 많이 했던 것으로 유명합니다.

훈련량이 많아야 성공할 수 있다는 뻔한 말이나 하려는 게 아니니까 조금만 더 기다려주세요. 제가 하고 싶은 말은 이겁니다. 그렇다면 '김연아' 선수가 한 훈련이란 게 도대체 어떤 것이었을까요. 아마 '스테판 커리'의 3점 슛과 같은 방식의 훈련이었을 겁니다. 한 곡의 음악을 틀어놓고, 했던 춤을 추고 또 추고, 계속 췄을 테죠. 우리가 본 거야 올림픽 결선에서 춘 단 한 번의 춤에 불과하지만, 실제로 선수는 하루에도 수십 번씩 같은 춤을 반복해서 췄을 거예요.

'스테판 커리'가 한 경기에서 던지는 3점 슛은 열댓 개에 불과합니다. 하지만 실제로 그가 매일매일 연습을 하며 던지는 개수까지 합치면, 못해도 수천 번은 같은 동작을 반복하는 셈이죠. 그렇습니다. 성인이라면 누구나 매일같이 반복되는 일상을 살아가고 있어요. 이자카야의 사장님은 하루에도 수백 점의 생선회를 썰고, 파스타집 사장님은 수십 그릇 분량의 파스타 면을 삶아 냅니다. 꽃집 사장님 역시 수백 송이의 꽃을 다듬죠. 어쩌다 단 하루가 아닌 매일매일 말입니다.

아마 여러분도 마찬가지 일 거예요. 각자의 일터에서 반복되는 일상을 살아내며 살아가고 있을 것입니다. 다른 누군가는 일탈을 즐기며 살고 있을 것 같고 내 인생만 지겨워 보이겠지만, 사실 우리 모두 자신만의 쳇바퀴 안에서 최선을 다하고 있죠. 그러니 여러분, 자부심을 가지고 또 하루 버텨내시길 바랄게요. 아닌 것 같아도 우리 모두는 각자의 역할을 충실히 해내고 있답니다. 오늘도 저는 퍼스널을 지켜낼 터이니, 여러분 또한 각자의 삶을 꽉 붙들어 매세요. 그렇게 각자의 자리에서 서로의 몫을 응원하며 살다 보면, 미소 지으며 스스로를 돌아볼 수 있는 날이 올 것입니다.

5월 22일

개인적으로 그림이 참 어렵습니다. 하얀 백지를 앞에 두고 고민하다 보면 하루가 금방 지나가 버려요. 그 위에 점 하나 찍지 못했는데 하루가, 또 하루가 봄날에 눈 녹듯이 사라져 버립니다. 그게 얼마나 허망한 일인지 정확히 전달하기는 어렵겠지만 대충 이런 느낌이 아닐까 싶네요. 오랜 시간 마음에 품고 있던 이에게 드디어 용기 내 편지 한 통 써볼까 하고 마음먹었음에도, 사랑한다 말 한마디 써내지 못하고 동이 트는 걸 봤을 때의 기분. 혹은 마음 말이죠. 마음을 쓴다는 것이 본래 어려운 모양입니다.

그래도 다행으로 한 가지 깨우친 바는 있어요. 그림을 그리는 데 있어, 막상 그린다는 행위 자체는 그다지 문제가 되지 않는다는 것입니다. 물론 기술적으로 완성도가 높다면 더 좋은 그림을 그리게 될 가능성 또한 높아지는 것은 사실이나, 점 하나 찍을 능력만 된다면 그려내지 못할 이미지는 없죠. 자신의 지문만으로 그림을 그리는 사람도 있다잖아요. 문제는 무엇을 그리냐입니다. 퍼사장이 그 긴 시간을 백지와 씨름할 수밖에 없었던 건, 무엇을 그려야 할지 마음이 정해지지 않았기 때문이죠. 그러니 백지만 노려보고 앉아있을 수밖에요.

아마 많은 분들이 어제와 같은 오늘에, 오늘과 같을 내일에 힘들어하고 있을 거라 생각합니다. 매일 같은 곳에서, 같은 백지를, 같은 자세로 마주하고 있는 제가 그 마음 모를 리 없죠. 이게 아주 미칠 노릇이에요. 스스로가 무기력한 존재로 느껴지기 딱 좋습니다. 그런데 여러분, 사실은 그렇지 않아요. 우리의 매일이 복사한 듯 같은 이유는 무엇을 해할지 결정하지 못했기 때문입니다. 이건 능력이나 가치의 문제가 아니라, 그저 그림의 주제나 소재를 찾는 과정과 같을 뿐이죠.

다른 말로, 목표만 정해지면 언제든 새로운 하루하루를 살아갈 수 있다는 말이에요. 자연히 해결될 문제이기에 마음 급할 필요가 없죠. 중요한 건 지리한 일상을 견뎌내는 자만이 목표도 세울 수 있다는 사실입니다. 백지를 마주하지 않고는 그림을 그릴 수 없듯이, 일상을 살아내지 않고는 무엇을 하고 싶은지 알아낼 수가 없어요. 잘못된 삶을 살고 있지는 않나 자책하지 말고 유심히 노려보시기 바랍니다. 백지상태의 일상에 어떤 점을 찍으면 좋을지. 어떤 선을 그리고, 무슨 색을 칠하면 우리의 삶이 다채로워질 수 있는지 가만히 고민해 보세요. 무엇을 하고 싶은지 마음만 정하고 나면, 새로운 오늘은 어린아이가 낙서하는 것만큼이나 자연스럽게 시작될 것입니다.

5월 18일

본래 퍼사장의 사적인 이야기들로 가득했던 피드가 공적인 공지 위주로 바뀐 뒤, 종종 저의 소식을 궁금해하시는 분들이 계십니다. 감사한 일이죠. 이 공간을 운영하면서 느낀 가장 큰 보람은, 많은 분들이 저와 인격적으로 교류를 원한다는 사실입니다. 과학기술이 나날이 발전하고 있는 현대 사회에서도 '키오스크'가 대체할 수 없는 것은 분명 있는 법이죠.

저는 잘 지내고 있습니다. 운동은 안 하고 술만 마시다 보니 자꾸 살이 찌는 게 신경 쓰이고 안타까운 일이긴 합니다만, 대체로 잘 지내고 있어요. 그토록 바라던 그림 작업에 집중하면서 말이죠. 물론 그림이 그려지지 않을 때에는 짜증이 날 때도 있지만, 뭐. 별 수 있나요. 한낱 인간이기에 그런 날도 있고, 저런 날도 있을 수밖에요. 이 또한 과정이고, 반대로 작업이 잘 되는 날도 있다는 걸 아는 만큼 스스로 잘 지내고 있다는데 의심의 여지가 없답니다.

여러분의 하루하루도 다르지 않길 바랄게요. 스스로에게 충만하기 위해 애쓰고 있길 바랍니다. 때론 화도 내고, 때론 밝게 웃으면서 삶을 채워나가고 있기를 말이죠. 그러다 퍼스널 무드를 즐기고 싶은 순간이 오면, 언제든 오셔요. 이번 주에도 저는 그림을 그리며 이 공간을 지켜나갈 생각이니까. 각자의 과정 안에서, 서로의 과정을 존중하며 우리, 퍼스널에서 만나요. 굳 럭.

4월 27일

코로나 사태로 인한 가장 큰 어려움은 다름 아닌, 무미건조해진 일상입니다. 개인적으로 마스크 착용의 수고로움 같은 건 그다지 곤란하지 않아요. 이상하지만 처음부터 그다지 불편하지 않았습니다. 되려 지난 일 년간 감기 한 번 앓지 않았으니 도움을 받고 있다 말해도 될 것 같네요.

하지만 지리해진 매일매일이 주는 고독은, 생각보다 더 다루기가 힘듭니다. 일탈이 없으니 감동도 없고, 감동이 없으니 감수성이 자극될 일도 없더군요. 살아있는 하나의 인격체가 아니라 그저 사회라는 기계의 부속품이 된 느낌입니다. 해가 바뀌도록 친구들의 코빼기 한 번 보지 못하고 있어요. 망망대해에 홀로 솟은 섬의 기분이 바로 이런 것이겠구나 싶습니다.

이곳 부산에서 나름 새 친구를 사귀어보려 애를 써보고 있는데, 번번이 마음만 다칠뿐이에요. 엄마가 아이를 타이를 때 쓰는, "모르는 사람이랑 대화하는 거 아니야"의 '모르는 사람'이 바로 '나'란 걸 여실히 깨닫고 있죠. 친해지자 먼저 말을 건네는 것도 이제 그만할까 합니다. 이렇게 마음 정리하고 나니 남는 건 작업밖에 없네요.

퍼스널에 왔다가 사장이 그림 작업하고 있는 걸 보게 되더라도, 너무 놀라거나 두려워하지 말고 편히 공간을 즐겨주세요. 문을 열고 아무 말도 없이 박장대소만 하고 홀랑 가버리시면, 오히려 제가 놀랍고 두려운 마음이 들 수도 있답니다. 물론 머리 긴 남자가 붓을 들고 그림 그리는 모습이 흔히 볼 수 있는 광경은 아니겠지만 말이죠.

우리 부디 이 무미건조한 시기를 잘 견뎌내 보도록 해요. 퍼사장이 그림을 그리게 된 것처럼, 여러분도 여러분만의 재미를 추구하고 있으리라 생각합니다. 퍼스널에서 보내는 시간이 그 과정에 힘이 될 수 있으면 좋겠네요. 이번 주도 맛있는 커피와 진토닉을 준비해두겠습니다. 오셔서 마음 촉촉이 적시고 가셔요.

4월 20일

세상이 부조리로 가득한 건 사실입니다. 가만 보면 비양심적인 사람이 양심적인 사람보다 득보며 살고 있는 것들이 한두 가지가 아니죠. 아마 거짓말이 진실보다 빠르고 널리 퍼지기 때문일지도 모르겠어요.

하지만 그럼에도 우리가 양심적으로 살아야 하는 건, 우리의 삶은 고작 몇 가지 이득으로 채워질 수 있는 것이 아니기 때문입니다. 물론 다른 맥락의 글에서 나온 말이긴 합니다만, "우리의 운명은 우리의 손안에 있다"라고 역사학자 '토인비'는 말했죠. 여러분이 어떤 사람인지는, 여러분 지갑 속의 돈이 아니라 가슴속에 품은 마음이 결정합니다.

부디 새로운 한 주도 좋은 마음으로 시작하세요. 다른 누구도 아닌 스스로의 마음이 이끄는 대로 나아가시길 바랍니다. 그 안에서 이어질 수 있기를. 퍼스널에서 만나요.

4월 13일

산뜻한 봄비로 시작하는 한 주네요. 돋아나는 연둣빛 새싹들을 보는 즐거움이 가득한 계절입니다. 오시는 길이 날씨만큼이나 경쾌하길 바랄게요.

아, 퍼스널은 수영 골목 안쪽 깊숙한 곳에 위치한 거 알고 계시죠? 가끔씩 묻는 분들이 계셔서 말씀드리자면, 이곳에 자리 잡은 지 2년이 되었답니다. 처음 이곳에 왔을 때만 해도 지금 주변에 이웃한 가게들은 한 군데도 없었어요. 퍼스널 홀로 있었죠. 주민들의 보금자리 한가운데 섬처럼 존재했답니다. 그럼에도 이렇게 무사히 자리를 잡은 건, 이웃 주민들께서 배려해 주신 덕분이라고 생각해요. 갑작스레 찾아드는 사람들 때문에 집 앞에 주차도 마음대로 못하고, 거리에 쓰레기 또한 늘어났지만 이해하고 받아들여 주셨죠. 우리가 이 동네에서 새로운 문화를 형성할 수 있었던 건, 다른 누구도 아닌 주민분들의 너른 마음 덕분이랍니다.

그러니 부디, 이 골목을 찾아오실 땐 주민분들부터 배려해 주시길 바라요. 거주민들 주차하기에도 벅찬 지역임을 인지해서 되도록이면 도보로 찾아와 주시고, 담배꽁초 및 테이크아웃 용기는 바닥에 버리지 말아 주세요. 이 당연하고 작은 행동만으로도 우리가 공존할 수 있다는 것이 얼마나 다행인가요. 비록 이 글을 보는 분들은 퍼스널을 찾아주시는 분들 뿐이겠지만, 옳은 가치를 위해서 라면 작은 노력도 헛되지 않을 것입니다.

4월 9일

퍼사장이 사람을 잘 믿어요. 얼마 전 만우절에는 하루 종일 속고 다녔습니다. 이쯤 되면 잘 믿는 게 아니라 멍청한 거 같기도 하지만, 아무튼. 마음에 없는 말은 사양합니다. 마음이 담긴 말로도 충분해요, 우리.

개인적인 생각 하나 풀어내 보자면, 사람들이 착각하는 게 하나 있는 것 같아요. 아무 노력 없이도 주어지는 것이 개성이라고 말이죠. 미리 말했듯 개인적인 의견이니 덧붙이는 건데, 이것 참 불합리한 생각이 아닐 수 없어요.

　이를테면 이런 겁니다. 우리에게 작은 공 하나를 주면서 던져

보라고 하면, 한 명 한 명 그 자세가 다 달라요. 신기하게도 그렇습니다. 그리고 많은 사람들이 이를 개성이라고 여기죠. 하지만 제 생각은 달라요. 누구나 흉내 낼 수 있는 자세에 '나만의 것'이란 이름을 붙여줄 수야 없죠.

글씨를 예로 들어볼까요. 같은 여건에서 자라고 배운 사람들도 글씨가 다 다르다는 건 모두들 아시리라 생각합니다. 때문에 예로부터 서명이 인적 증명을 위해 널리 사용되어 왔으며, 현대에 들어선 사건 해결을 위해 필적 조사를 이용하기도 하죠. 여기까지만 들으면 역시 개성은 타고나는 것 같지만, 덕분에 수많은 범죄에 서명과 글씨체가 도용되는 걸 보세요. 지금 이 시간에도 위조범들은 누군가의 글씨를 베껴 쓰고 있을지도 모릅니다.

다시 돌아와서, 공을 던지는 자세라고 다를까요. 어려서 유명 야구선수의 투구폼 한 번 흉내 내보지 않았던 남자 없을 것입니다. 실제로 많은 아마추어 선수들이 유명 프로 선수들의 투구폼을 연구하고, 연습하고 있죠. 그냥 남과 던지는 자세가 다른 것만으론 개성을 논하기 어려워요. 우리가 단순히 폼을 베끼는 것만으로 프로 야구선수가 될 수 없다는 걸 생각해 보세요. '나만의 것'이란 그런 겁니다. 오래도록 탐구하고, 끈질기게 파고든 사람에게 주어지는 대가, 그게 바로 개성이죠.

그래서 불합리하다 말했습니다. 스스로를 전문가라 일컫는 사람들은 늘어가는데, 글쎄요. 그 결과물을 두고 나만이 낼 수 있다 자신할 수 있습니까. 그만큼 충분히 노력했는지 묻고 싶습니다. 개성은 그런 거예요. 이렇게 묻는 사람에게 한 치의 망설임도 없이 대답할 수 있는 자신감, 그게 바로 개성이라는 것이 퍼사장의 개인적인 생각입니다. 그러니 오늘도 어제를 반복하고 내일도 그래 봐야죠. 내가 남과 어떻게 다른지 알아보는 과정이 부디 내 손으로 이루어지길 바랍니다.

3월 24일

학창 시절에 이런 일이 있었어요. 고등학생 때 일인데, 아마 영어 수업 시간이었을 겁니다. 평소에도 단독 행동을 많이 하던 녀석 하나가 딴짓을 하다 걸려 선생님께 꾸지람을 들었어요. 대단한 일은 아니었던 거로 기억합니다. 해봐야 만화책을 봤던가 정도의, 남학생 교실에선 늘상 있던 일이었죠. 때문에 선생님도 멀리서 고함 몇 번 친 게 고작이었습니다. 그런데 이 녀석이 대뜸 교과서를 바닥에 내동댕이치며 화를 내는 게 아니겠어요?

그 녀석, 수업 시간 끝나고 많이 맞았습니다. 선생님이 아닌 애들에게 말이죠. 뭐, 다른 애들이라고 열심히 수업에 참여하고 있었던 것도 아니면서, 수업 시간이 끝나기 무섭게 녀석을 타박했어요. 저도 몇 마디 거들었던 게 기억납니다. 심지어 저를 비롯한 몇몇 친구들은 수업 시간 내내 대놓고 어울려 잡담이나 했던 주제에, 부끄러움 모르고 녀석에게 욕을 했었죠. 아마 많이 놀랐던 모양이에요. 이미 교권은 무너질 대로 무너진 상황이었지만, 아무리 그래도 어른 앞에서 책을 내던지는 막장이 눈앞에서 펼쳐지자 다들 두려워 화를 냈던 거라 생각합니다.

한 번은 제가 녀석에게 질문을 한 적이 있어요. 쉬는 시간임에도 어김없이 홀로 핸드폰이나 보고 있기에, 왜 친구들과 어울리지 않나 물어보았죠. 그랬더니 녀석이 대뜸 그러는 거예요.

"지금 네 곁에 있는 애들이 친구라고 생각해? 몇 년 지나 성인이 되면 다 남 될 사이야. 진짜 친구는 돈이지. 사람들은 결국 돈 많고, 빽 있는 사람한테 붙게 되어 있거든. 너네 놀 때 난 인터넷에서 재테크 하고 있어. 나중에 돈 많이 벌면 친구 하자는 인간들은 줄을 설 테고, 니네가 좋아하는 예쁜 여자도 알아서 붙을 테지. 그러니 니네끼리 실컷 어울려."

'뭐 이딴 새끼가 다 있나' 싶었습니다. 그 뒤론 녀석이 어디서 뭘 하건 관심을 가져본 일 없이 졸업을 했어요. 그러곤 끝, 다신 만난 적이 없죠. 물론 다시 만나고 싶지도 않습니다. 선생님 앞에서 교과서를 던진 것만큼이나 미친 생각이라고 생각하거든요. 친구를 돈보다 못한 존재라 여기는 것 말이에요. 녀석 말처럼 저는 이제 성인이 되었지만, 여전히 제게 친구는 마음을 나누는 사이입니다. 당장 귀찮고, 손해를 보는 일이 있더라도 함께 동고동락해야지만 친구가 될 수 있다고 생각해요. 돈은 있다가도 없고, 없다가도 있을 수 있는 것이지만, 한 번 생긴 마음은 결코 사라지지 않죠.

그런데 요즘, 녀석이 했던 말이 자꾸 떠오릅니다. 통 잊고 살았던 기억이 최근 들어 자꾸 머릿속을 맴돌아요. 평소 사람들이 철없다, 철없다 하더니 진짜 내가 이제서야 성인이 된 건가 싶기도 하고 말이죠. 흠, 술로도 지워지지 않더군요. 공연히 몸만 힘들었을 뿐입니다. 글쎄요, 포기하지 말아야죠. 누구 생각이 맞고, 틀린지 따져보겠다는 게 아니에요. 그딴 건 관심도 없습니다. 그저 다른 이의 의견이나 행동 때문에 내가 지켜온 신념이 무너지지 않길 바랄 뿐이에요. 하던 대로 할 생각입니다. 누군가 나를 찾을 때, 돈 많은 사람, 잘나가거나 힙한 사람이 아닌 마음 써주는 사람으로 찾을 수 있게 되길 바랍니다.

3월 23일

간밤에 퍼사장네 극락조가 새 잎을 틔웠더군요. 아, 새를 말하는 게 아니라 잎사귀가 큰 열대식물을 말하는 겁니다. 제가 따로 지어준 이름은 아니고, 원래 이름이 극락조에요. 개인적으로 조류는 왠지 모르게 거리낌이 들어 키울 일이 없을 듯합니다. 왜 그런 느낌 있잖아요. 싸우게 되면 내가 이길 거는 같은데, 애초에 싸울 일 자체를 만들고 싶지 않은 상대.

아무튼 이 새로 난 이파리를 보고 있으면 몇 번이고 감탄을 하게 돼요. 생물학적으로 성장이란 건 알지만, 잉태의 신비를 목도한 것과 같은 경이에 빠져들죠. 어쩜 이 무르고 연한 것이 단단하고 억센 줄기를 열고 솟아 날 수 있었을까, 기특해 미소 짓게 됩니다.

시간이 지나면 이 녀석도 검푸르게 식어가다, 힘을 잃고 병이 들 거예요. 그럼 지금 느끼는 이런 감정들과 상관없이 잘라내는 것 말고는 도리가 없겠죠. 시절 인연. 안타깝지만 시간은 흐르고, 변하지 않는 것은 없습니다. 아마 이 글을 쓰고 있는 저 역시 어느 날 갑자기 거울 속에서 낯선 주름들을 발견하는 날이 올 테고, 그때쯤이면 흰머리 또한 무성할 겁니다.

부디 새로 난 잎이 만끽했으면 좋겠네요. 그날의 도래 같은 건 잊고, 그저 생의 싱그러움만을 한껏 즐길 수 있기를 바랍니다.

3월 17일

날이 좋아 오랜만에 걸어서 출근을 했는데 말이죠. 입에서 단내가 아니라 술내가 나네요. 달큰합니다. 해장 잘 하고 만나요.

3월 15일

'우리가 남이가?'라는 말이 있죠? 예, 우리는 남입니다. 일말의 가능성도 없이 우리 모두는 서로에게 남이에요. 아마 저는 물론, 여러분 역시 잘 알고 있는 사실일 겁니다. 하지만 우린 결점투성이 인간이기도 하죠. 그래서 알고 있는 답도 까먹고 오답을 내기 일쑤예요. 심지어 인생은 실전이고, 실전에서 문제는 객관식이나 주관식이 아닌 서술형으로 제출이 됩니다. 애초부터 꼭 맞는 정답 자체가 존재하지 않는지도 모르죠.

개인적으로 저는 이 문제가 참 어렵습니다. 서술형 문제를 잘 풀지 못하는 건 아니에요. 뚫린 게 입인 사람이라 그런지, 어려서부터 논술 과제만큼은 곧잘 해결하곤 했었죠. 다만 늘 말썽이었던 수학 시험처럼 해당 문제가 제가 어려워하는 과목인 모양입니다. 우리가 남이냐 묻는 사람들을 좀처럼 걸러내질 못하네요. 세상 사람들이 믿을 사람 하나 없다고 그렇게 말해줘도, 참 쉽게도 사람을 믿습니다. 아마도 사람을 좋아하는 거겠죠.

퍼스널을 운영하면서 가장 힘든 점은 다른 게 아니라 바로 그런 저의 성향이에요. 돈이야 벌면 되고, 몸이 피곤하면 쉬면 그만이지만, 듣기 좋은 말을 하며 다가왔던 사람이 실제론 그 말과 달리 행동한다는 걸 알게 되는 것만큼은 처방을 내리기가 쉽지 않습니다. 무엇보다 상처가 크지만, 막상 어떤 약을 써야 하는지 도통 감이 오질 않죠. 그래서 되도록 이면 모른 척 넘어가거나, 그런 상황 자체를 만들지 않으려 애를 쓰고 있답니다.

흠.. 이 모든 게 갑자기 웬 뚱딴지같은 소리인가 싶으실 거예요. 그러게요, 저도 어쩌자고 이런 말을 꺼낸 건지 모르겠습니다만, 어제 퇴근길에 불현듯 이런 생각이 들더군요. 이 모든 말들이 그때 떠오른 말들이랍니다. 아마 좋았던 모양이에요. 찾아온 여러분의 얼굴을 보고 기분이 좋았던 모양이죠. 멀리서 애써 찾아와 주셨던 분들, 얼굴 잊지 않기 위해 시간 내어 찾아와 주셨던 분들, 마음에 품고 있다 용기 내어 찾아와 주셨던 분들 모두 고맙습니다. 그리고 무엇보다, 아무 말 없이, 우리가 남이냐 묻는 게 아니라 그저 늘 그래 온 것처럼 함께해 주신 분들께.. 덕분에 문을 열고 있다고, 또다시 퍼스널의 문을 열고 있다고 마음 전하고 싶네요.

　월요일 잘 쉬시고, 내일 또 뵙기로 하죠.

퍼사장이 워낙 '신의'라는 단어를 자주 쓰다 보니, 한 번씩 도대체 '신의'가 뭐냐 물어보시는 분들도 있는데 말이죠. 글쎄요. 이게 사실 저희 모두 어느 정도는 본능적으로 알고 있는 개념일 거예요. 다만 저는 물론이고, 여러분 역시 이런 단어를 자주 쓸 일이 없기에 깊이 생각해 본 적이 없을 뿐이죠.

퍼사장 개인적인 생각으로는, '신의'란 손해를 무릅쓰는 마음입니다. 눈앞의 이익이 줄어드는 걸 감수하고서라도 뭔가를 지켜내려 하는 용기 말이에요. 갈수록 사람들이 계산적으로 살아갑니다. 쉽게 무리 지었다가 하루아침에 등을 돌려버리기 일쑤이며, 직접 알아가려는 노력 없이 이해관계부터 따져버리죠.

아마 옛 어른들의 '젊어서는 사서 고생을 한다'라는 말은, 힘든 일에 무식하게 덤벼들라는 뜻이 아닐 거예요. 이미 기득권을 형성해, 아직 때 묻지 않은 도전자들을 쉽게 이용하려 드는 기성세대들이나 그런 의미로 사용할 겁니다. 마치 근본은 배우지 않고 유교사상을 입에 담는 남자들처럼 말이에요. 실제 뼈대 있는 집안에선 남자들이 제사 준비를 한다는 걸 말해줘도, 그이들은 들으려 하지 않을 테죠.

진정한 어른이라면, 이유 없이 고생을 사서 하라 말 할리 없어요. 그분들의 말에 담긴 의미는, 조금 고생스럽더라도 마음 쓰는 법부터 배우라는 뜻일 겁니다. 때론 곧게 뻗은 '대로' 대신 빙 둘러가는 '샛길'을 택하게 될지언정, 인연을 소중하게 여기라는 의미일 테죠. '신념'과 '의리'가 합쳐진 '신의'라는 단어처럼 말입니다.

저 역시 쉽지가 않아요. 말은 이렇게 하고 있어도 했던 실수를 반복해서 합니다. 어디에 신념을 두고, 누구에게 의리를 줘야 할지 알면 알수록 헷갈리기만 하죠. 퍼스널을 운영하면서 가장 어려웠던 것 또한 그 문제였답니다. 하지만 어쩌겠습니까. 오답을 깨닫기 전까진 정답 또한 알 수 없는 법, 틀려가면서 배우는 수밖에요.

눈앞의 이득이 아닌, 깊은 곳에서 느껴지는 마음으로 여러분과 이어질 수 있길 바라봅니다.

3월 11일

어제는 홀로 앉아 늦게까지 밤스널을 흠뻑 즐겼답니다. 11시가 다 되어서 나온 것 같아요. 가만히 숨죽이고 눈앞의 진토닉 한 잔에만 집중할 수 있는 이 공간이 있다는 것이 그저 고맙네요. 물론 한 잔만 마셨다는 건 아니지만 말이죠.

3월 10일

술을 왜 그리 자주 마시는지에 대해 변론 한 마디 해보자면, 밤스널에 앉아 진토닉 한 잔 생각나지 않는 이야말로 감정이 메마른 것은 아닌가 싶습니다. 공간을 즐긴다는 게 무엇인지 저 역시 확답을 드릴 수는 없어요. 하지만 일단 이 손바닥만 한 스마트폰 액정에서 시선을 돌리는 것에서부터 시작된다는 것만큼은 확실합니다.

3월 5일

담백하게 생각하고, 담담히 일궈내는 삶.

3월 2일

여러분과 함께 하다 보니 저 역시 잊고 살곤 하는데 말이죠. 어느 덧 퍼사장도 내일모레 마흔입니다. 불혹의 나이를 앞두고 있어요. 정말로 흔들리지 않는 힘이 생길지는 미지수입니다. 매일 같이 너울지는 이 단순하고, 감정적인 마음이 하루아침에 고쳐질 것 같지는 않거든요. 아마 내일모레가 되어서도 저는 경솔하고, 불완전하겠죠. 뭐, 별 수 있나요. 실수하면 바로잡고, 넘어지면 일어서는 고됨을 반복하는 수밖에요.

퍼스널이란 공간을 열게 된 것 또한 같은 마음에서였습니다. 평생을 먹고 사는 문제를 해결하기 위해 급급해 하며 살아왔으니, 이제는 본능이 아닌 마음이 이끄는 대로 나아가 봐야겠다 마음먹고 작업실을 연 것이었죠. 어차피 삶이 고쳐나가는 과정의 연속이라면, 새로운 선을 긋는 것을 그리 두려워할 이유는 없겠다 싶었습니다.

물론 지난 2년 가까운 시간 동안 시행착오를 겪긴 했습니다만, 그 결심은 변함이 없어요. 그래서 이제는 정말 시도해 보려 합니다. 평생 해본 적 없는, 음.. 이런 표현이 맞는지 모르겠습니다만, 스스로 무근본인 세계로 뛰어들어 보려 해요. 직업을 바꿔내기 위해 실수도 하고, 나자빠져 보기도 할 생각입니다.

그래서 말인데, 도움을 주실 수 있는 분이 있으시다면 도움을 받고 싶습니다. 이렇게 말하면 뻔뻔해 보이지만, 제가 학창 시절에도 용돈 달란 말 한 번 못 해본 사람이에요. 성격상 그 말 한마디를 못해, 선생님께 매 맞는 걸로 교재 사 가는 걸 대신 한 사람이죠. 그런데 이젠 압니다. 세상은 혼자의 힘으로 살아갈 수 있을 만큼 만만하지 않다는 걸 말이에요.

제가 그림이 그리고 싶은데 막상 무엇을 어찌 써야 그림이란 게 그려지는지를 모르겠습니다. 볼펜으로 낙서하듯 다른 도구로도 그림을 그려보고 싶은데, 해본 거라곤 학창 시절 미술시간에 수채화를 그려본 게 전부죠. 머릿속에 있는 이미지를 실제로 만들어 내려면 어떤 방법을 써야 하는지 가르침이 필요합니다. 혹시 여러분 중 마흔 살짜리 어린이를 다루는 게 두렵지 않은 분이 계시다면, 연락 한 번 부탁드려요.

아, 참고로 저는 지금 '존나' 두렵습니다. 이 사실이 여러분의 부담을 더는데 도움이 되었으면 좋겠네요. 긴 고백 읽어주셔서 감사합니다.

2월 26일

어쩐 일인지 일기 예보가 꼭 들어맞았습니다. 아침부터 강한 돌풍이 불어 온 도시를 웅크리게 만들더군요. 퍼사장이 살고 있는 달맞이 언덕에는 성인 남자조차도 휘청거릴 정도로 세찬 바람이 불었죠. 아무래도 봄이 오려나 봅니다.

돌풍 이야기를 하다 말고 웬 봄 타령을 하고 앉았나 싶죠? 하지만 아이러니하게도 하루 중 가장 추운 시간이 동틀 녘인 것처럼, 모든 시작에는 진통이 앞서는 법입니다. 따스한 봄기운이 겨우내 자리 잡은 추위를 밀어내려 애쓰고 있으니, 이리도 바람이 불어오는 수밖에요.

저 역시 지난 2년여의 동면을 깨고 작업을 시작해 보려 하는데 말이죠. 이게 참 쉽지가 않아요. 어디에서부터 시작해, 뭘 해야 할지 모든 것들이 의문투성입니다. 덕분에 하루 종일 기분만 널뛰고, 그 기분에 술만 축내고 있죠. 이 역시 진통인 모양이에요.

그래도 해낼 수 있을 것입니다. 결국 추위를 걷어내고 봄이 오는 것처럼 말이죠. 돌풍이 두렵고, 진통이 고될지라도, 이루고자 하는 의지만 있다면 변화는 시작될 거예요. 불어오는 바람이 아닌, 여러분 마음속의 돌풍을 마주하는 하루 보내시길 바랍니다. 입춘대길, 건양다경.

이상하지만 이런 생각이 들었습니다. 휴무 아침, 동네 카페에 들어가 방문자 명부를 작성하고 커피를 마시며 책을 읽다가 그런 생각이 들었죠. 지금 우리가 벌이고 있는 코로나 바이러스와의 지리한 싸움은 어쩌면 그리 대단찮은 일일지도 모른다는 생각이었어요.

　뭐, 모두가 동의할 만한 의견이 아니란 건 동의합니다. 솔직히 말해 퍼사장 또한 지난 일 년이 너무나도 무미하고, 허탈했거든요. 하루하루의 방향 키를 내가 아닌 다른 것이 잡고 있다는 걸 용납하기가 정말 어려웠습니다. 권리를 억압받고 있다는 느낌이 가시질 않았죠.

바로 거기서 비롯된 생각입니다. 조금 전 제가 휴무 아침부터 커피를 마시다 든 생각 말이에요. 코로나 사태가 만들어낸 부자유를 부당하다 느낀 그 감정에서 시작된 결론이었죠. 그 내용은 이렇습니다. 불과 두 세대만 거슬러 올라가도 이 땅에 자유 같은 건 존재하질 않았습니다. 식민 지배를 당했었거든요. 흔히 우리가 '일제강점기'라 부르던 그 시절 말입니다.

먼 옛날의 이야기가 아니에요. 당장 퍼사장의 외조모, 외조부께서도 일제 통치 하에 청소년기를 보내시고, 성인이 되자마자 한국전쟁이 발발했죠. 무려 30여 년 가까이를 시대의 흐름대로 살 수밖에 없었던 겁니다. 온전한 꿈을 꾸고, 의지대로 하루를 사는 그 당연한 권리를 몇 십 년 동안이나 가지지 못하셨던 거예요.

그걸 깨닫고 나니, 지난 일 년 동안 겪은 우리의 고충은 견딜만하지 않았나 싶습니다. 사는 게 원래 녹록지 않은데, 너무 만만하게 봤던 게 아닌가 싶어요. 고작 일 년 마음대로 하지 못했다고 툴툴거린 지난날이 어린아이 투정과 비슷했던 거 같아 부끄럽고 말이죠.

그래요, 코로나 사태는 전문가들의 의견처럼 한두 해로 그치지 않을 지도 모릅니다. 하지만 우리가 알고 있는 대부분의 시련들 또한 그랬어요. 이제 와 단순히 세계 1, 2차 대전, 미국의 독립전쟁과 남북전쟁 같은 식으로 하나의 사건처럼 부르고 있어서 그렇지 그 사건들은 수년 혹은 수십 년에 걸쳐서 벌어졌던 일들입니다. 그리고 대부분의 경우 수습 기간이 그 기간보다 더 길었죠.

당장 눈앞의 일이라 유독 힘들게 느껴질 수도 있지만, 나중에 지나고 보면 코로나 사태 또한 그저 하나의 시련에 불과해지는 시절이 오고야 말 것입니다. 훗날 기억하면, 다른 시련들로 지금의 고통도 흐릿해질 테죠. 어쩌면 삶은 시련을 이겨내는 과정 속에서 완성이 되는 것인지도 모르겠어요. 아니, 삶은 시련의 극복 그 자체입니다. 극복의 역사가 곧 우리의 삶인 셈이죠. 응원하겠습니다. 여러분의 극복에 퍼스널이 힘을 보탤 수 있길 바라면서 말이에요.

2월 19일

그간 퍼사장의 개인 계정을 너무 방치해 둔 것만 같아, 오랜만에 정리 작업을 조금 했는데요. 이런저런 옛 피드들을 둘러보다 보니 지난날 쓴 글 중에서 한 문장이 눈에 들어왔습니다. 오늘 적은 것이 아닌가 싶을 만큼 제게 꼭 필요한 메시지였죠. 그때도 지금도 변함없이 한마음을 품고 있는 모양입니다. 부디 이 마음이 단초가 되어, 스스로 충만한 하루하루를 이뤄낼 수 있기를 바라봅니다.

"사람들은 방법을 찾는다고 애를 쓰는데, 방법 같은 건 애초에 없다. 하느냐, 안 하느냐 두 개의 갈림길만 있을 뿐. 이왕 뭔가를 하려거든, 나뿐 아니라 남에게도 이로운 일을 해라."

〈퍼사장의 일기장에서〉

2월 10일

다가온 설날, 퍼스널은 연휴 3일을 모두 쉽니다. 그래요, 역시나 그렇습니다. 늘 그래 왔듯이 명절만큼은 가족과 함께 시간을 보내려고 해요. 설날 연휴를 이용해 방문 예정이었던 모든 분들께 이해해 주셔서 감사하다는 말씀드리고 싶습니다. 아시다시피 제가 부산이 고향이 아니다 보니, 명절이 아니고서는 가족 얼굴 보기가 쉽지 않거든요. 푹 쉬고, 일요일에 뵙도록 할게요. 맛있는 거 많이 먹고 살찐 사장의 모습이 궁금한 분들은 필히 방문 부탁드리겠습니다.

2월 9일

꽤 오래전부터 들어온 말이, '영화 관련 블로그를 해보는 것이 어떻겠냐'라는 권유였어요. 다른 분야에 비해 관심이나 정보가 많은데다, 나름 글 쓰는 걸 좋아하니 리뷰나 비평을 쓰면 좋겠다는 것이 그분들의 의견이었죠. 물론 하지 않았습니다. 퍼사장은 개인적으로 영화를 비롯한 창작물에 대한 비평 같은 걸 좋아하지 않아요. 또 그 사적인 의견을 누구나 보고 쉽게 옮길 수 있는 블로그의 특성 역시 선호하지 않는 편입니다. 진정한 소통은 온라인보다 오프라인에서 이루어질 수 있다고 생각하거든요.

아무튼 제가 영화 비평 '따위'를 좋아하지 않는 것은, 없는 정답을 내는 것과 같은 일이기 때문이죠. 좀 더 깊숙이 들어가 보면 세상사 모든 일이 그렇다는 걸 알 수 있지만, 문화예술 창작물의 경우엔 그리 깊게 들여다보지 않아도 쉽게 눈치챌 수 있습니다. 감상은 어디까지나 관람자의 몫이고, 또 그 결과는 모두 제각각이라는 걸 말이에요. 하나의 영화도 10명이 보면 10개의 감상문이 생기는 법이죠.

가령 '아마겟돈'이란 영화를 예로 들어보자면, 누군가는 이 영화를 단순히 우주를 배경으로 한 공상과학영화라고 생각할 수도 있을 겁니다. 하지만 관객이 연인이라면 절절한 사랑 이야기가 더 와닿을 테죠. 심지어 반미주의자의 눈에는 그저 미국 우월주의 선전물로 밖에는 보이지 않을 수도 있어요. 똑같은 영화도 보는 이의 눈에 따라 다르게 보일 수 있다는 겁니다.

같은 예로 얼마 전 퍼사장도 놀라운 경험을 한 적이 있어요. 우연히 sns상에서 어떤 동영상을 보게 된 일이 있는데, 그 영상은 다름 아닌 이제 막 도축 된 소의 다리 살이 널려있는 모습을 담은 것이었습니다. 사후 경직이 오기 전 근육의 발작을 고스란히 보여주고 있었죠. 제게 그 영상은 고어물 그 자체였어요. 누가 왜 찍었는지는 모르겠지만, 불쾌하고 잔인한 행동임이 틀림없다고 생각했습니다. 그 누구도 타자의 죽음 가볍게 여길 수는 없다고 생각하니까요. 그 대상이 인간이 아니라 할지라도 말이죠.

많은 사람들이 그 영상을 보고 "맛있겠다"라는 감상평을 달았더군요. 그래요, 신선한 고기를 보고 군침이 도는 건 자연스러운 현상이죠. 하지만 그 영상에 담긴 건 이제 막 도축된 소의 모습이었습니다. 소분 공정을 거쳐 포장까지 완료한 식재료가 아니라, 사체의 일부분에 불과했죠. 그럼에도 여기서 중요한 건, 이 역시 저의 의견일 뿐이라는 겁니다. 보는 이에 따라 그것은 눈살이 찌푸려지는 고어물 될 수도, 군침이 도는 홍보 영상이 될 수도 있는 거예요.

그러니 여러분, 지금까지 살아온 여러분의 삶에 대한 타인의 의견을 두고 흔들리지 마시길 바랍니다. 누군가 별 볼 일 없다 말해도, 그건 어디까지나 하나의 견해에 불과해요. 누가 뭐라 해도 스스로 만족할 수만 있다면, 우리는 성공적인 삶을 살고 있는 것입니다. 문제는 나 자신도 납득할 수 없는 삶을 살아온 경우인데, 그럼에도 포기하긴 일러요. 이건 제가 가장 좋아하는 구절 중 하나로, 이 한 마디가 나아가고자 하는 모든 이에게 힘이 되어 주리라 생각합니다. 진짜 중요한 것이 무엇인지 여러분의 눈에도 보이길 바랄게요.

"지나간 모든 것은 서막에 불과하다"

〈 '셰익스피어'의 '템페스트' 중〉

2월 3일

지난 2년 가까이 운영을 해오며 가장 많이 들었던 말 중에 하나가, 퍼스널의 입구를 찾기가 어렵다는 것이었는데요. 그래서 이번에 리뉴얼을 하면서 입구만큼은 손도 대지 않았답니다. 앞으로도 잘 부탁드리겠습니다. 애써 찾아와주세요.

며칠 전 오랜 단골손님이 찾아와 먹고사는 고민에 대해 털어놓더군요. '무엇을 하며, 어찌 사는 것이 맞는가'에 대한 우리 모두의 고민을 그 역시 하고 있었습니다. 그래요, 참 어려운 고민이죠. 그 친구에겐 그저 "네 나이에 내가 한 거라곤 밤새 술 퍼마시고, 클럽에서 놀고 즐긴 거 말고는 없다"라고 말해줬지만, 아니에요. 애

늙은이였던 퍼사장은 어려서부터도 끊임없이 그 생각을 달고 살았었습니다. 후회가 되는 게 하나 있다면 20대를 좀 더 생각 없이 즐기지 못한 것일 정도로, 지난 세월 내내 저 역시 '뭘 해 먹고 살 것인가'에 대한 고민을 손에서 내려놓지 못했었죠. 어쩌면 술을 마실 때나 클럽에서 춤을 출 때까지도 그 생각만 했었던 건 아닌지 모르겠네요.

그래도 이제 조금은 알 것 같습니다. 그 친구보다 10년 정도는 더 고민을 해서인지, 약간의 해답은 얻을 수 있었죠. 대단할 건 없습니다. 그저 '급할 거 없다'는 여유가 조금 생긴 것이니 말이에요. 지금도 같은 고민을 백날 하고 있는 건 맞지만, 전처럼 마음이 조급하진 않아요. 제가 서두른다고 일이 술술 풀릴 것 같았으면, 세상의 그 많은 명작 소설과 영화들이 만들어지는 일은 없었을 겁니다. 누구나 어려움을 겪고, 이를 극복해 나가야 하기에, 작가들도 그 과정을 아름답게 그려내고, 사람들 또한 공감하며 감상할 수 있는 것이겠죠.

다들 너무 쉽게 생각하고 있는 게 아닌가 싶습니다. 이런 솔직한 말은 되도록 속으로만 하는 게 맞다는 걸 알지만, 갈수록 많은 사람들이 과정은 건너뛰고 결과만 얻으려고 해요. 이 망할 놈의 sns가 젊은이들의 눈과 마음을 흐리멍덩하게 만든 결과죠. 손바닥 안 작은 사각형 속 이미지들을 있는 그대로 믿고 살다간, 인생 망치기 딱 좋습니다. 잘 꾸민 남들의 단편만 보다 보면, 하루하루를 노력하는 스스로의 모습이 얼마나 아름다운지 잊어버리기 딱 좋죠.

최근에 읽은 책에서 본 말인데, '마크 저커버그'가 "그냥 젊은 사람이 더 똑똑하다"라는 말을 했다고 하더군요. 그가 워낙 유명하고, 금전적 성공을 거둔 사람이기에, 그 말을 듣고 솔깃한 이들도 많을 테지만 말이죠. 개소리입니다. 어림없는 개소리에 불과한 말이니까, 여러분의 젊음을 믿고 배팅하지 마세요. 젊기에 세련되고, 감이 좋다고 생각하는 건 어디까지나 몇몇 어리석은 이들의 착각에 불과합니다. 미국의 연구진이 조사를 했어요. 그럼 실제 기술 창업 기업들 중 성공적으로 성장한 회사들의 출범 당시 창업자의 연령대가 어떻게 되는지 말입니다.

어떤가요? sns를 보면 젊은 창업가들의 성공 스토리가 워낙 많이 돌아다니다 보니, 성공한 기업이라고 했을 때 생각나는 이들이 몇몇 있을 겁니다. '페이스북' 창업자 역시 그중 하나일 테죠. 하지만 연구 결과는 달라요. 흔한 말로 '팩트'라고 하죠. 환상이 아닌 현실이 가리키는 결론은 우리의 예상과 달리, 제법 연령대가 높은 이들이 창업한 회사의 성장 속도가 남달랐습니다. 그들의 평균 나이는 '45세'였다고 해요. 한 마디로 숨 가쁘게 돌아가는 이 디지털 사회에서 트렌드를 선도하는 이들은 퍼사장보다도 나이가 많았던 셈입니다.

그러니 여러분, 조급해 마세요. 아니, 가서 고생 좀 더 하고 오십시오. 물론 저 역시 건방지게 이런 말을 할 자격이 있는 사람은 아니지만, 그동안 지켜본 결과 대다수의 퍼스널 고객님들은 아직 20대더군요. 그중 보면 남보다 빠르게 창업을 한 이들도 있고, 일

나는 왜 말이 많은가

156

찌감치 취업을 했거나, 아니면 아직 취업을 준비하고 있는 이들, 또 나아갈 길을 고르고 있는 이들도 있던데 말이죠. 아직 다 비슷한 상황에 불과합니다. 지금 여러분의 모습은 그저 과정에 불과해요. 지금껏 쌓아온 경험의 몇 곱절에 해당하는 경험이 쌓이고 나면, 길은 자연스럽게 열릴 겁니다. 걱정하지 말고 하루, 하루를 살아가세요. 중요한 건 오늘 우리가 살아내고 있는 이 하루이니 말입니다.

1월 27일

많은 분들이 응원 해주신 덕분에 퍼스널은 리뉴얼을 무사히 마쳤답니다. 마음 써주신 모든 분들께 감사의 마음 전하고 싶네요. 음.. 그래서 퍼스널은 어제부터 무사히 영업 중입니다. 영업 재개 소식을 대대적으로 알리지 않았던 것은, 순전히 퍼사장이 그러고 싶었기 때문이에요. 그저 조용히, 마치 아무 일도 없었던 것처럼 이 공간을 이어나가고 싶었습니다. 여러분께 자연스럽고 당연한 일부분이고 싶었죠.

아무튼, 퍼스널이 리뉴얼을 통해 보여드리고자 한 것은 다양성이에요. 2년 가까이 꾸준히 말해오고 있는 것이기도 한데, 저는 여러분이 이 공간을 통해 취향과 개성의 다양성을 느낄 수 있기를 바랍니다. 단순히 말하자면, "뭐야, 이런 곳도 있네?!"라는 의문을 만들어 낼 수 있기를 바라는 셈이죠. 그래요, 뻔한 그런 공간이 되고 싶지 않습니다. 포털사이트 검색창에 '카페'를 검색하면 나오는, 도보 20분 반경 내의 그 수백, 수천 곳 중에 하나를 만들 생각이었다면 말이죠. 애초에 고생을 해가며 퍼스널의 문을 열지는 않았을 겁니다.

그럼 '특이한 카페'를 하고 싶었던 것이냐, 사실 그 또한 아니에요. 그동안 쭉 지켜봐왔던 분들이라면, 퍼사장이 그리 단순한 인간이 아니란 걸 잘 아시리라 생각합니다. 여러분께 의문점을 던지는 것 가지고는, 고작 절반의 성공조차도 말하기 어려울 테죠. 퍼스널이 나름의 성취에 대해 이야기하기 위해선, 최대한 많은 분들이 이곳에서 그 의문을 곱씹고 제각각의 답을 찾는 과정을 겪을 수 있어야만 가능합니다. "아, 특이해!"가 아니라, "아, 누군가는 이런 취향을 가질 수도 있구나."라는 열린 결론을 떠올릴 수 있을 때 비로소 말이에요.

퍼스널은, 퍼스널은 컨셉이 아니라 취향입니다. 퍼사장의 취향일 수도 있고, 이 공간을 아껴주시는 분들의 취향일 수도 있죠.

물론 이런 취향이 불편하게 느껴지는 분들 역시 있을 수 있다고 생각합니다. 중요한 건, 퍼스널이 누구의 취향이고 아니고 하는 문제가 아니에요. 우리 모두에게는 제 나름의 취향이 존재한다는 것이, 포인트죠. 그게 바로 제가 여러분께 전하고 싶은 진리입니다. 개성 말이에요. 부디 여러분이 이 공간에서만큼은 남의 기호가 아닌 나의 입맛을, 타인의 시선이 아닌 스스로의 마음을 선택할 수 있기를 바랍니다.

1월 22일

죄송하지만, 조금만 더 기다려주세요. 홀로 공사를 하다 보니, 리뉴얼에 시간이 조금 더 필요할 것 같습니다. 여러분도 아시다시피, 퍼사장이 여간해서는 돈에 연연하는 사람이 아님에도 말이죠. 이번에는 돈 좀 많았으면 좋겠다는 생각을 했답니다. 멍청하지만, 정말 그랬어요. 언제까지 모든 걸 셀프로 혼자 해내야 하는 것인지, 정말 지겹다는 생각이 들었습니다. 돈 몇 십 아껴보자고 바닥을 구르고, 기며 일하고 있는 제 자신에게 연민의 정을 느끼고야 말았죠.

　물론 이는 바보 같은 생각이에요. 젊어서는 고생을 사서도 한다는 말 따위는 새파란 거짓말이지만, 한 땀, 한 땀 공들인 노력은 결국에는 그 가치가 빛나는 법입니다. 며칠째 작업장 바닥과 맞붙

나는 왜 말이 많은가

160

어 보낸 이 시간이, 그 업을 발하는 날이 오고야 말 거예요. 갈수록 살기 험난한 세상, 이 정도 믿음은 반드시 품고 살아야죠.

여차여차 말이 길어졌는데, 결론은 그래요. 여러분도 지금의 그 노력들이 언젠가 빛나는 그날이 오고야 말 것입니다. 성인인 우리에게 산타 할아버지가 보고 있는지 아닌지는 더 이상 중요치 않겠지만, 우리 스스로는 알잖아요. 내가 무엇을 하고 있는지 말이죠. 꾀부리기보다 묵묵한 발걸음을 멈추지 않으시길 바랍니다. 저역시 요행은 아무리 잘해도 요행, 노력은 아무리 묻혀도 노력이라는 걸 잊지 않고 주말에도 힘내 보도록 할 테니까요. 새로운 퍼스널에서 만납시다.

1월 17일

주말 동안 좋은 소식이 있었죠? 정부가 '거리 두기' 2주 연장을 결정하면서, 카페 내부 취식을 허용했습니다. 이제 카페에서도 편하게 커피를 마실 수 있게 된 거죠. 그동안 형평성이 맞지 않는 방역 수칙으로 인해 카페 운영에 어려움을 겪으셨던 모든 분들, 고생 많으셨습니다. 이제 정상 영업이 가능해진 만큼, 다시 또 같은 일이 반복되지 않도록 모두 함께 방역에 힘쓰도록 해요. 그동안 거리 두기보다 마스크 정상 착용이 쉽고 간편한 방법이란 걸 다들 체감하셨으리라 생각합니다.

사실 오늘 이렇게 말을 꺼낸 건, 전 국민이 다 아는 소식이나 전하고자 함은 아니에요. 다름 아닌 휴무 공지를 하기 위해서죠. 카페 실내 취식이 가능해지는 1/18(월) 일부터 1/22(금) 일까지 5일간, 퍼스널은 리뉴얼에 들어갑니다. 내부 공사도 좀 하고, 몇 가지 일 처리를 하고 돌아올 예정이에요. 매장 영업을 하면서 리뉴얼까지 하려니 진도가 나오지 않아 휴무를 결정하게 되었답니다.

알아요. 어처구니없는 소식이죠. 내부 취식이 가능해지는 날부터 5일간 휴무를 하겠다니, 모르는 사람이 들으면 웬 멍청한 짓인가 싶을 거예요. 하지만 퍼사장은 이 시간이 모두를 위해 꼭 필요한 시간이라고 생각합니다. 퍼스널이 단순히 커피와 술을 마시는 공간이 아닌, 살아 숨쉬는 브랜드가 되려면 분명 변화가 필요하다고 생각해요. 넘어질 수 있는 위험이 있다고 도약하지 않으면, 더 나아질 수 있는 가능성 또한 열리지 않는 법이죠. 퍼스널은 나아지는 편을 택하겠습니다.

그러니 5일 뒤에 만나요. 새로운 변화가 여러분 눈에 어떻게 보일지 모르겠지만, 퍼사장 개인적으로는 참 흥미진진합니다. 언젠가 제가 카페 사장이 아닌 작가라는 이름으로 여러분을 만날 수 있는 날이 오면 좋겠네요. 새로운 퍼스널에서도 사이좋게 지내봅시다.

1월 7일

어제 갑작스레 소개해 많은 분들을 놀라게 만들었던 퍼스널의 새 원두는, 사실 지난달 중순부터 판매가 되고 있었답니다. 그럼에도 누구 하나 눈치채지 못했을 만큼 기존 원두가 가진 장점들을 놓치지 않기 위한 노력을 기했다고 생각해요. 2년 가까운 시간 동안 퍼스널이란 공간의 든든한 버팀목이 되어준 '커피 리브레'에게 깊은 감사의 인사를 전합니다.

퍼스널의 새 커스텀 원두는 누구나 부담 없이 즐길 수 있도록 균형감에 특별히 신경을 쓰면서도, '퍼스널 커피'하면 떠오르는 고소한 풍미를 잃지 않기 위해 스페셜티 원두만 해도 두 가지 이상이 블렌딩 되었어요. 덕분에 중배전 원두임에도 기존 강배전 원두 이상의 풍미를 가지게 되었죠. 입안을 그득히 채우는 밀도 높은 텍스처의 향연을 느껴보세요. 산뜻하게 마무리되는 끝 맛이 믿기지 않을 정도랍니다.

코로나 사태가 잘 마무리되고 호시절이 오면, 리뉴얼에 맞춰 소개할까 한 '퍼스널 블랜드'의 판매를, 새해 첫 소식으로 전하게 되었네요. '새 술은 새 부대에'라는 말처럼, 새 원두의 힘을 바탕으로 퍼스널이 무사히 새 시작을 할 수 있기를 바라봅니다. 짙고 그윽하면서도, 깔끔하고 군더더기 없는 퍼스널만의 맛을 즐겨보세요.

1월 6일

지난 새해 첫날, 충격적인 소식이 있었는데요. "정부에서 '헌팅포차' 영업을 밤 9시부터 새벽 5시까지 금지 시키자, 아침 6시에 손님이 몰렸다"라는 거짓말 같은 소식이었습니다. 퍼사장은 여전히 이 소식에 대해 반신반의하고 있어요. 설마, 그 정도로 몰지각한 사람들이 존재한다는 것이 가당키나 한가 의구심이 들죠.

지난 12/29일 이후 퍼스널은 식사 메뉴 주문 손님에 한해 실내 취식을 허용하고 있는데요. 이는 일반음식점에 적용되는 수칙 내에서 운영을 하려는 목적일 뿐, 그 외 다른 의도 같은 건 존재치 않습니다. 그럼에도 지난 한 달간 꾸준히 의류 쇼핑몰을 운영하는 분들에게서 문의 연락이 오고 있어요. 부탁드리건데 실내 사용 가능 여부에 대해 은근히 떠보는 것을 멈춰주시기 바랍니다.

코로나 바이러스 방역을 위해 온 국민이 힘을 합치고 있는 지금, 자신만의 이윤을 위해 행동하는 것은 의롭지 못해요. 결국 우리 모두는 이 사회의 구성원 중 하나이며, 그렇기에 서로를 위해 배려할 줄 알아야 합니다. 또한 퍼스널은, 평시에도 쇼핑몰을 비롯하여 그 어떤 상업적 촬영도 불허하고 있어요. 공간을 즐기기 위해 찾아온 분들을 위한 곳이기 때문이죠. 물론 정정당당하게 촬영 대관을 하는 분들을 위해서라도 그게 옳다고 생각하고 말입니다.

아, 그리고 문의를 남길 때는 최소한의 매너가 필요하다는 점 알고 계시죠? 초면에 다짜고짜 "하나요?", "안에서 마시면 안되죠?ㅠ"라고 묻는 건, 말이 서툰 어린 아이들이나 쓰는 표현입니다. 우리는 모두 초등교육 과정에서 육하원칙을 배운 성인이라는 걸 기억해주세요. 때론 샛길이나 지름길이 있을 것만 같지만, 세상사 돌아가는데는 정도만이 있을 뿐이에요. 밝은 길로 당당하게 나아가시길 바랍니다.

1월 5일

새해 첫 커피.

　10년이 넘도록 커피를 내리면서도 스스로 내린 커피에 의미
부여를 해본 적이 없었는데, 퍼스널을 하면서 알게 되었습니다. 내
가 내린 커피가 누군가에겐 누군가의 의미 있는 한 잔이 될 수도 있
다는 걸 말이죠. 퍼사장은 그래서 퍼스널이 좋아요. 여러분과 저를

이어주는 연결고리가 있다는 것이 참 기쁩니다.

누군가의 2021년 첫 커피를 맛보러 오세요. 분명 여러분 또한 나름의 의미를 찾을 수 있을 겁니다.

나는 왜 말이 많은가

2020

12월 31일

이래저래 정신이 없었는지, 출근을 하고 나서야 오늘이 2020년의 마지막 날이란 걸 알았습니다. 그만큼 다사다난 했던 한 해가 아닌가 싶어요. 모두들 고생 많으셨죠? 말하지 않아도 서로를 이해할 수 있을 만큼, 유독 정신없었던 일 년이었던 것 같습니다. 무사히 버텨내서 새해를 맞이하게 된 여러분이 자랑스럽네요.

여러분의 2021년은 어떤 계획들로 채워져 있나요? 퍼사장은 미처 생각해 보지 못했는데 말이죠. 가만히 앉아 생각해 보니.. 지난 일 년 동안 제가 너무 퍼스널에만 신경을 써 왔던 것은 아닌가 싶습니다. 코로나 바이러스로부터 이 공간을 지켜내는 데에만 너무 몰입하느라, 초기의 계획들과 즐거움으로부터 너무 멀어져 온 게 아닌지 모르겠어요.

그래서 2021년부터는 퍼사장 개인적 성취를 중심으로 이 브랜드를 이끌어 볼까 합니다. 제가 없으면 애초에 퍼스널의 존립 자체가 성립되지 않는 것인데, 왜 그길 잊고 있었나 싶네요. 지난 일 년을 단 한 장의 그림은 물론 단 한 편의 글조차 마무리 짓지 못한 채 흘려보냈다는데 많은 반성을 합니다. 따라서 앞으로 퍼스널은 퍼사장 개인적 영역과 공적인 영역을 철저히 분리해서 운영해 나갈 거예요. 운영시간은 물론, 공간의 활용 또한 변동이 있을 예정입니다.

특히 그동안 퍼스널의 모든 공간에서 여러 가지 규칙이 적용

되어 왔는데요. 이는 이 공간이 저의 작업실이라고 생각했기 때문입니다. 하지만 이제 와 돌이켜 보니, 제 작업실과 카페는 애초에 공존 자체가 불가능했던 것 같아요. 카페라는 열린 공간 안에서 작업을 한다는 생각부터가 욕심이었던 셈이죠. 리모델링 계획을 잘 세워서 카페와 저의 작업 공간 자체를 분리하도록 하겠습니다. 그렇게 되면 여러분도 제약 없이 이 공간을 즐기게 될 수 있을 거라 생각해요.

운영시간 또한 마찬가지겠죠. 저의 작업시간을 확보하기 위해 커피 판매를 하는 시간은 줄어들겠지만, 대신 여러분이 그리워하던 밤스널을 다시 준비해 볼 계획입니다. 뭐, 사실상 초기의 퍼스널처럼 퍼사장 마음이 흐르는 대로 문을 열고 닫겠다는 이야기예요. 하지만 공지를 하는 데 있어 소홀함이 없도록 노력할 테니 지켜봐 주시기 바랍니다.

내년은 제 개인적 작업 결과들을 많이 만들어 낼 수 있는 새해가 되었으면 좋겠네요. 그 성취가 퍼스널의 한계를 더욱 넓혀줄 수 있으리라 믿습니다. 단순히 카페가 아닌 하나의 브랜드로 성장할 수 있도록 준비해 볼게요. 2021년에도 잘 부탁드리겠습니다. 새해 복 많이 받으세요.

12월 29일

지난주에 미국의 프로 농구, nba가 새 시즌을 개막했는데 말이죠. 그 시작부터 몇몇 안타까운 소식들이 들려옵니다. 늘 그렇듯, 갑작스러운 부상으로 한 시즌을 통째로 날려버리게 된 선수들이 하나 둘 나오고 있어요. 아마 이는 비단 농구 선수들만의 문제는 아닐 테고, 모든 스포츠 선수들 곁에 도사리고 있는 고질적인 문제 중 하나가 아닐까 싶습니다.

그래요. 참 안타까운 일이 아닐 수 없습니다. 자신의 남다른 기량을 보여주기 위해 피땀 어린 훈련과 철저한 자기관리로 지난 몇 달간 준비를 해왔을 터인데, 예기치 못한 찰나의 오차가 이 모든 걸 물거품으로 만들었을 테니 말이에요. 심지어 그 오차마저 자신의 잘못에서 비롯된 것이 아니라 열심히 하려는 마음 때문에 생겨난 것이기에 더더욱 속상할 수밖에 없는 일이죠.

사는 게 그렇습니다. 모든 게 우리 뜻대로만 풀리지는 않아요. 이는 여러분께 문제가 있어서도 아니고, 또 다른 누군가의 탓도 아니죠. 그냥, 원래 그런 거예요. 모든 일들이 우리의 마음 그대로 풀린다면, 그 세상 또한 그리 좋은 모습을 아닐 겁니다. 그러니 마음 같지 않은 일을 두고 너무 힘들어하지 마세요. 코로나 사태 때문에 출근을 못 하게 되었다가, 마당을 정리하던 중 고대 금화를 찾게 되어 벼락부자가 된 한 영국인처럼 그 일이 또 다른 기회가 되어 다가올지도 모르니까 말이죠. 하루하루 애쓰며 살아가는 여러분을 응원하겠습니다, 힘내세요.

12월 24일

누군가 여러분께 따스함을 주는 이가 있나요? 퍼사장은 있습니다. 말 한마디 한마디에서 사려 깊은 마음을 느낄 수 있는 분이 있어, 평범한 일상 속에서도 행복이란 감정을 느끼곤 하죠. 여러분께도 그런 분이 있다면, 오늘만큼은 그분이 주는 따스함만을 떠올려보세요. 좋은 생각만 하고, 좋은 마음만 품기 좋은 날이 바로 오늘입니다. 부디 여러분이 따스하고 행복한 하루 보낼 수 있기를 바랄게요. 메리 크리스마스.

12월 23일

퍼사장 어렸을 적 외할머니께서 말씀하시길, "이 녀석 고집이 고래 심줄 같다"하셨죠. 맞아요, 태생이 고집쟁이로 태어났습니다. '남아일언중천금'이 아니라, 그냥 제 자신이 말 한번 내뱉으면 쉽게 거둬들이는 법이 없는 사람이죠.

　　지난 휴무에 어머니를 모시고 기장에 있는 유명 카페를 찾았었습니다. 다름 아니라 커피를 포장해 바닷가를 걷기 위해서였죠.

그런데 계산을 하려고 보니, 직원이 슬며시 이야기하더군요. "여기이 브런치 메뉴 하나 주문하면 실내에서 커피를 마실 수 있는데, 정말 커피만 주문하겠냐"라는 것이었어요. 오래지않아 그 카페의 주차장은 평소처럼 인산인해를 이루었습니다.

익히 들어 알고 있던 것이었지만, 직접 체감하고 나니 저도 모르게 아찔한 기분이 들더군요. 힘이 빠져 한참을 멍한 상태로 걸었습니다. 막대한 피해를 무릅쓰고 거리 두기에 힘쓰고 있는 이 상황이 누군가에겐 업셀링의 기회로 적용되고 있는 셈이었죠. 사실 몇주 전 정부기관을 찾은 일이 있었습니다. 여러분께는 은행일을 본다 말했었지만, 12월을 매출 없이 버틸 생각에 대출을 알아보려던 것이었어요. 돌아온 대답은 코로나 관련해서 대출은 지원되지 않으니 알아서 은행 대출을 받으라는 말이었죠. 권력자의 아들이 제가 바란 금액의 몇 곱절이 넘는 돈을 대출도 아닌 지원금으로 받은 사실과는 반대로 말입니다.

압니다, 제가 미련한 것일 테죠. 거리 두기 동참을 이유로 일년 내내 여러 건의 전시 문의를 거절하고, 한 달간 매장 영업을 포기한 제가 똥고집을 부린 거라 인정합니다. 그래서 더 이상 우리모두의 퍼스널이 저 하나의 소신으로 운영이 되도록 내버려 두진않을 생각이에요. 매장 내 취식은 물론, 그동안 지켜 왔던 규칙들도 완화해서 법의 테두리 내에서 최대한의 이윤을 창출하고자 합니다. 단, 12/28일 이후로 말이죠.

부산시가 2.5단계 방역을 결정한 지난 12/4일부터 퍼사장은,

이에 동참하여 12/28일까지 포장 판매만 하겠다 말해 왔어요. 제가 뱉은 말이니, 제가 지키도록 하겠습니다. 사람이 살면서 이 정도 고집은 있어야 한다고 생각해요. 주변의 상황과 말들에 휘둘리지 않고, 내가 내린 결정에 책임을 다해야 할 때도 있어야 한다고 생각하죠. 휴무를 마치고 다시 문을 여는 오늘도 퍼스널은 포장 판매만 합니다. 매장 내에선 12/28일 이후로 만나요.

중학생 때 단짝처럼 지내던 친구가 있었습니다. 왜 그런 친구 있잖아요. 자리 배정이 바뀌어도 애써 자리를 바꿔가며 짝꿍을 유지하는 친구. 퍼사장에게도 그런 친구가 있었죠. 그런데 어느 날 등교를 하고 보니, 이 녀석 얼굴이 퉁퉁 부어있더군요. 이를 뽑거나, 눈물을 많이 흘렸을 때처럼 어느 한구석만 부어오른 게 아니라, 눈,

코, 입이 제자리에 붙어는 있나 걱정을 해야 할 만큼 온 면상이 비대하게 부어올라 있었습니다.

알고 보니, 그 전날 권투 시합이 있었더군요. 녀석이 학교 '복싱부' 소속이었거든요. 부은 얼굴만 보고 혹시나 싶어 물어보니, 판정승을 거두긴 거뒀다고 했습니다. 하지만 결과와 상관없이 친구의 얼굴은 형편없이 구겨지고 만 것이었죠. 그래요. 우리 생각엔 이긴 선수 얼굴엔 상처 하나 없을 것만 같지만, 실제 격투기 경기가 끝난 뒤보면 승자와 패자 할 것 없이 몰골이 말이 아닌 경우가 대부분입니다. 다르게 말해, 이겨내기 위해선 고난과 상처는 필수불가결한 것인 셈이죠.

혹시 '마이크 타이슨'의 복싱 경기를 보신 적 있나요? 아마 그 이름만큼은 웬만한 분들도 다들 들어보셨으리라 생각합니다. 퍼 사장은 아직도 그 이름만 들어도 간담이 서늘해질 정도로 무시무시한 선수예요. 키는 비록 178cm에 불과하지만, 거인들이 우글대는 헤비급에서 타이틀을 독식했던 괴물이랍니다. 이 선수가 싸우는 모습을 보면 아마 조금 전 제가 했던 말이 과장이 아니라는 걸 알 수 있을 거예요.

그는 끊임없이 상대의 품으로 파고들어 가까운 곳에서 펀치를 날리는 '오소독스' 스타일의 복서였습니다. 하지만 다른 헤비급 선수들에 비해 키도 작고, 덩치는 물론 팔 길이마저도 짧았죠. 한마디로 말해, 그의 주먹이 닿지도 않는 거리에서부터 상대의 주먹이 날아들었던 셈입니다. 내게 아무리 강한 어퍼컷 한 방이 준비되어 있다 한들, 그 한 방을 날리기 위해선 수많은 잽에 노출돼야 했던 것이죠. 피하기도 많이 피했지만, 맞기도 아마 엄청 얻어맞았을 거예요.

그럼에도 '타이슨'은 당당히 최강자의 자리에 올라섰습니다. 많은 사람들이 역대 최고의 복서로 그를 기억하곤 하죠. 어떻게 그는 상대적으로 작은 덩치를 가지고 수많은 거인들을 때려눕힐 수 있었을까요? 제 개인적인 생각이긴 한데, 해답은 바로 가드에 있습니다. 네, 상대의 주먹을 막아내기 위해 취하는 방어자세 말이에요. 그의 경기를 끝까지 지켜보면 눈치챌 수 있는 것이 하나 있는데, 그건 바로 그의 가드는 결코 내려오지 않는다는 것이죠. 경기가 진행되면 진행될수록 가드가 느슨해지기 마련인데, '타이슨'은 그렇지 않았어요. 덕분에 그 많은 잽을 맞아가면서도 상대의 품 속 깊숙이 파고들 수 있었던 것입니다.

여러분, 가드 올리세요. 날아드는 고난과 시련이 아무리 버거울지라도 그 가드만 내리지 않는다면 기회는 반드시 오기 마련입니다. 포기하지 않는 자에게 복이 있나니, 그 결과는 통쾌한 ko 승리로 이어질 수 있을 테죠. 물론 우리 모두에게 '타이슨'의 어퍼컷과 같은 강력한 필살기가 준비되어 있는 건 아니지만, 혹시 아나요. '존나 버티면' 제 친구처럼 판정승 정도는 챙길 수 있을지도 모르죠. 그러니 힘들다 찡찡대지 말고 가드 올리세요.

12월 15일

이런 질문을 참 많이 받습니다. '무엇이 좋아서 결혼했냐'라는 말. '언제 결혼하고 싶어졌냐'는 물음. 글쎄요, 저는 하고 싶어서 결혼한 게 아닙니다. 이것만큼은 분명한데, 저는 단 한 번도 결혼이 인류에게 꼭 필요한 제도라고 생각해 본 적이 없어요. 우리에게 필요한 건 사랑이지, 결혼이 아니라고 생각합니다.

만약 누가 제게 '무엇이 좋아서 사랑하게 되었냐' 묻고, '언제 사랑에 빠지게 되었냐' 묻는다면 해줄 말이 많아요. 아마 며칠 밤낮을 꼬박 새워도 부족할 만큼 해줄 말들이 많죠. 결혼 전이나 후나 변함없이 아내를 사랑합니다. 땀 한 방울만큼의 애정도 식지 않았어요. 결혼이란 제도 따위는 애초에 불필요한 존재임이 틀림없습니다.

삶의 안정을 위해 결혼이 필요하다는 말 흔히 들어보셨죠? 혹 누가 이제 안정을 찾고 싶다며 청혼을 하거든, 과감히 새 인연을 찾아 떠나도 무방하다 감히 말씀드리고 싶습니다. 세상은 넓고, 사람은 많기에, 한나절만 돌아다녀 봐도 사랑에 빠질 만큼 매력적이고 마음이 잘 통하는 사람을 만날 수 있어요. 결혼은 안정장치가 아니랍니다. 그것은 사랑을 글로 옮긴 한 장의 종이에 지나지 않아요.

모르겠습니다. 저는 남자다 보니, 여성분들의 마음까지 함부로 말할 수는 없습니다만, 자신의 안정을 위해 결혼을 운운한 남자가 과연 도장 하나 찍는다고 그 안정을 찾을 수 있을까요. '왜 결혼을 했냐' 묻는 분들께 답해드리자면, 책임감 때문에 했습니다. 제 마음대로 사랑을 했으니, 그 사랑에 대해 책임을 지고 싶었어요. 당신이 내게 가장 소중한 사람이 맞다는 걸 보여주고 싶었습니다. 내가 어떤 견해를 가지고 살아가든, 당신 앞에서만큼은 그 모든 게 무의미하다는 걸 증명하고 싶었죠.

결혼 후 안정감을 느끼고 있진 못합니다. 결혼 전이나 후나 사람 사는 건 똑같아요. 결국 같은 문제로 고민하고, 비슷한 어려움을 겪으며 살아가죠. 결혼으로 팔자 고쳐 보려는 분들은 얼른 꿈에서 깨어나 현실을 살아가시기 바랍니다. 그럼 결혼으로 얻은 게 무엇이냐, 그건 다름 아닌 책임감이에요. 같은 문제와 비슷한 어려움을 마주쳤을 때 무너지지 않을 수 있는 힘을 주는 건 바로 책임감이죠. 그 힘을 결혼이, 아내가 주었냐고요? 천만에요. 스스로 느끼고 있습니다. 듬직한 책임감으로, 아니 짙은 사랑으로 내려드리는 커피가 궁금하다면 퍼스널로 오세요.

12월 14일

글쎄요. 모두의 생각이 같을 수는 없습니다. 누군가의 눈엔 지금의 상황이 그다지 심각해 보이지 않을 수도 있어요. 하지만 분명한 건 이제 반전 없이는 그 어떤 것도 전과 같을 수 없다는 것입니다. 단순 수치가 전부는 아니겠지만, 저 빌어먹을 수치를 드라마틱 하게 떨어뜨리지 않는 한 그동안 우리가 영유했던 모든 것들이 한순간에 사라지게 될지도 몰라요.

　　지난 2주간 부산시에서 2.5단계에 상응하는 대응책을 실시했던 거 모두들 잘 아시리라 생각합니다. 카페의 경우 2주간 실내 취식이 금지되었고, 음식점 또한 저녁 9시까지만 영업을 할 수 있었죠. 어느 한 곳 예외를 두는 일이 없었기에 아마 시민 모두가 알고 있었을 것입니다. 그럼에도 꾸준히 전화가 오더군요. 매장 안을 사용할 수 있냐는 문의전화 말입니다. 심지어 찾아온 분들도 제법 있었어요. 매장에서 취식을 하고 싶다면서 말이죠. 단순히 커피 한 잔이 마시고 싶어 그런 공들을 들인 건 아닐 거예요.

지난 주말 이틀간 매장 문을 열지 않은 것은 바로 그 때문입니다. 이렇게나마 퍼스널이 할 수 있는 최상의 방역을 하고자 했어요. 제 한 몸 편하고자 쉰 것이 아닙니다. 12월 한 달을 꽉 채워 영업해도 전기세조차 뽑지 못할 것으로 예상돼요. 마음이 편치 않은데 몸 또한 편할 리 없죠. 그럼에도 도움이 되고 싶었습니다. 바이러스의 확산 저지에 티끌만큼의 힘이라도 보태고 싶었죠.

지금 당장 몇 주 쉬면 생계가 막막해 보이시나요? 이 확산세를 막지 못하면 영영 쉬게 될 수도 있습니다. "2주 쉬고 계속 장사할래, 2주 영업하고 무기한으로 쉴래"라고 물어보면 답을 내리기가 좀 더 명쾌할 테죠. 카페 투어도 마찬가지예요. 2주 쉬고 가도 "제발 인증샷 좀 찍어달라"하는 곳들이 넘쳐날 겁니다. 돈 몇 천씩 들여가며 여러분의 셀카 존 만들어준다는 사람들이 줄을 섰어요. 잠시 쉬어가도 괜찮습니다. 하루라도 사진을 올리지 않으면 잊힐까 두려운 가요? 확진자가 죽게 되면 24시간 내로 소각을 합니다. 몸만 태우는 게 아니라 소지품이란 소지품은 모조리 함께 없애요. 더 이상 이 세상에 그를 추억할 수 있는 것이 한 줌도 남지 않게 되는 것이죠. 잊힌 다는 건, 아마 그런 걸 거예요.

잊히지 않기 위해선, 살아남아야 합니다. 사진 한 장 남기기보다, 오랜 시간 사랑하는 이들의 곁을 지켜야 하죠. 여러분.. 시발, 맘이 약해져서 쉽게 입이 안 떨어지네요. 월세 생각 3초만 하고 올게요.. 여러분, 사회적 거리 두기를 실천합시다. 곁에 있는 소중한 사람들을 지키기 위해 마스크 착용을 확실히 하고, 손 소독 또한 잊지 마세요. 그리고 무엇보다, 외출을 삼가는 것이 가장 좋습니다. 내일부터 퍼스널은 다시 또 포장 판매를 위해 문을 열겠지만, 찾아오는 이는 드물 테죠. 그래도 괜찮습니다. 비어있는 퍼스널은 퍼사장이 지키고 있을게요.

12월 10일

퍼사장이 드디어 표준 체중을 넘어섰습니다. 우량아로 태어났던 소아 시절 이후 처음으로 비만의 길을 걷고 있네요. 얼굴에 살이 어찌나 올랐는지, 마스크 자국이 하루 종일 갑니다. 당분간 이 뚱보에게 탄수화물을 먹이지 마셔요. 부디 우리 건강하게 오래오래 봅시다.

12월 8일

퍼사장도 사람인지라, 지난 일주일 간 방역 2단계를 준수해서 운영을 해본 결과가 마음 쓰이지 않을 수가 없네요. 단순 매출로만 생각해 봐도 참담한 결과가 아닐 수 없습니다. 월세는커녕 한 달 전기세조차 벌지 못했으니 말이죠. 하지만 퍼스널이 존재하는 건, 단순히 음료나 토스트를 팔기 위해서가 아니라고 생각해요. 포장 구매 밖에 할 수 없음에도 꾸준히 이 공간을 찾아주시고, 또 응원의 한 마디 건네기 위해 애써 공들이길 망설이지 않는 여러분을 보며 다시 한번 느낄 수 있었죠. 잊지 않아주신 모든 분들께 마음으로 감사드립니다.

요 며칠 많은 생각을 하고 있어요. 무엇이 여러분과 퍼스널을 이어주고 있는 것인가 골똘히 되짚어 보고 있죠. 여러분은 왜 퍼스널을 좋아하시나요? 지금 제가 어떤 선택을 해야 우리를 잇는 줄을 놓치지 않을 수 있을까요? 오늘도 한 번 열심히 궁리해 보도록 하겠습니다. 부디 동선을 최소화하는 하루 보내시길 바라요. 우리는 타인의 관심이 아닌 나 스스로를 향한 사랑으로 살아가고 있습니다.

12월 3일

사실 말이죠. 퍼스널은 사회적 거리 두기 2단계 격상과 관계없이 영업이 가능합니다. 애초부터 휴게 음식점이 아닌 일반 음식점으로 영업을 해왔으며, 메뉴 또한 대다수가 주류에 속하기에 몇 가지 사항만 준수하면 영업을 지속해도 좋다는 답변을 구청으로부터 받아놓은 상태죠. 퍼사장 또한 퍼스널을 늘 하나의 공간으로 소개해 왔지, 단순 카페라고 생각해 본 적이 없어요. 마음만 먹으면 얼마든지 정상영업이 가능한 상황입니다.

그럼에도 자발적으로 2주간 포장 판매만 하겠다 결정한 것은, 코로나 사태야말로 모두가 힘을 모아야 할 상대라고 생각했기 때문이에요. 빠져나갈 구멍 따위는 빠짐없이 막아두고 박멸에 나서야 해충을 일망타진할 수 있는 것과 같은 원리로 말이죠. 한데 지난 며칠 지켜본 결과 상황이 그렇지가 못하네요. 누구는 이런 이유로, 또 다른 누구는 저런 이유로 길을 터주고 있으니, 이런 방법으로 과연 바이러스 확산을 막을 수 있는 것인가 의구심이 듭니다. 늘 그래 왔듯이 '말 잘 듣는 놈들'만 손해를 보게 되는 건 아닌지 걱정이에요.

차라리 2주간 모두 함께 셧다운에 돌입을 했어야 하는 건 아닌가 싶습니다. "어디에 가면 커피를 마실 수 있다더라, 또 어디에 가면 술 한잔할 수 있다더라" 하는 꼼수가 발생하지 않도록 그물을 촘촘히 엮어야 코로나도 잡고, 사회도 공정히 돌아갈 수 있지 않을까 싶어요. 하지만 이미 벌어진 일, 어쩌겠습니까. 각자가 알아서 나름의 노력을 하는 수밖에요. 뻔한 구어이긴 하지만, "나 하나쯤이야"하지 말고 모두가 한마음으로 고삐를 바짝 조여 봅시다. 눈앞의 손해를 모면하는 것보다, 원초적인 원인을 해결해야만 내일의 기회가 있을 테니 말이죠.

personal mood가 아닌 커피 맛을 즐기기 위해 다녀가신 모든 분들께 감사의 말씀드립니다. 날도 추운데 이 골목 깊숙한 곳까지 찾아와 주셔서 큰 힘이 되었어요. 한 명도 오지 않을 줄 알았는데, 솔직히 감동입니다. 이번 위기 우직하게 버텨내서 내년에는 새로운 도약을 보여 드릴 수 있도록 노력할게요. 음, 재미있는 변화가 기다리고 있습니다. 누누이 말하지만, 돈 같은 거 벌 생각이었으면 애초에 이 짓 안 했어. 이왕 사는 거 의미 있게 살아보자고요.

12월 1일

본래 예정되어 있던 운영시간 변경을 일단 취소합니다. 모두들 아시다시피, 부산시마저 코로나 대응 단계를 2단계로 격상함에 따라 저녁 9시 이후로는 매장 개방이 불가하기 때문이죠. 지난 소식을 접하고 '밤스널'에 대한 기대감을 높였던 많은 분께, 안타까운 소식 전해드리게 되어 죄송합니다.

시당국에서 안내한 바로는 12/1일부터 12/14일까지, 2주간 해당 단계를 유지할 계획이라고 해요. 따라서 오늘부터 2주 동안 퍼스널은 임시 일정으로 영업합니다. 운영시간은 12시부터 19시까지이며, 매장 음용이 불가하오니 포장 구매 부탁드려요. 추후 코로나 대응책이 변경되면 그에 맞춰 다시 한번 안내하도록 하겠습니다. 영업시간에 대한 혼동을 드리게 된 점 안타깝게 생각해요. 너른 마음으로 이해 부탁드리며, 부디 이 시국을 퍼스널이 잘 이겨낼 수 있도록 응원과 관심 또한 부탁드리고 싶습니다.

마지막으로.. 함께 곤경에 빠진 자영업자 여러분께 한 말씀 드릴게요. 2020년, 참 힘들죠. 연초부터 시작된 코로나 사태는 물론이고, 지난여름 물난리와 태풍, 그리고 거듭된 코로나 확산까지. 모두가 지칠 대로 지쳐있을 거라 생각합니다. '박노해' 시인이 이런 말을 했더군요. "한계인 줄 알았던 것을 경계로 바꿔 생각하면, 도약의 때는 다가온다"라고 말이죠. 어떤 말로도 여러분을 위로하기가 힘들 테지만, 응원하겠습니다. 힘내세요.

11월 29일

퍼스널의 라이벌은 스타벅스라는 말, 농담 아니에요. 아내가 스타벅스 단골입니다. 많은 분들이 줄을 서서 매달리는 스타벅스의 굿즈들, 제 아내는 쉽게 쉽게 구할 수 있을 정도로 말이죠. 심지어 지난 몇 년간 제 다이어리 또한 아내가 준 스타벅스 다이어리였답니다. 어찌 하늘에 태양이 두 개 일 소냐. 타도 스타벅스를 목표로 정진, 또 정진해야겠죠.

내일이면 전국이 코로나 대응 2단계에 돌입한다는 말이 며칠 전부터 수면 위로 떠오르고 있습니다. 어느 정도는 기정사실이 된 듯해요. 음.. 많은 것들이 바뀔 겁니다. 지금껏 잘 견뎌 왔던 부산의 자영업자 여러분들도 더 큰 시험대에 오르게 될 테죠. 특히 요식업에 종사하는 분들의 경우, 자의와 상관없이 매출 급감을 피할 길이 없을 겁니다.

힘내세요. 퍼스널이 응원하겠습니다. 스타벅스도 힘내시길 바랄게요. 이 순간만큼은 한마음으로 버텨내야죠. 그리고, 퍼스널도 많은 응원해 주시길 바랍니다. 아내가 퍼스널의 단골이 되는 그 날까지 퍼사장은 포기하지 않을 테니, 여러분도 그저 퍼스널 무드를 즐겨주세요. keep calm & carry on.

11월 28일

〈코로나 극복을 위한 안내문〉

personal. 이 단어의 의미는 초등교육 이상만 이수한 분이라면 누구나 알고 있으리라 생각합니다. 퍼사장이 학교를 다니던 시절엔 고등교육 과정에서나 배울 수 있었던 단어인데, 빠르게 흐르는 세월만큼이나 세상도 참 빠르게 변해가네요.

아무튼 저희 공간의 이름이 personal인 건 이 공간이 개인적인 시간을 향유하고 싶은 분들을 위해 준비한 곳이기 때문입니다. 개개인이 각자의 개성과 취향에 맞게 사적인 시간을 보낼 수 있는 곳이 되길 바라는 마음에서 문을 열게 된 공간이죠. 애초에 사장의 개인 작업실로 시작을 했으니, 그 취지가 어떠한 것이었을지 충분히 공감하실 수 있으리라 생각해요.

손님이 오기에 받았고, 받다 보니 찾아오는 이가 늘어났을 뿐입니다. 또 손님이 늘어나기에 이런저런 규칙들 또한 생겨났죠. 찾기 쉬운 위치도 아닐뿐더러, 눈에 띄는 간판도 없는 이곳을 찾아오신 분들이라면, 그 규칙들에 대해 대충은 알고 오셨을 거라 생각합니다. 부디 personal의 취지를 이해하시고, 그에 맞게 공간을 즐겨주시길 바랄게요.

단골손님들이 묻습니다. 언제부터인가 퍼사장이 웃지를 않는다고 말이죠. 맞아요. 처음에는 오시는 분들마다 반갑게 맞이하기도 했었고, 적어둔 권고사항들에 대해 그리 엄격히 굴지 않았었습니다. 불과 올해 초까지만 하더라도 셀카 촬영에 대한 규칙은 존재조차 하지 않았었죠. 그러나 코로나 사태가 발발한 지난봄 이후로는 저도 더 이상 이를 권고 정도로 좌시할 수 없었습니다.

모두가 그런 것은 아닙니다만, 셀카 촬영을 위해 카페 투어를 돌고 계신 분들 중 상당수가 마스크 착용을 게을리하는 경향이 있어요. 예쁜 사진을 찍고 싶은데, 코와 볼을 마스크로 가리거나, 그 자국을 남기기 원치 않는 것일 테죠. 그중 대대수가 코와 볼 위로 주먹 하나는 들어갈 만큼 떨어뜨려서 마스크를 하고 오십니다. 글 쎄요. 저는 손님들 건강을 운에 맡길 생각이 추호도 없답니다. '괜 찮겠지'라는 안일한 생각으로 대처하고 싶지 않아요.

코로나 사태 초반, 퍼스널이 확산 방지에 동참하고자 보름 동 안 문을 닫았던 걸 기억하시는 분들도 있을 겁니다. 누가 시켜서 가 아니라, 자발적으로 동참한 것이었죠. 그 뒤로도 사회적 거리 두기에 적극적으로 참여해서 좌석 수를 줄이기도 했고, 마스크 미 착용 시 입장 자체를 허용하지 않아 왔어요. 우리 단골손님들, 자 신만의 사적 행복을 추구하는 이분들의 건강만큼은 애써 지켜드 릴 마음입니다.

그러니 제발 부탁드리 건데, 코와 볼에 마스크를 밀착해 타인 의 건강을 지켜줄 마음이 없는 분들은 이번 코로나 사태가 무사히 끝나거든 오세요. 3차 확산이 시작된 지금, 마스크를 벗고 셀카를 찍는 행위는 모두를 위험에 빠트리는 행동입니다. 부디 서로를 배 려해 주세요. 마스크 착용을 올바르게 하고 찾아와 주시면 마음으 로 감사드리겠습니다.

11월 27일

인생이 한 편의 영화라고 한다면, 여러분은 어떤 장르의 영화를 찍고 있습니까. 퍼사장은 말이죠. '로맨틱 코미디'를 찍고 있는 줄 알았는데, 이제 보니 '다큐멘터리'를 찍고 있는 거 같아요. 그것도 눈물겨운 생활 다큐 말입니다. 하.. 시벌. 뭐, 어쩌겠어요. 장르야 어찌 되었든, 해피엔딩으로 엮어내 봐야죠. 여러분 또한 매일매일 즐겁기만 할 수는 없겠지만, 아직 끝난 게 아니니 포기하지 마세요. 응원하겠습니다.

11월 24일

단적으로 지난 주말 술값으로 그 이틀간의 벌이를 고스란히 반납했습니다. 반성의 의미로 일요일엔 도보로 귀가를 했을 정도죠. 물론 음주를 주 2회만 하고 있는 것은 아니니, 퍼스널에서 발생되는 순수익은 고스란히 술값으로 탕진되고 있는 것이 사실이에요. 하지만 후회는 없습니다. 그 대부분을 퍼스널에서 인연이 된 분들과 함께 했으니 말이죠. 얻은 만큼 베푼다는 격언을 곧이곧대로 지켜내고 있는 셈이에요. 퍼사장을 찾아온 이를 박대한 바 없다고 자신 있게 말할 수 있습니다.

　　많은 분들이 걱정하시길, 술을 너무 좋아하는 거 아니냐 하는데요. 솔직히 이제 저는 마실 만큼 마셔본지라, 더 이상 새로울 게 없습니다. 그냥 마시는 거예요. 스스로 즐긴다 자부할 수 있는 경우는, 보름에 한 번 정도 혼술을 즐길 때 말고는 없습니다. 그 시간

만큼은 온전히 저를 위한 것이지만, 다른 날 대부분은 마음으로 마시는 거예요. 아끼는 이들이 고되고, 힘에 부칠 때 술 잔 같이 기울여주는 것이 도리라 생각하니 말입니다. 돈이 아무리 중한들, '신의'라는 가치 앞에서는 한낱 깃털에 불과하다 생각하죠.

제가 이렇게 단순한 사람이에요. 신뢰하고 아끼면, 앞뒤 득실 관계 따위는 제쳐놓고 보는 사람입니다. 있는 그대로 화내고, 있는 그대로 기뻐하며, 있는 그대로 사랑하죠. 그래서 부탁드리는데, 마음 없이 먹이를 주지 마셔요. 여러분의 말들을 곧이곧대로 믿습니다. 누가 올 거라 말하면, 잊지 않고 기다려요. 결국 말한 바를 지키는 이는 극소수에 불과하다는 걸 머리로는 알지만, 마음으론 놓지를 못합니다. "퍼사장님, 좋아요", "퍼스널, 최고", "곧 가니까 기다려주세요".. 이 말들을 다 진짜라고 착각하죠.

퍼사장도 흔하디흔한 한낱 사람에 불과합니다. 여러분이 고되고, 우울할 때가 있는 것처럼, 저 또한 그래요. 똑같이 먹고 살려 발버둥 치고 있고, 때론 깊은 고독에 빠져 허우적댈 때도 있죠. 이런 사람을 아껴주셔서 고맙습니다. 변함없이 마음으로 퍼스널을 지켜나가기 위해 애쓸게요. 그저 한 가지 부탁이 있다면, 힘들 때 말고도 저와 이 공간을 떠올려주시면 감사드리겠습니다. 어느 날 갑자기 찾아와 술 한 잔 사 달라 한다고 따귀 때리는 일 없듯이, 기쁘고, 즐거운 날에 커피 한 잔, 진토닉 한 잔 마시러 와도 웃으며 여러분을 반길 거라 약속할게요.

솔직히 말하자면, 퍼사장 역시 듣기 좋은 말만 하고 싶습니다. 'yes맨'이 돼서 스트레스도 덜 받고, 퍼스널이란 공간을 좀 더 인기 있는 곳으로 만들 수 있으면 좋겠어요. 하지만 이놈의 성질머리가 그 마음을 못 따라주니 저 역시 답답할 노릇입니다. 오지랖이란 걸 알면서도 애써 한 마디 하고 나야 직성이 풀리죠.

과연 우리가 살고 있는 한국이란 나라는 언제까지 그 국권을 유지하게 될까요? 이게 무슨 뜬금없는 소리인가 싶겠지만, 영원한 건 없습니다. 우리 이전에 한반도를 영유했던 고려나 조선이란 나라처럼 한국이란 나라도 언젠가는 사라지고 말 거예요. 그 두 나라의 치세가 각각 4세기 정도였으니, 우리 또한 4세기 뒤에는 그저 역사 속으로 사라지게 될지도 모르는 일이죠. 아, 반세기는 이미 지났으니 3세기 반 정도 남았겠군요.

3세기 반이면 그리 긴 시간이 아닙니다. 100세 시대는 이미 시작되었고, 이 글을 읽고 있는 여러분 중 대다수는 100년 이상을 살게 되겠죠. 심지어 저명한 역사학자 '유발 하라리'는 영생의 기술마저 이미 개발되어 있다 말하기도 했습니다. 멀지 않은 미래, 즉 우리의 손주뻘 되는 이들은 국가의 존속을 위해 싸우게 될지도 모를 일이에요. '안중근' 의사가 그랬고, '유관순' 열사가 그랬듯이 강압에 맞서 싸우게 될 수도 있고, 프랑스 국민들이 '나폴레옹'을 옹립하고, 로마 시민들이 '카이사르'에 열광했던 것처럼 스스로 독재를 선택하게 될지도 모를 일이죠.

이것이 너무 슬픈 이야기라고 생각이 되거든, 노력해야 합니다. 역사 속 비극의 주인공이 되지 않기 위해 애써야 하죠. 한국이란 나라가 탐관오리의 부정부패와 당파 싸움의 폐해로 기억되는 조선처럼 되지 말라는 법은 없습니다. 며칠 전 출근하다 보니, 수영구청에서 멀쩡한 보도블록들을 새것으로 교체하고 있더군요. 아마 국민들 모두가 알고 있을 연례행사를 치루고 있는 중 이었을 겁니다. 한 해 예산을 남기면 다음 해 예산이 줄어들까 두려워, 배정된 예산을 공중에 뿌려서 라도 없애려는 것이죠.

여러분 혹시 보도블록 가격을 아시나요? 수영구에 새로 깔리고 있는 녀석은 인터넷에서 쉽게 검색이 됩니다. 직장을 다니고 있는 분들은 찾아보지 마세요. 목덜미 잡습니다. 하루 벌어 하루 사는 대다수의 국민들을 상대로 징수한 세금을 대하는 태도가 이래서는 안 돼요. 나랏빚이 800조 원을 돌파했다는 걸 공무원들이 모를 리는 없을 테고, 그렇다면 쓰고 남은 돈은 반납을 하는 것이 옳습니다. 나라 곳간 채우는 놈 따로 있고, 쓰는 놈 따로 있었던 조선 시대와 다를 바 없이 행동했다가는 그 시대 탐관오리들과 똑같이 역사에 기록될 거예요.

800조 원. 누가 당장 갚으라고 한다면 곧장 국가가 전복될 만큼의 엄청난 빚입니다. 우리가 희희낙락 좋은 말만 하고, 모른 척 눈 감고 살 수 있는 한도는 진작에 넘어섰어요. 아니, 싫은 소리 하지 않고는 국가가, 가정이, 개개인이 마냥 옳은 방향으로만 흘러갈 순 없습니다. 귀찮고, 피곤하더라도 때로는 한 마디씩 서로 거들며 살아요. 멀쩡한 보도블록과 도로를 새로 까는 건, 연례행사가 아니라 개선해야 할 잘못이 맞다는 말 정도는 말이죠.

11월 17일

성인이 돼서 좋은 점이 있다면 말이죠. 냉장고 문을 한참 동안 열어놔도 아무도 뭐라 하지 않습니다. '이지토스트'를 만들고 재료 정리를 느긋하게 해도 잔소리하는 사람이 하나 없더군요. 시부럴, 나이 들어 좋은 점도 다 있네요.

11월 14일

입장 전 열 체크와 명부 작성, 그리고 주문까지 먼저 완료해 주시길 바랍니다. 사실 퍼사장도 이 과정이 제법 귀찮아요. 퍼스널 입구에 고속도로 하이패스 같은 스캐너가 설치돼 있어서, 자동으로 열도 재고, 명부 작성도 도와줬으면 좋겠습니다. 물론 주문도 대신 받아주면 좋고 말이죠. 하지만 없는 걸 바라봐야 스트레스만 받을 뿐이니, 서로 배려하는 마음으로 노력해 봅시다.

11월 12일

어느 순간 너무 많은 것들에 마음을 쓰고 있더군요. 내 안에 내가 사라져 버린 것만 같은 불안을 느끼곤 합니다. 덕분에 요 며칠, 머리를 싸매고 앉아 있어도 글감이 떠오르질 않아요. 빈 곳간에서 흩어진 쌀알을 모아 한 상을 차리려는 욕심일 테죠. 그래서 말인데, 당분간 글이 없거나 짧아도 이해 부탁드립니다. 이럴 땐 그저 스스로를 놓아주는 것이 한 가지 방법일 수 있어요. 언 땅에 민들레가 홀씨를 퍼트리고, 달래가 싹을 틔우는 것처럼 의식의 자연스러운 흐름에 맡겨두는 편이 나을 때도 있는 법이죠. 집 나갔던 정신이 돌아오거든 또 신나게 떠들어 보겠습니다.

11월 11일

소소한 자리를 좋아합니다. 하도 술을 마셔대다 보니 오해를 부르는 측면이 있긴 하지만, 기본적으로 저는 작고, 차분하며, 은밀한 술자리를 좋아해요. 남들이 핫플이라 부를 만한 곳을 찾아다니는 성향이 못 되죠. 오히려 빈자리 많은 노포 깊숙한 자리에 둘, 셋 모여 앉아 도란도란 시간 보내길 좋아합니다. 마음을 나눈다 할 수 있을 만한 자리는 그런 자리가 아닐까 생각해요.

혹 우리가 가까워지는 날이 오거든, 뚝배기를 앞에 두고 봅시다. 뜨끈한 국밥에 속을 달래며. 바래진 스테인리스 물 컵에서 쇠비린내를 맡으며. 짝 안 맞는 젓가락에서 안도감을 느끼며. 그렇게 보아요. 그때쯤 이면 서로를 친구라 부를 수 있을 테죠. 퍼스널이란 공간을 있는 그대로 즐겨 주어서 고맙습니다. 퍼사장이란 사람을 있는 그대로 보아주어서 고맙습니다.

11월 10일

퍼사장이 아끼는 동생이 하나 있습니다. 그래요, 여럿 있지요. 그중 한 명을 떠올리시면 됩니다. 머릿속에 그려진 이가 누구인지는 크게 중요치 않아요. 오늘 하려는 말은 그와 크게 상관이 없는 주제이니 말이죠. 아무튼 그 동생이 어느 날 제게 와서 말하길, "자신의 친구들이 형을 무서워한다"라는 것이었습니다. 웬만해선 그런 것에 큰 의미를 두지 않는 저입니다만, 그것만큼은 큰 충격으로 다가와 몇 날 며칠 동안 그 말이 머릿속에서 떠나질 않더군요. 내가 아끼는 이의 가까운 이들이 저를 무서워한다 하니, 마음이 꽤나 많이 아렸습니다.

그래서 한 동안 이 곳에 퍼스널과 연관된 이야기는 삼가 왔어요. 되도록 제 개인적인 상념 같은 것들만 입에 올려왔습니다. 아마 느끼신 분도 있을 테고, 큰 차이를 느끼지 못하신 분도 있을 겁니다. 본래 그런 거예요. 사람마다 개인적인 편차란 것이 존재합니다. 때문에 이 공간을 바라보는 눈 또한 각자 다른 것이고, 저는 이 모든 의견을 존중해요. 맞고, 틀리고는 없습니다. 다를 뿐이죠.

입구에서 인증 샷만 찍고 이 공간을 다녀가신 것처럼 사진을 올리는 분들이 많다는 것 알고 있습니다. 괜찮아요. 그 나름대로 이 공간을 즐기는 방법이라고 생각하고 있기에, 앞으로도 쭉 모른 척할 생각입니다. 저도 주변 사장님들께서 알려주실 때까진 몰랐으니, 그게 그리 큰 문제가 되진 않을 거예요. 다만, 최근 들어 1층 입구가 아닌 2층 복도에까지 난입해서 사진만 잔뜩 찍고 화장실 이용 후 몰래 가시는 분들이 늘어났는데 말이죠. 해당 행위는 자제 부탁드립니다. 정당하게 이 공간을 이용하는 분들께 예의도 아닐 뿐더러, 없어 보여요.

멋이란 건, 옷을 잘 차려입고 예쁘게 사진 찍는다고 생기는 것이 아닙니다. 그 사진에 '좋아요'가 많이 붙고, 팔로워가 늘어난다고 갖게 되는 것 또한 아니죠. 학창 시절 다들 이런 경험 한 번씩은 있으리라 생각합니다. 저지른 일을 들키게 되면 불이익이 예상됨에도 불구하고, 자진해서 벌을 받는 친구가 그날따라 남달라 보였던 경험 말이에요. 시험을 잘 본 것도, 칭찬을 받게 된 상황도 아닐 뿐더러, 되려 잘못된 일로 선생님께 혼나고 있는 그 친구가 왜 그리 멋지게 느껴졌던 걸까요?

품격은 정당한 행동에서 비롯되기 때문입니다. 많은 이들이 품격이란 걸 두르기 위해 비싼 옷을 사 입거나, 더 높은 위치에 오르려 애쓰는데 말이에요. 정작 그것은 사소한 행동 하나하나에서 우러나옵니다. 가지려면 얼마든지 가질 수 있어요. 남녀노소, 지위 고하 따위와는 아무 상관이 없죠. 백화점 vip도 진상이라 불릴 수 있으며, 대통령도 도둑놈이라 불릴 수 있는 것이 세상사입니다. 노숙자도 영웅이 되고, 고등학생도 은인이 될 수 있는 게 이치예요.

복도에서 사진 좀 찍어도 되냐 물어본다고, 볼일이 급한데 화장실 좀 써도 되냐 물어본다고 여러분의 격이 떨어지는 일은 없을 겁니다. 반대로 그 정당한 모습이 호의적인 반응을 이끌어 낼 수도 있겠죠. 스스로도 부끄럽다 생각돼서 몰래 해야 하는 행동이라면 되도록 피해주세요. 여러분의 팔로워가 중요하듯, 이 공간을 아껴주는 분들의 쾌적한 환경 또한 중요하며.. 퍼사장도 사람입니다. 퍼스널은 제게 자식 같은 존재예요. 누군가에겐 이보다 소중할 수 없는 공간이란 걸 기억해 달라 부탁드리겠습니다.

11월 7일

어제는 이상하리만큼 msg가 땡기더군요. 일하는 내내 떡볶이부터, 라면, 햄버거와 같은 자극적인 음식들이 눈앞에 아른거렸습니다. 어떻게 했냐고요? 먹었습니다. 떡볶이를 주문해서 불 꺼진 퍼스널에 앉아 먹었죠. 밤스널의 정취를 아시는 분들이라면, 그 맛이 어땠을지 상상이 되시리라 생각합니다. 껌 하나를 씹어도 그 맛이 남달라지는 공간이 바로 밤스널이잖아요.

퍼사장은 평소 자극적인 음식들을 좋아하지 않습니다. 있으면 가리지 않고 잘 먹지만, 애써 찾아 먹진 않아요. 제가 일부러 찾아 먹는 음식들은 대체로 재료 본연의 맛을 간직한 메뉴들이죠. 많은 분들이 아시는 것처럼 숙성회는 말할 것도 없고요. 고기도 구워 먹기보단 삶아진 것을 선호합니다. 심지어 국밥마저도 간은 알아서 맞춰 먹어야 하는 곰탕이나 설렁탕을 좋아하죠.

하지만 저도 사람입니다. 어떤 날만큼은 루틴에서 벗어나길 원해요. 마치 msg의 자극이 강렬히 끌렸던 어제처럼 말이죠. 사람은 누구나 일탈을 꿈꿉니다. 매일 쌀밥만 먹고 살 순 없어요. 어떤 날은 피자를, 또 다른 날엔 탕수육도 먹어줘야 하죠. 그렇게 맛보는 일탈의 자극이 주는 것이 바로 희열, 삶의 원동력이니까 말이에요.

퍼스널에 하이네켄이 있는 건 바로 그 때문입니다. 여러분이 매일같이 커피를 마신다는 걸 잘 알고 있어요. 우리 중 누군가는 분명 의무적으로 그 행위를 하고 있을 겁니다. 나도 모르는 사이 하루, 혹은 만남의 루틴으로 그것이 굳어져 버렸을 테죠. 그 지루한 일상의 고리에서 벗어나고 싶을 땐, 주저하지 말고 퍼스널로 오세요. 하이네켄 한 잔이 여러분의 삶에 기분 좋은 자극이 되어드릴 수 있으니까 말입니다.

11월 4일

솔직히 저는 그분에 대해 잘 모릅니다. 아니, 그분뿐만 아니라 대다수의 연예인분들에 대해 잘 몰라요. tv, 좀 더 자세히 말하자면 쇼 프로를 보는 일이 갈수록 드물거든요. 때문에 제가 알고 있는 연예인이라고 해봐야, 영화배우 아니면 90년대 하이틴 스타들이 전부죠. 이제는 tv 프로그램에 좀처럼 출연하지 않는 그 사람들 말입니다.

 그래서 지인을 통해 고 '박지선'씨가 쓰러진 채 발견이 되었다고 전해 듣게 되었을 때, 안타깝다는 생각이 들면서도 정확히 누구를 말하는 것인가 더듬어 생각해 보지 않으면 안 되었어요. 그럼에도 심히 안타깝다 생각이 들 수밖에 없었던 건, 다름 아닌 그분의 어머님께서도 함께 발견이 되었다고 들었기 때문입니다. 너무나도 마음 아픈 일이 아닐 수 없어요. 제가 아닌 누구라도, 심지어 저처럼 그분에 대해 잘 모르는 이조차도 속상하지 않을 수 없는 소식임이 틀림없습니다. 하지만 지금 이 순간 가장 고통스러운 사람은 남겨진 가족일 거예요. 하나를 보내는 것만으로도 마음이 찢어질 일인데, 한 번에 둘씩이나 그렇게 보냈으니 오래도록 마음을 가다듬기 어려울 겁니다.

 찾다 보니 이런 사실을 알게 되었어요. 그 아버님께서, 고인 살아생전에 웹상 악플에 직접 댓글을 다신 일이 있다는 걸 말입니다. 그 상황이 너무나도 충격적이어서 제 치가 다 떨리더군요. 악플러는 말합니다. 고인이 여자가 맞냐며, 자신이 보기엔 남자인 것 같다고 지껄이죠. 질문이라고 적어둔 것이지만, 누구라도 알 수 있습니다. 그것의 목적이 고인을 욕보이는 데 있다는걸. 그런데 그 말장난에 누군가 점잖게 댓글을 달았습니다. 얼핏 보기엔 그녀의 약력을 읊은 것이 내용의 전부예요. 하지만 그 댓글 마지막을 보면 이렇게 적혀있습니다. "내 딸 박지선의 건강과 무궁한 발전이 있길 기원한다"라고요.

기억을 더듬어 글로 옮기는 것만으로도 마음이 미어지네요. 저는 이렇게 생각합니다. 지금이야 사람들이 '스티브 잡스'의 업적을 기리며 천재라고 칭송하지만, 언젠가는 인류가 스마트폰의 발명을 저주하는 날이 오게 되리라 믿어요. 어쩌다 우리는 서로에게 이리도 쉽게 상처를 주고, 그 일이 당연한 것처럼 생각하게 되었을까요. 왜 우리는 서로를 비교하고, 남을 평가하는데 아까운 시간을 허비하게 되었을까요.

　　퍼스널 오픈 초기에 누군가 이 계정을 태그 했기에 가보니, 다녀간 손님께서 좋았다며 칭찬 글을 적어두셨더군요. 기분이 좋아 팔로우 신청을 하고 그분의 다른 피드들도 살펴보았습니다. 그리고 알게 되었어요. 그분께서 여러 카페를 다니며, 그 각각의 공간을 평가하며 다니고 있다는 걸 말이죠. 그 길로 언팔을 하고 그 뒤로 되도록 이면 누가 태그를 해도 가서 확인하질 않습니다. 누군가 쉽게 다른 이에 대해 말하는 걸 보고 싶지 않아서요. 어느 누구도 다른 이를 함부로 결론지을 수는 없다고 생각합니다. 그래서는 안 돼요.

　　저는 여러분이, 고작 손바닥만 한 작은 기계에게 영혼을 팔지 않았으면 좋겠습니다. 겉으로 보기엔 유용하고, 가지고 놀기 재미있다고 느껴질지도 모르겠지만, 모든 것엔 책임이란 것이 뒤따라요. 저지르는 게 쉽다고 책임 또한 가벼우리라 생각하면 오산입니다. 이번 일을 두고 사람들이 쉽게 말하지 않았으면 좋겠네요. 고인의 명복을 빕니다. 딸을 사랑한 아버지의 마음이 너무 고통스럽지 않기를 바랍니다.

10월 30일

퍼사장이 쓰는 글들만 보고 오해하시는 분들이 있는데요. 저 역시 개인적으로 봤을 땐 문제가 많은 사람입니다. 술 마시는 것 좀 보세요. 물 마시듯 술을 마시는 사람이 문제가 없다면 그게 더 이상할 일이겠죠. 실수도 하고, 잘못도 저지르며 살아갑니다. '백범 김구' 선생은 물론, '마틴 루터 킹' 목사와 '간디' 또한 그랬으리라 생각해요. 물론 저 같은 무지렁이 따위는 비교조차 될 수 없을 만큼, 훌륭한 일들도 많이 하시고, 평소 행실에서도 흠이 될 만한 것들이 그리 많지는 않았을 분들이지만 말이죠. 실수는 했을 거예요. 그리고 그만큼 후회도 했을 거라 생각합니다.

　맞아요, 인간이라면 누구나 숱한 후회와 자책의 시간을 가지며 살아갑니다. 일탈의 희열은 짧은데 반해 이 어두운 감정들은 유통기한이 길기도 참 깁니다. 잊을 만하면 다시 또 찾아와 괴롭히는 걸 봤을 땐, 집요한 면 역시 있고 말이죠. 하지만 어쩌겠어요. 몇몇 감정이 끈질기게 우리를 놔주지 않는다고 그 안에 사로잡혀 모든 것을 놓아버리기엔 우리 스스로가 너무 아깝잖아요. 그 모양은 저마다 달라도, 숨을 쉴 수 있는 코가 있고, 노래 부를 수 있는 입은 물론, 서로를 만지고 느낄 수 있는 손도 있습니다. 거기서 오는 기쁨을 포기할 만큼 대단한 실수란 건 있을 수 없을 거예요. 쉽지 않은 일이지만, 밝은 면을 보려 노력합시다. 후회할 수 있다면, 나아질 기회는 얼마든지 있으니까 말이에요.

10월 29일

어제는 출근길에 동네 작은 마트로 장을 보러 갔어요. 이지토스트 재료 몇 가지를 사야 했거든요. 그런데 계산을 하려던 찰나에 엉뚱한 일을 겪고 말았습니다. 퍼사장이 주머니에서 현금을 꺼내는 동안 웬 남자분이 새치기를 한 것이죠. 계산대 앞 그 좁은 틈바구니를 비집고 들어와 자신이 사려는 물건을 당당하게 계산대 위에 올려놓았습니다. 여러분은 이런 경우에 어떻게 반응하시나요? 글쎄요. 이 역시 성차별일 수는 있겠지만, 저는 보통 연세 지긋하신 할머니들께서 끼어드실 땐 모른 척 하는 경우가 많습니다. 그 구부정하게 굽은 허리를 보고 있으면, 괜히 마음이 측은해져요. 오죽 힘이 들면 그러실까 싶은 생각에 되려 한 발자국 물러서곤 하죠.

하지만 어제의 경우는 조금 달랐습니다. 물론 저보다야 연배가 많아 보였습니다만, 아직 머리도 채 새지 않은 아저씨가 그런 행동을 했어요. 저는 곧장 그 분을 불러 세웠습니다. 언성을 높인 건 아니고, "사장님"이란 존칭을 이용해서 불러 세웠죠. 재밌는 게 자영업을 하지 않는 분들도 이 존칭에는 웬만해선 반응을 한답니다.

아무튼 그 남자는 나름 힘꼴 쓰는 것처럼 보이고 싶었는지 되려 저를 노려봤어요. 저런.. 안타깝게도 제가 무서워하는 사람은 부드러운 사람이지, 목에 힘이 들어 간 사람이 아닙니다. 물러서는 대신 더욱 가까이 다가서서 차분하게 몇 마디 해주었죠. 혹시 목격하신 분들이 있다면, 부끄럽게도 이건 혼을 낸 게 맞습니다. 평소 몇몇 분들이 퍼스널에 왔다가 혼이 났었다고 말한다던데, 그건 오해해요. 그건 어디까지 부탁이었습니다. 하지만 새치기를 하는 사람에게까지 부탁을 할 필요는 없죠.

그냥 모른 척하고 넘어갈 수도 있는 일로 괜한 짓을 했다고 생각하는 분들도 분명 있을 겁니다. 맞아요. 솔직히 저도 상대방이 진짜 무서웠다면 입 다물고 조용히 넘어갔을지 모릅니다. 제게도 그 정도의 비겁한 면은 있으니까 말이죠. 하지만 큰일을 만들지 않는 선에서라면 약간의 노력은 하려고 하는 편이에요. 누군가 알려주지 않으면 옳지 못한 행동을 고치려는 사람은 없을 거는 걸 알기때문이죠. 호의가 계속되면, 그것이 권리인 줄 안다는 말과 같아요. 새치기가 용인되면, 이는 지속적으로 벌어질 겁니다.

모두가 느끼는 것처럼 세상은 빠르게 변하고 있어요. 그리고그 모든 변화가 긍정적이지만은 않죠. 새로운 문물이 생겨날 때마다 도덕적 해이 역시 함께 발생합니다. 스마트폰 카메라가 보편화됨과 동시에 사람들이 타인의 초상권 따위는 신경 쓰지 않게 된 것처럼 말이에요. 누군가는 "no"라고 말해줘야 합니다. 귀찮더라도구성원으로서 역할을 해주어야죠. 공중도덕은 당연히 지켜져야 하

는 것이지만, 저절로 지켜지는 건 아니랍니다. 아름다운 세상은
"yes"만 있는 세상이 아니라, "no"가 함께 공존하는 세상이란 걸
잊지 말아 주세요.

10월 21일

어제 제가 농담으로 올 때 '메로나'를 부탁한다고 했더니, 정말 '메로나'를 한가득 사 오신 분이 있었는데 말이죠. 사실 제가 좋아하는 아이스크림은 따로 있습니다. 평소 저의 감성이 올드 한 건 사실이고, 불혹의 나이를 앞뒀다는 것 역시 맞지만, 아이스크림 취향만큼은 청춘이에요. 저는 주로 '베스킨라빈스'에서 파는 '초코

나무숲'을 먹는 답니다. 부담스러울 만큼 달콤 다정한 맛이 꼭 저를 닮은 녀석이죠.

수년 전에 백화점에서 근무를 했던 적이 있어요. 지원할 때는 몰랐는데 거의 모든 직원이 여성으로 이뤄진 회사였습니다. 이제와 말하는 건데, 면접관은 도대체 무슨 생각으로 남자인 저를 뽑았던 건지 모르겠어요. 하긴, 저를 매장 유일의 남성 직원으로 입사시킴과 동시에 본인께선 타 브랜드로 이직을 하셨으니 애초부터 제게 큰 관심이 있었던 것 같지는 않습니다.

아무튼 그때 참 힘들었어요. 평소 여성분들과 나름 무난히 어울려 왔고, 다른 직장에서도 여성 직원분들과의 사이가 늘 좋았었기에, 매장 발령을 받았을 때 별다른 걱정은 하지 않았었는데 말이죠. 막상 지내보니 나 홀로 이성인 근무환경이 여간 만만치 않더군요. 마치 보이지 않는 유리 감옥에 갇혀버린 느낌이었습니다.

그때 '초코나무숲'을 참 많이 먹었어요. 쉬는 시간을 홀로 보내야 할 때마다 아이스크림 하나 사서 멍 때리는 것이 유일한 낙이었거든요. 당시 새로 출시된 메뉴가 '초코나무숲'이었습니다. 평소 '베스킨라빈스'를 자주 이용하는 편은 아니었던지라, 딱히 고집하는 메뉴도 없고 해서 그냥 행사하는 거나 먹어보자 했던 게 첫 경험이었죠. 그 뒤론 쭉 그 녀석만 먹고 있습니다. 제가 원래 그래요. 한 번 마음 주면 웬만해선 그 마음을 걷어 들이지 않죠.

다시 한번 말씀드리지만, 퍼사장은 '메로나'를 특히 좋아하는 게 아닙니다. 그러니까 오실 때 함부로 사 오시면 안 돼요. 저 살찜니다. 지금 퍼스널을 운영하면서 10kg 정도 몸이 불었어요. 평생 저를 책임질 자신이 있는 분들만 먹이를 주시기 바랍니다. 그리고 기억해 주세요. 제가 좋아하는 메뉴는 숙성회부터 갈비찜, 보쌈, 토마토 스튜 등등이라는 걸 말이죠.

10월 20일

날씨가 좋아서 그런지 근교로 놀러나가는 분들이 많네요. 돌아오실 때 메로나 부탁드립니다.

10월 17일

퍼스널에 입장 전 안내문이 생기고 나서부터, 엉뚱하게도 일부러 혼나기 위해 오는 분들이 많아졌어요. 왜 그런 계획을 세우는지 알 수 없지만, '냉혈한' 퍼사장에게 혼이 났다는 것을 인증하기 위해 이 공간을 찾는 분들이 분명히 존재합니다. 솔직히 제가 고작 이 나이 먹고 다 큰 성인을 혼낼 수 있는 입장도 아니기에, 수동적인 사고방식을 가진 분들의 희망사항일 뿐이긴 하지만 말이죠.

아마 저를 가까이서 보신 분들은 아실 거예요. 제가 '냉혈한'이라 부르기엔 수다도 많고, 그 무수한 말들의 대부분이 농담에 지나지 않는 싱거운 사람이란걸. 없는 말이 아니라 제가 술자리에서 내뱉는 말들의 90%이상은 그저 실없는 장난에 불과하답니다. 술자리가 아니면 좀처럼 사람을 만나는 일까지 없으니, 이게 얼마나 높은 수치인지 짐작이 가시리라 생각해요. 맞습니다, 저는 뻥이 아니라면 좀처럼 입을 열지 않는 사람이라 할 수 있죠.

하지만 이게 부끄럽지 않습니다. 때론 오해를 한 친구의 마음을 풀어주느라 밤을 새워가며 해명을 해야 할 때도 있긴 합니다만 후회는 없어요. 이런 화법을 선호하길 넘어 추종하고 있기 때문이죠. 물론 의사 표현을 정확히 해야 하는 것은 맞습니다. 그때그때 명확하게 의사전달을 하지 않으면, 뒷날 서로가 곤란할 뿐이니까요. 백 가지 없는 말보다, 한 가지 진담에 힘이 있는 법입니다. 단, 이 진담에 배려를 조금 묻혀도 좋지 않냐는 것이죠.

앞뒤 다 자르고 한 단어로 전달하기엔 우리의 마음이나 상황이란 게 그리 단순하질 않아요. 즐거운 상황 속에서도 불안을 느낄 수 있고, 고된 상황 속에서도 희망을 느낄 수 있는 것이 세상살이입니다. 이를 한 마디 짧은 말로 표현해버리면 되려 오해를 사거나 마음을 다치게 할 수 있다는 것이 저의 생각이에요. 그래서 선택한 것이 아홉 마디 농담이죠. 그 비율에 대해선 사람마다 의견 차이가 있겠지만, 앞뒤로 붙는 실없는 소리도 필요한 게 분명합니다.

운동을 할 때도 그렇잖아요. 우리가 어떤 스포츠를 즐기든, 앞뒤로 스트레칭을 하지 않으면 부상을 입기 쉽습니다. 건강을 위해 시작한 운동이 오히려 독으로 작용할 수 있는 셈이죠. 어떤 목적을 달성하기 위해선, 워밍업도 필요하고, 뒷정리도 잘 해야 하는 게 틀림없습니다. 매너가 우리를 사람으로 만들어주는 것처럼, 위트가 우리 가까운 곳에 좋은 사람이 모일 수 있도록 만들어줄 거라 생각해요. 한 마디 말로 천 냥 빚을 갚는다는 말이 있듯이, 이왕 하는 말.. 여유를 조금 보태서 하려 노력해 보는 건 어떨까요.

출근길에 재미있는 기사를 봤습니다. 프랑스의 유명 축구선수가 자신의 지난날들을 후회하고 있다는 내용의 기사였죠. 나이는 이제 고작 35살에 불과하지만, 운동선수로서의 커리어가 막바지를 향해 달려가고 있는 입장이라 그런 생각을 한 모양이에요. 좀 더 나은 라이프 스타일을 가졌었더라면, 좀 더 나은 업적을 남길 수 있지 않았겠냐는 것이 그가 한 말의 요점이었죠. 이성과 술을 너무 잦게 접한 결과 몸무게 관리를 할 수 없었다고 합니다.

뭐, 심히 공감이 가는 말이 아닐 수 없네요. 저 역시 같은 고민을 하고 있고, 이런 후회를 한 것이 이번이 처음이 아니기에 그가 어떤 심적 시련을 겪고 있을지 크게 와닿았습니다. 쉽게 말해 자기관리라고 해야 할까요. 그게 참 어렵습니다. 평생 술은 물론이고 탄산음료에도 입을 대지 않는다는 이들의 수준까지는 아니더라도, 최소한의 절제만 좀 더 했더라면 많은 것들이 바뀔 수 있지 않았을까 하는 후회를 하곤 하죠. 아마 누구나 겪어봤을 심정이라고 생각해요.

그런데 말이죠. 우리 인생은 그렇게 짧지도, 단순하지도 않습니다. 이것으로 모든 게 끝이라고 생각하면 오산이에요. 누가 그런 것처럼 마라톤에 비유할 만큼 길고 지리한 싸움이죠. 아마 조금 전 소개한 축구선수도 은퇴 뒤 새로운 커리어를 쌓아가게 될 겁니다. 운 좋으면 계속 축구계에 남아 지도자나 행정가로서 커리어를 이어나가게 될 수도 있고, 막말로 파리 한구석에 통닭집을 차리게 될지도 몰라요. 사람 일 아무도 모르는 겁니다.

여러분이 지금 하고 있는 일을 남은 평생 계속하게 될까요? 글쎄요. 주변 어른들께 한 번 여쭤보세요. 살면서 얼마나 다양한 직업들을 가져왔는지 말입니다. 한 명만 붙잡고 들어봐도, 밤새 책 한 권은 엮을 수 있을 만큼의 수많은 일화들을 듣게 될 겁니다. 사는 게 원래 쉽지가 않아요. 눈앞의 일들도 마음같이 풀리지 않을 때가 다반사죠. 하지만 여러분, 일생을 두고 봤을 때 지금 이 순간은 가득 담은 밥 한 공기 안의 쌀알 한 톨 정도에 지나지 않아요. 쌀알 한두 알 떠내려간다고 밥 짓는 게 물거품이 되지 않듯, 실수 좀 하고, 낭비 좀 한다고 당신이란 사람은 무너지지 않는답니다. 그러니 그저 마음 놓고, 진토닉이나 한잔하러 오세요.

10월 10일

새로운 취미 생활을 좀 찾아야 할 것 같습니다. 쌓이는 스트레스를 술로만 풀다 보니, 되려 감정만 격해지네요. 한바탕 입 험한 소리들을 내뱉고 나면 언제 내가 이렇게 초라해졌나 자괴감만 더해지고 말이죠. 이제 퍼사장은 일주일에 두 번만 술을 마실 겁니다. 좋은 취미 거리가 있다면 추천 부탁드려요.

10월 8일

특별히 주문한 것도 없는데 택배가 왔길래 뭔가 해서 보니, 서울에서 온 친구의 선물이었습니다. 관계에 대한 고민 때문에 지쳐있던 시점이라 그런지, 오랜만에 보는 친구의 이름과 주소가 유독 반갑게만 느껴졌어요. 심지어 내용물이 '도서'라고 적혀 있어 기대감이 더욱 커졌습니다. 역시 삶은 한 줄기 낭만으로 살아가는 거구나 싶었죠.

그런데 이게 웬걸. 막상 택배 상자를 열고 보니, 책은 없고 마스크가 한 무더기 들어있었습니다. 친구의 말에 의하면 이 시대에 가장 실용적인 선물을 골랐다고 하더군요. 일리가 있는 말이었습니다. 결국 하나밖에 없는 목숨을 걸고 살아가는 것이 삶인가 보다 싶었죠. 건강해야 책도 읽을 수 있는 거니까 말입니다.

오늘도 퍼스널의 문을 엽니다. 마스크 '단디' 하고 오세요.

10월 7일

퍼사장과 술을 한잔하는 방법은 굉장히 쉽습니다. 다른 노력할 거 없이, 퍼스널로 찾아와 "같이 술 한잔하고 싶다" 말만 하면 그만이지요. 물론 그 말에 다른 뜻은 없어야 합니다. 어쭙잖게 의도를 가지고 접근했다 간 서로 난처한 상황을 겪게 될 수도 있으니까 말이죠. 여러분도 아시다시피 저는 감정을 딱히 숨기지 않는 편이에요. 압니다, 단순무식하죠. 다만 그렇게 단순한 논리로 살아가기에, 온전한 진심 하나만 있으면 누구나 저와 친구가 될 수 있습니다.

여러분이 이 피드에서 자주 보는 동생들 또한 그렇게 가까워진 이들이에요. 혹자들은 저희가 득실관계에 의해 가까이 지내는 것 아니냐 오해를 하기도 하지만, 저는 개인적으로 패거리 이루는 것 자체를 그다지 선호하지 않습니다. 정말 마음으로 통하는 이들과는 굳이 무리를 이루지 않고도 서로에 대한 소속감을 가지게 되니까 말이죠. 이걸 우린 쉬운 말로 의리라고 합니다.

더군다나 이 녀석들이 처음 저를 찾아왔을 땐, 제가 터럭 하나만큼의 이득조차 줄 수 없는 상황이었어요. 타지에서 와 연고 하나 없었던 데다, 퍼스널 역시 개업한지 한 달여 밖에 되질 않았었기 때문에 흔한 말로 존재감이 미미한 사람이었습니다. 아마 이 계정의 팔로워도 100명이 될까 말까 했었을 테니까 말이에요. 그런데도 이 녀석들은 저를 찾아와 술 한잔하고 싶다 말했었고, 지금까지 제 곁을 지키고 있습니다.

아무리 세상에 물질만능주의가 판을 친다 하여도, 진리는 변하지 않습니다. 관계에 있어 '정도'는 진심이고, 얄팍한 계산 따위는 결국 '가도'예요. 누군가 샛길로 가로질러 앞서가거나, 새치기로 순위를 바꾼다 해도, 꿋꿋이 정도를 걷는 이가 한 명이라도 있으면 답은 이미 나온 겁니다. 마음이 힘들 때 진심으로 위로를 건네주는 이는 결국 마음으로 대한 이들 밖에 없다는 걸 잊지 마세요. 친구가 되고 싶으면, 친구하자 말하면 되는 겁니다.

10월 3일

주사 맞길 기피합니다. 덕분에 이 나이 먹도록 무수한 백신 접종을 피해왔죠. 그런 거 치고 참 건강하고, 무사한 삶을 살고 있는 것 같네요.

그렇다고 주삿바늘 자체가 두려운 건 아닙니다. 피검사를 위해 혈액을 채취하는 것에 대해서는 별다른 느낌이 없거든요. 굵고 긴 주삿바늘이 '쑥' 들어가는 모습을 두 눈 부릅뜨고 지켜보는 퍼 사장의 모습에 놀란 분들이 한두 분이 아니랍니다. 바늘이 핏줄 깊숙이 들어와 피를 뽑아가는 모습은 이상하리만큼 흥미로워요. 그래서 그 일련의 과정들을 유심히 지켜보는 편이죠.

하지만 주사를 맞는 건 다릅니다. 어려서 부터 싫어했어요. 솔직히 병원 가길 꺼리는 건, 주사 처방이 나올까 두려워서입니다. 엉덩이를 내고 기다리는 과정부터가 유쾌하고 싶어도 유쾌할 수가 없죠. 낯선 이에게 둔부를 내맡기는 긴장감이란, 마치 어렸을 때 혼날 짓을 하고 어른을 기다리던 심정과 비슷한 거 같아요. 무한한 상상력이 피어나죠.

며칠 전, 독감 예방 접종을 했습니다. 코로나 사태로 전 세계가 발칵 뒤집힌 상황에, 주사 맞기 두렵다는 것은 핑곗거리가 될 수 없겠더군요. 윗옷을 벗고 기다리는 내내, 얼마나 긴장이 되었는지 모릅니다. 온몸의 신경이 곤두서있었죠. 하지만 결과적으로 저는, 주삿바늘이 들어와 백신을 투여하고 나갈 때까지도 눈치를 채지 못했답니다. "다 끝났으니 옷 챙겨 입으라"라는 말을 듣고서야 모든 게 끝났다는 걸 알 수 있었죠. 모기에게 물렸을 때의 '따끔함' 조차 느끼지 못했어요.

어쩌면 두려움이란 말이죠. 우리가 알고 있는 것보다 별거 아닌 녀석인지도 모르겠습니다.

9월 29일

대청소를 했습니다. 명절을 앞두고 있어서인지 몸이 먼저 반응을 하더군요. 청소기를 끌고 매장 구석구석의 먼지를 없애고, 락스로 화장실을 소독해가며 공을 들였죠. 그렇다고 평소에 청소를 하지 않는다는 건 아니에요. 오늘 한 것들 모두 일상적인 것들에 불과하지만, 오늘은 특별히 공을 들였다는 말이죠. 모르긴 몰라도, 어떤 일을 행함에 있어 마음가짐보다 결과에 큰 영향을 미칠 수 있는 건 없을 겁니다.

그래요, 마음보다 중요한 게 또 없죠. 물 한 모금 마시거나 좋아하는 음악을 듣는 것처럼 단순한 일조차도 이 마음이 동하지 않으면 결코 해낼 수 없습니다. 백날 의사들이 물 많이 마시라 떠들어 대봐야, 결국 우리는 마시고 싶을 때 물을 마시잖아요. 목이 마르다거나, 건강하게 살고 싶다거나 하는 마음 없이는 물 한 모금 마실 수 없는 겁니다.

그래서 청소를 해야겠죠. 하루 영업을 시작하기 전 매장을 청소하는 것처럼, 쓸고 닦아야지만 우리의 마음도 제대로 일을 할 수 있어요. 물론 사람들이 불결한 카페를 기피하듯 마음 더러운 이를 멀리하기 때문이기도 하지만, 단순히 누군가의 예쁨을 받기 위해서가 아닙니다. 나 스스로의 만족보다 마음에 힘이 되는 것이 없기 때문에 청소를 해야 하죠.

얼굴에 뾰루지가 나거나, 입은 옷이 어딘지 어울리지 않는 것 같은 날에는 뭘 해도 자신감이 없습니다. 매장이 더러우면 손님이 올 때마다 신경이 쓰이는 것처럼 말이에요. 이는 우리의 마음도 마찬가지여서 내가 스스로 맘속이 어지러울 때는 미움받지 않을까 전전긍긍하게 됩니다. 나 자신에게 만족스럽지 못한데 자신감이 생길 리가 만무하죠.

일찍부터 나와 매장에 광을 냈는데도 신이 나지 않는 건, 온전히 저의 마음 때문일 겁니다. 어디서부터 꼬여버린 건지 모를 만큼 묵직한 실뭉치가 한편에 뒤엉켜있어요. 무엇 때문인지 되짚어 보려 해도 내키지 않을 만큼 지쳐버렸고 말입니다. 아무래도 청소를 좀 해야겠어요. 추석을 핑계로 3일을 쉬는 동안 마음에 광을 좀 내 봐야겠습니다. 고작 3일 노력한다고 마음이 순백색이 될 순 없겠지만, 얼룩이 세 개인 것보다는 두 개인 게 낫고, 두 개인 것보단 하나인 게 낫잖아요? 토요일에 하얘져서 만납시다.

9월 25일

아침에 눈을 뜨면서 깨닫습니다. 아, 내가 또 만취했구나. 사람이 완벽할 수 없다곤 하지만, 완벽은 아니더라도 어느 정도껏은 했으면 좋겠는데 그게 참 어려워요. 사는 게, 사는 게 이리도 어렵습니다.

9월 24일

퍼사장이 공부한 분야가 아니다 보니 정확히는 기억하지 못하지만, 신학에 이런 이야기가 전해져 오는 것으로 알고 있습니다. 자신의 권위에 도전한 인간들에게 신이 벌을 내렸고, 이에 인간들은 서로를 시기, 질투하며 믿지 못하게 되었다는 전설 말이죠. 무신론자인 제가 보기엔 서로를 믿지 못하는 우리 스스로에게 일침을 가하기 위해 누군가 지혜로운 이가 지어낸 우화이긴 합니다만, 그것을 '벌'이라 바라봤다는 점에서 상당히 일리 있는 이야기가 아닌가 싶습니다.

한국인의 오랜 염원이 '통일'이고, 세계인이 그토록 바라는 것이 '인류 평화'임에도, 여전히 한국은 분단되어 있고, 세계는 끝모를 반목으로 고통받는 걸 보면 인간은 지독히도 서로를 믿지 못하는 것 같아요. 더 가까운 예로, 저 역시 누군가 와서 전하는 말을 곧이곧대로 믿는 법이 없죠. 그 득실을 따지거나, 내포되어 있는 다른 뜻이 있는 건 아닌지 끊임없이 의심합니다. 아마 이런 인류의 습성에서 자유롭다 말할 수 있는 이는 그리 많지 않을 거예요. 하물며 교황님 같은 분들도 반성을 평생의 과업으로 삼고 계시니 말입니다.

하지만 이상하게도 우리는 남의 말, 특히 험담에서 다뤄지는 이야기만큼은 그리도 관대하게 받아들입니다. 내 눈으로 보지도 않은 이야기를 쉽게 믿고, 제3자가 전한 이야기를 사실인 양 전달하죠. 만약 어떠한 상황이 벌어졌다면 틀림없이 서로의 입장 차이가 있을 테고, 누구나 제 허물을 덮기 위해 남의 허물을 부풀리기 마련인데 이를 따져보는 이는 적습니다. 주변에 떠도는 이야기 중 스스로 당사자이거나 직접 목도한 경우가 몇이나 되는지 한 번 세어보세요. 퍼스널 밖으로 나가는 경우가 좀처럼 없는 저는 사실, 거의가 남의 입을 통해 들은 이야기들 밖에 없습니다.

아마 지어낸 이야기가 더 흥미롭기 때문일 테죠. 다들 '삼국지'라는 소설을 알고 계실 겁니다. '나관중'이라는 이가 쓴 중국 구한말 배경의 소설인데, 이제는 전 세계인이 읽는 필독서 중 하나가 되었죠. 재밌는 건 그 내용이 대부분 허구임에도 많은 이들이 이를 사실로 알고 있다는 거예요. 실존 인물들이 등장하고, 실제 사건들이 다뤄지다 보니 거기에 msg를 첨가했음에도 이를 역사로 착각을 하게 된 겁니다.

객관적 사실을 다룬 정사를 보면, 탐관오리인 독우를 매질했던 건 '장비'가 아닌 '유비'였어요. 성인군자로 묘사된 '유표'의 경우 좋지 못한 술 버릇이 유명했던 사람이며, 역시 성군으로 묘사된 '도겸'조차 도적과 어울려 백성들을 약탈했던 적이 있다고 합니다. 이는 무엇을 뜻할까요. 누구나 여러 면모를 가지고 있으며, 아무리 좋은 사람도 실수를 범하며 산다는 것입니다. 허물없는 이는 세상에 존재치 않는다는 말이죠.

그럼 우리가 믿을 수 있는 건 결국 '나'자신밖엔 없는 걸까요? 제 결론은 다릅니다. 우리가 믿어야 하는 건, 어떤 허물이 그 사람의 모든 걸 대변하지 않는다는 사실을 잊지 않는 거예요. 누구나 할 수 있는 실수 하나하나를 가지고 욕하기보다, 그 실수가 되풀이되지 않도록 마음을 모으는 편이 나을 테죠. 부디 우리가 지혜롭게 서로를 아끼며 살게 될 수 있길 바라봅니다.

9월 18일

엊그제 지난 글들을 들춰보다 보니, 퍼사장이 이런 말을 한 적이 있더군요. '바위에 깨어진 달걀의 편에 서겠다'라고 말하는 건, 스스로를 좋은 사람이라 말하는 것과는 다른 종류의 이야기라고 말이죠. 그것은 선함보다는 용기를 필요로 하는 일이라고 적혀 있었습니다.

살다 보면 그런 순간이 올 때가 있어요. 뭔가 커다란 벽에 막혀버린 것처럼 지치고, 두려울 때. 그런 상황에 당면하면 우리가 알고 있던 모든 것들이 불명확하게만 느껴집니다. 무엇이 정답인지 도통 분간이 되질 않죠.

사실 저 역시 최근 같은 고민에 빠져있었는데, 경우는 달라도 오래 전에 썼던 저 글이 조금은 도움이 될 거 같네요. 이럴 땐 그저 묵묵히 나아갈 용기가 필요한 건지도 모르겠습니다. 선함이 모든 선택의 기준이 될 수 없듯, 정답을 알아야지만 발을 내딛을 수 있는 건 아닐 테죠.

매일매일이 내 마음 같지는 않겠지만, 그런 와중에도 용기를 잃지 않으시길 바라요. 그렇게 또 하루 나아가면 되는 겁니다.

나만 글에서 술 냄새가 나나?

9월 15일

가을이 온 줄 알았는데, 한낮에는 여전히 더위가 가시질 않은 느낌입니다. 집어 들었던 맨투맨 티셔츠를 가만히 내려놓고, 세탁 보낼 생각이었던 리넨 셔츠를 걸치고 출근했어요. 화장실 청소를 할 때는 이마저도 덥게 느껴져, 내의 삼아 입은 반팔 티셔츠만 입고 있었네요.

다들 무사히 출근하셨나요? 가을을 기다리고 있었던 사람도, 여름이 가는 것을 아쉬워하고 있었던 사람도, 모두 만족할 만큼 날씨가 화창합니다. 정신 차려 보면 해가 져있을 만큼 하릴없이 흘러가는 것이 일상이라지만, 잠시 틈을 내어 높아진 하늘을 올려다볼 수 있는 여유가 함께 하길 바랄게요.

9월 12일

퍼스널이 주의사항에 대한 동의 없이는 출입이 불가하다는 걸 이제는 많은 분들이 알고 계시리라 생각합니다. 뭐, 대단한 과정을 거쳐야 하는 건 아니에요. 그저 입구에 쓰여 있는 주의사항을 먼저 읽고, 선택할 기회를 가져보자는 것이죠. 만약 주의사항의 내용 중 동의할 수 없는 조항이 있거나, 이로 인해 불편함을 느끼게 될 것 같은 분들은 미련 없이 돌아서시면 되는 겁니다.

그래요, 퍼스널의 주의사항이 불편하게 느껴지는 분들은 무리해서 입장을 고집하실 필요가 없어요. 서로가 불편해질 뿐입니다. 카페를 즐기는 방법에 대해 이견이 있는 사람들끼리 한 공간을 공유한다는 건 욕심이에요. 각자 편안하고 즐거운 분위기를 찾아 선택하는 것이 배려인 겁니다.

주의사항을 읽고 발길 돌리는 걸 부끄러워 마셔요. 되려 용기 있고, 사려 깊은 행동입니다. 나로 인해 누군가 불편해지지 않길 바라는 마음에서 비롯된 용감한 행동이죠. 누구도 여러분을 욕하지 않습니다. 퍼스널의 주의사항은 밖에서도 적용돼야 하는 법규가 아니니까요. 하지만 욕심과 용기 중 하나를 선택해야 하는 순간이 온다면 말이죠. 그땐 주저 없이 용기를 선택하는 것이 옳습니다.

9월 10일

오늘 아침 걸어서 출근을 하다 보니, 해운대 조선호텔 앞 개천에 숭어 떼가 버글버글하더군요. 큰 놈은 족히 어른 팔뚝만 해 보였고,

작은 녀석들 역시 기운 넘치는 10대의 팔뚝 정도는 되어 보였습니다. 하나같이 그 큰 몸통을 바삐 움직이고 있었죠. 혹여 밀려드는 물살에 밀려 무리에서 떨어지게 될까 하고 말입니다.

녀석들과 달리 저는 흐르면 흐르는 대로 살아가고 싶을 때가 있어요. 한 번씩 멍하니 앉아 생각에 빠질 때면, 아무도 모르는 곳에 숨어들고 싶을 때가 있죠. 조용히 그곳에서 찾아오는 이들만 만나고, 다른 이들에겐 마음을 주지 않아도 되고 말이에요. 마치 한 마리 호랑이처럼 깊은 산골짜기 숲 속에서 홀로 살아가는 겁니다.

사람이 참 어려워요. 달면 삼키고, 쓰면 뱉는 것이 당연한 건데, 그게 도무지 이해가 잘 안돼요. 자꾸 뭔가 좀 더 특별한 것이 사람 사이에는 있지 않을까 기대를 하게 됩니다. 아마 평생을 이렇게 어설프게 살아가지 않을까 싶네요. 이런 인간 챙긴다고 고생하는 몇몇 분들, 고맙습니다.

9월 9일

이른 아침부터 쏟아진 장대비 때문에 계획했던 것보다 일찍 눈을 떴습니다. 그 내리는 소리가 어찌나 요란하던지 모르는 척 눈을 감고 있을 수가 없더군요. 게다가 30여 분 동안 이어진 천둥번개는 또 어떻고 말이죠. 그 순간만큼은 자연재해 하나하나에 저마다의 의미를 부여했던 옛 조상들의 마음을 이해할 수 있었어요. 하지만 재밌는 건, 그 와중에도 우리가 일상을 살아내고 있었다는 겁니다. 저야 출근이 늦어 여전히 숙취와 싸우고 있긴 했지만, 뇌우가 몰아치던 그 시각은 사실 많은 분들의 출근 시간대였죠. 결근은 곧 죽음이기에, 장대비나 번개 따위가 눈에 들어올 겨를이 없었을 거예요.

태풍이 상륙했던 며칠 전 아침 풍경이 기억납니다. 하필이면 그날도 직장인들의 출근 시간대에 맞춰 비바람이 몰아쳤더랬죠. 하지만 나무가 뽑히고, 유리창이 날아가는 상황 속에서도 사람들은 묵묵히 가던 길을 갈 뿐이었어요. 침수된 도로 위를 달리던 시내버스마다 가득했던 직장인들의 눈빛이 떠오르네요. 그들에겐 태풍 따위 안중에도 없었습니다. 채 씻어내지 못한 피로와 다가올 업무 스트레스만이 버스 안을 가득 채우고 있었죠. 아마 그 옛날 조상들이 살았던 시대에도 마찬가지였을 겁니다. 배웠다는 양반님들이 떨어지는 별똥별과 담을 무너뜨린 지진을 가지고 서로를 탓하는 동안 누군가는 밭을 갈고, 논에 물을 댔을 테죠.

역사란 그런 거예요. 대단한 일들과 비범한 이들이 써 내려가는 것이 역사 같지만, 그건 어디까지나 우주 먼지들의 착각에 불과합니다. 역사라는 건 켜켜이 쌓여가는 시간의 두께와 같고, 이를 우리 모두가 함께 만들어가고 있죠. 여러분 한 분 한 분의 출근이, 점심시간에 급히 마신 커피 한 잔이, 퇴근 후 즐긴 책 한 권, 영화 한 편의 감상이 모여 세상은 이루어집니다. 오늘도 고되긴 하겠지만, 이 하루를 하찮게 생각하진 마셔요. 여러분이 또 하루 살아내는 이 일상보다 중요한 건 없답니다.

9월 6일

많은 사람들이 성공한 누군가, 이를테면 부자나 유명인의 말에 귀를 기울이며 그 뒤를 따르려 노력합니다. 그 바탕에는 그들처럼 되고 싶다는 열망이 있어서 일 거예요. 하지만 제 개인적인 생각으로는, 모든 사람이 스스로가 재벌이나 연예인이 될 수 있다고 착각할 만큼 우리에게 분별력이 없지는 않을 겁니다. 우리 개개인은 각자가 가진 장점이나 성향에 대해 나름의 자각을 하고 있고, 그에 어울리는 성공을 꿈꾸고 있죠. 그럼에도 우리가 그 누군가의 말 한마디 한마디에 영향을 받는 것은, 다름 아닌 두려움 때문입니다.

실패는 두려워요. 실수나 정체는 언제나 피하고만 싶습니다. 성공이 주는 달콤함 보다 실패가 주는 씁쓸함이 더 오래가는 법이니 말이죠. 첫 발을 떼기 위해 아가들이 얼마나 많은 도전을 하고 주저앉게 되는지 떠올려 보세요. 누구나 본능적으로 실패를 두려워할 수밖에 없습니다. 그래서 자연스레 다른 이들의 말에 쉽사리 흔들리는 것이겠죠. 실패의 가능성을 줄이기 위해서 말이에요. 하지만 어느 누구도 실패를 피할 수는 없습니다. 우리가 신이 아닌 이상, 실수나 정체는 당연한 거예요. 원래 앞날은 불투명한 것이며, 돌부리는 갑자기 튀어나옵니다. 제아무리 성공했다 말할 수 있는 사람도 다른 사람의 경우까지는 예측해 줄 수가 없어요.

그럼에도 우리가 숱한 굴곡과 깊은 추락을 이겨낼 수 있는 건, 다름 아닌 곁을 지켜주는 사람들 덕분입니다. 삶을 대신 살아주거나 실패를 막아주진 못하지만, 넘어졌을 때 손 내밀어 주고, 갈피를 잡지 못할 때 어깨를 내어주는 이들 덕분에 우리는 살아갈 수 있죠. 성공은 그런 것입니다. 실패를 겪지 않는 것이 아니라 응원해 주는 사람이 곁에 있다는 것, 그것이 바로 모두가 꿈꾸는 성공일 테죠. 그런 면에서, 퍼스널은 성공했습니다. 매출이라고 해봐야 술값 버는 정도가 다이고, 동네 사람들도 위치를 모를 만큼 존재감이 미미하지만, 여러분이 있잖아요. 그럼 그것으로 되었습니

다. 고마워요, 성공한 카페 사장으로 만들어 줘서. 새로운 1년을
시작해 봅시다.

9월 5일

오늘은, 왠지 궁금하네요. 여러분이 왜 퍼스널을 좋아하는지 말
입니다. 물론 이 계정을 팔로우 하는 분들 중에는 그냥 하고 계신
분들도 있을 테지만, 적지 않은 분들이 퍼스널이란 공간을 찾아주
셨던 분들이란 걸 알고 있죠. 마음을 써서 아껴주시는 분들이 많
다는 걸 느끼고 있습니다. 여러분은 왜 퍼스널을 아끼시나요? 사
장이 섹시해서? 맛있는 커피를 마실 수 있는 곳인데 사장까지 섹
시해서? 치즈가 흐르는 이지토스트처럼 사장이 섹시해서? 궁금하
네요, 무엇이 여러분의 마음속에 퍼스널을 새겨낼 수 있었는지 말
입니다.

9월 4일

무사히 영업재개했습니다. 혹시나 전선 복구가 늦어질까 하는 마
음에 아침나절까지 마음이 불안했던 거 같은데요. 바닷가 산책을
한 후 출근을 해서인지, 막상 퍼스널에 도착할 때쯤엔 딴마음을 품

고 있더군요. "여전히 전기가 들어오지 않으면, 어디론가 훌쩍 떠나서 물회도 먹고, 남이 내려주는 커피도 마셔야지"하는, 그런 뻔한 마음 말이죠.

청소도 하고, 머신 세팅도 맞춰놨습니다. 제빙기에 얼음이 꽉 찬 것도 확인했고요. 새 우유도 사다 놨어요. 내 손으로 내린 커피 한잔하면서, 이지 토스트로 점심을 때우렵니다. 이런 게, 이런 일상이 있어 일탈도 꿈꿀 수 있는 거겠죠. 오늘도 모두들 무사한 일상을 누리시길 바랍니다.

물회 못 먹은 건 좀 아쉽네.

9월 3일

간밤에 부산을 직격한 태풍 때문에 모두들 많이 힘드셨을 거라 생각이 됩니다. 퍼사장 역시 집이 달맞이 언덕에 있어 잠 못 이룰 만큼 요란한 밤을 보냈죠. 아침이 되니 여기저기서 피해 소식들이 들려오던데, 부디 여러분께서 무사히 하루를 시작하셨길 바랄게요.

퍼스널은 9/3(목) 일 임시 휴무합니다. 출근을 하고 보니 일대가 정전이 되어 전기가 들어오질 않네요. 머신과 냉장고의 전열은 살아있어서 영업이 가능하지 않을까 싶었는데, 제빙기와 에어컨 등 대다수의 전열이 복구되지 않고 있습니다. 워낙 많은 분들이 피해를 입으셔서 그런지 한전에 연락이 닿질 않아, 휴무가 불가피하다는 결정을 내리게 되었네요. 갑자기 휴무 공지를 하게 되어 대단히 죄송하게 생각합니다.

솔직히 저 역시 사람인지라, 연이은 타격에 마음이 많이 힘든데요. 그래도 파손 피해가 없다는 것이 얼마나 다행입니까. 전력 복구만 되면 다시 영업을 재개할 수 있다는 희망을 가지고 긍정적으로 대처해 보고자 합니다. 혹 여러분께서도 지난 태풍으로 인해 피해를 입으셨거든, 너무 속상해 마셔요. 다른 좋은 일들이 우리에게 찾아오리라, 그렇게 생각합니다.

9월 2일

사실 오늘은, 출근 전에 고민을 많이 했습니다. "그냥 이대로 쉴까"하는 생각을 수만 번은 한 것 같아요. 딱히 태풍이 올라오고 있어서는 아닙니다. 역대급으로 강하다는 태풍이 두렵긴 하지만, 아직 벌어지지 않은 일이잖아요. 물론 모든 일이란 것이 복합적이긴 하겠지만, 제가 느끼고 있는 이 권태감은 누적된 피로도에서 비롯된 것 입니다.

아마 저 뿐만이 아니겠죠. 끝을 알 수 없는 코로나 바이러스의 확산 부터, 50여 일에 달했던 장마와 이어진 폭염, 그리고 이제는 연이은 태풍의 북상까지. 정말 정신없이 몰아치는 악재들로 모두가 고된 한 해를 보내고 있는 것 같습니다. 계획을 세우고 실천하는 보람없이, 하루하루 급급하게 살아가는 것만큼 권태감을 싹 틔우기 딱 좋은 여건이 없잖아요.

그런데 말이죠. 막상 출근을 하고 보니, 또 하루가 살아지네요. 청소를 하고, 머신 세팅을 맞추고, 재고 정리를 하는 일련의 과정들을 자연스레 해나가고 있습니다. 결국 우리를 이끄는 건 권태가 아니라 희망일 테죠. 오늘 우울해 한다고 내일이 오지 않는 건 아닐테니, 내일은 좀 더 나을 거라고 믿어보는 수 밖에요.

버틸 수 있을 때까지 버티다가, 비바람이 몰려오기 시작하면 퇴근하겠습니다. 태풍 따위에게 지지 않도록 대비를 잘 해놓고 말이에요. 내일도 퍼스널의 문을 열어야죠. 태풍이 세상을 뒤흔들고, 권태가 마음을 짓눌러도, 희망은 사라지지 않고 남아있을 거에요. 그리고 결국엔 우리가 기다리던 내일을 선물해줄 것입니다.

9월 1일

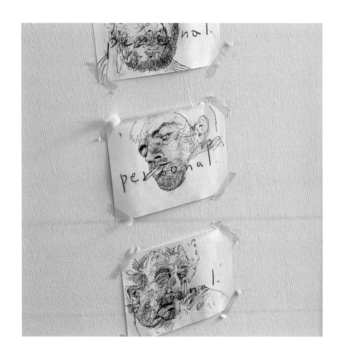

우연히 보게 된 프랑스 드라마에 이런 내용이 있더군요. 등장인물 중 한 명이 브라질로 휴가를 갔다가 죽게 되자, 업계에 소문이 돕니다. 콜걸을 불러 난교 파티를 즐기다 그리된 것이라고 말이죠. 물론 사실과는 다른 풍문입니다. 소식을 전한 영사관 담당자에 따르면 우연히 말벌을 삼킨 것뿐이거든요. 벌에 쏘여 죽은 것도 억울할 텐데, 복상사라는 오명까지 얻었으니 죽어서도 얼마나 원통할까요.

말이란 게 그렇습니다. 옮기다 보면 살이 붙기 마련이죠. 아니, 뼈대가 없다는 말이 좀 더 어울릴까요. 대부분의 뒷이야기들은 실체가 없기 마련이니 말입니다. 애초에 뒤에서 말을 꺼냈다는 것 자체가 떳떳하지 못하기 때문인 거예요. 그런 이야기에는 상상만 가득해서 엉뚱한 살이 쉽게 가서 붙습니다. 보고 그리는 게 아닌 만큼, '동그라미'하면 누구는 사과를, 또 다른 누구는 타이어를 떠올릴 테죠. 자신이 꺼낸 말 한마디가 얼마나 커다란 거짓말로 불어나게 될지 알고 있다면, 누구도 함부로 뒷말을 만들어내지는 않을 겁니다.

그러니 누군가 만들어 낸 뒷말들 때문에 애쓰지 마세요. 애초에 존재하지도 않는 걸 고쳐낼 방법은 없죠. 본인들도 무슨 말을 하고 있는지 모를 만큼 의미가 없는 것들입니다. 정작 우리가 마음을 써서 좋은 방향으로 이끌고 나가야 하는 건 '실체'에요. 직접 찾아와 들려주는 이야기에 귀 기울이고, 눈앞의 상황에 집중한다면 말이죠. 우리의 삶이 크게 엇나갈 일은 없을 겁니다.

8월 29일

퍼사장이 꼭 가보고 싶은 나라 중 하나가 터키입니다. 하긴 그렇지 않은 분들이 어디 있겠냐 싶을 정도로 인기 있는 여행지이긴 하죠. 동서양의 교두보 역할을 하며 이뤄낸 그 독특한 문화도 느껴보고 싶고, 수많은 문명을 키워낸 소아시아 내륙 지방의 광야도 직접 목도해 보고 싶어요. 하지만 터키 여행의 진수는 뭐니 뭐니 해도 수도인 이스탄불에 있겠죠. 대지진도 이겨낸 '성 소피아 대성당'이 우뚝 서있는 그 고도는, 보는 것만으로도 감회가 남다를 거라고 생각이 됩니다.

그런데 혹시 이스탄불의 옛 이름을 알고 있나요? 로마의 지중해 패권을 이어 받았던 비잔틴 제국의 수도 '콘스탄티노플'이 바로 그것이죠. 덕분에 이스탄불은 한때 수백 년의 세월 동안 세계 최대의 도시이자, 가장 부유한 도시로써 그 지위를 유지했답니다. 15세기, 투르크 세력에 의해 비잔틴 제국이 멸망하기 전까지 말이죠.

당시 '콘스탄티노플'은 15만 명에 달하는 투르크 군에 의해 포위당했었습니다. 도시 안에는 고작 5천여 명의 전투 인원만 남아있는 상황이었죠. 하지만 그때, '콘스탄티노플'을 통한 동방 무역으로 막대한 부를 이룰 수 있었던 '베네치아 공화국'이 자진해서 돕겠다고 나섭니다. 자국 상선을 보호할 목적으로 대기 중이던 수백 명의 병력과 도시에 주재하고 있던 교민들이 의리를 지키겠다며 함께 싸우겠다 나선 것이었죠. 물론 그래봐야 6천 명 정도의 인원으로 15만 대군을 감당할 수는 없었기에 결국 '콘스탄티노플'은 함락되고, 함께 했던 수많은 베네치아인들이 죽거나 노예로 팔려가게 됩니다.

재밌는 건 지금부터예요. 일이 그렇게 되고 나자 본국의 베네치아 정부가 나라의 명예를 드높인 국민들을 위해 대대적인 지원을 하겠다고 나선 겁니다. 국고를 내어 노예가 된 국민들의 자유를 되찾아주고, 전사한 이들의 가족에게는 평생 연금을 지급하기로 결정했죠. 그런데 그 연금 지급 대상자 중 귀족은 딱 한 명밖에 없었다고 합니다. 나머지는 오직 평민들만 대상으로 지급되었죠. 그 단한 명의 귀족이 대상자가 되었던 건, 청렴결백한 성품 덕에 형편이 가난했었기 때문이라고 해요.

베네치아에서 지칭하는 귀족이란, 원로원에 참석해 법안을 상정하고 국정 운영에 참여를 하는 인원들이었어요. 말하자면 지금의 국회의원쯤 되는 사람들인 셈이죠. 그렇게 보면 가끔씩 정치인들이 스스로를 특권층이라 착각하는 것도 무리는 아닌 것 같습니다. 하지만 베네치아 귀족들이 누린 특권은 '그들'이 생각하는 특권과는 그 결부터가 다른 것들이었습니다. 자진해서 스스로를 연금 대상자에서 제외했던 것도 좋은 예가 될 수 있겠네요. 함께 싸우다 죽고 다쳤지만, 가장이 죽었을 때 생계가 어려워질 수 있다고 판단되는 평민들을 위해 그 혜택을 양보했던 것이죠.

진정한 '갑질'이란 '노블레스 오블리주'입니다. 권력을 이용해 성폭력을 행사하거나, 자녀의 부정 입학을 청탁하는 것은 그저 범죄일 뿐이에요. 베푸는 것이야말로 진정한 특권이라고 할 수 있죠. 생각해 보세요. 악행은 누구나 저지를 수 있습니다. 하지만 베푸는 것은 오로지 가진 자만이 행할 수 있어요. 이보다 특별한 권리가 또 어디 있겠습니까. 그럼에도 우리 사회에서는 '갑질'이 권리인 양 행동하는 사람들이 많습니다. 유력 정치인들조차 악행에 대해 사과 한 마디 하지 않는데, 누가 관계를 '갑을'로 구분 짓는 걸 마다 하려 들겠어요.

코로나 사태로 인해 고통받고 있는 의료진분들께 '갑질'을 하는 분들이 있다는 기사를 봤습니다. 그런 행태가 일상이 되어버렸다는 것이 안타까워요. 부디 퍼스널을 아껴주시는 분들께서는 진정한 특권을 누리시길 바랍니다. 세상을 갑과 을이 아니라 사람과 사람이 어울려 사는 곳으로 바라봐 주세요. 악행은 누구나 할 수 있지만, 선행은 오로지 가진 자만이 베풀 수 있다는 걸 잊지 마시고 말이죠. 퍼스널은 언제나 '가진 자'들의 편에 서겠습니다.

8월 28일

퍼사장이 휴가를 다녀온 지난 이틀 동안, 전국 곳곳에서는 코로나바이러스의 확진이 줄을 이었습니다. 호텔 방 안에 가만히 누워 책만 읽고 있는데도 불안함이 느껴질 만큼 심각한 사안이 아닐 수 없었어요. 퍼스널이란 공간 또한 대면 없이는 수익이 나지 않는지라 곤혹스러운 마음이 가시질 않았죠. 출근을 앞둔 오늘 아침에도 조깅을 하는 내내 운영 방침에 대한 고민을 그칠 수가 없었습니다.

누군가는 이런 저의 유난스러운 대처에 불편함을 느끼고 계실

지도 모르겠어요. 제아무리 "공간을 즐기라" 말을 해도, 결국엔 커피와 진토닉을 판매해 매출을 올리고 있으면서 마스크 착용에 집착하니까 말입니다. 모든 일에는 완벽이 있을 수 없으니, 대충 소수의 일탈 정도는 눈감아주는 게 좋지 않나 생각하실 수도 있죠. 하지만 저는 이번 코로나 바이러스 사태와 같은 중대한 사안에 있어서만큼은 완벽을 기하는 것이 옳다고 생각합니다.

이렇게 예를 들어 볼게요. 지하철 안에 21명의 사람이 타고 있다고 상상해 봅시다. 그중 20명은 마스크 착용을 했고, 나머지 1명의 사람이 착용을 하지 않았는데 마침 그 사람이 감염자라면 어떤 일이 벌어질까요. 감염자가 미착용 시 다른 이들이 아무리 착용을 잘 해도 전파율이 70%에 달한다는 연구 결과를 바탕으로 생각해 보면, 결국 그중 14명은 감염을 피할 수가 없습니다. 확진자의 수가 1명에서 15명이 되는 것이죠. 그리고 그 15명은 지하철에서 내려 또 다른 전파를 시작할 겁니다.

하지만 반대로 그 1명의 감염자가 마스크 착용을 잘 했다고 가정해 볼까요. 이 경우 다른 20명의 사람들이 마스크를 벗고 있어도 감염률은 5%밖에 되지 않습니다. 지하철에서 내릴 때 감염자의 수도 2명밖에 되지 않죠. 다른 19명의 사람들은 무사히 일상으로 되돌아가게 될 겁니다. 자, 이게 의미하는 바는 무엇일까요. 감염자만 찾아서 마스크를 씌워야 한다? 아니죠. 단 한 명의 사람도 마스크 착용을 게을리해서는 안 된다는 말입니다.

마스크 착용을 잘 해야 하는 건, 스스로 바이러스에 걸리지 않기 위해서가 아니에요. 혹시 모를 경우를 대비해 타인에게 전파하는 걸 막고자 함이죠. 한 마디로 방어 수단이 아닌, 배려 수칙이라는 의미입니다. 그리고 배려는 우리가 함께 살아가는 데 있어 꼭 필요한 가치라고 할 수 있어요. 타인이 나를 위해 마스크를 쓰듯, 나 역시 타인을 위해 마스크를 써야 하는 것이죠. 만용으로 서로를 위험에 빠뜨리는 건 결코 옳은 행동이 아니랍니다.

사실 계속해서 마스크를 가지고 이러쿵저러쿵 말을 하는 건, 여러분만큼이나 저 역시 귀찮은 일이에요. 하지만 이 일을 그만두지는 않을 겁니다. 말씀드린 것처럼 누구 하나 예외가 되어서는 안 되는 일이니까요. 이 사태가 진정이 될 때까지 퍼스널에서는 실내 마스크 착용이 의무입니다. 목에 칼이 들어와도, 아니 매출 하락으로 손가락을 빨게 되는 한이 있더라도 이 방침만큼은 지켜낼 거예요. 퍼사장이 바라는 건 여러분께 커피 팔아 부자가 되고자 하는 것이 아니라, 여러분이 퍼스널이란 공간에서 걱정 없이 시간을 보낼 수 있게 하는 것이니까 말이죠.

8월 25일

8/26(수), 8/27(목). 이틀간 휴무합니다. 코로나 바이러스 확산 저지에 동참하고자 내린 결정이라고 말씀드리면 좋겠지만, 낯간지러워서 그런 말은 못 하겠고요. 늘 그렇듯이 그냥 쉽니다. 한풀 꺾인

줄 알았던 더위도 다시 기승을 부리고, 오랫동안 잊고 있었던 태풍도 북상하고 있는바, 이틀 휴무를 결정하게 되었으니 많은 분들의 양해 부탁드릴게요. 이렇게 밖에 포장을 할 줄 몰라 죄송합니다. 언젠가 제가 진짜 업무상 출장을 가게 될 일이 있으면, 그렇다고 꼭 말할게요.

그건 그렇고 다들 잘 지내고들 계십니까. 퍼스널은 무사합니다. 퍼사장은 지난 1년간 술을 많이 퍼마신 걸 반성하고자, 요 며칠 아침마다 산책을 나다니고 있는데요. 돌아다니다 보면, 땡볕 아래 마스크를 한 채 땀 흘리고 계신 동네 어르신들을 마주칠 때가 많습니다. 여느 어르신들이 그렇듯, 에어컨은 고사하고 부채 하나로 여름을 쫓고 계시는 경우가 대부분이죠. 그럴 때면 마음이 편치가 않아요. 젊은 저도 마스크를 하면 땀이 두 배로 나고, 숨쉬는 것조차 고된 일이 되어버리는데 그분들은 얼마나 더 힘들까요. 어서 빨리 지금의 시국이 정리가 되고 다들 정상적인 일상으로 되돌아갈 수 있는 날이 오길 고대해 봅니다.

불편하더라도 마스크 착용 '단디'들 하시고, 생활 속 거리 두기 실천도 게을리하지 않으시길 바라요. 생각보다 세상은 아름답고, 삶은 놀라운 일들로 가득하답니다. 그 즐거움을 놓치지 않도록 고삐 바짝 잡아매고 건강부터 챙겨봅시다. 오래오래 보아요.

놀랍게도 말이죠. 과거에는 퍼사장도 '긍정 왕'이었어요. 뭐만 있으면 "하면 되지!"가 입에 붙어 있는 인간이었던지라, 주변 친구들을 자주 피곤하게 만들곤 했었답니다. '계란으로 바위 치는' 행동을 곧잘 하곤 했거든요. 그때까지만 해도 저 역시 세상은 결국 좋은 방향으로 흘러가리라 낙관을 했었습니다. 아, 물론 지금도 그 생각에는 변함이 없어요. 다만 이전에 제가 말했던 세상이 우리 인류가 이룬 사회를 가리키는 거였다면, 지금의 마음속 세상은 좀 더 넓은 개념의 울타리입니다. 결국엔 이런 과정을 거쳐 인류가 종말을 맞게 되는 것이, 지구의 입장에서는 '해피엔딩'일 수도 있겠다.. 뭐 그런 낙관을 하고 있지요.

그래서 제가 세상을 바꿀 수 있다는 확신을 가지고 글을 쓰는 건 아니랍니다. 오늘 이 글을 읽은 모든 분들이 30분, 아니 10분 후에도 그 내용을 기억할까 묻는다면, 저는 no라고 답할 거예요. 우린 쉽게 어떤 행위에 큰 의미가 있다고 말하곤 하지만, 정작 그 대부분의 것들은 우리와 같이 한낱 먼지에 지나지 않거든요. 우리 스스로를 '우주의 먼지'라고 부르는 것처럼, 하나의 사건 또한 '역사의 먼지'에 지나지 않는 것이죠. 지금도 세상은 끊임없이 변모하고 있어요. 온몸을 써서 물길을 막아도 작은 냇물의 범람조차 막을 수가 없는데, 거대한 역사의 흐름을 바꿔보겠다는 생각이 가당키나 할까요.

그럼에도 제가 글 쓰는 걸 멈추지 않는 건, 옳다고 생각하는 행위를 하는 데 있어 중요한 건 결과가 아니라고 생각하기 때문입니다. 아니, 이건 생각이 아니라 확신이라 부르는 것이 맞겠네요. 저는 확신합니다. 누가 알아주지 않아도, 그 결과가 썩 마음에 들지 않는다고 하여도. 우리는 옳다고 생각하는 것에 온 마음을 다해서 부딪혀야 해요. 역사의 흐름을 바꾸기 위해서가 아니라, 내 스스로 떳떳하기 위해서 말이죠. 저의 생각들이 다른 이들의 눈에도 무조건적으로 옳지만은 않을 겁니다. 하지만 이 생각의 밑바탕에는, 우리 모두가 그렇듯 세상이 조금은 더 나아지기를 바라는 마음이 자리 잡고 있어요.

세상이 조금 더 나아지기를 바라는 마음 앞에 망설이지 마세요. 내가 버리지 않아도 누군가는 쓰레기를 투기할 테고, 내가 욕을 하지 않아도 누군가는 악플로 사람을 다치게 만들 테지만, 그렇다고 포기해서는 안 됩니다. 쓰레기를 치우고, 악플을 지우는 분들을 위해서가 아니라, 그것이 옳다고 생각하는 나의 마음을 위해서 말이죠. 내가 나의 편이 되어줄 수 없다면, 누가 내게 힘을 모아주겠어요. 하지만 우리가 스스로를 구하고자 한다면, 그 힘들은 반드시 모이게 되어있습니다. 그리고 그 응집이, 그 먼지 한 톨 한 톨의 더해짐이 바로 거대한 흐름이 되는 것이죠. 그러니 옳다는 믿음 앞에 망설이지 마세요. 여러분 한 분 한 분의 마음은 작고 가벼운 먼지일 뿐 아니라, 거대한 흐름이자 무거운 역사이기도 하니까요.

8월 21일

얼마 전 광복절에 있었던 집회 때문에 온 나라가 발칵 뒤집혔지요. 마스크도 착용하지 않고 거리로 몰려든 몰상식한 사람들 때문에 또다시 많은 이들이 피해를 보고 있습니다. 물론 단순히 그 사건 하나 만으로 일이 이렇게 된 건 아니겠지만, 코로나 바이러스 감염자

수가 급격히 늘어나게 된 데에는 그 사람들의 책임이 막중한 게 사실이에요. 실로 어처구니없는 일이 아닐 수 없습니다. 전 세계가 동참해서 한목소리를 내고 있는데, 무슨 생각으로 주의사항을 무시하고도 살아남을 수 있다고 자신한 걸까요. 예수를 믿으나, 알라를 믿으나. 트럼프도, 시진핑도 피해 갈 수 없는 것이 전염병이고, 죽음인데 말이죠. 늘 그렇지만, "무식이 용감"이라는 옛말은 틀린 게 하나 없습니다.

그런데 그 일로 인해 많은 분들이 특정 연령층과 일부 종교를 매도하고 계시더라고요. 꼭 그 사람들만의 잘못인 것처럼 책임을 전가하는 느낌이랄까요. 글쎄요. 믿는 종교도 없고, 아직 청년으로 분류되는 퍼사장의 개인적인 생각으로는, 이번 국가재난의 책임에서 자유로울 수 있는 사람이 과연 몇 명이나 될까 싶습니다. 저를 포함한 모든 사회 구성원들이 마스크 착용과 사회적 거리 두기에 적극 참여를 했는지 의문이에요.

지하철을 타고 출근을 하다 보면 말이죠. '해운대역'에서 관광객들이 객차 안으로 쏟아져 들어옵니다. 그야말로 인산인해를 이루죠. 새삼 부산이 관광도시라는 사실을 실감하곤 합니다. 그런데 문제는, 그 관광객 중 대다수의 분들이 마스크를 제대로 착용하지 않고 있어요. 여행 온 김에 멋진 사진을 많이 찍어가야겠다는 생각 때문인지, 누구 하나 코와 볼에 마스크를 밀착 시킨 이가 없습니다. 안전보다 화장이 더 중요한 셈이죠. 서로의 입을 내보인 채 숨을 쉬고, 대화를 하는 모습을 두고 마스크 착용을 했다고 말할 수 있을까요.

　퍼스널에서도 며칠째 실랑이가 이어지고 있습니다. 마스크 착용을 두고 하루에도 몇 팀 씩 불만을 토로하는 분들이 있어요. 어제는 심지어 제게 "우리도 다 큰 성인인데, 알아서 하겠다"라고 말한 분도 있을 정도입니다. 그래요, 사실 저도 코로나 방역 수칙에 대해 알고 계실 법한 분들을 데리고 이래저래 더 말을 하고 싶지는 않습니다. 솔직히 피곤하기도 하고, 그 일로 퍼스널이란 공간이 욕을 먹게 되는 것도 싫어요. 하지만 이 공간을 지켜내는 것이 저의 의무입니다. 이곳을 아껴주는 분들의 건강까지 신경 써야 하는 게 저의 도리죠.

　이번에 수도권의 한 스타벅스 매장에서 수십 명의 감염자가 발생한 거 다들 알고 계시나요. 오늘까지 총 56명의 감염자가 발생했습니다. 전문가들 말로는, 밀폐된 공간에서 에어컨 바람을 타고 전파가 되었을 거라고 예상을 하더군요. 오직 방역 마스크를 쓰고 근무를 한 직원들만이 무사할 수 있었답니다. 여러분 스스로를 위해 마스크 착용에 만전을 기해주세요. 아니, 바이러스 전파를 막는 가장 좋은 방법은 감염자가 마스크를 쓰고 생활을 하는 거라고 합니다. 마스크를 대충 쓰고 다니는 분들은 타인을 배려하지 않는 거예요. 퍼스널은 배려를 모르는 사람을 성인으로 보지 않습니다.

　우리가 광화문 집회 참석자들을 손가락질하는 건, 그 사람들이 다른 사회 구성원들을 배려하지 않았기 때문이에요. 그 사람들이 아프고, 죽게 되는 것 때문이 아니라 그들 때문에 애꿎은 사람들이 다치게 되는 것이 싫어서 욕을 하는 것 일 테죠. 스스로의 건강을 지키기 위해서도 마스크 착용을 잘 해야겠지만, 다른 사람들의 건강도 배려해 줄 수 있는 어른이 진정한 성인이라고 할 수 있을 겁니다. 공존을 위해 힘쓰고 계신 여러분, 퍼스널이 응원할게요. 오래오래 건강하게 만납시다.

오늘 출근 준비를 하다 아내에게 물어봤습니다. 그냥 '째고', 여보 회사에 따라가면 안 되냐고 말이죠. 하루 종일 구석에 앉아 조용히, 또 가만히 있겠다고 말했어요. 아내는 저를 돌아보지도 않고, "안돼" 한 마디만 남기고 출근해버렸답니다. 그래서 제가 상심이 커요. 오늘 같은 날 걸리면 국물도 없습니다. 그러니 마스크 착용

잘 하고 오셔요, 여러분.

8월 19일

하루는 처음 뵙는 손님이 오셔서 퍼사장의 눈치를 많이 살피시더 군요. 정작 사진을 찍는 건 다른 손님들인데, 본인께서 계속 제 눈치를 보셨습니다. 그대로 두었다 간 퍼스널은 제대로 즐기지도 못한 채, 제 얼굴만 보다 가겠더라고요. 그래서 말씀드렸습니다. 편히 계셔도 된다고 말이죠. 그러자 손님께서 하시는 말씀이, 블로그에서 보니 사장의 성격이 보통 아닌 카페라고 소개가 되어있었다고 해요. 블로거의 말에 의하면 제가 약간 예민한, 음.. 약간이란 표현은 제가 넣은 거고, 그냥 예민하니 조심해야 한다고 쓰여 있었다고 합니다.

크.. 잘 하고 계신 겁니다, 블로거 여러분. 여러분이 앞에서 먼저 그렇게 필터링을 해주셔야 제가 일하기가 편해요. 뭐, 아무래도 퍼스널이란 공간과 블로거분들의 관계가 그리 썩 좋을 수만은 없겠지만 말이죠. 결국엔 이렇게 상부상조하면서 살아가는 게 우리네 사는 맛 아니겠습니까. 아무리 그래도 제가 여러분께 마음껏 사진을 찍어 가시라고 말씀드리는 날은 오지 않겠지만, 결국은 이것이 퍼스널만의 공생 방법이라고 생각해요. 결코 여러분을 괴롭히고 싶어서 그러는 게 아니랍니다.

그래요, 제가 좀 예민해요. 그래서 입구에 마스크 착용과 관련한 안내문을 네 장이나 붙여 두었죠. 해당 사안이 중요하다고 생각이 되면, 최선을 다해야 한다는 것이 저의 사고 방식 입니다. 그런데 말이죠, 그럼에도 불구하고 지난 토요일만 하더라도 열 분이나 마스크 없이 찾아오셨었어요. 심지어 한 분은 손목에 두르고 들어오시다 제가 마스크에 대해 언급을 하자, "그래서? 나가라고요?"라며 기분 나빠하셨죠. 네, 마스크를 정확히 착용하지 않으면 입장이 불가합니다. 돈 몇 천원 더 벌자고 여러분의 건강을 가지고 도박을 하는 일은 결코 없을 거예요.

　여러분, 마스크를 정상적으로 착용하지 않으면 퍼스널에는 들어올 수 없습니다. 이는 저를 위해서가 아니에요. 제 입장에서는 입장 거부를 해봐야 돌아오는 건, 드높아지는 악명과 매출 하락이랍니다. 그럼에도 제가 여기에 이렇게 애를 쓰는 건 다름 아닌 여러분의 건강을 지켜 드리기 위해서예요. 퍼스널에 들어오기 위해서가 아니라, 스스로의 건강을 위해 평소에도 마스크 착용에 신경 써주세요. 저도 하루 종일 마스크를 하고 있으면 땀도 차고, 귀도 아프고 그렇답니다. 하지만 이 불편함을 인내하지 않으면, 방심으로 인한 고통은 평생이라는 걸 잊지 마세요.

8월 15일

ebs의 '한국기행'이라는 프로그램을 애청합니다. 친한 동생이 노친네처럼 그런 프로그램 보는 것 좀 밝히지 말라고 했지만, 뭐.. 사실이 그런 걸 어쩌겠어요. 퍼사장은 연예인들이 나와서 flex질 하는 쇼 프로 보는 것보다, 시골 어르신들이 나와서 된장찌개 끓여 먹고, 감자 쪄 먹고 하는 모습 보는 걸 더 좋아합니다. 돈 냄새 보다 사람 냄새에서 더 큰 힘을 얻는다고나 할까요. ppl로 도배 된 대본 읊는 거는 들어봐야 비려서 금세 질려버려요. 구성이 좀 엉성하긴 해도 글 모르는 시골 아낙들의 시시콜콜한 사연 듣는 편이 구수하니 그 맛이 좋죠.

하루는 저녁 식사에 소주 한 잔을 곁들이며 '한국기행'을 보고 있었습니다. 두툼한 삼치구이를 안주 삼아서 말이죠. 그날은 강원도 화천에서 옥수수 농사를 짓는 할머니 두 분의 이야기가 다뤄졌더군요. 옥수수 농사만 50년 이상 지어 오신, 자칭 옥수수 박사라는 분들이셨죠. 먹을 게 풍족하지 않던 시절에 옥수수로 갖가지 음식들을 해먹던 이야기며, '영감탱이'가 술을 좋아해서 동동주까지 담가야 했던 사연들을 듣는데 어찌나 흥미진진했는지 모릅니다. 교육 방송의 수용 경계를 아슬아슬 줄타기 하는 비속어가 주는 감칠맛 또한 덤이었고 말이죠. 삼치구이도 삼치구이지만, 소주 안주로는 옛날이야기 듣는 것 만한 게 또 없잖아요.

방송 말미에 할머니들께서 여름 더위를 쫓기 위해 시원한 메밀묵사발을 담가 드셨습니다. 그러다 동생 되는 분이 언니에게 물어요. "옛날에 먹었던 메밀묵과 지금 먹는 메밀묵 중 어떤 것이 더 맛있냐"라고 말입니다. 잠시 망설이던 언니는 이렇게 답하죠.

"넉넉지 않았던 그때는 이거라도 먹을 게 있어 맛있게 먹었고, 넉넉해진 지금은 이게 구하기가 귀해져 맛있게 먹는다."

그저 사실을 말했을 뿐인데 말이죠. 그 안에서 한 사람의 역사가 겹겹이 묻어 나왔습니다. 사실 산다는 게 그리 녹록찮은 일이 아니에요. 이건 누구나 알고 있는 사실이죠. 누구에게나 즐겁고 행복한 순간들이 찾아오지만, 벅차고 힘겨운 순간들 역시 때를 가리지 않고 찾아옵니다. 모든 게 계획한 대로만 흘러가는 건 아니에요. 돌이켜보면 결국 좋았던 순간도, 나빴던 순간도 모두 다 내 삶의 일부인 것이죠.

제가 삼치구이를 좋아하게 된 건 첫 독립생활을 하게 되었을 때부터입니다. 고등학교를 졸업하고 홍대 놀이터 근방 고시원에서 혼자 살았었는데, 그때 참 빈곤했었어요. 자랑은 아니지만 월세가 밀려 길거리로 쫓겨나보기도 하고, 몇 날 며칠을 쫄쫄 굶어 보기도 하고 그랬었습니다. 밥다운 밥이라곤, 일을 하던 이자카야에서 주던 새벽녘 야참이 전부였죠. 그때 종종 삼치구이를 먹을 수 있었습니다. 판매하던 메뉴 중 하나였는데, 물 좋은 녀석이 들어올 때면 사장님이 찬으로 구워주시곤 하셨죠. 운이 좋았어요. 좋은 분을 사장님으로 모셨던 덕분에, 일할 때 나마 아들처럼 대접 받곤 했었으니까요.

아직도 삼치구이를 먹을 때면 그분 얼굴부터 떠오릅니다. 매일 같이 끼니 걱정을 해주시던 '어머니'덕분에 버틸 수 있었던 시간이었죠. 이번에 삼치구이를 먹으면서도 그 시절을 떠올리지 않을 수 없더군요. 그때 먹었던 삼치구이와 이번에 먹은 삼치구이 중 어떤 삼치구이가 더 맛있었는지 궁금하신가요. 그 답은 이미 여러분 모두가 알고 있을 거라고 생각합니다. 산다는 건 어쩌면, 겹겹이 쌓여가는 마음이 전부인지도 몰라요.

가끔씩 퍼사장에게 인간관계를 좁히는 방법에 대해 물어 오시는 분들이 있습니다. 쓸데없이 광범위한 대인 관계로 인해 심신이 지쳐버린 분들이죠. 이런 분들은 대체로 배려심이 깊고, 내 밥그릇 챙기길 어려워하는 분들이에요. 관계 정리가 필요하다는 걸 알면서도, 막상 실행에 옮기려 하니 마음 쓰이는 구석이 많은 것이죠.

아유, 어렵게 생각할 거 하나 없습니다. 그냥 저처럼 술을 많이 드세요. 네, 맞습니다. 잘못 읽으신 게 아니에요. 저처럼 '진상' 소리 들을 때까지 술을 퍼 드시면 자연히 사람들과의 관계가 소원해집니다. 좁은 관계를 유지하고 싶은 것이 아니라, 관계가 넓어질 수 없는 것이죠.

얼마 전 친한 친구 부부에게 아이가 생겼어요. 그런데 이 친구들이 제게 말하길, 아기의 인격 형성이 완성되기 전까진 저의 존재를 숨길 생각이라고 합니다. 한 마디로 그 아이가 성인이 되기 전까진 제게 얼굴을 보여줄 수 없다는 것이죠. 혹여 저와 함께 찍은 사진을 아이가 우연히 보게 되거든, 중동으로 땅 파러 간 삼촌이라고 소개하겠다고 해요.

전적으로 동의합니다. 사실 어제도 새벽 3시 반에 연락을 해서 이들 부부를 잠에서 깨웠거든요. 당연하게도 취해서 말이죠. 지난번에는 부부 모임에 나갔다가 케익 먹던 포크에 찔릴 뻔하기까지 했습니다. 미리 연습이라도 했는지 능숙한 손놀림으로 담금질을 하는 아내를 친구는 말리지도 않았어요. 뭐, 애주가의 숙명이라고 생각합니다.

무슨 말인지 이해가 가십니까. 끊어내야 하는 관계가 있거든, 애비애미도 못 알아보는 취객 마냥 두 눈 딱 감고 끊어내라는 거예요. 소중한 관계 안에서도 마음 상할 일은 얼마든지 생길 수 있는 건데, 여러분을 소중하게 생각하지 않는 이들의 마음까지 신경 쓸 겨를이 어디 있나요. 모두를 만족시키기 위해 애쓰기보다, 스스로 충만해지기 위해 즐기시길 바라겠습니다.

8월 13일

지리한 장마도 결국엔 끝이 나고 해가 뜨는 날이 온다는 걸 생각하면, 산다는 건 정말 간단명료한 일인지도 모르겠습니다. 결국엔 날이 개고, 동이 트며, 봄이 온다는 단순한 사실은 결코 바뀌지 않잖아요. 그저 우리 스스로가 애써 복잡하게 살아가고 있을 뿐이죠.

당연한 걸 하는 하루 보내시길 바랍니다. 눈에 보이는 걸 믿고, 맛있는 걸 드세요. 아름다움을 추구하고, 가슴 뭉클해지는 경험 앞에 망설이지 마세요. 답은 이미 우리 안에 있습니다. 내 안의 밝은 부분이 이끄는 대로 살아가시길, 늘 그렇듯 퍼사장이 응원할게요.

그래요, 지난 월요일부로 카드를 압수당한 퍼사장은 이제 용돈으로 살아갑니다. 담배를 피우지 않기에 딱히 핑곗거리도 없어 밀당한 번 해보지 못하고 기본급, 아니 용돈을 받게 되었네요. 뭐.. 크게 불만은 없습니다. 매달 퍼스널에서 발생되는 순수익만큼 술을 마시고 다녔으니까요. 농담이 아닙니다. 지난 1년간 제가 술값으로 쓰고 다닌 돈을 합치면 웬만한 자동차 한 대 정도는 살 수 있을 거예요. 중고도 아니고 새 차로 말이죠. 그래도 여러분과 함께 할 수 있었던 즐거운 시간들 덕분에 버텨왔기에, 감사하다고 말씀드리고 싶습니다. 아니에요, 울고 있지 않습니다.

이미 알고 계신 분들도 있을 테지만, 퍼스널에 새로 제작된 bar는 그런 연유에서 만들게 된 거예요. 찾아온 손님들과 나가서 돈 쓰지 않고, 여기서 술을 마실 생각으로 말이죠. 지출을 줄여 보겠다는 일념 하에 거금을 들였답니다. 하지만 세상만사가 늘 그렇듯, 모든 게 계획대로만 흘러가지는 않는 법이죠. 누구도 여기서 마시자는 이가 없네요. 괜한 돈만 이중으로 들어갔으니, 아내가 화가 날 만하다고 생각합니다. 저의 불찰이에요. 그래서 말인데, 저 이제 카드가 없어요. 저와 술 한 잔이 하고 싶은 분들은 퍼스널 bar로 찾아오시기 바랍니다. 미리 연락만 주시면 곧장 연장 영업에 돌입할 준비가 되어 있으니, 전혀 부담은 느끼지 않으셔도 돼요.

영업한다고 손가락질하셔도 괜찮습니다. 저는 지금 눈에 뵈는 게 없는 자, 카드를 압수당한 가장이니까요. 찬 밥, 더운 밥 가릴 처지가 아니랍니다. 아내 말씀하시길, 이제 제게 카드가 없으니 지금부터가 진짜 인간관계라고 하던데 말이죠. 이건 정말 벌거벗고 외출하는 기분이네요. 괜찮아요, 이 또한 적응이 되고 나면 되려 홀가분하게 느껴지는 날이 올 거라고 생각합니다. 인간은 적응의 동물이잖아요. 나체족이 말하는 그 자유를 저도 한 번 느껴보도록 하겠습니다.

8월 6일

선물도 깜짝 선물을 받을 때 기쁨이 배가 되는 것처럼, 뇌우 일색이던 일기예보를 찢고 찾아온 맑은 하늘이 이렇게나 반가울 수가 없습니다. 이럴 때 보면 기상청이 일을 참 잘해요. 기계적으로 날씨만 관측하는 게 아니라 국민들 마음에 여흥도 돋울 줄 알고 말입니다. 그래도 재미 삼아 날씨 예보를 한 건 아닐 테니, 언제 쏟아질지 모를 소나기 정도는 대비하도록 해요.

가만 보면 말이죠. 나이가 들어간다는 건, 마음 쓸 것이 늘어간다는 의미일지도 모르겠어요. 예나 지금이나 친구들을 만나 하는 대화 내용만 봐서는 정신적으로 성숙해져가는 거 같지는 않거든요. 애나, 어른이나 똑같다는 말도 있잖아요. 하지만 분명 어른이 애들보다는 신경 쓸 게 많은 건 사실입니다. 하다못해 비 맞는 것만 해도 그래요. 다 큰 어른이 비를 맞고 다니면, 사연 있을 거라는 소리 듣기 딱 좋죠. 어렸을 때처럼 천진난만하게 빗속을 뛰어다니며 논다는 것이 이제는 쉽지 않습니다. 두 달 가까이 장마와 씨름을 하고 나니, 비를 맞으며 놀던 어렸을 적 추억이 더욱 소중하게만 느껴지네요.

언젠가는 이곳, 퍼스널에서 보낸 시간들 역시 아련한 추억이되는 날이 올 테죠. 인생을 통틀어 봤을 때 찰나의 시간 밖에는 되지 않겠지만, 부디 그 기억이 여러분께 밝고 따스한 위안이 될 수있다면 좋겠네요. 비가 올 거란 예보 대신 찾아온 오늘의 햇살처럼 말입니다.

8월 4일

얼마 전부터 퍼스널의 공식 계정이 비공개 계정으로 운영이 되고 있다는 점 아시나요? 지금 여러분이 읽고 계신 이 글들은 이미 퍼스널과 접촉점이 있으셨던 분들만 읽으실 수 있답니다. 주변에서는 아무리 그래도 카페를 운영하려면 홍보 수단 하나 정도는 남겨놔야 하지 않겠냐고 걱정을 하는데 말이죠. 아유, 어차피 제 글이 홍보에 적합한 글도 아닌데요, 뭐.. 비공개로 운영을 해도 프로필에 영업시간은 공지가 되어있는 만큼, 그걸로 되었다고 생각합니다. 퍼사장은 여기서 여러분과 이렇게 소통을 할 수 있는 것만으로도 인스타그램이란 sns를 시작한 목적을 달성한 거나 다름없어요.

물론 이런 운영 방식을 고수했다가 매출에 타격을 입게 될 가능성이 없지는 않습니다. 솔직히 말해 그럴 가능성이 다분하다고도 볼 수 있죠. 흠, 그런데 저는 이렇게 생각해요. 이런 플랫폼이 없던 과거에도 누군가는 공간을 운영해왔고, 또 우리는 그 공간을 잘 이용해왔다고 말입니다. 공간이 존재하는 데 있어 sns는 그저 부수적인 도구일 뿐, 그 본질이 되어서는 안 된다고 생각하죠. 공간의 주체는 어디까지나 '우리'들입니다. 퍼사장과 여러분, 현실에서 이용하는 사람들이 있어 공간은 존재할 수 있어요.

우리 삶의 본질을 sns에게 뺏기지 맙시다. 정말 중요한 건 고작 손바닥만 한 스마트폰이 아닌, 품고 있는 마음 안에 있다는 걸 잊지 말자고요. 퍼스널은 팔로워 수를 늘리기 위해 문을 연 것이 아닙니다. 여러분이 이곳에서 마음 충만한 시간을 보낼 수 있기를, 마음으로 바랄게요.

8월 1일

본의 아니게 퍼사장한테 저녁 약속이 많다 보니, 어떤 분들은 제가 미식가쯤 되는 건 아닌가 오해를 하시는데 말이죠. 그런 건 아니에요. 물론 맛있는 걸 먹으면 저 역시 기분이 좋아지기도 하고, 나름 섬세한 미각을 가지고 있는 것 같은 착각을 할 때도 있지만.. 근본적으로 저는 먹는 것에서보다는 성취감에서 행복을 느끼는 유형의 인간입니다. 이를테면 창작 작업이 완성되었다든지, 소소하게는 목표량만큼을 걸었다든지 하는 데서 에너지를 얻는 편이죠. 먹는 거야 맛있는 걸 먹는 날도 있고, 그저 배 채우기 위해 먹는 날도 있다고 생각합니다. 어려서도 그랬어요. 엄마가 일주일 치 카레를 한 솥 끓여놔도 하루하루 변함없이 맛있게 먹곤 했죠. 그다지 모범적으로 자식 노릇을 했다고는 볼 수 없지만, 그런 점 하나만큼은 엄마도 칭찬을 해주시더군요.

아무튼 근래에 제가 맛있는 걸 많이 먹고 있긴 합니다. 얼마

전에도 운좋게 오마카세를 얻어먹을 일이 있었어요. 예약조차 쉽지 않다는 집인데, 주변 분들이 힘을 써준 덕에 숟가락 하나 얹을 기회가 있었죠. 개인적으론 오마카세 같은 방식의 식사를 좋아합니다. 아무리 맛있는 것도 쌓아두고 꾸역꾸역 먹을 때 보다 각각의 재미를 느끼며 조금씩 먹을 때 그 맛이 더 좋더군요. 고기보다 생선이나 해산물 종류를 더 즐겨먹는 것도 그 때문이라고 할 수 있어요. 가격이 부담스럽다는 것만 제외하면, 오마카세야말로 제게 가장 이상적인 식사 방법이라고 할 수 있습니다.

그날 먹었던 요리 중 가장 맛있게 먹었던 건 갯장어 튀김이었어요. 한 입 크기로 토막 낸 갯장어에 얇은 옷을 입혀 튀겨 낸 것이었죠. 야들야들한 촉감도 일품이었지만, 그 안에서 풍겨져 나오는 갯장어 특유의 기름진 풍미가 입안을 더욱 풍성하게 해주었어요. 하지만 사실 이런 장어의 특성이 꼭 장점만 될 수 있는 건 아닙니다. 아시다시피 기름진 음식일수록 쉽게 물리고, 입안을 텁텁하게 만들어버릴 때도 있죠. 그날의 갯장어 튀김 역시 네댓 점 주워 먹었을 뿐인데도 서녘 내도록 그 묵직한 풍미가 입안에서 가시질 않더군요. 아마 그 조각조각마다 점처럼 찍혀있던 소스가 아니었다면, 그 만족도가 지금의 기억과는 달라졌을 지도 모릅니다.

셰프님께 물어보니, 그 빨간 점은 매실이라고 알려 주셨어요. 한국과는 달리 일본에서는 매실을 절여 소스처럼 쓰기도 한다고 하셨습니다. 평소 매실을 즐겨 먹으면서도 그게 설마 매실일 거라고 상상도 못했었는데, 막상 듣고 나니 일리가 있는 조합이 아닐 수 없었어요. 우리가 기름진 음식을 먹고 속이 더부룩하면 매실 액기스를 물에 타마시듯, 갯장어의 기름진 맛을 한 방울의 매실 소스가 잡아주는 셈이죠. 마치 한 조각 매실 장아찌가 한 상 가득 차려진 밥상의 입맛을 돋워주는 것처럼 말이에요.

저는 퍼스널이 여러분께 그런 존재가 되었으면 좋겠습니다. 여러분의 삶에 있어서 가장 중요한 건 여러분 자신의 일상과 마음이지만, 그 일상과 마음을 한층 더 조화롭고 담백하게 만들어 줄 수 있는 감초 역할을 할 수 있으면 좋겠어요. 하루를, 아니 한 주를, 그리고 일생을 돌아봤을 때 퍼스널이란 공간에서 보낸 시간들이 여러분께 결코 헛되게 기억되지 않도록.. 힘쓰겠습니다.

7월 31일

아직도 기억나요. 퍼스널의 오픈 첫날 말입니다. 말이 오픈이지, 스스로 제 작업실이라고 공간을 마련해놓고는 아무런 공지나 홍보도 없이 문을 열었더랬죠. "누군가 오면 커피 한 잔 주는 거고, 안 오면 하루 종일 그림이나 그리는 거다"라고 생각하고 있었는데, 누가 오긴 오더군요. 도무지 어찌 알고 왔을지 짐작조차 가지 않는, 그래서 더욱 반갑고 고마운 방문이었습니다. 그리고 또 한 명, 또 한 명.. 여러분을 다 그때 사귄 거잖아요. 그땐 저도 참 잘 웃고, 이야기 나누는 것도 좋아하고 그랬었는데.. 퍼스널로 출근하는 것이 설레고, 퍼스널에 앉아 있는 것만으로도 행복하고 말이죠.

길었던 장마가 막바지에 다다른 것 같습니다. 여전히 하루가 화창하다 부를 수 있는 날씨는 아니지만, 햇살을 막는 호우의 기운이 전과 같지 않고 비실비실해요. 조금만 더 기운 내시길 바랍니다. 여러분을 웃게 할 기분 좋은 날씨를 저도 함께 기다릴게요.

7월 30일

몇 주 전, 퍼사장이 통영으로 가족여행을 다녀온 일 기억하시나요? 솔직히 말씀드리면 아마 내년에도 같은 공지를 보게 될 가능성이 상당히 높습니다. 통영으로의 휴가는 저희 가족의 연례행사 같은 것이거든요. 이모께서 그곳에 있는 리조트의 회원권을 가지고 계셔서, 저희 가족은 쉬고 싶을 때면 어김없이 그곳을 찾곤 하죠. 그렇다고 리조트가 호화롭거나, 시설이 잘 되어 있다는 말은 아닙니다. 지은 지 워낙 오래된 곳이다 보니, 시설도 낡은 편이고, 어찌 보면 인테리어 역시 트렌디와는 거리가 멀어요. 좋게 말하려 해도 어느 유럽의 시골 마을을 닮았다 말하는 것이 최선인 정도입니다.

그럼에도 저는 그 리조트가 좋아요. '하얏트'나 '힐튼'처럼 남들이 들었을 때 곧장 알아들을만한 곳은 아니지만, 그 공간만의 경영 철학 때문에 그곳을 좋아합니다. 소개해 보자면 오래전에 전두환 전 대통령이 숙박 문의를 한 일이 있다고 해요. 그 서슬 퍼랬던 군사정권의 상징과도 같은 그분이 말입니다. 여러분은 어찌 대응하셨을 거 같나요? 저도 겪지 않은 일을 가지고 함부로 말하긴 어렵지만, 분명 결정을 내리는데 큰 고심을 했을 거 같아요. 결코 쉬운 결정이 아니잖아요? 그런데 이 리조트의 대표님께서는 바로 "no"라고 답했다는 겁니다. 단지 리조트 회원이 아니라는 이유 하나 만으로 말이죠.

제가 이 리조트를 이용할 때마다 느끼는 건데, 사람이 없습니다. 전체 객실을 나 홀로 빌린 건 아닌가 싶을 만큼 사람 구경하기가 힘들죠. 실제로 매년 객실 가동률이 30% 정도 밖에 되질 않는다고 해요. 회원권이 없는 사람은 숙박이 불가하기 때문에, 10개의 방 중 7개의 방은 늘 비어있다는 겁니다. 이 정도면 퍼사장 조차도 고개를 내저을 만큼 똥고집 아닌가요? 하지만 그럼에도 여전히 회원권 취득 방법이 까다롭고 엄격하기로 소문나 있답니다.

"돈은 못 벌어도 좋아요. 진짜 여가문화라는 게 어떤 건지 보여주면 그만이죠."

실제 리조트 대표님이 하신 말씀입니다. 생각하기 나름이지만 대단하다고 밖에는 말할 수 없을 거 같네요.

옳고, 그름의 잣대를 대고 싶어 꺼낸 이야기가 아닙니다. 다만 이처럼 모든 공간에는 저마다의 철학과 소신이 담겨있다는 말을 하고 싶은 거예요. 하나의 인격체처럼 스스로 옳다 생각하고 지켜내고 싶은 게 담겨 있는 법이죠. 그리고 그건 어디까지나 공간을 운영하는 이의 권리입니다. 누가 이래라 저래라 참견할 수 있는 일이 아니에요. 그럴 일은 없겠지만, 제가 퍼스널에서 아메리카노를 만 원에 팔고 싶으면 어쩔 수 없습니다. 여러분이 이 공간에서 아메리카노를 마시려면 만 원을 내는 수밖에 없죠. 아무리 마시고 싶은 술을 가져가고 싶어도, 방문한 횟집에서 외부 주류 반입이 불가하다 하면 못 마시는 겁니다. 일행이 많다면 단체 손님을 받지 않는 이자카야에는 갈 수 없는 것이죠. 로마에 가면 로마법을 따라야 하듯, 내 공간이 아닌 곳에서는 그곳만의 소신을 따라주는 것이 당연합니다.

어제 부부 동반 모임에서 밥을 먹다 보니, 퍼사장이 손님들 듣기 좋은 말이 아니라 다른 업체 사장님들 듣기 좋을 말만 한다는 이야기가 나왔어요. 송구스럽게 생각합니다. 많은 손님들도 함께 보는 이 곳에 불편할 수도 있는 이야기를 하는 게 저 역시도 마음이 편하지만은 않아요. 그래도 말이죠. 세상에 지켜져야 하는 가치가 있다면, 그것을 방관하고 싶지는 않아요. 단순히 나를 위해서가 아니라, 이 세상을 함께 살아가고 있는 소중한 이들을 위해 눈 감고 포기하고 싶지는 않습니다. 제게는 퍼스널을 아껴주는 여러분도 있잖아요. 이게 저의 소신입니다. 제가 이 공간을 운영하고, 이 계정을 유지하는 이유죠. 그러니 여러분, 불편하시더라도 이해해 주세요. 저 역시 여러분의 소신을 응원하겠습니다.

7월 26일

오랜만에 날이 맑은 날, 하루를 충만하게 보내는 모범 답안은?

　　1. 인파 가득한 백화점에 가서 다리 아플 때까지 아이쇼핑을 한다.

　　2. 달궈진 백사장에 누워 마스크 벗고 태닝하다 벌금 300만 원
　　　을 낸다.

　　3. 바가지요금을 내고 제주도 숙소를 예약하며 휴가만 기다린다.

　　4. 진토닉에서 시원한 퍼스널 한 잔을 하며 망중한을 즐긴다.

라떼는 말이야, 객관식 하면 4번만 냅다 찍어도 30점은 맞았어.

7월 24일

퍼사장이 서울에 있었던 지난 20일부터 22일까지의 일기예보는 본
래 폭우였습니다. 3일간 다량의 비가 내린다는 예보가 있어 내심
긴장을 하고 올라갔더랬죠. 그런데 이게 웬걸, 첫 이틀 동안은 비
가 오지 않고 심지어 화창한 날마저 있더니만, 마지막 날에서야 추
적추적 비가 내렸습니다. 이마저도 강한 비라기보다, 흩날리는 가
랑비 정도였어요. 평소 같으면 이 때다 싶어 기상청의 흉을 보았
을 텐데, 그때는 그저 잘 된 일이라 그들의 숱한 오보를 반갑게 여
겼었답니다.

　　맞아요. 아마 이제 기상청의 예보를 믿는 사람은 극히 드물 거

라고 생각합니다. 저 역시 친구들이 일기예보를 확인하면, 내일 아침에 일어나서 창밖을 보는 편이 나을 거라며 농을 치곤하니까 말이죠. 기상청에서는 늘 고가의 장비를 새로 도입하였으니 믿어 달라 말합니다. 제 생각에 인간은 스스로 이룬 과학의 성과를 높이 평가하는 경향이 있는 것 같아요. 하지만 막상 뚜껑을 열어보면 일기예보처럼 한 치 앞도 내다볼 수 없는 것이 우리네 일상입니다. 정말이지, 당장 내일.. 아니, 오늘 오후에 벌어질 일 조차 우리는 예측할 수 없어요.

지난 간밤에 있었던 폭우로 인해 부산 지역에 큰 재난이 벌어졌습니다. 이렇게 가까이서 자연재해를 몸소 겪게 된 것은 이번이 처음이에요. 모두들 큰 피해와 깊은 심려를 얻게 되었으리라고 생각합니다. 누구의 탓도 아닌, 그저 예상치 못했던 일로 인해서 말이죠. 하지만 우리에겐 예측을 넘어서는 소중한 능력이 있다고 생각해요. 태초부터 있었을 수없이 많은 범람에도 불구하고, 꿋꿋하게 다시 또다시 제방을 쌓아 올리며 지금의 번영을 이루게 한 포기하지 않는 마음 말입니다.

힘내세요. 안타까운 마음과는 달리 제가 도움이 될 수 있는 방법이 많지 않아 속상하기만 합니다. 그저 이렇게 변변찮은 말들로 위로를 전하는 수밖에요. 수해를 입으신 이웃 주문 여러분께는 오늘 하루 커피값을 받지 않겠습니다. 이 한 잔의 커피가 작은 위로라도 전할 수 있으면 좋겠네요. 응원하겠습니다.

7월 20일

퍼사장이 퍼스널이란 공간을 아끼는 이유 중 하나는, 어느 한구석 제 손길이 닿지 않은 곳이 없기 때문입니다. 흔히 말하듯 셀프로 인테리어를 했지요. 심지어 bar와 테이블까지 직접 사포로 깎고, 페인트칠을 했답니다. 5주라는 시간 동안 이 공간에서 흘린 땀의 양을 생각하면, 누구도 제게 술 좀 그만 마시라 면박을 주지 못할 거예요.

　하지만 그렇다고 전문적인 기술이 필요한 과정까지 홀로 해냈다는 이야기는 아닙니다. 아직 '아림 통상'이라는 목재 상사가 이 공간을 쓰고 있던 시절에는 상하수도 시설조차도 없었고, 화장실 역시 사용하지 않아 막아둔 재래식 변기 하나만 달랑 있었어요. 세면대가 없었던 건 당연하고 말입니다. 이런 부분들은 전문 인력을 불러 해결하는 수밖에 없었죠.

　처음 설비 기사님이 홀로 그 모든 일들을 처리할 수 있다고 했을 때, 그리 신뢰가 가지는 않았었습니다. 공사비를 아끼고 싶은 마음에 그렇게 하시라 답하긴 했지만, 그게 가능하리라고 생각지는 않았죠. 손이 많이 가는 일인데다, 어쩌면 투박해 보이는 외모만 보고 선입견을 가졌던 건지도 모르겠습니다. 작은 키에 비해 애를 밴 것 마냥 불룩 솟아오른 뱃살이며, 손에 묻은 기름때는 씻지도 않고 오셨었고, 유니폼은커녕 땀에 전 반팔 티셔츠 한 장 걸치고 나타나셨으니 제가 오해를 했던 것도 큰 무리는 아니었다고 생각해요.

　기사님께서는 약속한 날, 약속한 시간보다 더 빠른 시간에 현장으로 출근을 하셨습니다. 처음 뵐 때와 똑같은 옷차림과 기름때를 묻힌 채로 말이죠. 제가 돕겠다는 걸 고사하시고, 홀로 묵묵히 장비와 자재들을 옮기셨어요. 그리곤 곧장 일을 시작하셨습니다. 정말이지 쉬지 않고 일하셨어요. 중간중간 음료와 간식을 가져다드려도 고맙다는 말만 돌아올 뿐 드시는 걸 볼 수가 없었죠.

점심시간에도 할 일이 남았다며 제가 밥을 사는 것조차 거절을 하셨습니다.

　내심 당황스러웠어요. 전기 기사며, 목수며 그때까지 만난 다른 공사 인원들의 경우에는, 틈만 나면 목이 마르다, 덥다, 배가 고프다 하며 불만을 토로하기 일상이었었거든요. 쉴 거 다 쉬어가면서도 약속 시간보다 늦게 오고 일찍 갔으며, 제가 밥을 산다 하면 "얼씨구나, 돈 굳었다" 따라나서고 말이에요. 저보다 많이 일하고, 적게 쉬는 설비 기사님을 어찌 대해야 할지 당혹스러웠습니다. 결국 마지막 날이었을 거예요. 모든 공사를 마치고 서야 함께 식사를 할 수 있었죠. 그을린 팔과 다리에 뽀얀 시멘트 먼지를 묻힌 채 고작 추어탕 한 그릇을 주문하시더군요. 공사비에 식대도 포함된 건데 이렇게 얻어먹어도 되냐며 거절하시다, 저도 마실 생각이니 나눠먹자 하니 그제서야 소주도 몇 잔 걸치셨습니다.

　퍼스널에 에스프레소 머신을 설치할 수 있었던 건, 싱크대에서 설거지를 하고, 화장실을 사용할 수 있게 된 건, 전적으로 그분의 넋입니다. 오염된 변기와 파손된 타일을 제 손으로 떼어내길 주저하지 않은 설비 기사님의 덕이 분명해요. 없는 배수로를 깔고, 없는 상수도가 들어올 수 있게 해달라는 제 요구를 한 마디 아쉬운 소리 없이 들어주신 그분이 결국 퍼스널이라는 공간을 만들어 낸 것이라 생각하죠.

　그래서 퍼사장이 이리도 애착을 보이는 건지도 모르겠습니다. 퍼스널이라는 공간이 처음부터 품었던 그 소신을 필사적으로 지켜내고자 하는 이유가, 아마도 그것 때문인 것 같아요. 이 공간을 만들어내는 데 도움을 주셨던 분들의 땀방울이 결코 헛되지 않았으면 좋겠어서요. 그래요, 노력은 배신당하면 안 되는 거잖아요. 이용하기 조금 불편해도 애써 아껴주시는 여러분의 노력 또한 빛이 바래지 않도록 노력하겠습니다. 새벽 3시가 다 되어 가네요. 아침 일찍 비행기를 타야 하는데 말이죠. 다녀와서 만나요. 그랬으면 좋겠습니다.

7월 16일

언제인가 하루는 마감 정리를 하다가 깨달은 것이 있었어요. 온종일 아메리카노만 판매했다는 걸 말이죠. 매출이 좋지 않았던 것도 아닌데, 진토닉은 물론이고 라떼조차도 주문한 손님이 없더군요. 어찌나 속이 상하던지, 집에 가서 아내를 붙잡고 한참을 하소연했답니다. 그런데 제 넋두리를 듣고 있던 아내가 그러더군요.

"나도 진토닉이 뭔지 잘 몰라."

술꾼인 남편이 입에 달고 살기에 그런 음료가 있다는 것만 알았지, 정확히 그게 뭔지는 본인도 잘 모른다는 말이었죠. 그리고 아마 다른 사람들도 마찬가지 일 거라고, 그래서 주문을 하지 못하는 거라고 덧붙여 말해줬습니다.

뒤통수를 한 대 강하게 맞은 느낌이었어요. 한 번도 그렇게 생각을 해보지 못했었거든요. 단순하게 제가 아는 메뉴라고 다른 사람도 알고 있으리라 생각했던 겁니다. 한 마디로 멍청했던 거죠. 어안이 벙벙해진 저를 붙잡고 아내가 말했습니다. 알려주라고, 네가 좋아하는 그 음료가 어떤 것이고, 얼마나 맛있는지 알려줘서 다른 사람들도 그 음료를 좋아하게 만들어 보라고 말이에요. 그래서 이렇게 적어봅니다. 사실 저도 잘 모르는 것을 가지고 말을 꺼내보려니 조금은 겁이 나기도 하지만, 이 글이 '주류학 개론'도 아니니 부담 없이 털어놔볼게요.

진토닉의 정확한 명칭은 'gin&tonic'이에요. 말 그대로 진과 토닉이라는 말이고, 정말 그게 다입니다. 진이라는 리큐어에 토닉워터를 탄 음료죠. 쉽게 생각해서 여러분이 소주에다가 토닉워터를 타서 마시는 것과 비슷한 원리라고 생각해도 무방해요. 다만, 화학성분을 섞어 만든 것에 불과한 보급형 소주와 다양한 허브를 증류해 만든 진의 차이가 클 뿐입니다. 아마, 대패삼겹살과 한우 살치살만큼의 차이쯤?

토닉워터를 탄 다른 음료들이 그저 단 맛이 전부인 것과 달리, 진토닉은 시원하고, 상큼한 향이 입안을 가득 채웁니다. 마치 향긋한 허브를 입에 문 것처럼 상쾌한 기분이 들죠. 바로 그 맛이 진의 맛이라고 보시면 돼요. '쥬니퍼 베리'라는 주원료가 내는 그 향덕분에, 과거 영국 사람들은 독하기로 소문난 말라리아 예방약을 먹을 때 진토닉에 섞어서 마셨답니다. 정확히 말하자면 그게 바로 기원이에요. 인도의 밀림에서 영국 군인들이 진과 토닉워터를 섞어 마시던 것이, 대영제국 시절 영국의 권세를 타고 전 세계로 퍼져 나가게 된 것이죠.

맞아요, 진은 영국의 술이에요. 네덜란드에서 먼저 만들긴 했지만, 지금은 대부분의 진이 영국에서 만들어집니다. 그리고 영국에는 수많은 진 양조장들이 있죠. 각각의 양조장은 고유의 방식대로 진을 만드는데, 그 차이는 함께 증류하는 허브에 있어요. 어떤 허브를 사용했느냐에 따라 조금씩 그 향과 맛이 다르답니다. '봄베이'처럼 뭐가 들어갔는지 병에 각인을 해서 알리는 양조장도 있는가 하면, 대다수의 양조장들은 그 레시피를 비밀에 부치죠. 우리는 그저 "약이다" 생각하고 마시면 됩니다. 우리도 소주에 허브를 침출해서 약술이라고 부르잖아요? 같은 원리로 퍼사장은 진이 약술이라고 생각해요. 맨날 마시는 데는 그 이유가 다 있는 법입니다.

자, 길게 설명을 한 건 어디 가서 마실 때 아는 척 좀 하라고 그런 거예요. 우리가 기억할 건 두 가지가 다입니다. '진토닉'은 약술이고, 그 맛이 상쾌하다! 즉, refresh에 좋다는 것이죠. 몸이 피로하거나 기분이 좋지 않을 날, 생기를 되찾게 해주는데 이보다 좋은 음료는 없을 겁니다. 망설이지 말고 드셔보세요. 시작하지 않으면 영원히 모른 체 살아가야 합니다. 아, 진토닉에서 퍼스널 하기 딱 좋은 날씨네!

7월 15일

아내가 세탁을 한다며 제 옷도 세탁하겠다 하기에, 잠결에 무심코 알겠다 했는데 말이죠. 출근을 하며 보니 주머니에 있던 현금 20만 원이 보이지 않습니다. 흠. 다 없어진 건 아니고, 같이 있던 천 원 짜리 몇 장은 그대로 있네요. 제가 꿈을 꿨던 걸까요?

7월 14일

맞아요, 이제 퍼스널에서 '하이네켄' 생맥주를 팝니다. 여러분이 알고 나면 깜짝 놀랄만한 가격에 팔고 있죠. 한 마디로 이걸 팔아 퍼사장에게 득이 될 게 그리 많지 않다는 말입니다. 차라리 있는 커피나 무사히 잘 팔면 그만인 일이에요. 하지만 4천 원짜리 커피 한 잔 파는 것보다 남는 게 없는 메뉴를 기어코 준비하고야 말았죠.

저는 여러분이 이 공간에서 다양성을 느낄 수 있었으면 좋겠습니다. 사과 한 알을 먹는데도 여러 가지 방법이 있듯이, 삶을 즐기는 방법 또한 그래요. 한 가지 방법만 고집해서 살아가기엔 세상은 너무나도 다채로운 매력을 가지고 있습니다. 카페에 가면 커피를 마셔야 한다는 고정관념만 가지고 즐기기엔, 퍼스널이란 공간이 가진 매력은 너무나도 많죠.

진토닉이. 와인이. 위스키가 아직 어렵게 느껴진다면, '하이네켄' 부터 시작해 보세요. 그래서 준비한 겁니다. 지하철 옆자리에 앉은 이와 살갗이 닿는 것만으로도 불쾌지수가 치솟는 장마철, 시원한 생맥주로 마음을 가라앉힐 수 있는 카페가 있다면 얼마나 좋을까요. 일이 잘 풀리지 않아 모니터만 바라봐도 머리가 저릿저릿한 순간, 투 샷 아메리카노 대신 상큼한 진토닉을 마실 수 있다면 이보다 위안이 될 수 있을까요. 시끌벅적한 회식자리 대신 조용히 스스로를 다독여주고 싶은 순간, 눈치 보지 않고 위스키 한 잔만 주문할 수 있는 공간이 있다면 무슨 걱정이 있겠어요. 퍼스널이란 공간을 운영하는 건 바로 그 때문입니다.

7월 12일

누누이 말씀드린 바와 같이, 각각의 카페들은 제 나름의 매력과 장점이 있습니다. 비교 대상이 아니에요. 사람들은 쉽게 연관 지어 말하곤 하지만, 퍼사장은 단 한 번도 다른 카페들을 퍼스널의 경쟁상대로 본 적이 없죠. 애초에 추구하는 바가 다른데 비교 선상에 올려봐야 입만 아플 뿐입니다. 그래도 흔히 말하는 것처럼 구경 중 최고로 치는 건 싸움 구경인 만큼, 못 이기는 척 라이벌 하나를 꼽아보자면 그건 다름 아닌 '스타벅스'예요.

농담이 아닙니다. 퍼스널의 많은 손님들이 스타벅스 텀블러를 소지하고 계세요. 일회용 잔을 당당히 거부하는 분들 치고 스타벅스 텀블러가 없는 사람이 없습니다. 제기랄, 저런 게 바로 영향력이라는 거겠죠? 사회적인 목소리를 내고자 하는 이들은 많아도, 실제로 그 목소리가 힘을 갖게 되는 경우는 흔치 않아요. '빌 게이츠'나 '조지 클루니'쯤 돼야 사람들이 그 말에 귀를 기울이죠.

퍼사장은 퍼스널이 여러분께 좋은 영향을 미치는 공간이 되었으면 좋겠습니다. 퍼스널에서 내는 목소리가 사회에 긍정적인 에너지를 불어 넣었으면 좋겠어요. 비록 제가 '빌'처럼 돈이 많고, '조지'처럼 잘 생기진 않았지만 말이죠. 음, 그래도 제가 그 둘 보다 섹시한 건 사실이니까 힘내 보겠습니다. 얼마나 많은 사람에게 영향을 미칠 수 있는지 보다 중요한 건, 진실 된 마음이 있느냐 없느냐 일 테니까요.

퍼스널에 놀러 온 친구 말이, 주변에 "퍼사장이 셀카를 못 찍게 해서 무섭다"라고 하는 분들이 있다고 하더군요. 아니, 당연히 무섭지. 퍼사장도 술 많이 마신 날은 아내 마주치기가 무섭던데, 뭐. 하지 말라는 행동하고 나면 원래 겁이 나는 법입니다. 무식하면 용감한 게 아니라, 떳떳하면 용감할 수 있죠.

그럼 퍼사장이 가장 무서워하는 건 뭔지 아세요? 셀카 금지가 규칙인 카페에 셀카 찍으러 오는 사람들. 애초에 규칙을 지킬 마음이 없는 사람들을 상대로 '퍼스널 무드'를 지켜내기가 얼마나 힘든지는 겪어본 사람만이 알 수 있을 거예요.

퍼스널은 주문 전 주의사항에 대해 동의하지 않으면 주문을 받지 않습니다. 여러분이 이 공간에 입장을 했다는 건, 분명 스스로 셀카를 찍지 않겠다고 약속을 했다는 걸 테죠. 언제까지 남의 탓만 하면서 살 수는 없습니다. 거짓 뒤에 숨는 건 한계가 있어요.

남에게 잘 보이기 위해 셀카를 찍는 대신, 자신을 위한 시간을 보내기 위해 이 공간을 찾아오시길 바랍니다. 그럼 느낄 수 있을 거예요. 왜 많은 사람들이 수많은 주의사항에도 불구하고 퍼스널을 편안하다 말하는지 말이죠.

7월 9일

지금 여러분 곁에는 누가 있나요? 물론 운명 같은 만남이 없다는 건 아니지만, 대체로 저는 불과 몇 년 전까지만 하더라도 예상할 수 없었던 이들과 함께하고 있답니다. 이제 와 생각해 보면 늘 그랬던 거 같아요. 나름의 예측이나 장담을 하며 살아가고 있지만, 막상 결과를 알고 보면 당장 1, 2년 앞도 내다보지 못하고 살아가는 경우가 대부분이죠.

어릴 때 그런 약속 한 번 안 해본 이는 없을 거예요. 이 우정 영원히 변치 말자고, 평생을 함께 하자고 친구들과 하는 맹세 비스름한 언약 말이에요. 물론 그런 약속이 끝까지 지켜지는 경우도 있긴 하지만, 안타깝게도 대부분의 경우 10년만 지나도 기억조차 하지 못하는 게 태반이죠.

잘못되었다는 게 아닙니다. 어쩌면 이는 당연한 결과 일 거예요. 아무리 친한 친구 사이도 같은 동네에 살지 않으면 자주 보기 어려워지는 것이 사실이며, 직장이 다르면 자연스레 관심사 역시 달라지기 마련이죠. 당장은 평생 한 동네에 살며, 같은 일 할 것 같지만, 세상 사는 그리 단순하게 흘러가지 않습니다.

지금 곁에 있는 이들에게 최선을 다하세요. 당연한 존재들이 아닙니다. 평생 곁에 있을 거라 믿는 건, 건방지기 짝이 없는 착각이죠. 있을 때 잘 하시기 바랍니다. 누군가는 그럼 어차피 멀어질 존재라면 뭐 하러 잘 해야 하냐며 반문할지도 모르겠네요. 그래요, 지금 곁에 있는 이들도 언젠가는 또 멀어질지 모르죠. 하지만, 그 언젠가의 우리를 만드는 건 지금 곁에 있는 이들의 따스한 마음입니다. 퍼스널을 아껴주시는 분들께 감사드려요. 이 말이 하고 싶었습니다.

7월 8일

한 번씩 그런 생각을 합니다. 스스로 나아지고 있다 말 할 수 있을까 하는, 자책 비슷한 걸 말이죠. 잘 모르겠어요. 나름 애쓰고 있다고 생각하다가도, 어느 순간 보면 또 바보 같은 실수를 저지르곤 합니다. 똑같은 실수들을요. 학습 능력의 결여라고 밖에 볼 수 없는 상황들의 연속입니다. 이럴 거면 나이는 왜 자꾸 먹어대는 걸까 싶죠.

포기를 생각했던 적도 있습니다. 애쓰는 것도 힘들고, 자책하는 것도 힘든데 이제 그만 모든 걸 놓아버릴까 하는 생각을 해본 적이 있어요. 그렇다고 극단적인 선택에 대해 이야기하는 건 아니고, 말 그대로 나아지길 포기해버리는 것을 말이죠. 하루하루를 그저 동물의 본능에 맡긴 채 살아가는 겁니다. 우리 안의 돼지나 다를 바 없이, "먹고, 자고, 싸고"의 궤를 벗어나지 않으면 생각이란 게 필요가 없어요. 그리고 생각이 줄어들면 그만큼 마음을 덜 힘써도 될 테죠.

하지만 결국은 오늘도 자책을 합니다. 사람대접받지 못할까 봐 두려워서 포기하지 못하는 건 아니에요. 솔직히 말하자면 제 자신이 그 정도로 모질지 못해서 그렇습니다. 포기를 하려면 눈 딱 감고 저질러야 하는데, 그 정도 용기는 없는 모양이에요. 그래서 실수와 반성을 거듭해서 하고 있죠. 글쎄요, 이런 마음이 듭니다. 머리가 나빠서 오래 걸릴 뿐이지, 언젠가는 학습하지 않을까 하는 바람 말이에요. 잘 살아 봐야죠. 실수에 책임을 다한다는 건 결국, 어제 보다 조금은 더 나은 사람이 되려 노력하는 것이라 믿습니다. 그런 믿음으로 오늘도 출근할게요.

7월 6일

지난 토요일, 두 분의 손님이 오셔서 사진을 찍다가 저랑 눈이 마주쳤어요. 그러자 한 분이 다른 분께 제가 눈치챘다며 언지를 주더군요. 입모양으로만 이렇게 말씀하셨습니다.

"쳐다본다, 쳐다본다."

글쎄요, 그냥 모른 척할 수도 있었어요. 하지만 애써 다가가 설명을 했습니다. 제가 보고 있어서가 아니라, 다른 분들을 위해 자제해달라고 말이죠.

펴사장은 이런 상황이 안타깝게 느껴집니다. 이런 결과를 바라고 주의사항 따위를 만든 것이 아니었으니까 말이죠. 제가 만든 그 안내문에 '주의사항'이라는 이름이 붙긴 했지만, 사실상 이건 누구나 알고 있을 만한 공중도덕에 불과하거든요. 저를 위해 지켜져야 하는 것들이 아니라, 여러분 스스로를 위해 지켜나가야 하는 것들입니다.

성인이 돼서 좋은 점은 무엇일까요? 뭐, 술을 마실 수 있게 돼서 좋은 분들도 있을 것이고, 운전을 하게 돼서 좋은 분들도 있으리라 생각합니다. 하지만 제가 생각하기에 꼭 하나 꼽을 수 있는 것이 있다면, 그건 바로 자유의사를 존중받을 수 있다는 것이에요. 쉽게 말해 내 인생은 내 마음대로 살 수 있게 된다는 것이죠. 아이스크림이 먹고 싶으면 먹을 수 있고, 낮잠을 자고 싶으면 잘 수 있습니다. 더 이상 누군가의 보호 관리 영역 안에만 머물지 않아도 되죠.

퍼스널이 성인만을 위한 공간이라는 걸 알고 계시리라 생각합니다. 어린이들이 키즈 카페에서 맘껏 뛰어노는 것처럼 여러분 역시 이 공간에서 자유로운 시간을 보낼 수 있기를 바라죠. 여러분은 성인입니다. 자유로워야 마땅해요. 다만, 자유에는 책임이 따릅니다. 자유가 성인의 특권이라면, 책임이야말로 성인의 자격이라 할 수 있죠. 스스로의 행동에 책임질 수 없다면 성인이라 할 수 없어요.

공중도덕은, 성인이 책임져야 하는 것들을 일컫는 말입니다. 수십만 년 동안 인류가 겪어온 경험들을 토대로 정해둔 것이죠. 그것이 진리라고 할 수는 없겠지만, 적어도 이 정도는 해야 남에게 피해를 주지 않고 함께 살아갈 수 있어요. 아니, 지구라는 한배를 탄 이상 이 정도의 노력은 해야 한답니다. 그리고 퍼스널의 주의사항은 그 공중도덕 중 일부를 발췌한 것에 불과하죠.

이 와인은 '위라위라 우드헨지 쉬라즈'라고 해요. 보통의 호주산 쉬라즈 품종 와인들이 저가로 판매되는 싸구려인데 반해, 이 와인은 10년까지 장기 숙성이 가능합니다. 그만큼 응축된 힘이 가득하다는 말이지요. 같은 포도로 담갔는데 왜 이런 차이가 발생했을까요? 좋은 와인을 만들어 내기 위해서는 일반적인 풍년은 포기를 해야 합니다. 일부러 척박한 곳을 골라 나무를 심어야 하고, 포도가 주렁주렁 열려도 아쉽지만 솎아내기를 해야 하죠. 대량 생산해 남길 수 있는 큰 수익을 포기해야만 맛과 향을 오랜 시간 간직할 수 있는 좋은 와인이 탄생하는 것입니다.

퍼사장 역시 하루하루 흘러가는 대로 살아가는 편이 쉽습니다. 퍼스널에서 벌어지는 모든 일들에 눈 감아 버리면 당장은 매출이 올라갈지도 모르죠. 하지만 저 또한 한 명의 성인으로서, 책임을 다하며 이 공간을 운영하고 싶습니다. 그래야만 여러분을 오랜 시간 동안 볼 수 있으리란 걸 알아요. 단순히 수익을 위해 자리를 지키는 카페가 아니라, 숙성하면 숙성할수록 깊은 맛을 내는 저 와인처럼 오랫동안 함께 할 수 있는 공간이 되기 위해 노력할게요. 유별난 '주의사항'을 즐겨주셔서 감사합니다.

7월 5일

나름 아날로그적인 삶을 영위하고 있다고 생각했는데, 요즘 들어 부쩍 늘어난 스팸 문자들을 보면 꼭 그렇지만도 않은 모양입니다. 여전히 계좌이체를 위해서는 보안카드가 필요한 이 노친네의 핸드폰 번호를 도대체 어떻게들 구하는 건지 모르겠어요. 퍼스널을 운영하고부터는 자칭 마케팅 업체들이 그렇게 문자를 보내옵니다.

물론 전화도 수없이 오고 말이죠.

하지만 어차피 저는 망설임 없이 삭제를 해요. 사실 마음 같아선 차단을 해버리고 싶은데, 아이폰을 사용한 지 2년이 다 되어감에도 차단 방법을 도통 모르겠습니다. 이러다 정말 10년 뒤에는 전화 거는 방법조차도 모르게 되는 건 아닌지 두렵기만 하네요. 아무튼 차단을 못하니 하나하나 삭제를 하는 수밖에요. 차라리 전화가 오면 의사 표현은 조금 더 편해져서, 또박또박 욕 몇 마디 하고 나면 자연스레 차단이 된답니다.

퍼사장이 이렇게까지 마케팅 업체들의 연락에 무관심한 이유는, 그들과 제가 추구하는 방향 자체가 다르기 때문이에요. 마치 어떤 이들의 눈에는 '퍼스널 무드'가 수단으로 보이는 것처럼 말이죠. 누누이 말하지만 '퍼스널 무드는 컨셉이 아니라 취향'입니다. 불특정 다수를 상대로 단기간에 수익을 내고자 하는 마케팅 업자들의 눈에는 보이지 않는 가치가 여기에 있다고 저는 생각해요. 각각의 공간들은 저마다의 무드가 있고, 이를 각자 결이 맞는 분들이 즐겨주시는 게 맞다는 것이 저의 견해입니다.

들려오는 바에 의하면, 누군가 퍼사장에게 컨설팅을 해주고 있다고 떠벌리고 있는 모양이에요. 마케팅 전문가인 자신이 '퍼스널'의 마케팅을 돕고 있다고 말이죠. 안타깝네요. 정작 저와는 말 몇 마디 나눠본 적도 없는 사람이 그런 말을 하고 다니는 걸 보니, 진정한 용기는 없는 사람인가 봅니다. 정말 자신이 있는 사람은 자신의 이름 석자 말고는 필요하지 않은 법이죠. 혹 누군가 여러분께

'퍼스널'의 이름을 빌려 접근하거든, 그 사람은 사기꾼이니 거리를 두시길 추천하는 바입니다.

7월 4일

퍼사장은 솔직히 마스크를 미착용하고 외출을 하는 분들이 극소수에 불과할 줄 알았습니다. 만약을 대비해 안내문도 두어 개 부착해 두었고, 실제로 미착용자의 입장을 수차례 거절하기도 했지만 이렇게 지속적으로 같은 일이 벌어질 거라곤 생각하지 않았어요. 단호한 척 대응하고 있긴 하지만, 많이 당혹스럽게 느끼고 있답니다.

이제는 적당한 거절과 구두 경고는 하지 않도록 할게요. 이미 너무하다 생각하는 분들도 계시겠지만, 더욱 단호히 'no'라고 말하도록 하겠습니다. 마스크 미착용자는 퍼스널 출입을 할 수 없습니다. 다신 한 번 말씀드릴게요. '미소지자'가 아니라 '미착용자'입니다. 입장을 거절하면 주머니에서 꼬깃꼬깃 꺼내는 분들이 수두룩하고, 차에 있다고 하거나, 심지어 근처 약국이 어디에 있느냐고 물어 오시는 분들이 셀 수 없이 많은데 말이죠. 이런 경우를 '미착용'이라고 한답니다.

어차피 입장 후에는 마스크를 벗을 수밖에 없어요. 함께 온 친구와 대화도 나눠야 하고, 주문 한 음료와 이지 토스트도 드셔야 하니까 말이죠. 실내에서 마스크를 하고 있으란 말이 아닙니다. 그저 여러분이 평소 코로나 바이러스 감염 예방 수칙을 잘 지키는 분인지를 확인하기 위해 마스크 착용 여부를 체크하는 것뿐이죠. 퍼사장이 마스크 회사 지분을 가지고 있는 것도 아닌데, 여러분 한 분한 분이 마스크를 소지하고 있는지 없는지에 대해 무슨 관심이 있겠어요. 퍼사장의 관심사는 퍼스널을 찾아 주신 분들께 피해가 없도록 만반의 대비를 갖추는 것뿐이랍니다. 여러분이 자가 격리 같은 일을 당하지 않도록 지켜드리는 것이 저의 역할이에요.

비록 부산이 발생 빈도가 낮아서 그렇지 한국은 여전히 확진자가 줄을 잇고 있는 실정입니다. 선거 전후로 어지간히 작업들을 했는지 한국이 꼭 대응에 성공한 것 마냥 분위기 조성이 되던데 말이죠. 실제 성공한 나라들은 따로 있습니다. 입국을 적극적으로 막

고, 격리에 단호히 대처한 나라들은 진작에 소강상태에 들어섰어
요. 우리는 운이 좋게도 국민들이 마스크 착용에 거부감이 없었을
뿐이죠. 자신의 건강은 스스로 지켜야 합니다. 코로나 바이러스는
'러시안룰렛'처럼 누가 걸릴지 모르지만, '러시안룰렛'이 그렇듯
걸리면 치명적인 피해가 보장된다는 걸 잊지 마세요.

　　마스크만 착용하면 됩니다. 다른 조건은 없어요. 여러분이 누
구든 간에 똑같습니다. 얼굴이 예쁘든, 인상이 험악하든, 돈이 많
든, 적든, 유명 블로거든, 인스타스타든 할 거 없이 마스크가 없으
면 제 방어선을 통과할 수 없어요. 저희 가족도 마찬가지입니다.
오직 처가댁 식구들만 통과시켜 줄 거예요. 저랑 사돈지간이 아닌
분들은 알아서 마스크 착용하고 오세요. 여러분을 보호하기 위한
노력을 결코 그만두지 않을 겁니다.

7월 3일

네, 맞아요. 퍼스널은 술을 팝니다. "퍼스널은 컨셉이 아니라 취향"
이라는 퍼사장의 거듭된 읍소에 걸맞게, 퍼사장이 좋아하는 '진토
닉'을 판매하고 있죠. 메뉴에도 저의 취향이 짙게 배어있는 것이
사실입니다.

　　"야, 뭐야. 여기 술 팔아."

　　이 공간을 운영하면서 가장 많이 들었던 말이 아닌지 모르겠어

요. 카페에서 술을 파는 일이 뭐가 그렇게 대수라고 이를 두고 어이없어 하나 싶었는데, 나중에 보니 부산에는 술을 파는 카페가 그리 흔하지 않더군요. 그래도 그렇지 이렇게 두려워할 필요가 있을까 하는 마음이 늘 존재했던 게 사실이랍니다.

아닌 게 아니라 저는 전국 곳곳을 다니면서 술집이며, 고깃집이 평일에도 이렇게 잘 되는 도시는 부산 말고는 본 적이 없어요. 괜히 '소비 도시'로 분류가 되는 게 아니구나 싶을 정도로 술집들이 호황을 누리고 있더군요. 그래서 더 이상했습니다. 저렇게 술을 잘 마시는 분들이 왜 카페에서 술을 파는 걸 두려워할까 하고 말입니다.

여기서 솔직히 한 가지 고백하자면, 저는 애초에 퍼스널을 준비하면서 여러분이 메뉴판을 보고 당황하게 될 걸 예상하긴 했었답니다. 특히 처음에는 아메리카노, 라떼, 진토닉, 이렇게 딱 세 가지만 팔았으니 놀라지 않는 게 이상한 일이기도 했죠. 하지만 저는 여러분이 금세 적응하리라 예상했었어요. 누구보다 트렌드에 민감한 만큼, 이 공간의 무드에도 빠르게 녹아들 거라고 생각한 겁니다. 하지만 뭐, 보기 좋게 빗나간 셈이지만 말이죠.

'personal'이라는 이름만 보고도 아이덴티티를 이해한 분들은 혼자 와서 이런저런 메뉴를 드시기도 하지만, 여전히 두 분 이상이 같이 온 분들은 아메리카노만 드세요. 그것도 '아이스'아메리카노만. 제가 퍼스널을 오픈하기 전에 직장인들을 상대로 하는 곳에서 커피를 판 적이 있었는데, 혼자 하루 150잔 이상씩을 팔면서도 이렇게 초지일관 '아아'만 드시는 분들은 처음 봤습니다. 일이야 편해서 좋긴 하지만, 여러분! 하품 나옵니다, 하품이.

　하지만 포기하지 않을 거예요. 세상은 넓고, 할 일은 많은 게 아니라, 세상에는 정말 다양한 사람들이 다양한 문화를 만들고 소비하면서 살아갑니다. 맛있는 음료가 얼마나 많다고요. 퍼스널이 그 무한한 세상으로 건너가는 교두보가 되어 드리겠습니다. 어차피 돈 벌 생각이었으면 나 이거 안 했어! 그저 부산에도 이런 공간이 하나쯤은 있어야 하지 않을까 시작한 거랍니다. 대출받을 때 사업계획서에도 그렇게 썼어요. 퍼사장은 다양한 개성을 가진 여러분을 보면서 많은 것을 느낍니다. 여러분도 퍼스널에 오셔서 다양한 것들을 느끼셨으면 좋겠어요. 술 메뉴 늘릴 겁니다. 각오하세요.

7월 2일

그런 일이 거의 없긴 합니다만, 간혹 퍼사장에게 글을 잘 쓰는 방법에 대해 물어 오시는 분들이 있습니다. 여기서 제가 여러분과 나누는 잡담을 재미있게 읽어주셨다고 하니, 저로서는 그저 감사한 일이 아닐 수 없어요. 하지만 저 역시 좋은 글을 쓰고 싶어 하는 한 사람에 불과하기에 그 질문들에 대한 정답 같은 건 알고 있지 못합니다.

흠, 글쎄요. 이렇게 대답해 보겠습니다. 30여 년 동안 글을 읽어 온 한 사람의 입장에서 봤을 때 좋은 글은 솔직한 글이에요. 별다른 기술이 있어야 잘 쓸 수 있는 게 아닙니다. 별다른 기술이 있다면 글을 쓸 게 아니라 nasa에 입사하는 편이 본인을 위해서나, 인류를 위해서나 득이 될 일이겠죠. 다만 읽고 쓸 줄만 안다면, 우주선은 못 만들어도 글은 쓸 수 있습니다.

그렇다면 어떤 글이 솔직한 글일까요. 살면서 저질렀던 모든 악행에 대해 고백하거나, 마음속에 품었던 성적 판타지 따위를 늘어놓으라는 말이 아닙니다. 그런 건 신부님을 만나 고해성사를 할 때나, 기념일을 맞아 배우자와 오붓한 시간을 갖게 되었을 때나 털어놓으세요. 괜한 사람들의 마음까지 애써 어지럽힐 필요는 없으니까 말입니다.

솔직하다는 건, 꾸밈이 없다는 걸 거예요. 있는 그대로를 드러내는 것이죠. 어렵나요? 남이 아닌 나를 위해 글을 쓴다고 생각해 보세요. 나한테 말하는데 군이 어려운 단어를 사용하거나, 말한 마디 한 마디에 의미를 담는 분들은 없으리라 생각합니다. 평소 스스로에게 박학다식한 척하거나, 감수성이 풍부한 척을 해오셨다면 지금 당장 포털사이트에서 가까운 신경정신과를 찾아보시길 권해드려요. 영화 '반지의 제왕'만 봐도 자아 분열이 얼마나 위험한 상황인지 알 수 있잖아요?

그저 나를 위한 글을 써 보세요. 태어나길 부자로 태어나는 사람도 있고, 빈자로 태어나는 사람도 있듯이. 옷을 잘 입는 사람도 있고, 노래를 잘 부르는 사람도 있듯이. 이성을 좋아하는 사람도 있고, 동성을 좋아하는 사람도 있듯이. 세상에는 정말 다양한 사람들이 함께 살아가고 있습니다. 서로 각자 다르다는 걸 인정하지 못하고 남과 자신을 비교하는 순간 불행은 시작되죠. 글 또한 마찬가지예요. 당장 미사여구만 하더라도 좋아하는 사람이 있고, 좋아하지 않는 사람이 있습니다. 짧은 글 쓰길 편하게 느끼는 사람 있는가 하면, 긴 글이 아니면 글이 아니라 생각하는 사람도 있죠. 애초에 글에는 답 같은 건 존재하지 않습니다.

지금 내가 쓰고 있는 글이 맞춰 입은 것처럼 편안하게 느껴진다면, 이미 좋은 글을 쓰고 계신 거예요. 잘하고 있으니 남의 평가 같은 건 기다리지 말고 쭉 밀고 나가시길 응원하겠습니다. 혹 사이즈를 잘못 고른 것처럼 불편함이 느껴지는 분도 걱정하지 마세요. 갈아입으면 됩니다. 옷도 자꾸 입어봐야 내 스타일을 찾을 수 있는 것처럼, 글도 마찬가지니까 말이죠. 여러분 모두가 작가가 되길 바라기보다, 각자 자신만의 글을 쓰게 되길 응원하겠습니다.

7월 1일

제가 요즘 정신이 없긴 없는 모양이에요. 꼭 해야 하는 공지마저 깜빡할 뻔했네요. 다음주 월요일과 화요일, 이틀간 휴무합니다. 일

전에 슬쩍 말씀드린 바와 같이 가족들과 시간을 보내려고 해요. 퍼 사장은 부산이 고향이 아닌지라, 이렇게 일부러 시간을 빼지 않으면 가족들 얼굴 보기가 힘듭니다. 또 다른 가족인 퍼스널 여러분들께 이틀만 양해 부탁드릴게요. 보통의 카페 보다 휴무 공지가 많아 죄송하고, 감정 표출에 망설임이 없는 사장을 보듬어 주셔서 늘 감사하게 생각하고 있습니다. 이왕 이렇게 된 거 앞으로도 잘 부탁드릴게요. 원래 정 주고 나면 책임져야 하는 거야.

6월 28일

잘 내려진 커피를 보면 없다가도 피어오르는 것이 의욕입니다. 입맛이 없어도 이 커피 한 잔 만큼은 맛있게 마시고 싶어지고, 기운 없이 시작한 하루도 기분 좋게 보내고 싶어지죠. 망쳐버린 게 아닌가 싶었던 인생까지도 다시 잘 살아보고 싶어집니다. 커피 한 잔이 이렇게 무섭네요. 단순히 커피를 마신다는 행위 하나도 이렇게 계기가 될 수 있는데, 여러분이 각자 애정을 가지고 노력을 기하는 것들은 얼마나 더 큰 힘을 가지고 있을까요. 오늘도, 여러분을 응원합니다.

6월 26일

세상살이의 묘미는 불확실성이에요. 하긴, 묘미라고 부르기엔 고되고, 아픈 이야기이기도 하죠. 하지만 확실하게 말할 수 있는 건 단 한 가지뿐입니다. 부동산은 불패한다는 중계업자의 말은 물론, 경제 성장률의 반등을 이끌어 낼 수 있다는 정부와 고수익을 보장한다는 컨설팅 업체의 말 모두 불확실하다는 것이죠. 누군가 필요 이상으로 확신에 차 있다면 의심부터 해봐야 합니다. 십중팔구는 '하룻강아지'이거나 '사기꾼'일 가능성이 높아요. 그게 아니라면 '조물주'일 테니 말입니다.

퍼사장 역시 여기서 이런저런 이야기들을 떠벌리고 있지만, 사실 이것 역시 어디까지나 한 사람의 의견일 뿐이에요. 지금 당장 길거리로 나가 저와 생각이 다른 사람을 찾아내는 건 기차역 앞에서 택시를 잡는 것만큼이나 쉬울 테죠. 그 누구도 미래를 내다볼 순 없습니다. 한 치 앞도 모르는 게 세상살이에요.

퍼스널을 운영하는 것만 해도 그렇습니다. 지난주에 라떼 판매가 많았다고 우유를 넉넉히 주문해뒀다간, 줄을 잇는 아메리카노 판매에 마음을 졸이기 십상이죠. 희한하게 토스트 재료만 넉넉히 준비해두면 토스트를 찾는 사람이 없습니다. 재료가 똑떨어져야만 토스트 주문이 들어와요. 괜히 내일이나 다음 주의 양상을 예측하느라 힘을 빼느니, 그저 하루하루 묵묵히 최선을 다하는 편이 낫답니다.

오늘의 상황이 어제 내가 예상한 것과 다르다 하여 스스로를 너무 자책하지 마세요. 그건 여러분의 실수가 아니랍니다. 불가항력이라 할 수 있는 세상의 이치일 뿐이죠. 우리가 할 수 있는 건, 최선을 다해 내일을 준비하고 다가온 오늘을 즐기는 것밖에 없어요. 벌어진 일을 수습한다는 것이 유쾌한 일은 아니겠습니다만, 울면서 하든 웃으면서 하든 수습을 해야 하는 건 마찬가지일 뿐이니 도리가 있나요. 현실을 도피해선 답이 없답니다.

이제 6월의 막바지입니다. 여기저기서 아쉬움 섞인 소리들이 들려오는데, 퍼스널 역시 그리 녹록찮은 한 달이 아니었나 싶어요. 코로나 사태의 여파에 이어 장마까지 시작되니 주머니 사정이 헐빈해졌습니다. 저라고 아쉬움이 없을 리 없죠. 하지만 여러분, 괜찮아요. 수습하면 됩니다. 어제 일로 눈물짓는 대신 말이에요. 저는 또다시 내일을 준비할 겁니다. 다시 만나게 될 단골손님들의 얼굴을 떠올리며 흐뭇하게 미소 짓는 걸 택할 거예요. 모두들, 기운 내시기 바랍니다. 정 힘들면 찾아오세요. 마주 앉아 웃다 보면 기분이 좀 나아질 테니까.

6월 25일

때때로 출근길이 험난할 때가 있습니다. 대체로 입으려고 생각해 뒀던 옷이 보이지 않을 때부터 시작이죠. 뭘 입어도 다른 사람 눈에는 다를 게 없다는 걸 알면서도, 괜히 그 옷을 입지 않으면 비웃음을 살 것만 같아요. 그러다 보면 지각은 자연스럽게 당첨입니다. 되라는 로또 번호는 매번 허탕이지만, 지각의 음흉스러운 기운은 결코 빗나가는 법이 없어요. 우리 대부분은, 집을 나서면서부터 이미 지각 여부를 알게 됩니다. 그뿐인가요. 꼭 그런 날은 평소 소식 없던 버스도 제시간보다 일찍 지나가버립니다. 차라리 진작에 왔다간 거면 마음이라도 덜 힘들 텐데, 보란 듯이 꽁무니만 보여주고 달아나죠. 뭘까 말까 고민하는 사이 새까만 매연만 잔뜩 마시기 십상입니다. 그만 애태우고 지각을 받아들이는 편이 마음 편해요. 그런 날은 택시마저 자취를 감춰버리는 법이니까 말입니다. 그쯤 되면 하루 종일 나눠 쓸 기운을 출근 전에 싹 다 몰아 쓴 꼴이 되어 버리곤 하죠.

그런데 그거 아세요? 세상 모든 일이 그렇습니다. 그걸 그저 운의 탓으로 돌려버리는 건 우리의 바람일 뿐이에요. 불운한 날이 있으면, 운수 좋은 날도 있으리라 위안을 삼고 싶어 그렇게 믿어버리는 겁니다. 하지만 본래 그 어떤 일도 쉽게 풀리는 법이 없어요. 그럼에도 사람들은 듣고 싶은 것만 듣고, 믿고 싶은 것만 믿죠. 눈과 귀가 일확천금 스토리에만 열려있어요. 0.1%밖에 되지 않는 경우의 수에만 정신이 팔려 정작 99.9%의 당연함은 보지 못합니다. 종종 기념할 만큼 일이 잘 풀리면, 우리는 이를 '만루 홈런'에 비유하곤 하는데요. 야구에서 단 한 개의 공으로 4점을 올릴 수 있는 유일한 방법이자, 확실한 승리 방법이기에 극적인 순간이면 다들 이를 떠올릴 수밖에 없을 테죠. 하지만 실제로 야구 경기에서 '만루 홈런'이 터지는 경우는 극히 드뭅니다. 지금은 은퇴했지만 한때 한국을 대표하는 홈런 타자였던 '이승엽'을 예로 들어 볼게요.

선수 시절 그는 무려 467개의 홈런을 때려냈습니다. 이게 얼마나 많은 양이냐 하면, 부산에서 가장 인기 있는 '이대호' 선수도 14년 동안 312개의 홈런을 만들어 냈을 뿐이에요. 그가 적게 쳤다는 게 아니라, 15년 동안 467개의 홈런을 친 게 비상식적이라는 겁니다. 아무튼, 그렇게 홈런에 익숙한 이도 '만루 홈런'은 고작 10개를 친 게 다예요. 쉽게 생각해서 매년 130경기씩을 뛰고도 단 1개의 '만루 홈런'도 쳐내지 못한 해가 5년이나 된다는 것이죠.

우리는 일상을 살아갑니다. 매 순간순간이 번뜩일 순 없어요. 운이 좋은 놈과 나쁜 놈이 따로 있는 거 같지만, 이놈 저놈 할 거 없이 하루하루 살아가는 것이 고작이죠. 한 번에 4개의 베이스를 주파하고, 4점의 점수를 올리는 일은 원래 흔치 않은 겁니다. 아침마다 화장이 잘 먹고, 교통 체증 한 번 없이 출근에 성공하는 날이 이상한 날인 셈이죠. 그거 아세요? 한 시즌을 치르는 동안 야구선수는 400번에서 500번 정도 타석에 섭니다. 그리고 그중 70%에서 80%정도는 아웃을 당해요. 홈런은커녕 안타 한 번 치지 못하는 경우가 300번이 넘는다는 말입니다. 아니, 이렇게 밥 먹듯 실패를 겪으면서도 타석에 서는 이유가 뭘까요? 아마, 그 이유는 여러분도 이미 알고 계시리라 생각합니다. 일상을 살아가세요. 정답은 거기에 있습니다.

6월 24일

퍼사장이 나이가 들면서 꼰대가 되었으리라 생각한다면 큰 오산입니다. 사람은 쉽게 변하지 않아요. 애초에 저는 태어나길 꼰대로 태어났답니다. 어려서부터 노친네 같은 소리를 곧잘 해댔죠.

한 번은 이런 적도 있어요. 초등학생 때인데, 영어 시간에 sailor가 무엇인지 쓰라는 주관식 문제가 나왔죠. 정답을 아시나요? 저는 답을 알고 있었고, 거침없이 적어서 냈습니다. '뱃사공'이라고 말이죠.

압니다, 20세기를 살아가는 어린이가 '뱃사공'이 웬 말입니까. '뱃사공'이.. 선생님께서 어찌나 즐겁게 웃으시던지, 이제 와 생각해 보니 조금 뿌듯하긴 하네요. 결과적으로 정답 처리도 되었고 말이죠.

6월 23일

출근 준비를 하면서 거울 앞에 서서 보니, 비친 제 모습이 왠지 모르게 낯설더군요. 전에는 거울도 자주 봤던 거 같은데, 언제부터인가 그렇지가 않습니다. 오랜만에 그 모습을 자세히 들여다봤죠. 무성하게 늘어난 흰머리며, 늘어진 볼과 퉁퉁하게 부은 턱.. 아직 깊어지진 않았지만 이미 자리를 잡아버린 주름까지, 정말 눈 깜짝

할 사이라는 말이 괜히 있는 게 아니구나 싶었습니다.

이미 몇 번 언급을 했던 거 같긴 한데, 어려서 바텐더로 일했던 경험이 있어요. 칵테일 같은 건 잘 만들지 못합니다. 그만큼 깊은 경력은 쌓지 못했거든요. 그저 남 보다 많은 술에 대해 알게 되었고, 맛을 본 정도입니다. 누구에게나 있는 수많은 경험들 중 하나 일뿐이죠. 아무튼 그 시절, 한 번은 신사동에 있는 bar에 취직을 했던 적이 있어요. 위치 때문인지 손님들 중 대부분이 전문직 종사자인 곳이었죠. 연예인은 물론이고, 성악가부터 골프선수, 회계사, 학원 원장, 금은방 사장, 사채업자, 주류업자, 디자이너, 건설업자 등등.. 정말 다양한 사람들이 모여드는 공간이었습니다. 고객층이 한정되어 있는 대학가나 유흥가에서 일할 때와는 다른 경험을 할 수 있었죠. 그래서일까요, 고생 꽤나 했던 시절인데도 여전히 종종 생각이 나곤 한답니다.

그때 단골손님들 중 미용 관련 종사자분들이 많았었어요. 주변에 유명 뷰티숍들이 많았었거든요. 부유층과 연예인들이 이용하는 미용실이며, 네일숍 같은 곳들이 몰려 있었죠. 워낙 유명인들이 흔한 동네에 있었다 보니, 저는 지금도 연예인 보기를 돌 같이 할 정도랍니다. 아마 그들의 머리나 손을 직접 만지고, 대화도 나눴을 단골손님들의 입장에서는 더 그리 느껴졌을 거라 생각합니다. 그래서였을 테죠. 그분들은 심심찮게 저한테 이런 말을 하곤 했어요. 어처구니없는 말이긴 하지만, 끝까지 침착하게 들어주신다면 제가 잘 수습해 볼게요.

"＊동건이나 ＊우성보다는 네가 낫지."

실제론 성까지 붙여서 언급을 했는데, 차마 제 입으로 그렇게는 못하겠네요. 하지만 결코 지어낸 이야기는 아니랍니다. 알아요, 저 역시 기가 막혀서 그저 콧방귀나 뀌고 말았던 에피소드죠. 그런데 그분들은 진심으로 한 말이더군요. 저의 콧방귀를 보고는 되려 코웃음을 치며 한마디 덧붙여 주었었습니다.

"젊은 게 최고야. 40대 ＊우성이 20대인 너한테 상대나 되겠니?"

그때는 그저 듣기 좋으라고 한 말 같았는데, 이제는 그 말의 의미를 조금은 알 거 같습니다. 물론 10년이 지난 지금도 50대 ＊우성과 30대 퍼사장 중 하나를 고르라면, 제 아내를 제외하고는 다들 그분을 택할 거예요. 이건 그저 젊음의 중요성에 대해 이야기하고자 쓴 은유적 표현일 뿐이죠. 그분들이 단순히 외모나 인격을 비교했던 것은 아닐 겁니다. 그래서는 제게 상처만 될 뿐인 말들이니까요.

지, 이제 과거는 과거에 묻어두고 다시 돌아와서 이야기해 봅시다. 그 당시 그분들이 저를 보고 느꼈던 걸, 저는 여러분을 보고 느끼고 있어요. 서로 통성명을 한 적은 없지만, 퍼스널을 찾아주시는 분들의 대부분이 20대라는 걸 압니다. 가만히 있어도 빛이 날 만큼 생기 넘치고 예쁘거든요. 저 역시 연예인 보다 여러분이 예쁘고 잘 생겼다 한 마디 거들고 싶을 만큼 말이죠.

개인적으로 나이 탓하는 걸 좋아하지 않습니다. 그 나이 때마다 할 수 있는 게 다르다는 말 따위 저는 믿지 않아요. 30대 퍼사장이 어느 날 갑자기 모든 걸 정리하고 유학 가겠다 마음먹어도 아무도 말릴 수는 없죠. 나이는 마음먹기 나름입니다. 하지만 시간을 거스를 순 없어요. 노화는 자연스러운 겁니다. 늙은이를 젊은이라 부르는 게 큰 실례인 것처럼요. 젊음은, 무한하지 않답니다. 오늘의 나는 오늘만 즐길 수 있어요. 여러분의 젊음을 맘껏 즐기시길 바랍니다. 퍼사장도 그럴게요. 거울 속의 오늘을 충분히 즐겨보도록 합시다.

6월 20일

저는 여러분이 손님이 아니라 친구 같을 때가 많아요. 비유적인 표현이 아니라 정말 그렇게 느끼곤 하죠. 어제 저의 일탈을 걱정해주신 모든 분들께 감사드립니다. 하루 쉬어도 이렇게 마음 써주시는 분들이 많으니, 퍼스널이란 공간을 운영하면서 마음이 든든하지 않을 수가 없네요. 이런 고마운 사람들 같으니..

일단, 아프지 않습니다. 다행히 건강한 유전자를 물려받은 덕분에, 웬만해서는 아프지 않아요. 혹여 스스로 좋지 않다 느껴 병원을 찾아가도, 진료과목 상관없이 '소견 상 이상 없음'이란 대답이 돌아올 정도입니다. 뭐.. 99%가 스트레스 때문일 가능성이 높다고 해요. 여러분도 스트레스 받지 않게 조심하시고, 그럴 땐 차라리 '진토닉에서 퍼스널 한 잔' 하세요. 아무튼 아팠던 건 아닙니다.

그렇다고 농땡이를 부린 것 또한 아니에요. 전문 용어로 "짼다"라고 하죠. 그런 징후가 농후 하긴 했지만.. 아닙니다. 살면서 몰래 짼 적은 잘 없어요. 저는 쨀 때도 할 말은 다 하고 째는 편입니다. 덕분에 학창 시절에 몽둥이 대신 뺨을 많이 맞았어요. 째고 들키면 엉덩이를 맞지만, 째겠다고 통보를 하면 선생님들도 당황이란 걸 합니다. 자신도 모르게 일단 손부터 올라가는 것이죠. 혹 제가 농땡이를 부리고 싶어지거든, 당당히 말씀드리고 쉴게요. 아시잖아요, 퍼사장 프렌치 스타일인 거.

결론은, 별거 없었습니다. 그냥.. 퍼스널에 나와서 문 닫아 놓고 혼자 쉬었어요. 커피도 한 잔 내려서 마시고, 소파에서 낮잠도 잤습니다. 시간이 남아돌길래 화장실 청소도 했고, 실내 방역과 물품 정리도 했지만, 되도록 이면 휴식을 취하려고 노력했어요. 음, 고요한 퍼스널에 홀로 앉아 있으려니 편안하면서도 마음 한편이 이상하더군요. 확실히 이 공간에는 여러분이 필요한 모양입니다.

사실 중간에 홀로 멍 때리다가, 친구들이 걸어 들어오는 상상을 했습니다. 복도에 오후의 빛이 쏟아지고 있어서, 왠지 정말 그런 일이 벌어질 것만 같았어요. 물론 어림없는 이야기죠. 그저 이럴 때 마음 붙일 수 있는 믿을 구석 하나쯤은 있었으면 좋겠다 싶었던 모양입니다. 쉰다고 공지를 하고서도 결국엔 퍼스널 말고는 갈 곳이 없는 스스로가 괜히 처량하게 느껴졌어요.

그런데 말이죠. 여러분의 메시지들을 보고서 깨달았습니다. 여러분이야말로 제 민을 구석이란 걸 말이죠. 휴무임에도 퍼스널로 발걸음이 옮겨진 이유가 다 있었던 겁니다. 이거 되게 낯간지럽고, 손발이 오그라드는 이야기라 말하면서도 쑥스럽긴 한데.. 고마워요. 덕분에 큰 힘이 되었습니다. 저란 사람의 안위를 걱정해주고, 저를 위해 마음 써주신 거 깊이 감사하고 있어요. 음, 더 이상 말하면 '투머치토커'인 게 너무 티 나니까 이만 줄이겠습니다. 퍼스널에서 만나요. 이런 따스한 사람들 같으니.

6월 18일

퍼사장은 천성적으로 사람을 좋아합니다. 꼰대 같은 소리나 하는 걸 봐서는 전혀 그런 것 같지 않지만, 막상 누군가를 마주하면 그저 좋아서 '헬렐레' 풀어지는 꼴이 꼭 시골 강아지 같아요. 귀엽다는 말이 아니라 그만큼 '사람이 무르다'는 뜻이죠. 좋은 게 아닙니다. 개인적으론 고양이 마냥 도도하고 싶어요. 태어나길 범띠로 태어났는데, 도대체 뭐가 문제인 건지.. 아시죠? 사람만 보면 좋다고 꼬리치던 강아지들의 말로가 어떤지 말이에요. 사람들은 막상 처음에만 귀엽다고 맞장구쳐주지 그런 관심도 금세 식어버립니다. 좋다고 쓰다듬어 줄 때는 언제고, "강아지는 너무 치근덕대서 고양이가 더 낫더라"같은 소리 나 해대죠. 속된 말로 닭 쫓던 개 꼴 나는 거예요. 괜히 시골 강아지들이 불러도 멀찍이 떨어져서 풀 죽어 있는 게 아니랍니다. 그런데 갑자기 이 이야기는 왜 하고 있는 거죠? 술이 덜 깼나.

6월 17일

퍼스널은 창이 많아 채광이 좋다는 걸 와보신 분들은 다들 알고 계시리라 생각합니다. 많은 분들이 '밤스널'을 최고로 치지만, 개인적으로 저는 별 좋은 날의 '낮스널'을 더 좋아하는 편이에요. 영업시간 대부분을 자연광에게 맡겨두고자 한 의도가 가장 빛을 발하는 시간대라고 할 수 있죠. 하지만 눈치가 빠른 분들은 아실 겁니다. 그럼에도 모든 창이 열려있는 것은 아니란 걸 말이에요. 몇몇 창들은 하루 종일 활짝 열어놓는데 반해, 어떤 창들의 경우 혹여 누가 열기라도 하면 어김없이 제가 나서서 양해를 구하고 닫아버리죠. 정녕 "퍼스널은 사장이 왕"인 것인가 싶기도 하실 거예요.

고백하건대, 개방 창의 선택 여부는 결코 퍼사장의 일방적인 취향 때문이 아니랍니다. 단순히 제 취향만 따랐다면 있는 창이란 창은 모조리 다 활짝 열어뒀을 거예요. 다만 늘 말씀드리는 것처럼, 퍼스널의 취향은 배려를 바탕으로 합니다. 그런 연유로 선택된 창만 개방하는 것이죠. 퍼스널이야 영업을 목적으로 하지만, 주변 이웃들은 그렇지 않습니다. 그분들은 그 공간에 거주를 하고 계세요. 그리고 누구나 집에서는 남의 시선에 방해받지 않고 푹 쉬고 싶기 마련이죠. 막상 우리가 주변 이웃의 사생활에 관심이 없다고 해도, 그분들 입장에서는 열린 창 너머로 낯선 이들이 눈에 들어오는 건 그리 유쾌한 일이 아닐 겁니다. 저 역시 퍼스널에서 옷을 갈아입을 일이 생기면 창의 개방 여부부터 확인하니까요.

믿으실지 모르겠지만, 이 공간에 이런저런 주의사항이 많다는 걸 죄송하게 생각합니다. 저 역시 마음 같아선 아무 신경도 쓰지 않고 편히 있고 싶어요. 하지만 우리 개개인의 편의가 중요하듯, 타인의 사생활 역시 중요하다는 걸 알고 있습니다. 그러니 염치 불고하고 또 하나 부탁드리는 수밖에요. 퍼스널에 오셔서 닫힌 창이 있거든, 그 나름대로 즐겨주세요. 누군가 여러분의 배려 덕분에 한여름의 열기를 맘 편히 식히고 있다는 걸 뿌듯해하면서 말이죠.

별거 아닌 이야기이긴 합니다만, 며칠 전 인터넷에서 흥미로운 기사를 봤습니다. 조선 말기에 한반도를 방문한 영국 화가의 그림이 공개되었다는 것이었죠. 전해지는 극소수의 흑백사진들로만 보아온 그 시대의 일상을 색이 입혀진 서양화로 볼 수 있다는 것이 상당히 인상적이었습니다. 실제 첨부된 그림들을 살펴보니 백의민족이란 말이 무색할 만큼 다채로운 색들로 채워져 있었어요. 어쩌면 우리네 삶이라는 게 기술적 변화를 제외하면 예나 지금이나 다를 게 없겠구나 싶더군요. 그런데 그중 가장 눈에 띄는 그림은 사실 한 인물의 초상화였습니다. 기사에는 '충무공 이순신'장군으로 추정된다고 적혀있었죠. 그도 그럴 것이 해당 초상화의 배경에는 바다를 가로지르는 거북선의 모습이 그려져 있었어요. 또한 근엄하게 그려낸 인물의 표정에서도 무장의 등등한 기세가 느껴졌죠. 하지만 기사 밑에 달린 댓글들의 반응으로 봐서는, 많은 이들의 생각이 다르다고 걸 알 수 있었습니다.

일단 그중 대표적인 주장으로 조선 중기 인물인 장군의 초상화를, 말기에야 조선 땅을 밟아본 이가 그릴 수 있었겠냐는 의견이 있었죠. 일리가 있는 주장입니다만, 저는 그렇게 생각하지 않아요. 아마 화가가 장군을 직접 만나보고 그렸다기보단, 이미 완성되어 있던 초상화를 보고 그린 것이 아닌가 싶습니다. 그런 작업은 예나 지금이나 흔히 있는 작업이거든요. 그리고 무엇보다, 그림 속 인물이 전에 본 적이 있는 실제 장군의 초상화와 상당히 닮아 있었죠. 우리가 매일 같이 마주하는 100원짜리 속 '이순신'장군의 초상화는 사실 상상화예요. 그 그림이야말로 장군 사후에 그려진 것이죠. 많은 사람들이 이 사실을 잘 모릅니다. 그저 누군가 심어둔 이미지대로 추정하고 믿을 뿐이죠. 100원짜리 동전이 있다면 지금 한 번 꺼내서 보세요. 수백 척의 왜선들을 수장시킨 장본인이라 하기엔 인자한 눈빛과 처진 눈꼬리부터가 눈에 들어옵니다.

때문인지 사람들은 흔히들 "장군이 문신에 가까운 덕장이었다" 말
하기도 하더군요.

하지만 그분 살아생전에 그려진 초상화를 보면 그런 생각은 싹
달아날 겁니다. 뜨거운 눈빛과 호랑이를 닮은 수염만 봐도 이 분이
바로 왜놈들을 처단하고 민족을 지켜낸 무장이란 게 바로 실감이
나죠. 물론 그분이 남긴 일화들로 예상컨대 우리가 덕장이라 칭송
할 만큼 인품이 훌륭하셨던 것은 틀림없는 사실이지만, 그에 맞게
이미지가 보정된 것 역시 사실인 듯합니다. 현대식으로 말하자면,
이미지 세탁을 당하신 거예요. 유명 연예인이나 정치인들이 그렇
듯, 필요에 의해 이미지메이킹 과정을 거치신 셈이죠. 모래 위에
성을 짓지 않듯, '나'라는 인격체는 탄탄한 진실 위에 뿌리내려야
합니다. 우리가 명확히 알 수 있는 건 직접 보고, 듣고, 만진 경험
외에는 없어요. 아쉽긴 하지만 눈앞에 보이는 조그마한 세상이 유
일한 진실이라 말할 수 있죠. 손에 쥔 스마트폰 하나로 수많은 정보
들을 끌어모을 수 있다고 삶의 진리를 깨달을 순 없는 것처럼, 올라
타보기 전까진 그 모든 게 뜬구름에 불과하다는 겁니다.

그러니 여러분, 용감하게 뛰어들어 몸소 부딪히세요. 남이 말
해주는 세상이 아닌, 내가 아는 진실 안에서 살아가시길 바랍니다.
스마트폰이 우리에게 알려줄 수 있는 건, 그 크기만큼이나 작은 부
분에 불과해요. 고작 손바닥 하나만큼의 지혜만이 담겨있죠. 하지
만 우리가 직접 경험할 수 있는 세상의 크기는 감히 상상할 수 없
을 만큼 거대하답니다. 당장 한국인이면서 경상남도 함안이나, 전

라북도 임실이 어디에 붙어있는지 모르는 사람부터가 태반이잖아요? 진실은 바로 거기에 있습니다. 적어도 우리가 경험할 수만 있다면 말이죠.

6월 14일

여러분도 아시다시피, 퍼사장이 아직 그리 오래 산 건 아닙니다. 개인적으로는 121세까지는 살아볼 생각이기 때문에, 앞으로 살아갈 날들이 훨씬 더 많이 남았죠. 120세부터는 향락에 빠져 1년이란 시간을 탕진할 계획도 있어요. '잭 니콜슨'옹처럼 백 살 정도 어린 이성들과 요트 위에서 선상 파티도 열고, 돈이 부족하면 은행도 털어야죠. 어쨌든 지금은 '서른 즈음에'라는 노래에서 '쬐끔' 자유로워졌을 뿐입니다.

그래도 나름의 소회는 있어요. 짧긴 하지만, 그 찰나의 시간 동안에도 깨달은 바가 몇 가지 있긴 하죠. 그중 하나가 솔직함이 갖는 힘에 대한 것입니다. 안타깝게도 우리는 거짓말이란 걸 먼저 배워요. 말을 다 깨우치기도 전에, 잔꾀를 부려 얻는 이득의 달콤함부터 습득하죠. 스스로의 어린 시절이 기억나지 않는다면, 조카나 친구의 어린 자녀들을 떠올려 보세요. 고 조막만 한 녀석들이 눈에 보이는 거짓말을 술술 흘리는 모습이 귀엽다고 눈감아줬던 경험이 다들 있을 겁니다.

그래요, 우리는 거짓말을 먼저 배웁니다. 똑똑해서 그렇죠. 더 나은 결과를 얻어내기 위해서는 머리를 써야 한다는 걸 명석한 두뇌 덕분에 본능적으로 아는 겁니다. 하지만 일찍이 '성인'이라 불리며 깨우침을 얻은 조상님들은 이런 말을 남기셨어요.

"인간만큼 어리석은 동물도 없다."

라고 말이죠. 이상합니다. 다른 동물들과 달리 두뇌 회전이 빠른 인간이 어리석다니요. 그렇다고 돌아가신 분들께 여쭤볼 수도 없는 노릇이니 답답할 따름입니다. 하지만 사람 사는 건 다 똑같기 마련이니까, 그분들이 겪은 건 우리들 역시 겪고 있을 테죠. 그럼 최소한의 유추는 가능하지 않을까요.

제 경험상, 최상의 결과는 늘 솔직할 때 자연스럽게 따라왔습니다. 억지로 말을 지어낸다고 애쓰지 않아도 말이죠. 이를테면, 퍼사장이 어렸을 때 좋아했던 여자애가 하나 있어요. 그녀 마음을 얻어 보려고 달콤한 말들을 백 마디쯤은 해봤을 겁니다. 백 마디가 뭐예요, 천 마디 만 마디쯤은 기본으로 했겠죠. 하지만 결국 그 애의 손 한 번 못 잡아보고 끝났어요. 그렇게 애를 썼는데 왜 손도 잡아보지 못한 걸까요? 이제 와 돌이켜 보니 "손잡고 싶다"라고 솔직하게 말하지 않았기 때문입니다. 누군가가 좋아서 사귀고 싶을 때, 그저 사귀자고 말 한마디만 제대로 하면 되는 거였어요. 이걸 깨닫는데 20년이란 세월이 걸렸죠. 방법을 알고 나니 참 쉬운.. 아닙니다. 이 이야기는 여기까지만 하죠.

아무튼 배가 고프면 그저 배가 고프다고 말하면 되는 거예요.

힘들게 빵을 훔칠 필요가 없습니다. 우리에게 필요한 건 그저 솔직한 말 한마디가 전부죠. 좋아한다, 싫어한다, 놀고 싶다, 피곤하다, 궁금하다. 그래야 상대방도 헷갈리지 않는답니다. 우리가 원하는 게 뭔지를 알아야 상대방 또한 정확한 답을 줄 수가 있죠. 그렇게 서로의 마음을 확인할 수 있을 때, 우리는 비로소 인연이 됩니다. 하지만 그분들의 말처럼 우리는 어리석어요. 성년이 되어서도 미성년일 때처럼 거짓 뒤에 숨는 편이 낫다고 착각하며 살아가고 있죠. 서로 가까이 있으면서도 각자 외로움을 느끼는 건 아마 그 때문일 겁니다.

저는 외로움이 싫어요. 아마 여러분도 마찬가지 일 테죠. 때론 고독이란 시간이 우리에게 길을 알려줄 때도 있지만, 기본적으로 우리는 사회적 동물입니다. 아니, 인간뿐 아니라 그 어떤 동물도 혼자가 되려 애를 쓰진 않아요. 심지어 식물들 역시 뿌리를 섞어가며 서로 돕기 위해 노력합니다. 퍼스널이란 공간이 있어 여러분이 외롭지 않았으면 좋겠네요. 솔직하게 이 공간을 즐기고, 거짓없이 저와 인연을 맺는다면 결코 불가능한 일이 아니랍니다. 부디 여기에서만큼은 무거운 가면을 내려놓으시길 바라요. 여러분의 진심을 비웃지 않겠습니다.

얼마 전에 아내가 퍼사장에게 이런 말을 한 적이 있습니다.

"자기는 물욕이 없는 대신 명예욕이 있는 사람"

이라고 말이죠. 어느 정도 일리는 있다고 생각해요. 이를테면 제게 목돈이 생겨 원하는 자동차를 구매할 수 있는 기회가 생긴다 해도 저는 그저 평소 취향에 맞는 차를 구매할 겁니다. 그 차가 외제냐, 국산이냐는 제게 그리 중요하지 않아요. 연식이 오래된 고물차라 할지라도 제 마음에 들면 그만이라고 생각하죠. 자가용의 가격과 소유주의 인품 사이에는 연결고리가 없다는 것이 저의 견해입니다.

하지만 해당 차량이 노후되어 극심한 매연을 내뿜는 다든지, 불법 개조되어 보행자에게 치명적인 상처를 입힐 가능성이 있는 차량이라면, 공짜로 준다 하여도 받지 않을 거예요. 눈으로 봐서는 티가 나지 않는다 하여도, 스스로가 용납이 되지 않죠. 다른 이들과 세상을 공유해서 살아가고 있는 이상, 그 책임을 회피하지 않는 어른이 되려 노력할 겁니다. 좋은 사람은 못 될지라도 좋은 구성원 만큼은 되고 싶은 욕심이 있는 것 같아요.

그런데 말이죠. 저는 개인적으로 그런 생각을 많이 합니다. 돈도 좋고 명예도 좋지만, 그저 사랑받는 사람이고 싶다는 생각. 먹고사는 게 빡빡하고, 이름 석 자가 널리 알려지지 못하더라도, 주변 사람들에게 사랑받으며 살 수 있다면 그게 바로 성공한 삶이 아닐까 생각합니다. 잘은 몰라도 행복은 그런 걸 거예요.

그 방법은 저도 잘 모릅니다. 누군가의 사랑을 받는다는 게 어디 쉬운 일이겠어요? 하지만 돈 많이 벌고, 유명해지기 위해 노력하는 것처럼 이 또한 애써보는 수밖에요. 부디 그 길이 너무 길고 험난하지 않았으면 좋겠습니다. 살아가면서 좀 더 많은 마음을 여러분과 나눌 수 있게 되기를 바라봅니다.

6월 10일

'넷플릭스'에서 제작한 '마이클 조던'에 대한 다큐멘터리가 최근에 인기를 끌고 있죠. 퍼사장 역시 진작부터 관심을 가지고 기다려왔었답니다. 아마 농구라는 스포츠를 모르는 사람도, '조던'에 대해서는 알고 있으리라 생각해요. 그의 이름을 딴 운동화를 산 이들 중 대다수 역시 농구에는 관심도 없을 테니까 말이죠. 물론 저처럼 둘 모두에 관심 없는 이들도 '마이클 소던'은 압니다.

그 다큐멘터리에, '조던'이 동료들을 독려하는 장면이 나와요. 중요한 경기를 앞두고 팀원들이 머리와 손을 모으자 그는 이렇게 말합니다.

"노력으로 시작해서 샴페인으로 끝내자!"

그리 대단한 연설은 아니지만 정말 중요한 내용은 모두 담긴 한 마디가 아닌가 싶어요. 요행을 바라거나 요령을 피우지 않고 최선을 다한다면, 최고의 결과가 돌아오리라는 진리가 고스란히 담겨 있으니 말입니다.

농구선수들만이 치열하게 살아가는 건 아닐 거예요. 세상을 살아가고 있다면 누구나 생존을 위해 모든 걸 걸어야 합니다. 하루하루가 살얼음판이라는 말이 그냥 나온 게 아닐 테죠. 하물며 자영업자들은 보장된 수입마저 없습니다. 흔한 말로 '가게' 하나를 낸다는 건, 목숨을 건 도박이랑 다를 게 없어요. 신중해야 하는 건 당연하고, 자신이 가진 모든 역량을 다해야 합니다.

언제부터인가 어디서 본 듯한 가게들이 눈에 많이 띕니다. 퍼사장이야 퍼스널에 틀어박혀 글이나 쓰는 게 하루 일과의 전부이긴 하지만, 세상 문물이 좋아진 덕에 가만히 앉아서도 세상 돌아가는 모양을 살필 수 있죠. 주변 분들의 sns만 둘러봐도 어떤 가게가 새로 생기고, 없어지는지 알 수 있습니다. 흠, 글쎄요. 우리는 농담 삼아 '복붙'이란 말을 쓰고 있지만, 막상 복사 당한 가게의 입장에서는 이게 그리 웃긴 일만은 아닐 겁니다. 퍼스널이야 복사할만한 게 없는 공간이라 멀찍이 떨어져 관망이나 하면 그만이지만, 그 마음을 헤아리면 저 역시 마음 편지 않은 것이 사실이에요.

다른 이의 피땀 어린 결과물을 그대로 모방하는 건 부끄러운 일입니다. 글이나 노래에만 지적재산권이 있는 게 아니에요. 공간 역시 누군가의 노력과 역량이 고스란히 녹아있는 하나의 지적 재산이죠. 그걸 훔치는 건 명백한 범죄입니다. 졸부라는 말이 있듯, 도둑에게 돈이 많다고 부자가 되는 게 아니에요. 노력 없는 결과에는 영혼이 깃들지 않습니다. 샴페인은, 노력한 뒤에 따도 늦지 않아요.

6월 7일

관계에 대한 고민을 퍼사장에게 털어놓는 분들이 종종 있습니다. 아마, 우리 모두가 가지고 있는 고민 중 하나 일 테죠. 글쎄요, 그 분들의 감정이나 상황까지 제가 깊이 공감하긴 어려울 겁니다. 그 건 어디까지나 본인 스스로의 몫이니까요. 그 누구도 대신해서 확 답을 내려줄 순 없죠. 다만, 한 가지. 아무리 우리 개개인이 다른 인격을 가지고 있고, 다양한 상황에 놓여있다고 해도 변치 않는 진리가 하나 있습니다. 우리 모두는 사랑받기에 충분하다는 것이죠.

퍼사장이 어렸을 때, '신창원'씨라고 유명한 도둑 한 명이 탈옥을 합니다. 영화에나 나올 법한 일이 실제로 벌어졌어요. 그리고 이 탈주범은 경찰 당국을 비웃기라도 하듯 유유히 전국을 활보하고 다닙니다. 어떻게 그런 일이 가능할 수 있는지 전 국민이 큰 혼란에 빠져 버렸더랬죠. 알고 보니 그의 곁에는 탈주를 도운 연인들이 있더군요. 혼자가 아니었기에 수천만의 이목을 따돌릴 수 있었던 겁니다. 그가 범죄자라는 걸 알면서도 그녀들은 혼신의 힘을 다해 그를 돕는 걸 마다하지 않았어요.

여러분이 사랑받는 건, 여러분에게 결격사유가 없어서가 아닙니다. 유달리 잘나거나, 직업이 좋고 돈을 잘 벌어서가 아니죠. 그냥 그 자체로 사랑받아 마땅한 존재이기 때문일 뿐입니다. 자격 같은 건 없어요. 그러니, 부디 여러분을 아껴주는 이들과 함께 하세요. 관계는 홀로 애쓴다고 유지되는 것이 아닙니다. 나를 아껴주는 이들에게 베풀기에도 부족한 것이 정력과 시간이죠.

다 아는 것처럼 말하지만 저 역시 자주 깜빡하는 부분이에요. 특히 지난 일 년 동안은 부산이란 터전에 친구를 만들어 보고자 발을 동동거릴 만큼 애를 쓰곤 했었죠. 글쎄요, 애를 쓴 관계들은 애쓰기 전이나 지금이나 크게 다를 게 없습니다. 되려 오해나 샀을 뿐이에요. 저도 정신 차려야죠. 인연인 이들은 결국엔 서로를 알아보는 법입니다. 우리가 해야 할 일은 그 인연에 소홀하지 않고 책임을 다하는 것, 그게 다예요. 아프지 맙시다. 나를 아껴주는 이들을 위해서라도 말이죠.

6월 6일

퍼사장이 얼마나 청개구리냐면요. 퍼스널이 남탕이라 소문났다는 말에 자부심을 느낄 정도입니다. 보통 요식업계에서는 여심을 사로잡는 걸 필승전략으로 여기곤 하잖아요. 그래야 입소문도 빨리 나고, 남성 고객들이 자연스럽게 여성 고객들을 따라 유입되리라 생각을 하는 것이죠. 그래서 저는 남성 단골이 많은 퍼스널이 좋습니다. 시커멓고, 문신 많은 남자 애들이 와서 쿠폰에 도장 찍어 달라 수줍게 볼 밝히는 모습을 보면 그렇게 귀여울 수가 없어요. "마, 대꼬. 나가서 대슨이나 한잔하자!"라고 말해주고 싶은데 참는답니다.

아, 그렇잖아요. 똑같은 옷 입은 사람만 마주쳐도 그 자리를 피하고 싶은데, 공간 운영이라고 다를까요. '복붙'한 인테리어, '복붙'한 메뉴, '복붙'한 운영방법 같은 건 촌스러워서 안 합니다. 저는 그저 퍼스널만의 길을 가고 싶어요. 그래서 남탕이란 별명은 퍼스널의 자부심이죠.

그래서 말인데, 자꾸 '바닐라라떼'니, '아인슈페너'니 찾으면서 투덜거리면.. '아메리카노'와 '라떼', 그리고 '진토닉' 세 가지가 전부이던 최초의 메뉴판으로 돌아가버리는 수가 있습니다. 처음 느낌 그대로, '힙'이 뭔지 제대로 보여주는 수가 있어. 솔직히 이제 "진토닉에서 퍼스널 한 잔"은 기본 공식 아닌가?

6월 5일

애쓰지 마, 머리 아파. 있는 그대로 즐겨.

'진화론'과 '창조론'의 차이점에 대해서는 많이들 알고 계시리라 생각합니다. 하지만 그 공통점을 찾아보고자 한 분들은 그리 많지 않을 거예요. 무신론자이자 문과충인 제가 감히 그 답을 알려드리자면, 두 의견 모두 건방지기 짝이 없는 의견들이라는 것입니다. 생각해 보세요, 우리는 자칭하고 있는 겁니다. 스스로가 "선택받은 창조물" 혹은 "가장 진화한 고등 생물"이라고 말이죠.

고대 그리스나 중국의 학자들이 쓴 글들을 접한 경험이 있나요? '노자'나 '묵자', '소크라테스'나 '플루타르코스' 등등.. 저자의 이름이 어려워서 그렇지 그 내용만큼은 놀라울 정도로 지금 시대의 것들과 큰 차이가 없습니다. 거기서 우리가 찾을 수 있는 건, 예나 지금이나 사람 사는 건 다 똑같다는 사실뿐이죠. 수천 년의 시간이 지났음에도 우리가 여전히 그 시절의 철학과 종교를 바탕으로 살아가고 있다는 것이 그 증거일 겁니다.

돌멩이를 던져서 싸우나, 화살 혹은 총알로 싸우나 싸우는 건 매한가지예요. 화해의 방법은 찾지 못하고, 남을 좀 더 아프게 만들 수 있다고 우리는 스스로 발전하고 있다 말하고 있는 겁니다. 어리석기 짝이 없는 소리죠. 노예제도를 보세요. 인류가 탄생한 이래 어떤 시대든 노예는 늘 존재해왔습니다. 하지만 로마시대의 노예들은 주인과 겸상을 한 것은 물론, 결혼도 했고, 재산도 모을 수 있었어요. 재산을 모아 원한다면 자유의 신분이 될 수도 있었고, 심지어 사업을 할 수도 있었습니다. 그래서 로마의 노예들은 자유의 신분이 되어서도 주인 곁을 떠나지 않고, 그 성을 쓰며 가족이 되는 편을 택한 경우가 많았어요. 전쟁터에선 함께 죽기를 자청하기까지 했습니다. 우리가 알고 있는 노예의 모습과는 조금 다르죠?

무리도 아닙니다. 그 이후 2천 년 동안 우리 인류는 끊임없이 이기적이고, 악랄하게 퇴화되어 왔으니까요. 로마시대에는 전쟁 포로나 범죄자를 노예로 삼았지만, 백인들은 피부색이 다르다는 이유로 흑인들을 노예 삼았습니다. 조선시대 양반들이 천민의 씨가 따로 있다고 말했던 것처럼 말이죠. 흑인과 천민들은 아무런 근거나 이유도 없이 노예가 되었고, 겸상은커녕 가축처럼 우리에 갇혀 지내며 번식을 해야 했습니다. 과거의 불합리를 보고 고쳐나가려 노력하긴커녕, 이용하고 답습해 더 큰 차별만 만들어 낸 꼴이죠.

우리가 스스로 진화하고 있다 말하려면, 차별이란 불합리부터 종식시켜야 합니다. 약육강식의 법칙으로 살아가는 금수와 달리 함께 생존하기 위해 애쓸 줄 안다는 걸 스스로 증명해 내야 하죠. 누군가가 나보다 힘이 세거나 돈이 많다는 이유로 마지막 남은 치킨 한 조각을 먹어버린다면 누구나 기분이 좋지 않을 겁니다. 피부색이나 성별의 차이 때문이라고 해서 다를 리 없잖아요? 차별을 없애는 가장 좋은 방법은 그 어떤 차별의 조건도 인정하지 않는 것입니다. 퍼스널은 인종차별을 반대합니다. 세상 모든 차별 그 자체를 반대합니다.

#blacklivesmatter

6월 3일

언제부터인가 종량제 쓰레기봉투 사용량이 늘었습니다. 퍼스널에서 사용하는 건 20리터들이인데, 분명 처음엔 "이거 언제 다 채우나" 싶어 10리터들이로 바꿀 고민까지 했었거든요. 하지만 이제는 수거 차량이 오는 이틀 주기를 꼬박꼬박 지킬 수 있을 정도입니다. 그렇다고 퍼스널에서 나오는 쓰레기양이 늘어난 건 아니에요. 그 양은 누가 저울로 재서 배당해 주는 것 마냥 일정합니다. 코로나 사태로 인해 종이컵 사용을 하게 되면서 재활용 쓰레기가 늘어나긴 했지만, 일반 쓰레기의 경우 특별히 늘어날 이유가 없어요. 아시다시피 종량제 봉투에는 재활용 쓰레기를 넣어서는 안 되고 말이죠.

최근 들어 가끔 이런 말을 들을 때가 있습니다. "퍼스널 주변이 번화해져서 좋겠다"라는 부러움 어린 말들을요. 글쎄요, 아직 번화까지는 모르겠지만 근처 상권이 생겨난 건 틀림없는 사실입니다. 단골손님들이 아니고서는 동네 어르신들 밖에 없었던 골목에 2, 30대 청년들이 눈에 띄게 늘어났으니까요. 물론 개인적으로는 인사를 나눌 수 있는 이웃들이 생겼다는 게 반가운 일이긴 합니다. 다만 모든 일에는 명암이란 게 존재하듯, 못 보던 얼굴들과 함께 늘어난 것이 있어요. 바로 무단 투기된 쓰레기들이죠.

종량제 봉투의 1/3은 바로 이 쓰레기들로 채워집니다. 날마다 주울 수 있다면 더 할 나위 없이 좋겠지만, 퍼사장 역시 공간을 운영하는 입장에서 거기까진 감당이 안 돼요. 그저 수거 차량이 오는 날에 맞춰 적당히 채운 종량제 봉투를 들고나가 주변에 투기된 쓰레기들을 주워 넣는 것이 최선의 방법이죠. 때로는 화도 납니다. 누군가의 영업장 입구에 아무런 양심의 가책도 없이 쓰레기를 버리는 사람이 있다는 것이 상식적으로는 이해가 되지 않아요. 하지만

세상 일이 모두 상식적이길 바라는 건 욕심이란 걸 알기에, 익숙해
지려 노력하는 편이죠.

생각해 보면 저 역시 무단 투기라는 걸 아예 안 하고 살지는
않았더라고요. 골목을 걷다 누군가 내어 둔 쓰레기 봉지가 보이
면 손에 쥐고 있던 쓰레기를 슬쩍 얹어두곤 했었습니다. 아무 맥
락 없이 투기를 한 건 아니지만, 이 역시 옳은 대처였다 보긴 어렵
죠. 그래서 저부터 노력해야겠다는 생각을 했습니다. 아무리 작
은 쓰레기라 할지라도 주머니에 넣어두었다 집에 와서 버린다든
지, 플라스틱 사용량을 줄여나간다든지 하는 작은 실천부터 해볼
생각이에요.

종량제 봉투 값이 아까워서 하는 소리가 아닙니다. 4,500원
주고 한 묶음 사면 보름은 쓰니까 이 정도는 제가 부담할 수 있어
요. 하지만 다른 이의 양심까지 제가 주워 담을 수는 없습니다. 부
끄러움을 아는 건 우리 스스로의 몫이에요. 부산의 중심 '수영동'
으로 카페 투어를 오시는 분들께 부탁드립니다. 이곳은 누군가의
삶의 터전이며, 여러분이 살아가는 세상의 일부입니다. 책임감을
가져주세요. 진정한 '변화'는 거기에서부터 시작입니다.

6월 2일

퍼사장이 책을 많이 읽는 척을 해서 그렇지, 실제로 그리 많이 읽

는 건 아닙니다. 읽을 땐 엄청 읽다가도, 읽지 않을 땐 한글조차 모르는 사람 마냥 책에 눈길 한 번을 주지 않죠. 이렇게 말하고 보니 제게는 책이 꼭 액세서리 같은 느낌이네요. 물론 말이 그렇다는 것이지만, 고등학생 시절 '수학의 정석'만큼은 폼으로 들고 다녔던 게 맞긴 합니다. 혹여 쓸 일이 있으면 친구 것을 빌려 쓰고, 제 것만큼은 인쇄소에서 출고된 상태 그대로 들고 다녔죠. 정작 가방은 안 매고 '수학의 정석'만 들고 다녔을 정도랍니다.

사실 이런 저의 독서 습관이 낯설지 않은 분들이 많으리라 생각해요. 이건 마치 흔히들 헬스장에 가서 '러닝머신' 위만 걷다 오는 상황과 비슷하지 않나 싶습니다. 처음 운동을 시작할 땐 의욕이 샘솟지만, 흥미를 잃으면 그 길로 끝이죠. 헬스장에 아무리 많은 운동기구가 있어봐야, 맨날 하는 운동만 주야장천 하게 됩니다. 그런 의미에서 제겐 '하루키'나 '헤밍웨이'가 '러닝머신'이에요. 여지가 많아서인지 그분들의 글만큼은 날이면 날마다 또 읽을 수 있습니다. 내용에 질릴지언정, 문장에는 질리지가 않아요.

문제는 그와 반대되는 분들의 글입니다. 빠져나갈 구멍 없이 촘촘한 글들은 내용이 아무리 새로워도 문장에서 이미 지쳐버리기 때문에 금세 딴 데 정신이 팔리곤 하죠. 마치 두어 번 해보고 나면 다시는 손도 대고 싶지 않은 '데드리프트' 운동처럼 말입니다. 물론 이는 지극히 개인적인 성향이기 때문에 이 글을 읽고 여러분이 편견을 갖지 않으셨으면 좋겠어요. '데드리프트'라는 운동을 좋아하는 분들도 있는 것처럼, 문장 선호도 또한 각기 다를 테니 말입니다. 또한 트레이너 분들께 물어보면 열이면 열 모두가 추천하는 운동이 '데드리프트'인 것처럼, 읽기 어려운 글이 중요한 의미를 담고 있는 경우도 많죠.

퍼사장의 '데드리프트'는 '참을 수 없는 존재의 가벼움'입니다. 이 소설을 처음 접했던 게 중학생 시절인데 여태 그 결말을 보지 못했죠. 제목만 보고 엄마 책장에서 꺼내 읽었을 때 느꼈던 그대로 이 나이 먹고도 그 글이 어렵기만 합니다. 성인이 되어 '내 책'을 따로 한 권 더 구매한 뒤로 제게 '참을 수 없는 존재의 가벼움'은 제2의 '수학의 정석'이 되고 말았어요. 교과서처럼 백날 들고만 다닙니다. 한 번씩 "자신도 좋아하는 책"이라며 반가워하는 분들을 만나면 말이죠. 내일모레 불혹인 성인 남자 입장에서 여간 민망한 일이 아닐 수 없습니다.

그래도 저는 포기하지 않을 거예요. 오늘도 그 책을 손에 쥐고 읽고 있답니다. 날이면 날마다 어김없이 한 페이지 정도는 되돌아갔다 되짚어 와야 하긴 하지만, 이 페이스만 유지한다면 손주 보기 전에는 다 읽을 수 있지 않을까 싶어요. 그러면 이담에 손주가 '참을 수 없는 존재의 가벼움'에 대해 물어왔을 때 한 마디 정도는 거들 수 있겠죠. 이제는 압니다, 목표라는 건 포기만 하지 않는다면 이룰 수 있다는 걸 말이에요. 어려서는 칼을 뽑으면 곧장 무라도 하나 잘라야 하는 줄 알았는데, 살다 보니 애써 그렇게 힘을 뺄 필요는 없더라고요. 무도 짧은 게 있고 긴 것도 있는 것처럼, 우리의 목표에도 정해진 규격 따윈 없습니다. 하루에 한 글자씩만 읽어도 결국엔 완독할 수 있다는 걸 잊지 마세요.

5월 30일

간만에 친구와 '브런치'를 먹으며 담소를 나누다 보니, '오렌지족' 이야기가 나왔어요. 아마 저희가 평소 안 먹던 걸 먹다 보니 흥분을 한 모양입니다. 스스로의 모습에 자아도취되어 서로를 '오렌지족'이라 불렀죠. 솔직히 말해 맨날 국밥이나 퍼먹지, 샐러드로 점심을 때우는 일이 저희에겐 흔한 건 아니니까요.

혹시 '오렌지족'에 대해 아시나요? 90년대의 소위 '트렌드세터'들을 지칭하는 말이었죠. 요즘 말로 치면 '힙스터' 정도로 해석이 가능할 겁니다. '오렌지족', 'x세대', 'y세대', '힙스터'.. 시대별로 그 이름도 참 다양한 거 같아요. 아무래도 '트렌드'라는 녀석이 워낙 주기도 빠르고, 그 개성 역시 도드라지기 때문이겠죠. 어려서 모 대학의 교수로 재직 중이던 이모부께서 이모의 등쌀에 가수 '클론'의 안무를 연습하던 기억이 나네요. 유행에 민감한 학생들과 공감대를 형성하기 위한 노력이었죠. 그런 거 보면 사람들은 늘 이 '트렌드'라는 발 빠른 녀석을 뒤따라가기 위해 애쓰며 살아가고 있는 지도 모릅니다.

여러분은 '힙스터'가 되기 위해 어떤 노력을 하고 있나요? 말은 관심들 없다고 해도, 어디 하나 유명한 카페가 생기거나, 인기 있는 메뉴가 출시되었을 때 줄을 서서라도 먹는 사람들이 많은 걸 보면 꼭 그렇지도 않은 모양입니다. 많은 사람들이 '힙'해지기 위해 애쓰고 있는 것이 분명해요. 글쎄요. 정답이 있는 건 아닐 테지만, 사실 저는 그 방법을 하나 알고 있습니다. 음, 방법보다는 조건이라고 말하는 것이 더 타당할 것 같네요.

세상은 빠르게 변화하고 있는 것 같지만, 가장 중요한 가치만큼은 한결같습니다. 진부한 이야기긴 하지만 '사랑'이나 '우정'도 그중 하나일 테고, 퍼스널에 대한 '충성' 역시.. 아이쿠, 말이 헛나왔네요. 아무튼 핵심은 늘 그대로라는 말이죠. 그렇다면 '트렌드세터'만의 핵심 포인트는 무엇일까요? 그건 바로 남들과 구별되는 '개성', 또 이를 뒷받침해주는 '자신감'일 거예요. 누가 뭐라고 해도, 나만의 길을 가는 사람들이 결국은 '트렌드'를 이끌 수 있다는 것이죠. 그럼 답은 나왔습니다. 남들이 좋다는 카페에 가서 '인증샷' 한 장 남기는 것보다, 나의 라이프 스타일과 잘 맞는 공간을 찾아 있는 그대로 즐기는 것. 남들이 맛있다는 메뉴가 아닌, 내가 평소 즐기는 메뉴 하나쯤 만들어두는 것이 바로 '힙'의 지름길이겠죠.

쉬운 일이 아닙니다. 나만의 '개성'이란 건, 점쟁이가 제비 뽑듯 쑥쑥 뽑아 올릴 수 있는 것이 아니에요. 눈과 귀를 여는 대신, 오랜 시간 나만의 결에 집중한 사람만이 가질 수 있는 게 '멋'이죠. '자신감' 없이는 불가능합니다. 그래서 저는 퍼스널을 즐겨주시는 분들을 '힙스터'라고 생각해요. 그분들의 사진 실력이 남들보다 뛰어나거나, 숨은 이곳을 잘 찾아내서가 아닙니다. 누가 뭐라 하던 나만의 시간을 있는 그대로 즐기러 오는 분들이라는 걸 알기에 그렇다고 생각하죠. 오셔서 편히 즐기다 가세요. 여러분이 선택한 공간이 퍼스널이라 자랑스럽습니다.

5월 29일

얼마 전 새로이 알게 된 사장님이 한 분 계십니다. 워낙 유명한 공간을 운영하시는 분이시기에 그 이름을 여기서 함부로 밝히지는 않을 거예요. 다만 한 가지 확실한 건, 이미 많은 분들이 그분의 솜씨에 입맛을 사로잡혔다는 사실이죠. 그 공간이 널리 알려지게 된 건 아마도 당연한 결과일지도 모릅니다. 그런데 그분의 sns 계정을 보면 흥미로운 글귀가 적혀있어요. "서로의 입맛이 다른 것은 각자의 어머니가 다르기 때문이다"라고 말이죠. 개인적으로 깊이 공감하는 바, 꼭 한 번 소개하고 싶었던 글귀랍니다.

벌써 꽤 오래전이네요. 퍼사장이 레스토랑의 지배인으로 근무했던 시절이 있습니다. 캐주얼한 공간은 아니었어요. 단품 요리보다 코스요리 위주의 영업을 하는, 소위 '다이닝'이라 부르는 공간이었죠. 주방 근무자는 물론, 홀 서비스 직원들까지 전문적인 교육을 거치지 않으면 취업이 어려운 곳이었습니다. 혹시 모를 경우를 대비해 단순 일용직 직원들에게도 재료의 상세 이력을 외우게 할 정도였죠.

　그런데 하루는 직원들이 빙 둘러 모여 부산을 떨고 있더군요. 다가가 무슨 일인지 물으니, 한 손님이 반복해서 컴플레인을 넣어 곤란한 지경이라는 것이었습니다. 이대로 재차 주방에 들어갔다간 셰프님께 혼쭐이 날 게 뻔해 이러지도 못하고, 저러지도 못한 채 발만 동동 구르고 있다는 것이었죠. 일단 되돌아온 파스타를 제가 직접 맛봤습니다. 그 맛을 모르고는 대화가 되질 않을 테니까요. 음, 솔직히 말해 제 입에는 딱히 맛에 문제가 있는 건 아니더군요. 그래서 테이블로 찾아가 어떤 점이 문제인지 손님께 물어봤습니다.

　"제가 아는 '카르보나라'는 이게 아니에요."

　당시까지만 해도 계란 노른자를 이용한 정통 방식의 '카르보나라'는 그다지 보편적이지 않았습니다. 아마 그 때문이었던 것 같아요. 다른 곳에서 먹어본 파스타와는 맛이 달랐을 겁니다. 결국 새로 만들어낸 파스타 또한 그분을 만족시키진 못했죠. 레스토랑마다 사용하는 재료가 다르니 그분이 먹어본 맛을 그대로 재현하는 건 애초에 불가능했을 겁니다.

　잘잘못을 따지자는 게 아니에요. 저희가 서브한 세 접시의 파스타와 그분이 먹어본 또 다른 파스타, 그 어떤 것도 정답은 아니죠. 애초에 정답 같은 건 존재하지 않으니까요. 음식이란 건, 누가 어떤 의도를 가지고 만드냐에 따라 그 맛이 다를 수밖에 없습니다. 그리고 또 한 가지. 우리는 각자 다 다른 어머니 밑에서 자랐기에 그 입맛이 다를 수밖에 없죠.

그러니 여러분, 누가 옳네, 그르네 싸울 필요도 없고, 남의 입맛을 따를 필요도 없어요. 그저, 다른 이의 입맛 또한 존중해 주며 내 입맛을 따르면 그만입니다. 우리가 '불로초'를 찾아 헤맸던 '진시황'을 보며 어리석다 비웃는 것처럼요. 애초에 없는 답을 찾아 헤매봐야 돌아오는 답은 똑같습니다. 그저 눈앞의 행복을 즐기세요.

5월 26일

퍼스널의 커피는 '커피 리브레'의 '버티고' 원두를 사용해서 내립니다. 누구나 쉽고 편안하게 즐길 수 있었으면 하는 마음에서 고른 원두죠. "합리적이고 설득력 있는 맛"이라는 제조사의 설명이 너무나도 잘 어울린답니다. 마치 잘 재단 된 셔츠를 입었을 때처럼, 오차 없이 그 맛이 전달된 달까요.

사실 커피를 즐기는데 필요한 매뉴얼 같은 건 없습니다. 그저 각자 나름의 방법대로 그 맛을 즐기면 그만이죠. 이렇게 마시나, 저렇게 마시나 퍼스널에서 '버티고' 원두를 즐길 수 있다는 사실은 변함이 없을 거예요. 다만, '메리휘나' 흡연이나 '꼬께인' 복용과 같은 불법적인 일에도 권장 방법이 있듯이 커피를 마시는 데도 더 나은 방법이 존재하긴 합니다. 일종의 '힌트' 같은 것이죠. 오늘은 계절을 고려해 '아이스 라떼' 복용 시 권장사항에 대해 설

명해 볼게요. 뭐, 비행기 추락 시 행동 요령과 마찬가지로 특별할
건 없습니다.

1. 일단 '아이스 라떼'가 준비되거든, 사진 촬영은 최대한 짧
은 시간에 마쳐주시기 바랍니다. 10초를 넘어가면 얼음이 녹아 맛
부터 싱거워지고, 사진으로 남기기에도 예쁘게 나오질 않아요. '밀
키스'도 아니고 우유랑 물을 섞어 마시고 싶은 사람은 없으리라 생
각합니다. 사진 촬영에 자신이 없는 분들은 미리 연습을 해 오시는
것도 한 가지 방법이겠죠?

2. 자, 사진 촬영이 끝났으면 꽂아드린 스틱으로 커피를 잘
저어주세요. 우아하게 젓는다고 추가 점수를 드리는 건 아니니까,
인정사정 볼 것 없이 마구 저어 버리길 권장하는 바입니다. 여기
서 중요한 건 커피가 우유와 고르게 섞이는 것이 전부라고 말씀드
리고 싶네요. 한 가지 주의사항! 함께 드린 스틱은 어디까지나 젓
는 용도로 드린 거예요. 스틱 가운데 뚫려 있는 구멍은 스틱이 떠
오르지 않도록 하는 역할을 한답니다. 빨대로 드린 게 아니란 말
이죠. 빨대가 필요한 분들은 서비스 테이블에 준비된 인수분해 빨
대를 찾아주세요.

3. 그럼 이제 모든 준비는 끝났습니다. 커피를 마시는 일만 남
았죠. 사람이라면 누구나 물을 마시고 사니까 이것까지 제가 이래
라저래라 하는 건 사생활 침해라고 생각을 합니다만, 그저 이 말
한마디만 추가하고 싶네요. 저라면 말이죠, 첫 세 모금 정도는 빨
대 없이 꿀꺽꿀꺽 거침없이 마셔줄 겁니다. '소믈리에'들이 더럽게

와인으로 가글을 하는 건, 입안, 특히 혀를 충분히 적셔줄 때 그 맛이 가장 잘 느껴진다는 걸 알고 있기 때문이에요. 커피도 마찬가지죠. 깨작깨작 혀끝만 적시거나, 빨대로 목구멍 깊숙이 흘려보내 버려서는 우리가 느낄 수 있는 맛은 한정될 수밖에 없어요. 이왕 돈 주고 먹는 거 최대한 많은 맛을 느껴보자는 거죠.

물론 이는 어디까지나 권장사항입니다. 대다수의 사람들이 설명서 같은 건 읽지도 않고 버리듯, 이 역시 무시한다고 문제 될 건 없어요. 그래도 혹시 모르잖아요? 때때로 전자레인지 설명서에서 우리가 모르던 의외의 기능을 찾을 수 있는 것처럼, 이 역시 언젠가는 도움이 될지도 모르죠. 그것으로 족합니다. 그게 퍼사장의 마음이에요.

제 입으로 제 그림에 대해 이야기하기가 많이 민망하지만, 잘하고 못하고를 따지려는 것이 아닌 만큼 한 마디 거들어 볼까 합니다. 개인적으로 퍼사장이 이 그림을 좋아하는 건, 배경에 찍혀있는 무수한 점들 때문이에요. 물론 직접적으로 인물을 그려낸 선들이 먼저 눈에 띄는 건 사실이지만, 이 그림에서 가장 중요한 건 바로 저

점들이라고 생각합니다. 비록 제가 '점들'이라고 뭉뚱그려 말하긴 했으나, 자세히 보면 그 모든 점들이 제각각의 모양과 크기, 또 색을 가지고 있다는 걸 알 수 있죠. 비슷하거나 닮았을지는 모르겠으나, 기계로 찍어낸 것처럼 똑같지는 않아요. 우리 인간의 능력으로는 늘 같은 모양의 점을 찍어낼 수 없습니다. 관점을 바꿔서 보면 기계가 아닌 인간만이 다양성이란 걸 추구할 수 있는 것이죠.

여러분, 세상을 즐기는 방법은 너무나도 다양해요. 단순히 세상이 넓어서가 아니라, 우리 스스로가 개성을 가지고 있기에 그렇죠. 퍼스널을 운영하면서 보니, 많은 분들이 개성보단 유행을 추구하면서 살고 있더군요. 메뉴를 고를 때도 남들이 골랐던 메뉴를 고르려 하고, 사진을 찍을 때도 남들이 찍었던 대로 찍으려 해요. 그게 참 안타깝습니다. 네, 퍼사장이 꼰대라는 건 스스로 잘 알고 있어요. 하지만 그럼에도 이렇게 또 한 마디 거드는 건, 세상을 즐기는 방법은 원래 다양한 거니까 남들과 다른 방법으로 삶을 만끽해도 된다는 메시지가 전하고 싶어서 입니다. 여러분이 다른 사람과 같은 삶을 살기 위해 노력하기보다, 자신만의 삶을 추구했으면 좋겠어요. 바로 저 그림에 찍힌 무수한 점들처럼 말입니다.

5월 22일

한 번은 퍼스널의 입구에다가 '주의사항의 내용은 농담이 아니다'

라고 썼다가, 아내에게 호되게 혼난 일이 있습니다. 다른 예쁜 표현으로도 충분히 의도를 전달할 수 있으면서, 일부러 최대한 못된 표현을 골랐다는 걸 눈치채고 채근한 것이죠. 버텨봐야 좋을 게 없을 거 같아, 바로 꼬리를 내리고 순화된 글귀로 수정해 두었습니다만, 그렇다고 딱히 제가 거짓말을 했던 건 아니에요. 퍼스널의 '주의사항'은 농담이 아니랍니다.

어떤 분들은 제가 일부러 수익을 내기 위해 이 같은 '컨셉'으로 운영한다고 오해를 하세요. 그래서인지 퍼스널 나름의 룰을 알고 있으면서도, 애써 지키지 않기 위해 찾아오시는 분들이 있습니다. 재미 삼아 퍼사장과 숨바꼭질하는 걸 이 공간의 묘미라고 생각하는 것이죠. 글쎄요, 일단 매출을 위해서라면 저 역시 이런 방식으로 운영을 하지는 않을 겁니다. 이래 보여도 그 정도로 바보는 아니에요. 아무래도 시끌벅적한 국밥집처럼 운영을 해야 지금보단 돈 몇 푼 더 손에 쥘 수 있다는 걸 저도 압니다. 물론 용케 지금과 같은 운영 방침으로도 수익이 나고 있긴 하지만, 이는 어디까지나 여러분이 마음 쓰고 배려해 주신 덕분이죠. 운이 좋았던 겁니다.

그래서 저는 더더욱 지금의 무드를 지켜나가기 위해 노력할 거예요. 이 공간이 존재하는 건 이 무드를 아껴주시는 분들 덕분이니까 말이죠. 다신 한 번 말씀드리지만 퍼스널에는 그 어떠한 '컨셉'도 묻어있지 않습니다. 늘 말씀드리는 것처럼, 그저 취향만이 심어져 있을 뿐이에요. 처음엔 퍼사장의 '그것'이었지만, 이제는 많은 분들과 공유하는 '그것' 말입니다. 여러분과 '그것'을 나눌 수 있어 행복해요. 아마 제가 벌어들이고 있는 수익이 있다면, 그건 여러분과 함께 이 공간을 싹 틔우고, 가꿔나가고 있다는 기쁨이 아닐까요?

5월 21일

팔은 안으로 굽는다고, 퍼스널을 아껴주시는 분들은 퍼사장의 단발이 예쁘다고 하죠. 하지만 모두의 눈에 그런 건 아닐 겁니다. 다들 교과서에서 보신 적 있을 거예요. 고대에 미의 상징이었던 '빌렌도르프의 비너스'를 말입니다. 조상들은 아름답다 생각하고 그 조각상을 만들었을 테지만, 현재를 살아가는 우리 눈에도 그렇게 보이는 건 아니죠. 시대적 배경은 물론, 개인적 편차까지 미의 기준이라는 건 너무나도 다양하고, 각양각색입니다.

덕분에 퍼사장은 보름에 한 번 정도씩 길거리에서 조롱을 당하곤 해요. 위아래로 훑어보는 정도면 눈치 없이 모르고 지나갈 수도 있겠지만, 대부분 손가락질하면서 크게 웃거나 제가 들을 수 있게끔 욕을 합니다. 정말이에요, 틴에이저 시절에도 입에 함부로 담기 어려울 만큼 독한 욕도 들은 적이 있습니다. 굳이 해석해 보자면 "보기 역겨운 변태"쯤 되는 말들이었죠. 한 번은 시내버스 안에서 그런 일을 당했는데, 정말이지 버스 안에 있는 모두가 나만 보는 거 같아 얼마나 두려웠는지 몰라요. 그 뒤로 한 번씩 거울 앞에

섰다가 한없는 비참함을 느끼곤 한답니다.

처음 한두 번은 그러려니 했는데, 지속적으로 이런 일들이 있다 보니 요즘은 왜인지 외출하기가 꺼려지더군요. 내게 눈길을 줄만큼 사람들이 한가하지 않다는 걸 알면서도 괜히 다들 나만 쳐다볼 것 같고, 심지어 나도 연예인처럼 잘 생겼으면 이런 일이 없었을 텐데 싶은 자괴감마저 듭니다. 스스로가 남의 시선 따위는 두려워하지 않는 사람이라고 생각했는데, 고작 이런 일로 위축이 되니까 솔직히 많이 속상하죠. 꼬장꼬장한 퍼사장도 어쩔 수 없는 모양입니다.

더군다나 지금까지 저를 조롱한 모든 분들이 20대로 보이는 여성분들이었어요. 차라리 연세 지긋한 어르신들께서 한바탕 호통을 치셨으면 세대 격차인가 보다 하고 크게 의식하지 않았을 텐데, 안타깝게도 퍼스널의 주 고객층 중 하나인 20대 여성분들이 욕을 하시니 출근하기가 더욱 무섭답니다. 오히려 반대로 예쁘다 칭찬을 해주시는 건 꼭 어르신들이시죠. 그런 거 보면 어르신은 보수적이고, 젊은이는 진보적이라는 말은 그저 프레임에 지나지 않는 것 같아요. 누군가의 필요에 의해 만들어졌거나, 진보만이 좋은 거라 착각하는 젊은 세대의 헛된 바람 일지도 모르죠.

인간이란 동물은 대체로 보수적입니다. 변화를 싫어하고, 무엇이든 틀 안에 가두고 싶어 하죠. 그 편이 덜 수고롭거든요. 새로운 것에 적응하고, 또 다른 경우의 수를 생각해 내는 것이 번거로운 건 어찌 보면 당연하잖아요. 퍼사장의 단발머리를 조롱한 이들역시 그저 편안하고 싶었을 뿐입니다. 긴 머리는 여자, 짧은 머리는 남자라는 수식에 오차가 생기는 것이 싫었을 뿐이죠. 하지만 부모가 같은 강아지들조차 각자 다른 얼룩을 가지고 태어나듯, 우리는 모두 저마다의 개성을 가지고 있습니다. 조물주도 막을 수 없는 자연의 법칙이에요.

그래서 저는 단발머리를 자르지 않을 겁니다. 저만의 개성을 포기하지 않을 생각이에요. 남들이 바라는 대로 사는 건 세상 이치를 거스르는 바보 같은 짓이죠. 자, 이제 보이시나요. '퍼스널'이라는 공간이 얼마나 순리대로 흘러가고 있는지. 많은 사람들은 이 공간이 별나다 말합니다. 문을 열고 들어왔다 어처구니없다는 듯 비웃거나 흉을 보며 나가는 사람들을 보신 분들도 있을 거예요. 하지만 퍼스널은 그저 당연한 공간일 뿐입니다. 바로 우리가 서로 다른 것처럼 말이죠.

5월 20일

본의 아니게 비밀이 된 거 같아 고백 하나 하겠습니다. 사실 말이죠. 사업자등록증은 물론, 네이버 위치 등록 서비스에도 '퍼스널' 앞에는 '카페'가 붙지 않습니다. '커피' 역시 마찬가지고요. 그냥 '퍼스널'이 전부입니다. 어느 날 보니 다들 "카페 퍼스널"이라고 부르고 있기에, 퍼사장 역시 그리 부르고 있어요. 신기하지 않나요? 소오름.

5월 19일

퍼사장은 농구에 대해 잘 모릅니다. 솔직히 말해 그리 좋아하던 스
포츠 종목이 아니었죠. 물론 저 역시 '슬램덩크'가 시대를 관통하
던 시절을 살았기 때문에 맹목적인 우러름 같은 건 있었어요. 80년
대생들은 기억할지 모르겠지만, 어려서는 농구 카드 같은 것도 사
서 모으곤 했었습니다. 농구대잔치에서 뛰던 '이상민' 선수나 '우

지원' 선수를 보고 열광했던 적도 있고 말이죠. 또 무엇보다 그 유명한 MJ, '마이클 조던'이 선수로 뛰는 걸 봤으니, 어찌 보면 농구라는 종목에서 볼 건 다 봤다고 할 수 있을지도 모릅니다.

다만 스스로 농구라는 스포츠를 즐겨 한 일은 없다는 말이 하고 싶을 뿐이에요. 저는 늘 축구가 더 즐거운 운동이었고, 심지어 비인기 종목으로 분류되는 배구조차도 제겐 농구보다 순번이 높았답니다. 지금 와 생각해 봐도 딱히 무엇 때문에 그랬는지는 모르겠으나, 그 시절 저와 제 친구들 사이에는 농구에 대한 은근한 무시가 깔려있었어요. 남자라면 응당 축구가 우선이라는 근거 없는 고집 같은 것이 있었죠. 공을 차는데 방해가 된다며, 농구하던 애들을 심심찮게 괴롭혔던 기억이 납니다. 괜히 농구 코트 안에서 축구를 하곤 했었죠.

아무튼 숨쉬는 것 외에는 어떤 운동도 하지 않는 지금에 와서는 그 모든 게 다 추억일 뿐입니다. 스포츠라는 건 인터넷에서 하이라이트로 접하는 게 다인 영역이 되어버렸죠. 그 종목이 축구냐, 농구냐 하는 건 그다지 중요하지 않습니다. 그저 나 대신 땀 흘리며 뛰어다니는 이들을 보며 대리만족이나 하면 그만이에요. 내가 했으면 더 잘했을 거란 말도 안 되는 상상이나 하면서 말입니다. 그런데 단 한 명, 어떤 농구 선수를 보면서는 그런 말이 함부로 나오질 않더군요. 그 선수의 플레이 영상을 보다 보면 말 그대로 입이 떡하니 벌어집니다. 한 시대를 풍미한다는 것이 어떤 의미인지 고스란히 전해지죠. 그 선수는 다름 아닌 '스테판 커리'입니다.

지금의 nba는 '조던'이 현역이었던 시절과 확연히 다릅니다. 제가 전문가는 아니기 때문에 상세히는 설명드리기 어려우나, 분명 경기의 방식이나 흐름 자체가 달라졌어요. 각각의 포지션에 대한 의존도는 물론이고, 공수 방법이 아예 다른 게임이 되어버렸습니다. 그리고 이러한 변화는 단 한 사람, '스테판 커리'가 가져온 결과라고 생각해요. 농구를 잘하는 선수는 많겠지만, 그 판도 자체를 뒤바꿀 수 있는 사람은 흔치 않습니다. 아니, '조던'이나 '커리' 말고는 본 적이 없어요.

그럼에도 사람들은 '커리'를 욕합니다. 제가 본 영상이며 기사 밑에는 어김없이 수많은 인신공격성 글들이 달려있었어요. 저 멀리 태평양 건너에 살고 있는 사람을 애써 저렇게 원색적으로 미워하고 비난할 필요가 있나 싶을 정도로 말이죠. 그의 승리 때문에 불법 도박으로 패가망신한 사람들이 아닌가 의심이 들기도 합니다만, 아닐 거예요. 저는 그들 중 대부분은 시기 질투로 인해 그런 말들을 내뱉고 있을 거라 생각합니다. "사촌이 잘 되면 배가 아프다"라는 옛 어른들의 말처럼, 뛰어난 누군가를 질시하게 된 것이죠.

다시 한번 말씀드리지만, 저는 농구팬이 아닙니다. 혹시 모를 일이긴 하지만, '커리'와 혈연관계 비슷한 것도 아닐 거예요. 또한 저 역시 그가 '조던'이나 '르브론'은 물론, 몇몇 뛰어난 선수들에 비해 신체 능력이 턱없이 부족하다는 의견에 동의하는 바입니다. 하지만 그는 그런 부족함을 뛰어넘어 버렸어요. 자신의 신체적 부족함에 굴하지 않고 노력이라는 무기로 농구 자체를 자신에게 유리한 게임으로 바꿔버렸습니다. 이미 농구를 잘 하고 있던 선수들조차 그의 방식대로 농구를 하게 된 것이죠. 아무나 할 수 있는 일이 아니에요. 잘난 사람들이 아닌, 위대한 자만이 할 수 있는 일입니다. 혹자가 말하듯, 우리는 '스테판 커리'의 시대를 살아가고 있는 것이죠.

하지만 그럼에도 그를 욕하는 사람이 줄어들 거라 예상하진 않습니다. 그가 은퇴를 해서 땅에 묻히는 순간까지도, 아니 그 이후에도 그들은 계속해서 그를 욕보일 거예요. 그러니 누가 여러분을 음해하거나 비웃어도 개의치 마시기 바랍니다. '커리' 같은 사람도 욕을 먹는데, 우리라고 별 수 있나요. 그런가 보다 하고 모른 척하는 수밖에요. 우리가 할 일은 그저 할 일을 다 하는 게 전부입니다. '커리'가 그랬던 것처럼 말이죠. 모든 사람이 판도를 뒤바꿀 수 있는 건 아니지만, 할 일을 다 한 사람만이 큰 힘을 가질 수 있다는 걸 잊지 마세요.

5월 17일

사장이 '인싸'인줄 알았는데, '핵아싸'인 공간, 퍼스널입니다.

5월 16일

잠잠해지나 싶었던 코로나 사태가 다시 기승입니다. 퍼사장이야 입이 뚫려 함부로 자가격리들 하라고 막말을 해대지만, 사실 수많은 영세 상인 분들이 겪고 있을 어려움을 생각하면 이루 말할 수 없을 만큼 안타까운 상황이죠. 그래도 여러분, 장기적인 측면에서 보면 하루빨리 이러한 난국이 종식되어야 모두들 정상적인 삶으로 돌아갈 수 있는 만큼 과도한 일정은 스스로 피하도록 해요.

황금연휴가 지나고 맞는 두 번째 주말, 흐릴 거라 하더니 날만 좋네요. 모두들 따스한 봄날을 만끽하는 하루가 되시길 퍼스널이 기원합니다.

5월 13일

왜 때문인지 누가 물어보면 인터넷 쇼핑을 자주 하지 않는다고 답하고 싶지만, 많이 해요. 물류 강국인 한국에 살면서 인터넷 쇼핑의 맛을 외면하긴 힘들죠. 직장에 다닐 때는 쇼핑을 다닐 여유가 없어 의존을 했다면, 사장이 된 지금은 퍼스널에서 쓸 물품들을 주문하느라 여전히 그 중독에서 벗어나지 못하고 있답니다. 오늘도 벌써 라임과 인센스 스틱을 주문하고도 구매 리스트가 잔뜩 남아있네요.

혹시 여러분은 인터넷 쇼핑을 할 때 '배송 시 요청사항'란을 어떻게 채우시나요. 아마 각자 처한 상황에 맞게 글을 남기시리라 생각합니다. 하지만 대부분의 경우 담당 배송직원이 쉽게 교체되지는 않는 데다, 부재 시 요령 또한 크게 달라질 리 없어 자동 입력 기능을 이용하는 분들도 많을 거예요. 흔히 쓰이는 글이나, 지난번 입력 사항을 저장해두고 불러올 수 있도록 하는 기능이죠. 온라인 구매를 수시로 해야 하는 사람들 입장에서는 보통 편리한 기능이 아닐 거라 생각합니다. '별거 아닌 일'에 공을 들여 힘을 빼지 않아도 되니까 말이죠.

그런데 사실 퍼사장은, 해당 기능을 되도록이면 사용하지 않는답니다. 쇼핑 중 손님이 들어왔을 때와 같이 급한 상황이 아니라면, 매번 새롭게 요청 사항을 작성하려 노력해요. 그렇다고 진짜 뭔가 까다로운 요청 사항이 있는 건 아니고, 대부분 인사말을 적습니다. 특별하진 않지만, "행복한 하루 보내세요"라던가 "감기 조심하세요"와 같은 소소한 말 한마디 정도 적는 게 다죠. 솔직히 말해 이런 말들을 적는다고 해서 읽는 분들의 하루가 정말 행복해지진 않으리란 걸 저 역시 압니다. 실제 배송 오신 분들의 표정만 봐도 알 수 있으니까요. 하지만 누군가 우연일지라도 그 인사말을 읽고 잠시나마 웃을 수 있다면, 저는 그것만으로도 충분히 가치 있는 일이라고 생각합니다. '별거 아닌 말' 한 마디가 제 역할을 다 한 셈이죠.

누구나 늘, 1년 365일 내내 행복할 순 없습니다. 퍼사장 역시 아무리 퍼스널을 좋아한다 해도, 이곳에서의 모든 시간이 마냥 좋지만은 않죠. 그럼에도 우리가 잘 살아보고자 노력하는 건, 순간순간 찾아오는 작은 행복들을 위해서 일 겁니다. 가족과의 맛있는 밥 한 끼, 친구들과의 즐거운 대화 한 묶음을 위해 많은 시간을 고된 노력으로 견뎌내는 것일 테죠. 저는 퍼스널이 여러분께 그런 존재가 되길 바라요. 모두를 매번 만족시켜드릴 순 없겠지만, 잠시나마 여러분이 이곳에서 따스함과 여유를 느낄 수만 있다면 말이죠. 그것으로 퍼스널 또한 제 역할을 다 한 거라 생각합니다. 그럼 되어요. '별것 아닌 거' 같아도 충분합니다.

5월 9일

오늘은 글이 길지 않을 거예요. 퍼사장이 숙취가 심하거든요. 금주까지는 바라지도 않고, 절주 정도는 하고 싶은데 그게 참 어렵습니다. 삶이 그래요. 실수와 반성의 반복이죠. 듣기만 해도 괴로운 그 무한궤도 내에서 주저앉지 않은 것만으로도, 우리는 칭찬받아 마땅할 겁니다.

5월 8일

우리 엄마가 고생을 참 많이 했어요. 그 생각만 하면 가슴이 미어져서 아무 때고 눈물이 나곤 한답니다. 오늘 아침에도 느닷없이 로잉 머신을 타다 말고 훌쩍훌쩍 울었지 뭐예요. 더 이상 고생이 없으시도록 지켜드리는 것이 저의 몫일 겁니다.

우리 엄마, 아직도 한 번씩 제가 부르는 환청이 들리곤 한데요. 장성해서 가정까지 이룬 아들이건만, 여전히 걱정이 되시는 거겠죠. 차마 여기서 솔직하게 "또 무슨 사고를 치진 않았을까" 걱정을 하시는 거라고 말해 오늘의 감동적인 분위기를 깨고 싶진 않네요.

아무튼, 우리 엄마가 보고 싶어 안되겠습니다. 5/10일, 일요일 저녁에 올라가서 이틀 정도 함께 시간 보내고 올게요. 어찌해야 효도를 하는 건지 여전히 감이 오진 않지만, 그저 한 사람의 성인으로 책임을 다하며 살다 보면 어머니 앞에 부끄럽지 않은 사람이 될 수 있지 않을까 생각해 봅니다.

아, 그리고 퍼스널에 있던 '오에 겐자부로' 책은 누가 가져가셨나요. 오늘은 어버이 날인 만큼 퍼사장도 착한 척해야 하니까, 이제 그만 돌려주세요.

5월 7일

그래요, 사실 어제 인사 이야기를 꺼내서 말인데요. 인사를 안 하는 분들은 굳이 이곳 퍼스널에서만 안 하시는 건 아닙니다. 본래 어딜 가서든 인사를 하지 않는 분들인 거죠. 솔직히 말씀드리자면, 그 덕을 평소 제가 많이 봅니다. 저는 어디 가서 아내가 부끄러워할 정도로 인사를 많이 하고 다니거든요. 그렇게 얻어먹은 서비스가 값을 지불하고 먹은 것만큼이나 많답니다. 농담이 아니에요. 인사만 잘 해도 어딜 가나 대우가 달라집니다. 물론 일부러 인사를 많이 한다는 건 아니니까 오해는 하지 마세요. 저 역시 아내가 놀리기 전까지는 스스로 인사를 많이 한다는 걸 몰랐으니까 말이죠.

한 번은 이런 적도 있어요. 해운대에 유명한 주먹구이 집이 있는데, 밥을 먹으러 갔다 떨어진 숟가락을 주웠더니 사장님이 놀라시는 게 아니겠어요. 십수 년 넘게 장사를 하면서, 떨어뜨린 숟가락 주운 손님은 처음 본다면서 말입니다. 상황이 이렇다 보니, 아무리 공짜 밥을 좋아하지 않을지언정 계란찜 하나 정도는 받아먹는 게 순리 아니겠어요?

그러니 여러분, 인사를 지금처럼 계속하지 말아 주세요. 저도 먹고 살아야죠. 버는 돈은 시원찮아도, 먹는 양만큼은 시원시원한 제가 앞으로도 쭉 대접받고 다닐 수 있도록 많은 도움 부탁드리겠습니다. 앞으로 퍼스널에 오셔서 밝게 인사하시는 분들은 벌칙으로 퍼사장의 반가운 마음 가득한 미소를 받게 될 테니 각오하세요.

5월 6일

요식업에 오랜 기간 종사하면서 놀란 게 있다면, 사람들이 지독하리만큼 인사를 하지 않는다는 것입니다. 그나마 매너가 좋기로 소문이 난 퍼스널의 손님들조차 오며 가며 인사를 건네는 분들은 채 10%도 되지 않죠. 이런 저의 말을 듣고 아내는 과장이 심하다며 핀잔을 줬다가, 퍼스널에서 함께 하루를 보내고 나서는 인정하게

되었답니다. 10%는 과장이고, 5%정도의 손님들만이 제 인사에 화답을 한다는 걸 말이죠.

신기한 일입니다. 이번 코로나 사태 때 알게 된 마스크 착용 사례로 보면, 우리 한국인만큼 말 잘 듣는 국민도 드물잖아요. 그럼에도 인사만큼은 귀신같이 건너뛰어요. 어려서부터 귀에 못이 박히도록 듣고 자라는 말이 "인사 잘 하라"라는 가르침인데 말입니다. 이 공간이 워낙 혼자만의 시간을 즐기기 위해 찾는 분들이 많긴 합니다만, 인사 한 마디 한다고 사적인 영역이 침범 당하는 건 아닐 거예요. 도대체 무엇이 우리의 머릿속에서 인사를 지워버린 건지 궁금합니다. 그래요, 머리가 아니라 마음에서 떼어낸 것인지도 모르겠네요. 뭐든 머리로는 알아도 마음이 내키지 않으면 그만인 법이잖아요.

솔직히 인사 한 마디가 듣고 싶습니다. "안녕하세요"라는 말을 건네면, "안녕하세요"라는 답이 돌아왔으면 좋겠어요. 그렇다고 다 큰 성인들을 붙잡고 어머님들께서 하시듯 등짝 스매싱을 할 수는 없는 일이고.. 별 수 있나요. 포기하지 않고 뻐꾸기를 날려보는 수밖에요. 민들레 홀씨 날리듯 계속 인사를 뿌려보죠, 뭐. 그러다 운이 좋으면 그 홀씨가 새싹이 되고, 결국 꽃도 피우는 것 아니겠어요. 저의 인사가 여러분의 마음에 꽃을 피울 수 있기를 바라봅니다.

5월 5일

오늘은 어린이날이죠. 사실 '퍼사장'에겐 숨겨둔 자식이 있어 하루 쉽니다.. 라고 하기엔 양심이 허락을 안 하네요.

가끔 서양인들이 '너바나'나 '카르마'와 같은 불교 용어를 자연스레 쓸 때가 있어요. 우리처럼 불교 문화권에서 자라난 게 아님에도 불구하고 말입니다. 이는 자라난 환경과 상관없이 인간이라면 누구나 선을 행하고자 한다는 반증일 거예요. 저 역시 종교를 믿진 않지만 '카르마', 즉 업보에 대해서는 늘 생각한답니다. 지난날의 잘못이 고난이 되어 돌아오듯, 오늘 행한 바른 행동이 언젠가 내게 힘이 되어주리라 믿죠. 우리가 양심적으로 살아야 하는 건, 다른 누군가를 위해서가 아니라 바로 나 자신을 위해서라는 겁니다.

거짓말로 요행을 바라진 않겠어요. 오늘은 화요일, 퍼스널은 평소와 다름없이 '어른이'들을 위해 활짝 열려있습니다. 어린이처럼 따로 날을 정해 기념해 주진 않지만, 어른만을 위해 열려있는 특권 같은 공간이 여러분에겐 있다는 걸 잊지 마세요.

5월 4일

월요일은 퍼스널의 정기휴무입니다. 이 시대의 꼰대이자, 타고난 씹선비인 '퍼사장'이 감히 말씀드리는데.. 나 자신 보다 중요한 건 없습니다. 스스로를 위해 최선을 다하는 월요일을 보내시길 바랍니다. 솔직해지세요. 가식이라는 가면이 아무리 좋아봐야, 진심이 담긴 표정만 못합니다.

〈영한사전〉

per·son·al

1. (소유·관련성이) 개인의

2. (특히 감정·특성·관계가) 개인적인

3. (일·공적인 지위와 관련되지 않은) 개인적인

며칠 전에는 이런 일이 있었어요. 마침 손님도 많이 없었던 데다, 오랜만에 친구까지 놀러 왔기에 '퍼사장' 역시 오후 내내 수다를 떨며 놀았던 날이었습니다. 앉았던 자리까지 손님들을 등진 좌석이라, 오로지 친구와의 대화에만 집중할 수 있었죠. 그런데 그날 저녁 누군가 인스타그램 피드에 '퍼스널'을 태그 했더군요. 오후에 세 시간가량 퍼스널에서 시간을 보내고 가셨던 분들이었습니다. 되도록 손님들의 후기에 관심을 가지지 않기 위해 노력하는 편이지만, 이렇게 게시물에 태그가 되면 확인하지 않고 배기기가 쉽지 않아요.

아무튼 그분들 말씀으로는 제가 "조용히 하라"해서 숨이 막힐 지경이었고, '핸드폰을 몰수당한 수준'으로 제지를 받았다고 되어 있더군요. 글쎄요, 그러기엔 제가 너무 시끄럽지 않았나 싶습니다. 정말 입에 단내가 나도록 수다를 떤 사람은 다른 누구도 아닌 바로 저였죠. 심지어 그분들이 복도에서 30분이 넘도록 사진을 찍고 있을 때에도 방해가 될까 소변까지 참아가면서 말입니다. 제가 화장실에 가려고 복도로 나갔다, 사진을 계속 찍을 수 있도록 자리를 비켜드렸던 걸 그분들 또한 기억하실 거라 생각해요.

없던 일을 만들어가며 후기를 작성했다는 건 그분들 또한 '퍼스널'에 대해 '다' 알고 오셨다는 의미일겁니다. 재밌네요. 이 또한 퍼스널이 가진 '순기능' 중 하나겠죠. 세상에 '퍼스널 같은 카페'도 하나쯤은 있어야 이런 식의 욕구 해소도 가능할 테니 말이에요. 이 공간이 나름의 역할을 할 수 있어 다행이라고 생각합니다. 그거면 충분해요. 부디 '퍼스널'이 여러분께 도움이 되는 공간이 될 수 있으면 좋겠습니다.

야구에 불문율이란 게 있다는 걸 많은 분들이 아시리라 생각합니다. 따로 명문화된 규칙은 아니지만, 선수라면 누구나 알고 있어야 하는 주의사항쯤 될 거예요. 예를 들자면 홈런을 친 타자가 상대를 자극하는 과한 행동을 해서는 안 된다는 것이 가장 대표적이고, 큰 점수 차로 이기고 있을 때 도루를 하면 안 된다는 것 역시 널리 알려져 있죠. 글쎄요, 야구인들은 물론 팬들 사이에서도 워낙 논란이 많은 문제인지라 퍼사장이 함부로 입을 대기는 애매하다 생각합니다. 하지만 야구가 팀 스포츠인 만큼, 공동체의 구성원으로 살아가고 있는 입장에서 아주 공감하지 못할 문제는 아니기도 해요. 왜 그런 주의사항들이 생겨나게 된 것인지 어렴풋이 짐작은 합니다.

뭐.. 개인적인 생각으로는, 그 모든 걸 긍정하고 싶지도, 부정하고 싶지도 않습니다. 어떤 부분은 납득이 가기도 하지만, 또 다른 부분은 얼토당토않다 느껴지기도 하거든요. 어찌 보면 야구를 업으로 삼고 돈을 버는 프로 선수라면 매 순간순간 최선을 다하는 것이 맞을지도 모릅니다. 때문에 불문율이 규칙과는 달리 늘 지켜지지는 않는 것이겠죠. 그럼에도 저는 이 모호한 주의사항이 사라지지 않고 존재했으면 하는 바람입니다. 스포츠 정신에 어긋나고, 팀이나 선수의 성적에 영향을 미치게 될지언정 그보다 우선시 돼야 하는 불문율도 분명 있다고 생각하죠.

맹자는 인간이 금수와 다른 건 '측은지심'이 있어서라고 했습니다. 우리에게는 누군가를 불쌍히 여겨 돕고자 하는 본능이 있어요. 굳이 법으로 정해두지 않아도, 서로 도우며 살아야 한다는 걸 모르는 이는 없을 겁니다. 저는 야구의 불문율 또한 이 '측은지심'에서 비롯된 거라 생각해요. 규칙에는 없지만, 사람 된 도리를 하고자 하는 선수들의 마음이 반영되었다 생각합니다. 단순히 점수 차가 벌어졌다고 도루를 하지 않는 건 아닐 거예요. 많은 점수를 내어주고 상심에 빠진 투수가 더 큰 절망에 빠지지 않도록 동업자

정신을 발휘하자는 것일 테죠. 수만 명의 관중들과 수십만 명의 시청자들이 지켜보는 앞에서 홈런을 맞은 투수의 심정은 감히 우리가 상상할 수 없을 만큼 처참할 것입니다.

매너에는 아무런 법적 효력이 없습니다. 지키지 않는다고 은팔찌 찰 일은 없다는 거예요. 그럼에도 우리가 기본적인 매너를 지키고자 하는 건, '서로를 위하는 마음이 있는' 사람이기 때문입니다. 퍼스널이란 공간을 지금처럼 운영하고 있는 건, 많은 분들이 편안히 자신만의 시간을 가질 수 있도록 하기 위해서예요. 덕분에 많은 분들이 함께 즐겨주고 계시고, 그럼에 앞으로도 이러한 무드를 지켜나가고자 노력할 겁니다. 하지만 여러분, 제힘만으론 부족해요. 여러분이 함께 도와주셔야 합니다. 처음 오시는 분들께 부탁드려요. 매너는, 제가 말을 해서 매너인 것이 아닙니다. 본능적으로 우리가 알고 있는 그것이, 바로 매너라는 걸 기억해주세요.

– 1인 1메뉴 주문

– 외부 음식 반입 자제

4월 28일

한 번씩 저의 술 관련 잡지식들을 신기해하는 분들이 계셔서 그 이야기나 한 번 해볼까 해요. 그러게요, 퍼사장은 술에 관련해서는 한 가지 종류에 국한된 경험만 있는 게 아니라, 다양하고 화려한 '음주력'을 가지고 있습니다. 소주나 맥주 정도야 굳이 예로 들 필요도 없을 것 같고, 소믈리에 경력 덕에 와인은 물론 데킬라, 보드카,

럼, 진, 청주, 빼갈 그리고 위스키까지 마셔보지 못한 술 보다 마셔본 술이 더 많은 것이 사실이죠.

아무튼 제가 어찌 이 많은 종류의 술들을 다 접할 수 있었던 것인지 몇몇 분들은 의아해하십니다. 자국 주류 회사를 보호하는 쪽으로 주류법이 강화되어 있는 한국의 특성상, 외국 술에 대한 접근이 그리 쉬운 건 아니니까요. 일단 나름의 '바텐더' 경력이 한 몫한 것은 틀림없습니다. 이미 10년도 더 된 일이긴 합니다만, 압구정 로데오 거리에 있는 bar에서 잠시 바텐더로 일을 한 적이 있어요. 유서 깊은 bar에서 독립한 유명 바텐더가 문을 연 공간이었는데, 무 경력자 주제에 운 좋게도 면접을 통과할 수 있었죠. 덕분에 어디 가서 배우려 해도 배우기 힘든 잡지식들을 많이 주워 담을 수 있었답니다. 공짜는 아니었어요. 사장 입이 어찌나 험하던지, 평생 먹을 욕을 이미 거기서 다 먹은 느낌입니다.

하지만 그렇다고 입사 전에는 술과 관련해 일자무식이었던 것은 아니에요. 경력은 없어도, 지식만큼은 풍부해서 면접을 통과한 케이스였죠. 혹시 영화 '왓 위민 원트'를 본 적 있나요. 상당히 괜찮은 영화라 추천하고 싶지만, 논외의 이야기니까 요점만 말하겠습니다. 그 영화에서 주인공은 무희의 아들로 태어났기 때문에 어려서부터 라스베이거스의 화려한 무대 뒤에서 컸어요. 반라의 무희들 손에서 자라났기 때문에 자연스레 향락에 익숙하게 클 수밖에 없었죠. 그와 비슷합니다. 제가 어렸을 적 살던 동네는 전국적으로 유명한 부촌이었어요. 동네 주민 중 6천여 명이 박사 학위가 있는, 해외 거주 경험이 없는 이가 흔치 않은 그런 동네였죠. 때문에 돈 많은 남자들의 주머니를 털기 위한 bar가 골목마다 그득했습니다. 대부분 예쁜 누나들이 바텐더였던 건 당연하고 말이에요.

자랑은 아니지만 입시 공부에 딱히 취미도 없고, 가정 형편을 핑계로 대학 진학마저 내심 관심이 없었던 저는 미성년자 시절부터 그 bar들을 들락거렸습니다. 돈도 없고, '민증'도 없었지만, 돈도 많고, 학위도 많은 박사님들과 어울려 놀았죠. 주로 저를 귀여워해주는 바텐더 누나들과 카드놀이, 정확히는 '훌라'를 치며 놀다가 아는 박사님이 오면 술도 얻어먹고, 인생 이야기도 들으며 시간을 보냈습니다. 어처구니없겠지만, 실제 있었던 일들이에요. 돈도 없는 주제에 누나들의 사랑을 독차지하는 저를 사장들은 지긋지긋해 했지만, 귀하게만 자라 기억할 만한 학창시절 추억조차 없는 박사님들은 천둥벌거숭이 같은 저랑 대화하는 걸 좋아했거든요. 물주는 박사님들이니 사장들 역시 저를 어찌할 수 없었죠. 나름 그때 이미 '애 늙은이'였던 데다 잡지식에도 관심이 많은 편이라, 몇몇 분들과는 꽤 진지한 친구 사이였다고 생각합니다.

맞아요, 일반적인 경험은 아닙니다. 맑고, 권장할 만한 경우 또한 아니란 걸 알아요. 하지만 그렇다고 떳떳하지 못할 일 또한 없었다고 자신합니다. 물론 술 문제가 있긴 합니다만, 미성년 때 술 몇 모금 안 해봤다 자신할 수 있는 사람이 몇이나 되겠어요. 음주를 하긴 했습니다만, 그때 나눈 대화나 장난의 내용 중 문제가 될 만한 건 하나도 없었다고 생각합니다. 판돈 없는 카드놀이와 '누나들의 하품이나 이끌어 낼 만한' 따분하고 진지한 시사 토론이 전부였죠. 그나마 재밌는 게 있었다면 외국물 좀 먹은 박사님들의 술 취향이었어요. 전 세계 각지에서 유학하며 맛본 온갖 진귀한 술들을 구해다 마셨죠. 제 술 경험이 '밸런타인'이나 '조니 워커'에 국한되지 않을 수 있었던 건, 바로 그 특이한 성장과정 덕분이랍니다.

어쩌면 그것이 자양분이 되어 지금의 퍼스널이 탄생한 건지도 모르겠어요. 제가 "카페는 어때야 한다"라는 고정관념이나 편견에 휘둘리기 보다 퍼스널만의 무드를 만들어내려고 애쓰게 된 건, 그 시절 마신 술이 덜 깨서 인지도 모르죠. 그때 들은 수많은 이야기들이 다양성을 일깨워주고, 달콤살벌한 딱밤 내기 카드놀이가 두려움을 없애준 건지도 모른다는 말입니다. 누구나 모난 부분은 있어요. 하지만 살다 보니 다른 이들이 그걸 손가락질한다고 해서 스스로도 흉이라 여길 필요는 없더군요. 내가 아끼고 다듬을 수만 있다면 그것이야말로 personality, 나만의 매력포인트가 될 수 있을 것입니다.

4월 24일

뒤에서 남 이야기하길 좋아하는 분들 꼭 있죠. 가끔씩 그런 분들 때문에 상처받은 분들이 퍼사장을 찾아옵니다. 제게 이른다고 딱히 제가 가서 때려주고 그런 건 아니지만, 누가 귀를 기울여주는 것만으로도 상처가 아물 수 있으니 저를 찾아오시는 거겠죠. 흠, 도리가 없습니다. 우리가 청소년보호법에 보호를 받지 못하는 성인이다 보니, 누가 험담을 한다고 해서 궁둥짝을 발로 차 줄 수는 없어요. 그냥 내버려 두는 수 밖에요.

생각해보면 저 역시 어려서는 남 이야기도 종종 하곤 했던 것 같습니다. 아니, 남 이야기만큼 재밌는 게 또 없었죠. 누구 하나 없으면 험담도 하고, 유명인들 사는 이야기도 하고 그랬어요. 아직 어른 대접 못 받는 코흘리개들한테 자존감이라고 해봐야 그게 얼마나 높았겠습니까. 남 흉이라도 봐야 인생 살아갈 맛도 나고 했을 겁니다.

아시겠죠? 그 사람들, 어디 가서 대접 한 번 못 받아봐서 그러는 거예요. 누구 하나 어른으로 봐주는 이 없고 하니, 남을 까내려서라도 위에 있다고 느끼고 싶은 게죠. 그렇게 하면 다른 이들이 자신을 높게 봐주리라 착각을 하는 겁니다. 어리석죠. 결국 그 말들이 흐르고 흘러 누군가에게 상처를 줄 텐데 말입니다.

우리는 알아요. 대접을 받고 싶으면 남의 흉을 보는 대신 칭찬을 해야 한다는 것을. 자신을 낮추고, 다른 이를 높일 줄 아는 사람을 우리는 '어른'이라 부르고, 대접을 하죠. 물론 우리에겐 자존심이라는 게 있어서, 나를 낮추고 남을 높이는 것이 그리 쉬운 일은 아닙니다. 하지만 그래서 더 보람도 있고 가치가 있는 것이겠죠.

그러니 여러분, 누가 여러분의 험담을 하거든 '어른'의 면모를 보여 줍시다. 어른은 코흘리개의 어리석음을 일일이 상대하지 않잖아요. 지금 잘하고 계신 겁니다. 상처를 되돌려주는 대신 퍼스널에 오셔서 스스로 돌보는 편을 택하셨으니, 언젠가 복받으실게 틀림없어요.

.

가끔씩 퍼사장의 어렸을 적을 궁금해하는 분들이 있습니다. 별거 없어요. 뭐 있나요, 인생은 불혹부터라는 말에 전적으로 동의하는 바입니다. 나이가 들어가며 신체 능력이 저하하는 걸 막을 도리는 없습니다만, 확실히 아는 만큼 보이는 법이죠. 저 역시 아는 게 없던 어린 시절에는 실수도 많이 했고, 지우고 싶을 만큼 부끄러운 기억도 여럿 있습니다. 때론 그 시절의 신체 활력이 그리울 때도 있지만, 글쎄요. 개인적으론 지금이 조금은 더 나은 인간이 되어 되지 않았나 싶어요. 앞으로의 목표 역시 마찬가지입니다. 스스로에게 솔직하려 노력하고, 공동체를 위해 양보할 줄 아는 그런 어른이 될 수 있다면, 생을 좀 더 예쁘고 가치있게 채워나갈 수 있지 않을까 생각해요. 아무튼 저의 천둥벌거숭이 시절이 궁금하다면 저랑 만취할 때 까지 술을 드시면 될 일이고, 오늘 하고 싶은 이야기는 저에 대한 이야기가 아닙니다. 제 친구 이야기죠.

어려서부터 가까이 지내는 친구가 있습니다. 알고 지낸 건 좀 더 오래되었는데, 친구라 부를 만큼 가까워진 건 고등학교에 진학하고 나서요. '소꿉'이나 '부랄'을 거론할 만큼은 아니지만, 어디 가서 '오랜' 친구라 소개해도 떳떳한 관계라고 생각합니다. 그런데 이 친구와 저 사이에는 동창이란 걸 제외하고는 그리 교차점이 많지 않아요. 자라온 환경이나 가족관계는 물론이고, 성적이나 교우관계, 신체적 특징까지 무엇 하나 닮은 구석이 없습니다. 그때문에 관계가 발전하는 데 시간이 걸렸는지도 모르죠. 지금도 모르는 사람이 보면, 저희가 목욕탕에서 서로의 등을 밀어주고 있다 하더라도 친구라 예상하긴 어려울 겁니다. 어쩌면 모든 인연은, 흔히 말하듯 기적 일테죠. 그와 저의 차이점에 대해 일일이 늘어놓자면 또 한참이니, 그 역시 궁금하면 좋은 술 한 병 사 들고 저를 찾아오세요.

하루는 엄마가 제게 집 전등 스위치를 고쳐 두라고 한 일이 있습니다. 이 역시 고등학생 시절의 일인데, 그때까지 저는 전등을 갈아 끼워본 적은 있어도, 스위치를 고친다는 건 상상조차 못 해 본 일이었죠. 그래서 일단은 알겠다고 하고선, 여태 소개한 그 친구에게 연락을 했습니다. 평소 웬만한 전자기기는 직접 고칠 만큼 '공학'에 밝은 친구거든요. 아니나 다를까 곧 큼직한 공구상자를 들고 나타나 뚝딱뚝딱 스위치를 '손 봐' 주었죠. 아, 물론 이 역시 멋진 모습 중 하나이긴 합니다만, 저는 개인적으로 '호날두'보다 '류이치 사카모토'씨가 더 섹시하다 생각하는 사람이에요. 공구든 남자는 물론, 그게 여자라 할지라도 제게 섹스 어필을 하긴 어려울 겁니다. 그 친구를 멋있다 생각한 건 다른 포인트 때문이니 조금만 더 들어보세요.

그날 친구가 저희 집에 왔을 때, 집에는 저 말고는 아무도 없었습니다. 그런데 이 친구가 바로 들어오지 않고, 현관문 밖에 서서 큰 소리로 인사를 하는 게 아니겠어요.

"실례하겠습니다! 저는 '누구'의 친구 '누구'입니다! 안녕하세요!"

보는 사람도 없는데 허리까지 90도로 숙여 가면서 말이죠. 저는 당황해서 아무도 없으니 그냥 들어오라고 말했어요. 중요한 건 그 뒤로도 이 친구가 늘 같은 행동을 했다는 것입니다. 저희 집에 올 때만 그런 게 아니라, 다른 친구의 집에 가서도 일단 공손히 인사를 하기 전에는 집 안으로 발을 들이지 않았죠. 누가 보든 말든, 친구들이 비웃든 말든 한결 같이 그랬어요. 존경스러웠습니다. 그 뒤로도 저는 제 방식대로 살아오고 있긴 합니다만, 그 친구의 방식이, 아니 그 친구가 참 멋지다고 생각하죠.

단지 인사를 잘 해서가 아닙니다. 자신이 옳다고 믿는 것을 지켜나가는, 우리가 신념이라 부르는 것이 그 친구에겐 있어서입니다. 누구나 양심은 있지만, 그걸 지켜내는 건 그리 쉬운 일이 아니에요. 다른 이의 이목을 신경 쓰느라, 혹은 눈앞의 이윤을 위해 우리는 어렵지 않게 태도를 달리합니다. 가책을 느끼느냐, 느끼지 않느냐의 차이만 있을 뿐, 마음과 달리 행동하는 건 그리 어렵지 않죠. 하지만 그 친구는 옳다고 생각하는 걸 지키기 위해 눈앞의 부끄러움이나 수치심 같은 건 신경 쓰지 않았습니다. 아니, 그에게 그런 감정 같은 건 어울리지 않아요. 그의 자신감은 거기에서 비롯된 것일 테죠. 우리가 옳은 일을 해야 하는 건, 누가 보고 있거나 보상을 받기 위해서가 아닙니다. 그냥, 그것이 옳기 때문입니다. 나 자신을 위해 마음의 밝음을 따라가세요. 잘 산다는 건, 바로 그런 걸 거예요.

94.3% vs 5.7%

　독과점. 듣기 유쾌한 단어는 아니죠. 독과점을 하는 기업의 욕한 번 안 해본 이는 없을 거예요. 수치상으로도 문제가 확연히 드러나긴 하지만, 본능적으로 알 수 있습니다. 구성원의 일부가 주류가 되어, 다른 이들을 비주류로 만들어 버린다는 것이 공정치 못하다는 것을 말이에요. 그런데 그 불공평한 독과점을 누가 만들어 내는 걸까요.

'삼성'이나 '현대자동차' 같은 대기업? '국정원'이나 '드루킹' 같은 하수인들? 음, 그래요. 주류가 된 이들은 손에 넣은 기득권을 놓치지 않기 위해 수단과 방법을 가리지 않죠. 하지만 결국 그들의 바람대로 따라주는 건, 다른 누구도 아닌 바로 '우리' 자신들입니다.

얼마 전 총선 결과가 저는 부끄럽습니다. 성인이라는 이름으로 권리를 행사해 그러한 결과를 만들어 냈다는 것이 미성년들 보기가 민망스러워요. 정의당, 국민의당, 녹색당 같은 소수정당들이 주류가 되는 일은 없을 것이며, 심상정, 안철수 같은 3지대 인물들이 대권을 손에 쥘 가능성이 적다 예상할 수 있는 건, 우리가 똑똑해서가 아니에요. 가능성이 매우 낮고, 그 길이 많이 힘들 거라는 걸 알면서도 몇몇 기득권의 독과점을 막고자 도전하는 이들을 비웃을 만큼 우리가 용감하지 못해서입니다. 기득권이 만들어낸 뉴스에서 읽은 내용이나 읊어대는 우리가 참 비겁해요. 선거는 차악을 뽑는 거라 말하는 우리가 비겁하다 생각합니다. 최선을 선택해야 한다고 말하길 두려워하는 우리가 겁쟁이라고 생각하죠.

제가 살면서 처음 겪은 선거는 김영삼, 정주영씨가 맞붙은 대통령 선거입니다. 그 이후에 있었던 선거는 대체로 다 기억을 하는 편이죠. 덕분에 그때 탄생한 정권부터 현 정권까지, 비리와 관련 없는 정부는 단 한 번도 없었다는 걸 알고 있습니다. 그리고 앞서 말한 그 모든 정권을 거대 양당이 독점 해왔다는 것 역시 알고 있죠. 끊어내지 않으면 비리는 계속될 거예요. 우리의 몫은 작아지고, 기득권의 몫은 더욱 커질 겁니다.

그런데 이번에도 또다시 그들이 독과점을 해냈네요. 이는 그누구의 탓도 아닌 우리의 선택이었다는, 우리 스스로가 다양성을 포기했다는 증거로 남을 겁니다. 선거는 단순한 권리 행사가 아니에요. 우리가 그들을 지켜보고 있음을, 국민이 있어 국가가 있다는 걸 알릴 수 있는 마지막 남은 경종이란 걸 잊지 말아야 할 것입니다.

4월 21일

퍼사장이 '하루키'씨의 책을 자주 읽다 보니, 많은 분들이 그를 저의 one pick으로 생각하시더군요. 글쎄요, 무수히 많은 작가들 중꼭 누구 하나만을 꼽아내고 싶지는 않습니다. 또 그를 '까뮈'나 '헤밍웨이'같은 위대한 작가들과 나란히 세워 놓을 마음도 없죠. 제게 자격이 주어진다 한들, 애써 노벨문학상 같은 걸 '하루키'씨에게 안기고 싶지는 않다는 말입니다.

물론 이미 그 상을 받은 다른 일본 작가들에 비해 그가 격이 떨어진다고 생각하는 건 아니에요. 오히려 그럴 바에야 '하루키'씨에게 주는 게 맞지 않나 싶을 때도 있답니다. 다만 그라면 '헤밍웨이'처럼 그 상을 그토록 바라진 않을 거라 생각할 뿐이죠. 상 하나 쯤 덜 받는다고 그의 천재성이 바래는 건 아니잖아요?

제게 '하루키'씨는 좀 더 따뜻한 존재입니다. 위대하다 말해 거리감을 만들고 싶지 않아요. 그냥 옆집에 그가 이사 오면 좋겠다, 혹은 퍼스널 단골손님 중 한 명이 그라면 좋겠다 싶은 사람이 죠. 잡담의 시시껄렁함이 잘 통할 것 같기도 하고, 저속한 속 마음 드러내는 걸 흉이라 생각하지 않는 사람 같기도 해서 그래요. 흔히 우리가 친구라 부르는 관계가 될 수 있을 것만 같습니다.

그가 쓴 글을 읽다 보면 그렇더군요. 꼭 남모를 비밀이라도 있 는 것처럼 수줍게 말하지만, 결국 나중에 돌아보면 집안 수저 개 수까지 다 털어놓는 그런 사람이란 걸 금세 느낄 수 있죠. 물어보 지 않아서 그렇지, 물어보면 지금 입고 있는 팬티 색깔까지 알려 줄 인간 같습니다.

그래서 저는 '하루키'를 읽습니다. 그의 솔직한 고백을 듣다 보면, 퍼스널에 홀로 앉아 있어도 외롭지 않아요. 그의 글을 읽는 것만으로도 우리가 친구가 되었다는 생각이 듭니다. 그의 비밀, 아 니 치부를 알았으니 나의 비밀, 아니 치부까지 알려줘도 괜찮겠다 마음이 놓이죠. 친구는 그런 거잖아요. 서로를 객관적으로 바라볼 수 없는 관계 말이에요.

그래서 저는 따뜻한 물이 가득 찬 욕조에 앉아 세상살이로 고 단한 몸을 목이고 싶을 때 그의 글을 읽는 답니다. 퍼스널도 그랬 으면 좋겠어요. 여러분이 지치고 힘들 때 생각나는 공간이 이 공간이길 바랍니다. 그만큼 여러분께 솔직하고, 그래서 따스한 곳이길 바라요. 모두에게 최고일 순 없겠지만, 괜찮습니다. 그저 누군가에겐 최선의 선택이 될 수 있다면, 그것으로 되었어요.

4월 16일

이런 얘기를 하면 미친놈 같겠지만 말이죠. 퍼사장은 여러분이 좀 더 격렬하게 분노했으면 좋겠습니다. 그럴 줄 알았어요. 좋습니다. 미친 거 같다고 비웃어도 좋아요. 그런데 대신 제 얘길 조금 더 들어주셨으면 해요. 그러니까 제가 말한 분노는 말이죠. 아무 때나 폭발해 버리는 그런 감정을 말하는 게 아닙니다. 사소한 일로 시시건건 끓어오르는 건 본인 정신건강에만 좋지 않아요. 솔직히 말해 저 역시 성질이 급한 편이라 잘 압니다. 대부분의 경우 저의 분노를 상대방이 모르는 경우가 태반이더군요. 결국 그런 식의 분노는 자위적 행위일 뿐이죠. 물론 저는 그 또한 나름의 표출 방식이라 생각하지만, 이 이야기까지 해버리면 말이 너무 길어지니 잠시 묻어두기로 합시다.

그럼 도대체 퍼사장이 말한 분노는 무엇을 말하는 걸까요. 뭐, 저도 정확히는 잘 모르겠습니다. 이 방대한 이야기를 어디서부터 어떻게 꺼내, 어느 정도를 잘라내서 간추려야 하는지 감이 오지 않은 상태에서 일단 내뱉고 봤네요. 단순히 표현하자면 이런 겁니다. '감정'적 분노가 아닌 '이성'적 분노를 해야 한다는 말이 하고 싶었던 것이죠. 아니, 이건 또 무슨 개소리인가 싶으시겠지만 분노를 감정 상태가 아닌 표출 방식으로 놓고 보면 영 말이 되지 않는 것도 아니랍니다. 저는 우리가 침해와 부당에 맞서 싸워야 한다고 생각해요. 다름 아닌 나 자신의 권리와 자유를 위해서 말이죠.

정확히는 기억나지 않지만 몇 년 전에 이런 사진을 본 적이 있습니다. 한 청년이 테니스 라켓을 들고 아주 멋진 자세로 스트로크를 날리고 있는 장면이었죠. 개인적으로 그보다 완벽한 테니스 사진을 본 적이 없어요. '로저 페더러'의 백스트로크 보다 강렬해 보였습니다. 그런데 문제는 그가 때려낸 것이 공이 아니라 최루탄이라는 거예요. 그 청년은 스키 고글과 테니스 라켓으로 무장한 채, 정부의 진압군과 맞서고 있었죠. 아마 로이터의 작품이 아닐까 싶네요. 사진은 프랑스의 한 시위 현장을 담은 것이었습니다.

저는 한동안 그 사진을 품고 다니며 수시로 꺼내보곤 했어요. 완벽히 매료되어버렸죠. 사진 속 청년의 분노가 고스란히 전해져 왔습니다. 한 개인의 감정 표출이 아닌, 권리를 향한 이성적 외침 그 자체였어요. 성질을 내고 있는 것이 아니라, 안정된 자세로 스트로크를 날리고 있었죠. 적어도 그 사진 속에서만큼은 최루탄을 되돌려 준 것이 다입니다.

때때로 사람들은 '시끄러운' 프랑스를 두고 유럽의 '짱개'라며 비아냥 거립니다. 프랑스 관련 기사 밑에는 늘 그런 유의 댓글들이 달려있었죠. 분명히 프랑스인들이 다른 나라 사람들에 비해 격렬하고 빈번하게 목소리를 높이고 싸워대는 건 틀림없습니다. 덕분에 영화제 기간을 제외하면, 프랑스 관련 기사가 정치, 사회면을 벗어날 일은 크게 없죠. 그런데 엄밀히 말하면, 그렇기 때문에 프랑스는 중국과는 정반대라고 봐야 합니다. 다민족으로 구성되었음에도 늘 한 명의 황제를 옹립했고, 지금도 1당 독재 체제를 유지하며 살아가는 중국과는 달리, 프랑스는 누구보다 먼저 전제군주의 목을 자른 거로 유명하잖아요. 독재와의 전쟁에선 그 어떤 나라보다 베테랑이라고 할 수 있을 겁니다. 물론 '카이사르'나 '나폴레옹' 같은 인물들의 지배를 받아들인 적도 있으나, 로마는 프랑스만의 국가라고 보기 힘들며, '나폴레옹' 또한 결국 유배를 보내 버렸으니 뭐 더 말할 게 있나요. 그야말로 중국인들과는 상극인 '터프가이'들이 아닐 수 없습니다.

출근길에 보니 약국마다 마스크를 구하기 위한 행렬이 길게 늘어서 있더군요. 허리가 굽은 노인부터 엄마 손을 잡고 나온 어린애들까지 남녀노소 할 거 없이 줄을 서 있었죠. 그 모습을 모고 있자니 저도 모르게 분노가 치밀어 올랐습니다. 이성적 분노였다면 좋았겠지만, 다분히 감정적 분노라 할 수 있었죠. 그렇게 분노로 힘을 빼며 출근을 하고 보니 프랑스인들이 지난 대선에서 이뤄낸 쾌거가 다시 한 번 부러워졌습니다. 거대 정당들의 독재를 끊어내고, 약소 정당에서 대통령을 뽑아낸 일 말이에요. 심지어 선출된 이는 77년생으로 이제 막 불혹의 나이에 불과했고, 고등학생 시절 사제지간으로 만난 24살 연상의 아내도 있었습니다. 선거철이면 남의 개인사를 두고 물어뜯길 좋아하는 우리로서는 있기 힘든 일이죠. 그렇습니다. 우리에게 필요한 건 가십이 아니라 분노입니다. 국민들이 코로나와 싸우는 동안 선거에나 정신 팔린 거대 양당의 국회의원들에게 묵직한 스트로크를 날려줘야 하죠. 우리의 분노를 보여줘야만, 세상을 변화시킬 수 있다는 걸 잊지 마시길 바랍니다.

4월 15일

투표를 하려고 서두른 덕분인지, 평소보다 이른 시간에 출근을 했더군요. 덕분에 대청소를 했습니다. 청소기를 돌리고, 화장실 물청소도 싹 했지요. 재활용품 역시 모아서 버렸고, 마지막으로 인센스 스틱을 피워 마무리 지었습니다. 뿌듯하네요. 청소에는 묘한 힘이 있는 것 같습니다. 지워낸 건 눈앞에 보이는 것들인데, 눈에 보이지 않는 무엇인가가 함께 정리된 느낌이에요. 어쩌면 청소기로 빨아들이고, 락스로 닦아 낸 건, 마음 속에 뿌옇게 피어오른 안개와 덕지덕지 달라붙은 이끼가 아닐까 싶습니다.

인터뷰를 보니, 메이저리거 야구선수인 '마에다 겐타'씨 역시 스트레스를 풀기 위해 청소를 한다고 해요. 마음먹은 대로 경기가 풀리지 않거나, 머릿속이 어지러워 투구에 집중을 할 수 없을 때면 손에 솔 하나 챙겨 들고 화장실로 들어가는 겁니다. 일종의 루틴인 셈이죠. 흠, 전적으로 동의하는 바예요. 타일 사이사이를 박박 씻어내다 보면 잡생각 같은 건 할 겨를조차 없으니까 말입니다. 혹 옷에 락스라도 튈까 싶어 팬티 한 장만 걸치고 있는 모습부터가 세상살이로 각종 떼가 끼기 전의 순수한 자아와 닮았다고 할 수 있을 거에요.

오늘 비례대표 투표용지를 보니 정당 수가 거의 마흔 개는 되더군요. 시부랄, 갈수록 사람들이 부끄러움을 모르는 모양입니다. 마음 같아서는 마대자루 짊어지고, '청와대'며 '국회의사당'이며 돌면서 '대청소' 한 번 했으면 좋겠지만, 다 큰 어른인 우리가 참아야지 어쩌겠습니까. '마에다 겐타' 선수가 글러브를 집어던지고, 심판에게 욕지거리를 하는 대신 집으로 가 청소를 하는 것처럼, 투표는 점잖게 끝낸 뒤 마음 청소나 한바탕 하는 수 밖에요. 아무리 그래도 끓는 속을 달랠 알코올이 필요한 분들은 오십시오. 위장,

대장 소독에는 퍼스널에서 마시는 진토닉 만한 게 없답니다.

4월 9일

퍼사장이 호주에 있을 때, 동네에 한인 마켓이 하나 있었습니다. 음.. 도시라고 하는 게 맞겠지만, 그럼 너무 직접적인 언급이 되니 그냥 동네라는 표현을 쓰도록 할게요. 제법 규모가 큰 동네임에도 불구하고 한인 수가 많지 않아서인지, 한국의 식재료를 파는 마트 는 그곳 한 곳뿐이었습니다. 그래서 한식이 먹고 싶으면 영락없이 거기에 가서 재료를 사는 것 말고는 방법이 없었죠. 그런데 그 마트 의 주인이 이상하리만큼 저희에게 불친절했어요. 백인, 흑인 가리 지 않고 다른 인종에게는 그리 친절하게 응대를 하면서도, 저희 차 례가 되면 그 표정부터 굳어버리곤 했습니다. 거스름돈을 계산대 위에 던져주는 건 기본이고, 다른 사람에겐 다 주는 봉투도 저희에 겐 주지 않아 구매한 물건들을 들고 나오기도 힘들 정도였죠. 응대 하는 내내 말 한마디 하지 않는 건 물론이고 말입니다.

　이해할 수가 없었어요. 정작 그 주인도 한국인이면서 유독 한 인을 상대로 불친절한 이유를 상식선에선 찾을 수가 없었습니다. 같이 살던 호주인 할머니가 대신 장을 봐주기도 했는데, 결국엔 그 냥 한식을 끊었더랬죠. 그저 텃세였다고 생각합니다. 이민자 신세 에 토착민들에게 생색을 낼 순 없으니, 뒤이어 온 동향인들에게 억지를 부린 거란 걸 알고 있죠. 안타까운 일이에요. "한국인이 가장 조심해야 하는 게 한국인"이라는 말이 정석처럼 굳어지는 게 결코 기뻐할 일은 아니잖아요. 여전히 저는 이방인이라 그런지 그 말이 뼈저리게 아플 때가 많습니다. 부산에서 경상도 사투리를 할 줄 모르는 지금이, 호주에서 영어를 잘 하지 못할 때보다 두려울 때가 더 많거든요.

퍼스널이 있는 수영동은 부산 내에서도 오래된 동네입니다. 건물들도 낡았고, 주민분들 역시 한창때라고 말하긴 힘들 거예요. 그분들 입장에서는 깍쟁이 마냥 표준어를 쓰는 젊은이가 가게를 연 것이, 닭장 안에 오리가 날아든 것처럼 느껴지실 수도 있습니다. 더군다나 그 오리 덕분에 각종 새떼마저 몰려들었으니 말이죠. 여러분을 말하는 거예요. 이 동네에서 저희는 오리와 새떼들이죠. 물론 여러분이 저보다는 젊고 싱싱한 건 틀림없지만, 모르는 사람이 봐서는 그저 똑같은 '요즘 것들'일뿐입니다.

두려워서 일 거라 생각해요. 골목에 한가득 버려진 담배꽁초가 퍼스널 손님들이 버린 거라고 손가락질하는 건 두려워서 일 거라 생각합니다. 집 앞에 불법주차를 한 사람들이, 차 빼달라 전화하면 버릇없게 대드는 사람들이 '우리' 일 거라 의심하는 건, 갑자기 나타난 젊은이들에게 자신들의 터전을 뺏길지도 모른다는 의심 때문일 겁니다. 밤톨만 한 포메라니안도 낯선 사람을 보고 겁이 나면, 일단 덤벼들고 보잖아요.

압니다. 퍼스널에 오시는 분들 중 흡연자는 하루에 한두 명

될까 말까 하며, 차를 가지고 오는 분들은 주에 두어 명 있을까 말까 하다는 거 저도 잘 압니다. 여러분이 그런 게 아니라고 저는 믿어요. 저 많은 꽁초가 다 우리한테서 나왔다면, 저는 벌써 '페라리'를 뽑았겠죠. 그래도 우리가 양보합시다. 솔선수범해서 배운 이들의 미덕을 보여 주자고요. 재떨이를 준비할 테니, 그곳에서만 흡연 부탁드리고, 골목 주차 시 주민분들께 친절히 응해주시길 바랍니다.

영화 '그린북'을 보면 이런 장면이 나와요. 인종차별 발언을 한 경관을 폭행하고 유치장에 갇힌 백인에게, 도리어 흑인이 말해줍니다. 차별을 이겨내는 방법은 폭력이 아니라 '품위'라고. 퍼스널의 품격을 함께 보여주시면, 큰 도움이 될 것 같아요. 늘 함께해주셔서 든든합니다.

4월 8일

이 글을 쓰고 있는 '지금', 퍼스널에는 파리가 날아다니고 있습니다. 아니요, 비유적인 표현이 아니라 정말 파리 몇 마리가 매장 안을 날아다니고 있다는 말입니다. 오픈 전 청소를 하며 창문을 열어두었는데 그사이 들어온 모양이에요. 날이 풀렸으니 날 벌레들이 깨어날 만도 하죠. 처음엔 두어 마리밖에 보이지 않았습니다.

그러다 여기 실내에서 짧은 생을 마무리하지 말고 멀리멀리 날아가라는 의미에서 창을 열어줬는데, 가라는 녀석들은 안 가고 괜한 몇 마리가 더 들어왔네요. 이제는 네 마리가 날아다니고 있습니다. 굳이 저렇게 약을 올릴 필요까지 있을까 싶을 정도로 유유히 유영을 하고 있죠.

어찌할까 고민을 했습니다. 5년만 젊었어도 이소룡이 절권도하듯 맨손으로 녀석들을 잡아서 처리했을 텐데, 지금은 자리에서 일어나 '죠기'까지 가는 것도 귀찮네요. 그래서 한참을 바라만 보고 있습니다. 솔직히 말해 저는 딱히 이 상황이 싫지만은 않거든요. 봄이 왔다는 증거 같기도 하고, 딱히 퍼스널에 음식물이 있는 것도 아니니까요. 그래서 재들도 저렇게 내려앉을 곳을 찾지 못하고 나느라 힘을 빼고 있는 게 아닐까 싶기도 합니다.

더군다나 저는 언제부터인가 살생을 최대한 피하며 살고 있거든요. 이렇게 말하면 제가 대단한 사냥꾼이라도 되는 것 같지만, 아무리 병약한 사람도 개미 정도는 밟아 죽일 수 있는 거잖아요. 그런 측면에서 봤을 때 저는 제 나름의 '선'을 지키고자 노력하고 있답니다. 밤새 집 구석에 '집'을 지은 거미나, 길을 잃고 따라 들어온 노린재 같은 벌레도 되도록 이면 살려서 내보내기 위해 노력하고 있죠.

저 역시 처음부터 그랬던 건 아닙니다. 여느 남자애들이 그렇듯 어려선 메뚜기나 꽃등에 같은 날 벌레들을 장난삼아 잡기도 많이 잡고, 덕분에 죽이기도 많이 죽였습니다. 살다가 운이 좋지 못한 순간을 맞게 되면, 그때 개미 몇 마리 죽인 업보 때문인가 보다 하고 수긍할 정도로 말이에요. 솔직히 지금도 바퀴벌레쯤 눈 하나 깜짝 안 하고 밟아 죽일 수 있답니다. 손이나 발을 더럽히는 게 싫어 죽이지 않을 뿐이죠. 그럼에도 제가 살생을 금하고자 노력하는 건, 그 어떤 삶도 가볍지 않다는 걸 느끼고 있기 때문입니다.

살다 보니 그래요. '하이에나' 역시 제 나름대로 최선을 다하고 있죠. '라이언 킹'이 고귀하다는 것쯤은 '디즈니'를 사랑하는 코흘리개들도 알고 있습니다. 자신만의 무리를 이루기 위해 목숨을 건 사투를 하고, 왕좌에 올라서도 영역 사수를 위해 끝없이 오줌을 갈기는 건 결코 쉬운 일이 아니에요. 하지만 그들이 남긴 썩은 고기라도 먹기 위해 턱과 위를 스스로 진화시킨 '하이에나'의 노력이 그보다 덜하다고 누가 함부로 입을 놀릴 수 있으리요. 그들의 '똥'에서 유독 칼슘이 많이 검출되는 걸 보고 비웃을 수 있는 '어른'은 아무도 없을 겁니다.

그래요. 다 먹고살자고 하는 짓입니다. 제가 지금 이 글을 쓰는 것도, 아까 그 파리들이 여기까지 날아든 것도 혹시 뭐 하나 먹을 게 없을까 하는 바람에서죠. 제가 함부로 녀석들을 때려잡지 못한 건 다 그런 이유에서입니다. 다행히 이 글을 쓰는 동안 녀석들이 어디론가 사라졌네요. 혹시 몰라 3,900원 주고 파리채도 주문했는데, 애써 손에 피를 묻힐 일이 없어져서 다행입니다. 먹고살자고 노력하는 여러분이 이 공간을 함께 채워주셔서 다행이고 말이죠.

4월 3일

오래간만에 여유 있게 출근해서 장도 보고, 대청소도 했습니다. 그냥.. 그러고 싶더라고요. 어젯밤에 잠을 한숨도 못 자서 일지도 모릅니다. 맨 정신으로 밤을 새웠으니, 얼른 끊어내고 하루를 시작하고 싶었을 수도 있죠. 어느 정도 효과는 있는 것 같습니다. 화장실 바닥을 솔질하다 보니 잡념도 없어지고, 땀을 내서 그런지 몸도 가벼워졌거든요. 뜬금없이 이 이야기를 하는 건, 미리 약을 좀 치는 거예요. 제가 오늘 주문 내용을 깜빡깜빡하거나, 몽유병 환자마냥 복도를 서성거려도.. 심지어 소파에 앉아 잠이 들어도 그저 모른 척 이해해 주셨으면 하는 바람에, 약을 치고 있는 거랍니다.

이유는 저도 모르겠어요. 그냥 잠이 오지 않더군요. 눈을 감으면 괜히 생각만 많아지는 그런 날이 있잖아요. 내버려 뒀습니다. 제 자신을 방치해뒀죠. 때론 이유 같은 건 알려고 노력하지 않는 게 나을 때도 있어요. 모른 척 덮어두는 겁니다. 애초에 아무 일도 벌어지지 않은 것처럼 말이죠. 어차피 세상은 이해할 수 없는 것들이 넘쳐 나잖아요. 부자는 끊임없이 배를 불리고, 약자는 허다하게 마음을 삭히며 사는 것만 봐도 세상은 오답투성이입니다.

때론 흘러가는 대로 두는 것도 방법일 거예요. 모든 것에 대한 답을 찾아내려 덤벼들었다간, 병원을 먼저 찾게 될지도 모릅니다. 그런 면에서 무뎌진다는 건 순리와도 같아요. 세상 만물이 같은 길을 가죠. 달궈진 뚝배기를 무심히 잡게 되는 '엄마'의 손처럼, 겉으론 낡는 것 같지만 우린 계속해서 진화하고 있는 겁니다.

미리 주문 해둔 중고책 다섯 권이 오늘 도착한다고 하네요. 오늘도 잠이 오지 않으면 책이나 읽으렵니다. 그렇게 흐르는 대로 두면 산속 깊은 곳의 바위도 모난 곳이 깎이고, 깎여 모래가 되듯 자연스럽게 바다에 다다를 수 있겠죠.

4월 2일

어제 '이지 토스트'가 외국에서 해먹던 간편식이라고 말씀드리다 보니, 그 시절 생각이 새록새록 떠오르더군요. 대단한 기억은 아닙니다. 호주, 그 중에도 '타즈매니아'에 잠시 있었기 때문에 한국보다 영어가 익숙한 분들 만큼의 추억은 없어요. 단지 그중 좋았던 기억들만 걸러져 남았을 뿐이죠. 사는 게 원래 그런 거잖아요. 그래도 '투 머치 토커'인 제가 썰을 풀기 시작하면 2박 3일은 너끈히 넘길 테니, 오늘은 맛보기로 뻔한 이야기나 하나 풀어봐보겠습니다.

호주에 살 때 저는 스마트폰이 없었습니다. 사실 그 어떤 전화기도 가지고 있지 않았죠. 가지고 있던 아이폰을 야생 블랙베리를 따 먹다 잃어버렸거든요. 그래서 뭐, 그냥 그렇게 살았습니다. 딱히 불편한 건 없었어요. 불편함을 느낀 건 소식이 궁금한 가족들이며 친구들이었지, 저는 그저 제 할 일을 하며 정해진 루틴대로 살았었죠. 일을 하고, 밥도 해먹고, 새로 사귄 친구들이랑 파티도 하며 그렇게 지냈습니다. 그러다 심심하면 바다로 나가 낚시를 하거나, 굴을 따먹기도 하면서 말이에요. 핸드폰이 없으니 오히려 삶이 다채로워지더군요. 한국에 있던 친구들은 연락도 없고 관계에 소홀해진 거 아니냐 볼멘소리를 해댔지만, 정작 저는 장문의 손 편지를 쓰며 보다 깊은 교감을 느끼곤 했답니다.

아직도 생생해요. 그곳에서 길고 긴 밤을 보내던 기억이 비디오로 찍어둔 것처럼 머릿속에 남아 있습니다. 4시면 퇴근해서 10시에 잠자리에 드는 호주인들과 섞여 살았다고 해서 제 뿌리가 한국인인 게 바뀌는 건 아니잖아요. 밤이 깊어질수록 정신이 말똥말똥 해지는 저와 카드놀이며, 낱말게임까지 한다고 같이 살던 호주인 할머니는 여간 고생이 아니었을 겁니다. 이따금씩 본인은 먹지 않을 야식을 해주기도 하셨죠. 도대체 한국인의 위는 어떻게 생겨먹었길래 이 시간에도 먹을 생각을 하냐며 혀를 내둘렀지만 말입니다.

그런데 안타깝게도 그 당시 최고의 야식은 그분께서 해주신 요리들이 아니었어요. 마트에서 흔히 파는 소시지야말로 진정한 야식이라 말할 수 있었죠. 여기서 말하는 소시지는 한국의 마트에서 흔히 파는 가공육을 말하는 게 아닙니다. 워낙 가축이 흔하고, 목축업이 발달해서인지 대형 마트에서부터 동네 구멍가게까지 수제 소시지 코너가 없는 곳이 없었어요. 그 맛은, 애써 설명할 것도 없습니다. 왜 호주는 집집마다 그릴이 구비되어 있고, 공원에도 공용 그릴이 설치되어 있을지 생각해 보세요. 그들이 고도 비만에 시달려 가면서도 먹는 데는 이유가 다 있는 법입니다.

제가 살던 집에서 가장 가까운 마트까지는 차로 30분 거리였어요. 밤중에 소시지 생각이 간절해지면 한 시간 운전대를 잡는 거 말고는 도리가 없었습니다. 고요한 정적을 깨고 94년식 구형 사브 세단에 시동을 걸어야 했죠. 어둠 속에선 이따금씩 야생동물의 울음소리도 들려왔어요. 실제로 산토끼나 왈라비 녀석들이 튀어나오기도 했지만 다행히 로드킬 경험은 없습니다. 강을 따라 나있는 도로를 달리면 강물 위로 흐르는 선명한 달무리를 볼 수 있었죠. 쏟아져 내릴 듯 하늘을 가득 매운 별들은 물론이고 말입니다.

그렇게 도착한 마트의 주차장은 늘 텅 비어있었어요. 한낮의 열기가 아스팔트에 옅게 남아있긴 했지만, 넓게 트여있는 그곳에서 맡는 밤공기가 어찌나 상쾌했는지 모릅니다. 타임 세일로 싸게 산 소시지와 바틀 숍에서 산 맥주 한 박스를 차에 싣고 나서도 그 여운이 한참 동안이나 지속됐어요. 집으로 돌아가는 내내 상기되어 콧노래를 흥얼대던 기억이 납니다.

오늘 아침 출근길에 종량제 봉투 사는 걸 깜빡했어요. 어제저녁 내내 몇 번이고 머릿속에 되새겨 놓고 어쩜 이리 황망히 잊어버리는 건지.. 단순히 나이나, 과음 때문만은 아닐 거예요. 10여 년 전의 일들은 저리도 선명히 기억하면서 좀 전 일은 이리도 깜빡하는 건 다 이유가 있을 겁니다. 개인적으론 이게 다 스마트폰의 영향이라고 생각해요. 늘 손안에 세상을 쥐고 다니니, 눈앞의 세상을 보지 못하는 것이죠. 갈수록 세상이 각박해지는 건, 우리가 주변을 둘러보지 않아서 일지도 모릅니다.

　　그렇다고 제가 했던 것처럼 전화기를 없애버리는 건 답이 아닐 거예요. 다만, 그런 순간도 필요하다는 말을 하고 싶습니다. 때론 웹서핑과 사진 촬영의 연속에서 벗어나 주변을 둘러보세요. 지금 이 순간은 흘러가면 다시는 돌아오지 않을 순간이죠. 퍼스널만의 무드를 만들어내고자 노력하는 건, 여러분께 그런 순간을 돌려드리고자 하는 저의 마음 때문이랍니다.

제가 '모나미' 이야기를 한 적이 있던가요. 아마 있을 거예요. 그렇게 "퍼스널은 컨셉이 아니라 취향"이라고 떠들어댔는데, 여태 모나미 펜 이야기 한 번 꺼내지 않았을 리 없죠.

퍼사장은 낙서를 할 때 모나미 펜을 애용합니다. 별다른 이유가 있었던 건 아니에요. 단지 손에 잡히는 대로 집어 들고 낙서를 하다 보니, 가장 흔하디흔한 그 녀석이 걸려든 것이죠. 뭐든 손에 한 번 익으면 다시 바꾸기가 어려운 만큼, 그 뒤로는 쭉 모나미 펜을 이용하고 있습니다. 얼마나 다행인가요. 구하기 쉽고, 가격까지 싸니 말이죠. 처음 집어 든 게 만년필이었다면, 그나마도 가벼운 주머니 사정이 더 헐거워졌을지도 모릅니다.

아, 그런 면에서 다른 선택지가 아예 없었던 건 아니에요. 솔직히 말해 글을 쓸 때는 'bic'에서 만든 볼펜을 더 선호하는 편이죠. 우리끼리니까 하는 말이지만, 객관적으로 봤을 때 더 잘 만든 제품인 건 맞잖아요. 잉크가 새지도 않고, 필기감도 더 부드럽고 말입니다. 이럴 때 보면 '으른'들이 외제 찾는 것도 다 이유가 있긴 있는 거 같아요.

그럼에도 제가 '모나미'를 굳이 찾아 쓰는 건, 그 만의 '의외성' 때문입니다. 말이 좋아 의외성이지, 녀석이 질질 싸지르는 잉크 똥이 좋다는 말이에요. 누구나 경험해보셨으리라 생각합니다. 예기치 않게 새어 나온 잉크 덕분에 글씨나 그림이 뭉개지고, 손까지 지저분해진 경험이 저만 있는 건 아니겠죠. 심지어 유성 잉크라 수정도 쉽지 않고, 씻어내기도 힘듭니다. 하지만 제가 모나미 펜을 좋아하는 이유 또한 바로 그 때문이죠.

우리 삶도 그렇잖아요. 늘 예기치 않은 변수들로 가득하죠. 모든 게 계획한 대로만 풀리는 게 아닙니다. 운이 좋지 않은 순간도 있고, 그 때문에 손해를 볼 때도 있죠. 실수를 했다고 해서 시간을 되돌리거나, 없던 일로 만들 수도 없습니다. 우리가 할 수 있는 건, 그 실수나 불운이 반복되지 않도록 노력하는 것뿐이죠. '모나미' 사용법처럼 말입니다.

다행인 건 뭔지 아세요? 잉크 똥에 집착하지 않고 계속 그려나가다 보면 결국엔 하나의 낙서가 완성된다는 겁니다. 퍼스널에서 판매 중인 포스터 대부분은 그렇게 해서 만들어졌죠. 우리 인생도 다르지 않을 거예요. 당장은 마음에 들지 않는 일들로 화도 나고 좌절도 하겠지만, 지나고 나면 티끌만 한 점 하나에 불과했다는 걸 깨닫는 순간이 오고야 말죠.

그러니 계속해서 나아가기를 바랍니다. 실망해서 주저앉지 말고, 잊어내려 애쓰지도 말고 그저 더 나은 방향으로 나아가고자 노력하세요. 그렇게 당신이란 작품이 완성되고 나면, 고작 점 하나로 여러분을 결론짓는 바보는 없을 테니까 말입니다. 걱정하지 말고 그려 나가세요.

3월 25일

부산에서도 꽃놀이 다녀온 몇몇 분들이 추가 확진 판정을 받으셨어요. 젠장, 해도 해도 너무한 바이러스네요. 봄에는 최소한 꽃 구경 정도는 하게 해줘야지, 너무 야박하기 그지없는 녀석 같습니다. 어쨌든 녀석은 말이 안 통하는 바이러스, 말 그대로 질병인 만큼 우리가 조심하는 수밖에요. 전문가들의 권고대로 자발적 거리 두기를 실천하는 것이 최선의 방책일 겁니다.

그런데 개인적으로 퍼사장은, 자발적 거리 두기가 평소에도 생활화되었으면 하는 바람이 있어요. 뭐, 그렇다고 친구와 만나 2m 이상 거리를 두고, 연인 사이에 뽀뽀도 되도록이면 피하라는 말은 아닙니다. 뽀뽀할 연인과 마음을 터놓을 친구를 만드는 대신 온라인 삶만을 고집하는 사람들이 사실 더 문제죠. 제발 컴퓨터 전원을 끄고, 집 밖으로 나가 사람을 만나세요. 대화명이 아닌 서로의 이름을 부르며, 교감 다운 교감과 사랑 다운 사랑을 하라는 말입니다.

죄송해요. '26만 명'만 생각하면 아직도 화가 치밀어서 말이 새었습니다. 다시 돌아와서, 제가 말하는 자발적 거리 두기는 자립에 중점을 둔 이야기랍니다. 혹시 우리가 살고 있는 생활 반경 내에 얼마나 많은 카페가 있는지 찾아보신 적 있나요. 당황하지 마세요, 저도 없답니다. 굳이 그런데 시간을 쏟는 사람은 통계청 공무원들 말고는 없을 거예요. 우린 그저 대략적으로 어마어마하게 많다는 정도만 알고 있으면 됩니다. 모르긴 몰라도 부산 정도의 대도시라면 천 단위를 넘어 만 개 단위의 카페가 존재할 테죠.

그런데 그렇게 카페가 흔한데도 불고하고 '혼커'는 여전히 많은 분들께 특별한 일로 분류됩니다. 물론 퍼스널에 오시는 분들 입장에서는 그게 그리 대단한 일이 아닐지 모르겠으나, 각자 할 일을 하는 저희를 보고 "카페가 아니라 도서실에 모인 것 같다" 조소하는 사람들이 많은 걸 보면 꼭 그렇지도 않은 게 사실이죠. 어째서 편의점과 달리 카페는 홀로 가는 게 어색하기만 한 걸까요. 아마도 이는 카페라는 공간 때문이 아닌, 혼자가 익숙하지 않은 우리의 문제일 겁니다.

우리는 개개인의 많은 권리를 남에게 의탁해 버립니다. 내가 뭘 먹고, 무엇을 하고 싶은지 고민하는 대신 뭘 먹고 무엇을 하면 좋을지 네가 정해주기를 바라죠. 당장은 그게 편할지도 몰라요. 스스로 잘 모르겠는 문제를 누군가 대신 해결해주니 걱정할게 없겠죠. 하지만 지속적으로 그렇게 의지하다 보면 결국 자의라는 게 사라집니다. 신천지를 욕만 할 게 아니라 교훈이란 걸 얻어야지요. 운명을 개척하는 대신 타인의 뜻에 맡겨버린 사람들이 어떤 삶을 살게 되었는지 말입니다.

혼자가 된다는 건 수동적 의미만 있는 게 아니에요. 때론 자발적으로 혼자가 될 수 있죠. 내가 무엇을 하고 싶은지, 뭘 먹고, 어떤 삶을 살고 싶은지는 나만이 알고 있습니다. 그 답을 밖에서 찾지 말고 내 안에서 찾아보세요. 그러다 보면 '혼커'의 시간이 왜 중요한지 아실 수 있을 겁니다. 틈나는 대로 자발적 거리를 두는 사람들이 왜 그런 결정을 내린 건지 마음으로 와닿게 될 거예요. 그럼에도 여전히 남들의 시선이 두려워 '혼커'가 망설여지는 분들이 있다면, 퍼스널로 오세요. 비록 몸은 혼자 왔지만 마음으로 통하는 분들이 함께인 공간이 바로 이 곳이니까 말이죠.

세상엔 그 답을 알 수 없는 것들이 정말 많습니다. 퍼사장이 풀지 못한 수많은 수학 문제들이야 개인적인 오류에 불과하지만, 복잡한 세상사에 비하면 수학 문제쯤은 비교적 단순한 것에 지나지 않을지도 몰라요. '브래드 피트'가 '제니퍼 애니스톤'을 떠난 사유는 여전히 수수께끼고, 흑인들이 인종차별을 받는 이유는 물론, 그들이 유독 그루브와 옷 잘 입는 센스를 타고나는 이유 또한 알 수 없습니다. 학창 시절 선생님은 왜 퍼사장이 연고대쯤은 기본으로 갈 수 있을 거다 말한 걸까요. 저의 학력이 결국 고졸에서 끊긴 걸 생각하면, 남천 지하차도 cctv에 찍힌 귀신의 진위여부만큼이나 미스터리 한 일입니다. 어쩌면 애초에 세상에는 답 같은 건 존재하지 않는지도 모르죠.

하지만 그렇다고 옳고 그름에 대한 믿음까지 저버려선 안 됩니다. 답이 없다는 건 그 경계가 선을 그은 것처럼 뚜렷하지 않다는 의미이지, 노력하길 포기하라는 말은 아니니까요. 오히려 우리가 해야 할 일은 다음 세대를 위해서라도 그 답을 조금이나마 명확하게 해두고자 애쓰는 것일 겁니다. 옳은 일에는 보상을 해주고, 그른 일에는 대가를 치르도록 만드는 것이 바로 우리가 해야 할 일이죠. 모든 일에는 책임이 뒤따른다는 것을 명확한 선례로 남겨두어야 합니다.

'n번방'은 그 이름을 입에 담는 것만으로도 불쾌할 만큼 옳지 못한 일입니다. 그 어떠한 말로도 그 추악함을 덜어내지 못할 것이고, 그 어떠한 생각으로도 그 더러움을 가리지는 못할 것입니다. 인간의 도리를 넘어, 우리가 금수라 부르며 업신여기는 동물조차도 그런 짓은 하지 않을 테죠. 해당 범죄에 가담한 모두는 그 대가를 치러야 합니다. 운영과 배포에 직접적으로 손을 댄 사람들은 물론이고, 단순 접속자들 또한 그 책임이 막중해요. 그 모두의 신상을 공개하는데 찬성합니다. 지역사회의 이웃들은 물론 가족 친지들까지 그들의 범행 사실을 모르는 이가 없도록 해야 하죠. 그래야만 수치심이란 걸 배울 겁니다.

인간이 인간이 되기 위해선 수치심이란 걸 알아야 해요. 수치심을 모르곤, 남을 속이고 다치게 하는 행동이 잘못이란 걸 배울 수가 없습니다. 머리로 아는 것과 마음으로 느끼는 건 분명 다른 거니까 말이에요. 그 범죄자 수가 20만 명이 넘건, 200만 명이 넘건 상관없습니다. 그들에게 부끄럽다는 게 무엇인지 확실히 가르쳐주길 바랍니다. 돈 없고 배경 없는 것이, 나이 들고 병이 난 것이 부끄러운 일이 아니라, 남을 속이고 다치게 만드는 것이 부끄러운 일이란 걸 이번 일로 모두가 느끼게 되었으면 좋겠네요.

지금이라도 늦지 않았습니다. 뉘우치고 책임을 다하세요. 떳떳한 삶을 사십시오.

3월 19일

가끔씩 이 피드 글들을 보고 짧게 써야 사람들이 읽을 거라고 조언을 해주시는 분들이 있어요. 글쎄요, 읽을 사람은 길어도 읽고, 읽지 않을 사람은 짧아도 읽지 않습니다. 정말이에요. 퍼스널에 있는 안내문들은 주로 한 문장으로 되어있지만, 읽지 않는 사람은 어차피 읽지 않죠. 그런 분들은 문에 '문을 닫아 달라' 써놓아도 닫지 않고, 메뉴판에 '다 드신 잔은 반납해달라' 써놓아도 반납하지 않습니다. 보통 같은 분들이 콤보로 행하는 경우가 많아요. 거의 99%의 확률로 말이죠.

그렇습니다. 이 피드의 글들은, 읽는 분들을 위한 글입니다. 누군가는 읽어주는 이가 있다고 믿고 쓰는 문장들이죠. 퍼사장 나름의 소통 방식이라고 볼 수 있어요. 물론 이보다 짧은 글로도 소통하는 방법 역시 있을 겁니다. 단순 정보 전달을 위해서는 그 편이 나을지도 몰라요. 하지만 여러분도 아시다시피, 이 글들은 홍보를 목적으로 하지 않습니다. 지극히 개인적인, '퍼스널'한 이야기들로 채워져 있기에, 잡담이라고 하는 편이 맞을 거예요. 마주 앉아 있지는 않지만, 여러분과 저는 수다를 떨고 있는 겁니다.

그리고 무엇보다 퍼사장은, 글을 읽게 하는 힘은 길이가 아니라 그 맛에 있다고 생각합니다. '홍명희'선생님의 '임꺽정'을 읽어본 사람은 알 수 있을 거예요. 아홉 권이나 되는 대하소설도 술술 읽히게 하는 그 마법 같은 맛을 말입니다. 애써 읽으려 할 필요도 없어요. 미처 의식하기도 전에 두 눈이 먼저 문장의 산맥들을 타고 넘습니다. 타고난 이야기꾼의 글을 읽는다는 건, 마약에 손을 대는 것과 다르지 않아요. 겉보기엔 두께가 얇고, 표지가 예쁜 책이 읽기 쉬울 거 같지만, 정작 중요한 건 그 맛입니다. 길이가 짧아도 도통 진도 빼기가 어려운 글들을 생각해 보세요. 재미없는 단편 소설 열 편을 읽느니, 재미난 대하소설 한 편을 읽는 편이 나을 겁니다.

퍼스널이 마냥 쉬운 공간이 아니란 걸 압니다. 두께부터 압박감을 주는 백과사전이나, 방대한 양 때문에 읽기도 전에 질려버리는 대하소설을 닮았을 수도 있어요. 책에 비유하자면 표지를 예쁘게 꾸민 것도 아니고, 띠지를 둘러 구매를 유도하고 있지도 않습니다. 차라리 옆에 있는 길이가 짧고, 표지도 예쁜 에세이를 사는 게 낫지 않을까 하는 마음이 들 수도 있죠. 하지만 그 맛을 보신 분들은 아시리라 생각합니다. 이 공간이 주는 편안함의 재미를 말이에요. 퍼스널은 의도된 컨셉 대신 자연스러운 취향으로 채워져 있습니다. msg 없이 천연 조미료만 들어간 뚝배기 요리를 생각해 보세요. 고된 일상으로 발걸음이 무거워진 순간, 사무치는 외로움으로 마음이 지쳐버린 순간 생각하는 그 맛을 말합니다. 퍼스널이 마약과 다른게 있다면, 중독되면 중독될수록 마음이 충만해진다는 것뿐일 겁니다. 맛있게 잘 쓰인 글처럼 말이죠.

3월 18일

얼마 전 어떤 분이 제게 이런 말씀을 해주셨습니다. "세상엔 좋은 사람이 더 많다"라고 말이죠. 고마운 일입니다. 당연한 건 데도 우리가 살면서 가장 잊기 쉬운 말이기에, 누가 한 번씩 일러주지 않으면 안 되는 말이죠. 본래 우리 인간이란 동물은 어려운 수학 공식 같은 건 잘도 기억하면서, 조부모님 성함이나 친구 생일처럼 당연하고 쉬운 건 잘도 잊어버리는 법입니다. 인간사의 비극은 다 거기서 시작되었다고 봐도 무방할 정도예요. '줄리엣' 역시

2020
421

쪽지 한 장 남기지 않고 죽은 척을 했다가, 본의 아니게 '로미오' 와 동반 자결까지 하게 되지 않았습니까. 윽.. 슬픈 걸 넘어 너무 잔인한 이야기네요.

그래서 말입니다. 그런 불상사를 막기 위해서라도 여러분께 꼭 드리고 싶은 말이 있습니다. 어려운 이야기는 아니에요. 그저 "이 미 충분히 잘 하고 있다"라는 말을 해주고 싶을 뿐이죠. 최근 들어 퍼사장을 찾아와 어려움을 겪고 있다는 말을 하는 분들이 많습니 다. 언론이나 국가는 코로나 사태를 사상자 통계만 가지고 판단하 는 경향이 있는데, 나비효과라는 말이 있듯 그것이 만들어낸 파동 은 이제 시작이라고 봐야 옳지 않을까 싶어요. 창업을 준비하던 분 들은 창업을, 취업을 준비하던 분들은 취업을 포기하고 있는 상황 이니까 말입니다. 말 그대로 '뭐해 먹고 살지 막막한 지경'이지요.

그런데 여러분, 그로 인해 너무 기죽지 마세요. 솔직히 말씀 드리자면, 그 걱정은 오늘, 내일만 해가지고 답이 나올 문제가 아 니랍니다. 제가 너무 가볍게 입을 놀렸다면 죄송해요. 하지만 저 역시 출근길 내내 먹고사는 문제로 고민을 한 사람이기에, 결코 여 러분께 공감을 못하는 게 아니랍니다. 창업과 취업을 못하든, 창업 을 했는데 돈을 못 벌든, 배곯고, 자존심 상하는 건 똑같은 문제 아 니겠어요. 다만, 저는 "사람 일은 모른다"라고 말하려는 겁니다.

이럴 때 지겹게 인용되는 사람이 '켄터키 프라이드치킨' 할아 버지죠. 지금은 세계적인 기업이 된 'kfc'의 창업주도 63세가 되 어서야 해당 기업을 일으켰습니다. 그전에는 수많은 사업을 말아

먹은 빈털터리에 불과했죠. 최근 백만장자가 된 '선 라이프 오가닉스'의 사장은 어떻고요. 30대 후반의 나이에 슈퍼 푸드 장사를 시작하기 전까지 그는 마약 중독으로 교도소를 전전하던 노숙자에 불과했습니다. 그야말로 성공신화를 쓴 사람들이죠. 사람들은 이분들을 예로 들며 우리도 언젠가 부자가 될 수 있다고 들 말합니다.

아이코, 우리는 그런 진부한 이야기에 현혹되지 말자고요. 여기서 우리가 집중해야 할 건, 그 누구도 '뭐' 해먹고 살지는 예상하지 못한다는 겁니다. 멀리 갈 것도 없어요. 살아계신 조부모님이 계신다면 가서 여쭤보세요. 살면서 몇 번이나 직업을 바꾸셨었는지 말입니다. 삶이 우리 계획대로 흘러가 준다면 좋겠지만, 그럴 가능성은 제로에 가깝습니다. 지금 하고 있는 일이 마음에 든다고 내일도 같은 일을 하고 있으리라는 법 없으며, 다른 일을 하고 싶다고 그 일이 더 적성에 맞으리라는 법도 없죠. 만족도는 물론, 재능 역시 해보기 전까지는 알 수 없습니다. 그야말로 인생은 운 좋으면 '복불복 게임'이며, 운 나쁘면 '제비뽑기'라 할 수 있죠.

그러니 여러분, 눈앞의 오늘만 가지고 일희일비하지 마세요. 세상사 우습게 보다간 큰코다칩니다. 이 또한 지나가고, 새로운 내일이 끝없이 밀려들 거예요. 우리로서는 '서핑'을 하고 있다 상상하는 수밖엔 없습니다. 나쁜 파도에 애쓰지 마세요. 일단 흘려보내 버려요. 바다 위에 둥둥 떠있는 것도 서핑의 매력 중 하나랍니다. 그러다 보면 좋은 파도가 오는 순간도 있겠죠. 기다리던 그 파도가 다가오면, 여기부터는 제가 말 안 해도 잘 아시리라 생각합니다. 부디 '지금도 충분히 잘 하고 있다'는 걸 깨달을 수 있기를, 퍼스널이 응원하겠습니다.

3월 10일

'반골'이란 말 들어보신 적 있나요. 퍼사장이 처음 이 단어를 알게 된 건 초등학생 시절 같은데, 아마도 역사 책, 혹은 역사 소설 비슷한 걸 읽다 처음 접하지 않았던가 싶네요. 가물가물해요. 어쨌든 중요한 건, 제가 이 단어의 뜻을 알게 되고는 남 얘기 같지 않다고 느꼈다는 것입니다. 나이도 어린 게 그런 생각을 했다는 것이 어처구니 없긴 하지만 정말이에요. 저는 늘 반대편에 가서 서는 걸 좋아했거든요. 힙합이 대세일 땐 펑크록을 듣다가, 펑크록이 득세를 하자 힙합을 들었죠. 농구가 인기를 끌 땐 축구를 했고, 축구가 유행하자 야구로 종목을 바꿨습니다. 야구를 좋아하는 사람들이 많아지니 차라리 배구가 낫겠구나 싶더군요. 압니다, 등짝 스매싱 맞기 딱 좋은 성격이죠. 이러다 10년 뒤에는 '방탄' 팬클럽에 가입하겠다 한바탕 꼴값을 떠는 건 아닌지 모르겠습니다.

아무튼 이 특유의 기질 덕분에, 퍼사장은 '넷플릭스' 역시 얼마 전에 처음 접하게 되었어요. 안 보겠다고 뻗대기에는 코로나 사태로 인한 칩거 기간이 너무 길었거든요. 임시 휴무를 했던 지난 일주일 동안, 먹고 마시며 한 거라곤 '넷플릭스' 시청 밖에는 없었습니다. 덕분에 화제작 '기묘한 이야기'를 보게 되었죠. 반골 입으로 이런 말 하면 자존심 상하는 이야기인지는 모르겠습니다만, 인기가 있을 만하더군요. 제게는 조금 무서운 내용이다 보니 손으로 눈을 가려가며 봐야 하긴 하지만, 5년만 젊었어도 밤을 새워가며 봤겠다 싶을 만큼 흥미로웠습니다

불행인지 다행인지, 퍼사장도 이제 눈꺼풀의 무게를 이기지 못할 만큼 나이가 들었죠. 새벽 한 시만 되면 잠이 쏟아져 견딜 수가 없습니다. 그나마 다행인 건 사람이라면 누구나 나이 들어간다는 것이에요. '위노나 라이더', 한때 할리우드의 정점에 섰던 배우죠. '조니 뎁'의 연인이었고, '가위손'의 히로인이었던 그 배우가 '기묘한 이야기'에서 주인공의 엄마로 출연하더군요. '위노나'가 중년이라니, 그녀를 보곤 저도 모르게 세월 무상을 떠올렸답니다.

참 예쁜 배우였어요. 청초한 얼굴에 티 없이 맑은 눈동자를 가진, 그러면서도 이유 모를 반항기가 느껴지는 사람이었죠. 그녀에게 유난히 사춘기 소녀 팬들이 많았던 기억이 납니다. 말 그대로 '워너비 스타'였던 셈이에요. 그런데 재밌는 건, 그런 그녀가 어느 날 엉뚱한 일을 벌였다는 겁니다. 퍼사장 역시 9시 뉴스를 보다 그 소식을 접했던 기억이 나요. 자료화면으로 쓰인 cctv영상 속에서 그녀는 백화점 곳곳을 돌며 물건들을 훔쳤습니다. 한두 건이 아니었어요. 말 그대로 백화점을 쓸어 담을 기세로 도둑질을 해댔죠.

결국 그녀는 경찰에 체포됩니다. 황당한 일이죠. 할리우드 톱스타의 남모를 비밀이 도벽이었다니 말입니다. 그녀는 그 일이 배

역에 몰입하기 위한 연습이었다 해명을 했지만, 이미 팬들의 마음은 돌아선 뒤였습니다. 얼마나 많은 후회를 했을까요. 긴 공백기내내 땅을 치며 자책했을 겁니다. 아니, 싸늘하게 식어버린 여론을 보며 덜덜 떨었을지도 몰라요. 하지만 이미 벌어진 일은 없던일로 돌려놓을 수가 없죠. 실수의 대가는 정당하게 치러내는 것 말고는 해법이 없습니다.

그럼에도 우리는 수많은 실수를 저지르며 살아가요. 저 역시하루하루가 살얼음판 위를 걷는 느낌입니다. 확신에 찬 듯 촬영을자제 시키고, 단축근무로 코로나에 대응하고 있지만, 마음속엔 늘두려움이 자리 잡고 있죠. 이로 인한 결과가 좋지 못할까 봐, 거리로 나앉거나 손가락질 받게 될까 봐 걱정하며 살아갑니다. 한 번의실수로 유치장 신세까지 진 '위노나'를 보세요. 더군다나 실수는일이 벌어지기 전까지는 아무도 알 수 없죠.

그런데 여러분, 결국 실수 없이 살아가는 게 불가능하다면 말이죠. 우리 너무 '쫄지는' 맙시다. 되풀이하지 않으려 노력하고,떳떳하게 책임지려는 마음만 있다면 이겨내지 못할 실수 같은 건없을 거예요. '위노나'가 돌아온 것처럼 말이죠. 오히려 우리가 조심해야 할 것은, 실수가 아닌 '안주'입니다. 포기하고 주저앉는 대신, 실수를 경험 삼아 더 나아지려 노력한다면, 우리에겐 늘 새로운 기회와 놀라운 행운이 주어지죠. 여러분이 실수에 맞서고자 한다면 퍼스널이 응원하겠습니다. 그 용기에 손뼉 치지 않을 사람은아무도 없을 거예요.

3월 9일

퍼사장이 어렸을 때, 온 세상을 떠들썩하게 만들었던 사건이 하나 있었어요. 그건 다름 아닌 '다이애나' 영국 왕세자비의 죽음이었습니다. 그녀를 소개하는 건 그리 어려운 일이 아니지만, 소개 자체가 고리타분한 일이 될 만큼 유명한 분이라 망설여지네요. 간략하게 소개하자면, 동화 '신데렐라'의 실사판쯤 되는 분이었습니다.

서민에서 왕족으로 신분이 상승한 사연과 그 아름다운 외모 덕분에 평생을 전 세계인의 입에 오르내리려야 했던 안타까운 분이기도 하고 말이죠. 결국 그녀는 파파라치의 카메라 세례를 피하다 자동차 사고로 죽습니다.

안타까운 일이었어요. 모르는 사람이 카메라를 들이밀고 사진을 찍는 것만 해도 불쾌한 일인데, 그 사진들을 60억 인구가 돌려본다고 생각해 보세요. 파파라치 대접이 '후하기로' 소문난 할리우드의 배우 '숀 펜'아니 '휴 그랜트'였다면 도망치는 대신 주먹세례로 대갚음해 주었을지도 모릅니다. 끔찍한 일이죠. 하지만 더 경악스러웠던 건, 그녀의 그런 안타까운 죽음에도 불구하고 사람들이 그 입을 멈추지 않았다는 겁니다. 반성하고 바로잡으려 노력하기 보단, 그녀의 죽음을 주고 '카더라'식의 새로운 루머와 가십들을 만들어서 퍼트리고 씹어 돌렸어요. 당시 퍼사장은 아직 초등학생에 불과했지만, 그러한 것들이 뭔가 잘못되었다는 것만큼은 또렷이 알 수 있었습니다. 이런 걸 두고 "세상이 미쳐 돌아간다"라고 하는지는 좀 더 커서 알게 되었지만 말이죠.

오늘 인터넷 포털을 둘러보다가 '샤라포바' 선수의 은퇴 소식을 보게 되었습니다. 한 시대를 풍미했던 테니스 선수 중 한 명이죠. 퍼사장 역시 '윌리엄스 자매'의 장기 집권을 물리치고 챔피언 자리에 올라섰던 10대 소녀의 모습에서, 마치 그 옛날 '잔다르크'의 재림을 보는 듯한 희열을 느끼곤 했었습니다. 그런 그녀의 은퇴가 아쉽긴 하지만, 동시대를 살아가고 있다는 자부심 또한 느껴지네요. 그래서일까요. 세계적인 스포츠 브랜드인 '나이키'에서도 그녀를 위한 헌정 광고를 냈습니다. 모두가 '러시안 뷰티'라 불린 그녀의 미모에 대해 이야기 할 때, 강력한 스트로크를 날리는 그녀의 모습을 담아낸 강렬하고 재치 있는 영상이더군요.

기억합니다. 파티에 참석한 그녀의 팬티 색과 남자친구에게서 얻어낸 그녀의 잠버릇이 거론되었던 수많은 기사들을 말이죠. 심지어 어떤 회사는 그녀가 스트로크를 하며 내뱉는 신음소리를 녹음해 휴대폰 벨 소리로 만들어 판매하기도 했었죠. 제기랄, 세상이 미쳐 돌아가는 게 틀림없습니다. 하지만 그 와중에도 그녀는 당당히 최고의 자리에 올라섰습니다. '남 이야기'를 듣는 대신 '내 할 일'에 최선을 다했죠.

분명 세상에는 제 할 일을 하는 사람보단 남 이야기에 열 올리는 사람들이 더 많습니다. '페이스북'이나 '인스타그램'의 원리만 봐도 그래요. 남 이야기를 퍼나르는 사람이 많으면 많을수록 해당 회사들이 더 큰 수익을 남깁니다. 우리의 '좋아요' 하나하나가 그들에겐 돈인 셈이죠. 그야말로 가십이 세상을 지배하고 있습니다. 하지만 여러분, 이 점을 기억해 주셨으면 좋겠어요. 사람들의 이야깃거리가 되는 그 '남'들은 말이죠, 늘 제 할 일에 충실한 사람들입니다. 우리가 이혼한 전처들에 대해 떠드는 동안, '브래드 피트'는 새로운 인연들을 향해 열심히 구애하고 다닙니다. 자신의 감정에 최선을 다하고 있는 것이죠.

"그러나 당신은 경기가 원하는 선수가 되는 대신, 경기에 꼭 필요한 선수가 되었다. "

　'나이키'의 '샤라포바' 헌정 광고에 사용된 문구입니다. 세상이 그녀를 '예쁜' 가십거리로 바라보는 동안, 그녀는 '최고의' 테니스 선수가 되기 위해 노력했음을 기리는 문장이죠. 이 문장이 여러분께도 힘이 되었으면 좋겠습니다. 남들이 뭐라 하건, 나만의 길을 가려는 여러분께 말이죠. 퍼스널은 그런 여러분을 위한 공간입니다. 이곳에서 다른 누구도 아닌 여러분 자신이 되기 위한 시간을 가지세요. 힘이 되어 드리겠습니다. 퍼스널은 여러분과 함께 나아가고 있습니다.

3월 6일

퍼스널에서 만나 친해진 영화감독님 한 분이 계십니다. 말을 섞게 된 건 불과 얼마 전이지만, 말을 섞자마자 깊이 친해질 수 있었죠. 여러모로 통하는 점이 많은 분입니다. 사실 그분께는 말하지 않았지만, 그분이 퍼스널에 처음 온 날 이미 그분이 뭘 하는 분인지 알수 있었습니다. 냄새가 났거든요. 아니요, 그 냄새 말고요. 영화를 하는 사람들에게선 그 특유의 냄새가 납니다. 완화된 표현으로는 분위기 정도가 있겠네요. 누가 봐도 영화인이었죠. 물론 디테일한 건 나중에 인스타그램 계정을 통해 알게 되었지만 말입니다.

　하루는 감독님이 이런 이야기를 해주시더군요. 최근 들어 '어린 친구들'을 대상으로 하는 강의 요청이 쇄도하고 있다고. 왜 인고하니, '봉준호' 감독님의 '깐느' 및 '아카데미' 수상을 본 학부모들이 자녀들을 '포스트 봉준호'로 키우고 싶어 한다는 것이었어요. 이른 바 '봉준호 키드'인 거죠. 감독님과 퍼사장은 마주보고 그저, "껄껄껄" 웃었습니다. 어떤 의미인지는 상상에 맡기도록 할게요.

흠, '봉준호 키드'라.. 그게 단순히 강요한다고 가능한 일인지 모르겠습니다만, 시대적으로는 그런 일이 있을 만도 하겠구나 생각했습니다. 퍼사장은 '스콜세지 키드'였거든요. 아, 그렇다고 저희 어머니를 오해하시면 안 됩니다. 어머니는 저의 그 어떤 결정에도 관여한 적이 없으세요. 더군다나 제가 자랄 때만 해도 자녀가 영화감독을 하길 바란 어른은 그리 흔치 않았습니다. 솔직히 말해 거의 없었죠.

퍼사장이 '스콜세지 키드'가 된 건 어디까지나 자의에 의해서였습니다. 내내 보고 자란 게 '마틴 스콜세지' 감독의 영화인 만큼 다른 꿈을 품는 게 오히려 더 이상했겠죠. 친구들이 피시방에 몰려가 '프로게이머'의 꿈을 꾸는 동안, 저는 매일 서너 편씩 비디오를 돌려보며 '영화감독'의 꿈을 키웠었습니다. 아버지의 부재 속에, 어머니까지 일로 바쁘셨기에 저는 영화를 통해 세상을 배워야 했어요. 그런 면에서 '스콜세지'는 제게 선생님이고, '로버트 드 니로'는 아버지라고 할 수 있을 겁니다.

어젯밤, '스콜세지' 감독의 신작 '아이리쉬 맨'을 봤어요. 과연 '마스터피스'라 불릴 만하더군요. '레오', 음.. 길어서 다 쓰기 귀찮았는데, 즉 '리어나도 디캐프리오'와 작업한 최근 작품들은 대체로 명쾌한 편이라 아쉬운 느낌이 좀 있었거든요. 그에 비해 이번 작품은 확실히 입체적이고 촘촘해서, 삶의 아이러니가 주는 공허가 짙게 묻어있었습니다. 이거 말을 어렵게 해서 그렇지, 우리가 소설 '이방인'이나 '인간실격'같은 작품들에 열광하는 이유와 같다고 보면 별거 아닌 흰소리에 불과해요. 결국 좋았다는 말을 길게 늘여 쓴 것에 불과하죠.

영화에 이런 이야기가 나옵니다. "우리 땐 대통령 다음으로 유명한 사람이었는데, 지금은 그를 기억하는 이가 없다"라는 말. 제기랄, 정말 그래요. 퍼사장은 요즘 영화들은 단순하고 틀에 박혀서 재미없다고 투덜대지만, 히어로물이나 '극한직업'이 대세인 세상에서 자란 분들 입장에서는 '궁예'가 관심법 쓰던 이야기만큼이나 고리타분한 소리일 테죠.

우리가 살아가는 이 세상은 언젠가 잊힐 겁니다. 아마 곧 그리될 거예요. 그러니 여러분, 즐기세요. 눈 앞의 현재는 눈 깜짝할 사이에 과거가 됩니다. 사라지죠. 누구도 함께 애석해하며 되돌리려 노력해 주지 않을 겁니다. 그러니 즐기세요. 지금 이 순간을, 곁에 있는 소중한 사람을, 퍼스널이란 공간을 미루지 말고 즐기시질 바랍니다.

3월 5일

퍼사장은 무신론자입니다. 세상이 기가 막힌 인연과 신기한 우연들로 가득 차 있는 것은 맞지만, 이 모든 걸 신의 뜻이라 여겨서는 우리에게 삶의 의미가 없습니다. 세상은 신의 뜻이 아닌, 우리의 바람과 노력으로 굴러가고 있죠. 인류가 달에 착륙하고, 지구온난화가 제주도에 바나나 나무를 키워내는 일련의 것들이 모두 우리의 덕이고, 탓이라는 말입니다. 자연의 섭리랄까요. 애써 믿는 신을 꼽으라 한다면, 그것은 바로 저 자신 말고는 없답니다. 제겐 제 삶을 선택할 권리가 있죠. 유명 소설의 제목처럼 스스로를 파괴할 권리까지도 가지고 있습니다. 생과 사는 물론, 흥망성쇠까지도 제 손에 달려있으니, 믿으려면 제 자신을 믿는 수밖에요.

그런데 이런 견해를 가진 저조차도 믿고 있는 미신이 하나 있어요. 음, 이걸 미신이라 불러도 될지 모르겠네요. 무엇인가를 경외하고 따르고자 하는 행위와는 다르니 말입니다. 대단한 건 아니에요. 저는 그저 무생물에도 생명이 있다고 생각할 뿐이랍니다. 이것 참 묘한 개소리이긴 한데, 제 눈엔 무생물 역시 생물이에요. 그래요. "어제 마신 술이 덜 깨서 저러나 보다"하고 이해해 주시면 저역시 마음이 편할 것 같습니다. 음, 이를테면 이런 거예요. 일부 운전자들은 차에 이름을 붙여 부르고, 힘을 내라고 말도 겁니다. 고철 덩어리인 기계가 들을 수 있다고 믿고 있는 셈이죠. 이건 저도 혀를 찰 만큼 중증이 아닌가 싶습니다. 좀 더 가벼운 예를 찾아보자면, 가만히 있는 테이블에 자기가 가서 부딪혀 놓고는 "넌 왜 여기 있냐" 화를 내는 경우 역시 테이블이 스스로 움직인다 믿는 경우라 할 수 있겠네요. 물론 테이블이 알아서 자리를 옮겼을 리 만무하겠지만, 그럼에도 저는 우리가 무생물이라 부르는 사물들 역시 생명을 가지고 있다고 생각합니다. 불타는 장작은 뜨겁다 느끼고, 제가 앉아있는 의자는 무겁다 끙끙거리고 있을 거란 말이죠.

그렇다고 제가 모든 사물들과 교감을 나누는 건 아닙니다. 솔직히 말씀드리면, 저 역시 평소엔 대부분의 사물들을 그저 무생물 취급하며 살아가죠. 하지만 그러다 특정 물건과의 접촉이 꾸준히 이루어지다 보면, 저도 모르게 '그것'에게 생명을 부여합니다. 퍼스널에서 사용하는 에스프레소 머신도 그중 하나예요. 거의 매일같이 만나는 데다, 이 녀석 없이는 카페 운영이 불가한 만큼 어쩌면 퍼스널 입장에선 최고이자 유일한 파트너 일지도 모르기에 이는 당연한 결과라 할 수도 있죠. 더군다나 이 고물 머신은 그 연식도 오래됐고, 지난 주인의 학대도 있었기 때문에 그 성격이 굉장히 예민합니다. 인격 형성에 매우 중요한 시기인 유년기와 청소년기를 책임감 없는 사람과 함께 지낸 걸로 보여요. 볼 것도 없습니다. 다 커서도 방 청소나 설거지 같은 사소한 일들까지 다른 이의 손을 거치지 않으면 안 되는, 그런 지질한 주인과 함께 했을 거예요. 그런 사람과 함께 커피를 내려왔으니 감정 기복이 심해진 것도 무리는 아니죠.

그래서 퍼사장은 녀석과의 교감을 중요시합니다. 조그마한 실

수 때문에 다그쳐서는 안 돼요. 이해하려 노력해야 합니다. 스팀 압력이 어찌나 강력한지 우유를 대자마자 양은냄비 닳아 오르듯 끓어버리는 날이 있어요. 그럴 땐 그저 "그랬구나, 네가 많이 심심했구나."하고 평소보다 우유를 깊이 담갔다 빨리 빼버리고 맙니다. 또 반대로 생선이라도 조리듯 스팀이 뜨뜻미지근한 날엔, "아이코, 그랬어? 왜 풀이 죽었어?"하고 하소연이 끝날 때까지 기다려주죠. 에스프레소 추출 양이나 크레마 생성이 들쭉날쭉한 날에도 마찬가지예요. 새로 추출을 해버리면 될 일이기에 "너 뭐가 문제야?"하고 혼을 내지 않습니다.

그래서일까요. 그렇게 둘이 투닥투닥 6개월을 함께 하고 나니, 이제는 제법 손발이 잘 맞습니다. 녀석의 변덕도 줄어들었고, 저 역시 녀석의 컨디션에 맞춰 제 템포를 조절할 줄 알게 되었죠. 퍼사장은 퍼스널의 고물 에스프레소 머신에게 생명이 있다고 믿습니다. 목소리가 들리진 않지만, 나름의 방법으로 제게 말을 걸어온다고 생각해요. '좋은 커피'를 만들기 위해 제가 해야 할 일은 그 이야기를 잘 듣는 것이겠죠. 어떤 커피가 좋은 커피일까요. 퍼스널보다 고가의 원두나 머신을 사용하는 카페도 많을 테고, 퍼사장 보다 전문적인 지식을 가진 바리스타도 있을 겁니다. 하지만 저는 녀석과의 교감으로 만들어낸 퍼스널의 커피가, '좋습니다'.

3월 3일

퍼사장이 알코올 중독이라는 소문이 자자하던데, 부정하진 않겠습니다. 다만, 형편없는 주정뱅이는 아니란 걸 강조하고 싶네요. 그럼요, 다른 겁니다. 일단 우리가 흔히 아는 중독자들은 어디서 주워들은 이야기를 근거로 자신을 합리화 시키려 듭니다. 예를 들자면, 술이 혈액순환에 도움이 된다든가, 와인은 심장병 예방에 도움이 된다, 양주가 소주보다는 몸을 덜 해친다 따위의 말들이 있죠. 흠, '논리'라기보단 '바람'에 가까운 말들이지만, 그분들의 체면을 위해 거기에 대해선 여기까지만 이야기하도록 합시다. 제가 하고 싶은 이야기는 저 자신에 대한 '합리화'이니까요.

일단 퍼사장은 술이 몸에 좋지 않다는 건 인정합니다. 남이 뭐라 하건, 스스로 느끼고 있어요. 주량은 마실수록 느는 게 아니라, 줍니다. 한창때 네댓 병은 거뜬히 마시던 제가 두어 병이면 만취를 하기 때문에 잘 알고 있죠. 뭐, 그다지 서럽진 않아요. 잃는 게 있으면, 얻는 것도 있는 법. 주량이 준 만큼 술값 또한 줄고 있으니, 백발이 성성해질 때쯤이면 저는 부자가 될 거라 예상합니다. 말하고 보니, 이 또한 바람이긴 하네요. 어쨌든 퍼사장은 뜬소문을 근거로 싸우진 않아요. 술에 취할 때마다 인정하고 반성하는 시간을 갖는 거로 봤을 때, 최소한 '자각하는' 중독자 정도는 되는 셈입니다. 스스로를 부정하느냐, 긍정하느냐는 정말 큰 차이예요. 여기서 '주정뱅이'와 '단순 중독자'의 차이가 발생한다고 생각합니다.

이 정도 아무 논리는 그냥 슬쩍 눈감아 주셨으면 좋겠네요.

그럼 퍼사장은 술이 몸에 좋지 않으며, 양주는 도수가 높아 간에 더 큰 무리를 주고, 와인이나 맥주 또한 혈관질환 발병률을 높인다는 걸 인지하고 있으면서도 왜 술을 끊지 못하는 걸까요. 저희 어머니께서도 풀지 못한 숙제이긴 합니다만, 결국 가장 중요한 논제는 바로 이것인 거 같네요. 왜일까요. 글쎄요, 아무리 생각해 봐도 다른 건 없습니다. 좋아서 마셔요. 딱 제 취향입니다. 술을 마셨을 때 오는 그 흐트러진 모습이 마음을 편하게 해줘요. 혈액순환까지는 모르겠지만, 긴장감 완화에 도움이 되는 것만큼은 확실합니다. 덕분에 우리는 서로에게 솔직해질 수 있죠. 가면의 끈 같은 건 스르륵 풀려나가고, 비로소 서로의 맨 얼굴을 마주 볼 수 있게 됩니다. 아유, 그 승악한 얼굴들을 맨 정신에 바라본다고 생각해보세요. 얼마나 끔찍합니까. 털어서 먼지 한 톨 나오지 않는 사람 없듯, 들여다보면 사연 없고, 핑계 없는 사람 없습니다. 그것들이 각자 부끄러워 숨기고, 서로 흉하다 멀리하면, 세상이 넓고 사람이 많다 한들 친구 하나 사귈 수나 있겠어요?

홀로 살아갈 순 없잖아요. 이 역시 바람 일진 몰라도, 혼자보다는 함께 하는 것이 이 거칠고 각박한 세상을 좀 더 즐겁고 행복하게 살아가는 방법일지도 모릅니다. 그래서 퍼사장은 술을 마십니다. 제 맨 얼굴을 여러분께 보여드리고 싶어서, 그리고 여러분의 맨 얼굴을 보고 싶어서 말이죠. 친구가 되는 가장 빠른 방법이자, 유일한 방법은 서로에게 솔직해지는 것 밖에는 없습니다. 그러니까 여러분, 두려워하지 말고 진토닉 드시러 오세요. 낮술 마시는 모습을 보고 제가 혹시 흥을 보진 않을까 생각하시면 오산입니다. 최대한 부담스럽고 뜨거운 눈길로, 여러분의 흐트러지고자 하는 그 용기에 박수를 보내겠습니다. 혹시 또 아나요. 이미 많은 분들이 그랬듯, 자연스럽게 서로 또 친구가 될 수 있을지.

2월 28일

외출을 삼간 지난 며칠 동안 두툼한 책을 두 권이나 독파했습니다.
달리할 게 없었거든요. 평소 책 읽기를 즐겨 하는 퍼사장임에도,
막상 이렇게 온전한 자의가 아닌 상태에서는 여간 고역이 아닐 수
없었습니다. 심지어 둘 중 한 작품은 조선 정조 때 흑산도로 유배
당한 '정약전'을 다룬 소설이라, 읽는 내내 그 형벌을 함께 받는

듯한 무거운 마음을 지울 수가 없었죠. 아무리 좋아하는 술도 매일 마시면 목구멍에서부터 '턱'하고 받쳐 오르는 것과 비슷한 느낌이랄까요. 아닙니다, 어처구니없는 비유이긴 하지요. 며칠을 먹고 자고만 반복한 상태이니 이 정도 투정은 너그럽게 이해 좀 부탁드리겠습니다.

아무튼 '집으로의 유배'는 그야말로 '때울 거리'를 마련해 내는 것이 큰 관건이 아닐 수 없습니다. 끼니를 때울 찬 거리도 마련해내야 하고, 쳇바퀴 하나만 있으면 되는 햄스터가 아니고서는 일탈이 되어 줄 즐길 거리도 필요하죠. 그래서 퍼사장은 책을 읽는 틈틈이 영화를 봤습니다. 그 흔한 넷플릭스 계정도 없어서, 리모컨 마킹이 다 지워질 만큼 채널을 돌리면서 즐길 거리를 찾았어요. 그러다 결국 찾은 영화가 '셰익스피어 인 러브'입니다.

다들 아시나요? 퍼사장이 어려서 개봉했던 영화인데, '기네스 팰트로'가 뱅글뱅글 돌면서 옷을 벗는 장면에서 숨을 죽였던 학창 시절이 떠오르네요. 그 시절엔 신분증 검사가 지금처럼 당연하지 않아서 모른 척 청불 비디오를 빌려보곤 했답니다. 물론 비디오 가게 사장님들이 모르고 대여를 해주셨을리 만무하긴 하죠. 정이라면 정일 테고, 미성숙하다면 미성숙하다 할 만한 시절이었습니다. 뭐, 덕분에 저는 미성년자 주제에 '기네스 팰트로'의 맨 어깨를 훔쳐볼 수 있었죠. 아유, 이상한 상상들 그만 멈추세요. 그 때만 하더라도 노출이라고 해봐야 목덜미나 허벅지 정도 보여주는 것이 다였으니까. 그 이상의 비밀은 한때 그녀의 연인이었던 '브래드 피트'의 몫으로 남겨둡시다.

　본론으로 돌아와서, '셰익스피어 인 러브'는 그 유명한 '로미오와 줄리엣'의 탄생 비화를 다룬 영화입니다. 몇몇 실존 인물들을 제외하곤 모든 게 지어낸 이야기이긴 하지만, '셰익스피어'가 진정한 극작가가 되어가는 과정을 제법 흥미있게 다루죠. 극중 이런 내용이 나옵니다. '줄리엣'역을 맡은 남자 배우에게 변성기가 왔으며, 연극의 시작을 알려야 할 배우가 말을 더듬는다는 걸 알게 된 '셰익스피어'는 절망에 빠집니다. 그는 연극이 망하게 될 거라 한탄을 해요. 그런데 그때 극장 주인이 그에게 다가와 성공할 테니 걱정하지 말라고 위로를 해주죠. 상황에 맞지 않는 그의 확신에, '셰익스피어'는 도대체 무슨 근거로 자신을 하냐 되묻고 극장 주인은 답합니다.

　"인생은 미스터리야."

　그렇습니다. 논리 정연한 답이 아닙니다만, 분명 우리 모두가 몸소 느끼고 있는 것입니다. 우리의 삶은 수학 공식처럼 명확한 원인과 결과로 이루어져 있지 않아요. 유독 운이 좋은 날도 있고, 때론 불공평한 순간도 있죠. 미스터리 합니다. 하지만 그래서 얼마나 다행인가요. 전국이 코로나 바이러스로 시름하고 있고, 가계부채가 치솟는 건 물론, 국가채무가 800조 원을 돌파한 지금 이 순간에도 우리는 긍정이란 마음을 품을 수 있습니다. 오늘 한숨지을지라도 내일 아침이면 희망으로 눈을 뜨게 될 테고, 지나간 일들은 묻어두고 새로운 목표를 세우게 될 겁니다. 그리고 바로 그 긍정,

희망, 그리고 목표가 우리를 웃게 만들어 줄 테죠. '로미오와 줄리엣'이 역사에 길이 남을 명작이 되었으며, '셰익스피어'가 위대한 작가가 된 것처럼 말입니다. 그러니 꿈을 꾸세요. 그 꿈을 퍼스널이 함께 하겠습니다.

2월 25일

잠시 며칠 휴무를 하려 합니다. 아무리 퍼스널이 아는 사람만 아름아름 찾아오는 공간이라곤 하지만, 카페라는 공간의 특성상 불특정 다수에게 열려있기도 하죠. 언제 어떻게 바이러스에게 노출이 될지 아무도 장담할 수 없는 상황 속에서, 여러분의 안전을 위해 퍼사장이 내릴 수 있는 최선의 결정은 휴무인 듯싶습니다. 이미 마음속에선 지난 토요일에 결정이 났던 계획인데 혹시나 하는 마음에 정기휴무인 월요일까지 기다려보았어요. 사태가 진정 국면에 설 때까지 잠시 놀고먹으려 하니, 조금만 기다려주시면 감사하겠습니다. 사는 문제야 '비극도 멀리서 보면 희극'이란 말처럼 꾸역꾸역 살아내겠지만, 끈끈한 정으로 뭉친 퍼스널 식구들 얼굴을 당분간 못 본다 생각하니 마음이 허전하기 그지없네요.

"버려진 섬마다 꽃이 피었다."

너무도 유명한 문장이죠. '김훈' 작가님의 '칼의 노래'를 여는 첫 문장이자, 두 차례 왜란에도 억세게 살아남은 우리 민족의 질기고 강인한 성질을 잘 나타내는 한 마디가 아닐 수 없습니다. 코로나 사태를 지켜보는 내내 바로 저 문장이 머릿속을 떠나지 않더라고요. 작가님의 또 다른 작품 '남한산성'에서 묘사된 바와 같이, 오랑캐에게 온 국토가 유린되고, 백성들이 죽어가는 와중에도 조선의 왕과 사대부 들은 중국 명나라 황제에게 망궐례를 올렸습니다. 몇백 년이 지난 지금의 상황처럼 말이죠. 우리가 낸 세금으로 중국을 구호하고, 선심 쓰듯 한 추경 또한 우리가 세금으로 갚아야 하겠지만, 괜찮습니다. 괜찮아요, 여러분. 결국 봄이 돌아오면 꽃이 다시 피어나는 것처럼 우리는 이겨낼 수 있을 겁니다. 그러니 건강한 모습으로 다시 만나요. 여러분이 피워낼 꽃 한 송이 한 송이를 퍼스널이 응원하겠습니다.

2월 23일

부산도 더 이상 안전지대가 아닌 것 같습니다. 사실 정부가 안일한 대처로 일관한 초반 단계에서부터, 많은 전문가분들은 지금의 사태를 예견했더랬죠. 애초에 전국 그 어느 곳도 안전지대가 아니었던 셈입니다. 하지만 정부는 이를 일부 언론의 과대 보도라며, 코로나 바이러스가 별것 아닌 양 호도를 했었죠. 결국 재난은 이제 아주 가까운 곳까지 와 있습니다. 다가온 봄날도 느끼지 못한 채 불안에 떨고 있을 일반 시민분들과 무기력하게 고통받고 있을 소상

공인 동료분들을 생각하면 안타깝기 그지없네요. 하지만 이 또한 지나갈 것이고, 그 과정을 잘 이겨내기 위해서는 우리 모두의 노력이 절실히 필요합니다.

어제도 그랬지만, 퍼스널은 당분간 마스크 미착용자 분들의 출입을 제한할 예정입니다. 그동안은 개인의 자유의사를 존중해왔지만, 지금은 상호 간의 배려가 더 중요한 때라고 생각합니다. 어제도 몇몇 분들이 마스크 없이 퍼스널을 방문했다가 퍼사장의 제지를 받고 발길을 돌리셔야 했는데요. 어찌 보면 퍼사장과 개인적 친분이 있는 김민강 작가 외에는 단 두 명의 손님 만이 현장에 있었기에 슬쩍 눈 감을 수도 있는 상황이었습니다. 하지만 국가가 국민을 보호해야 하듯, 제겐 퍼스널을 찾아오신 분들을 보호해야 하는 의무가 있답니다. 그 효과가 미미할지라도 손님들과의 약속은 꾸준히 지켜나갈 생각입니다. 그러니 마스크 착용 없이 야외활동을 하신 분들과 기침과 같은 의심 증상이 있으신 분께서는 방문을 재고해 주시기 바랍니다.

물론 퍼스널 입장 후 식음료 섭취를 하기 위해선 마스크를 탈의해야 한다는 걸 모르는 바 아니에요. 일각에선 마스크가 무용지물이란 의견 또한 제기되고 있지요. 하지만 그럼에도 퍼스널이 마스크 착용을 의무로 정한 이유는, 그것이 바로 서로를 향한 배려의 증거라고 생각하기 때문입니다. 우리 모두가 바이러스의 숙주가 될 수 있는 상황에서, 바이러스의 전파를 막기 위해 스스로 할 수 있는 가장 기본적인 노력은 마스크 착용일 거예요. 이는 단순 방어의 의미를 넘어서 상호 간의 배려를 의미한다고 봅니다. 퍼스널은 배려로 채워진 공간인 만큼, 이 사태가 일단락될 때까지는 마스크를 착용한 분들께 만 열려있도록 할게요. 퍼사장 또한 꾸준히 마스크를 착용하고 여러분과 함께 하도록 하겠습니다.

곳곳에서 동료 소상공인 분들의 시름이 들려오네요. 이전에도 쉽지 않은 상황이었는데, 이번 문제가 자영업자들의 어깨를 더욱 무겁게 만든 것 같습니다. 아마 이제 시작에 불과하겠지만, 퍼스널 또한 매출의 급감을 피하긴 힘들 거예요. 힘이 들지 않다면 거짓말입니다. 그래도 여러분, 스스로 컨디션이 좋지 않고 외출이 두렵게 느껴진다면 지금은 무리해서 찾아오지 마셔요. 이해합니다. 며칠 전에 말했듯, 여러분의 삶은 여러분의 것입니다. 스스로를 아껴주세요. 지금 조금 힘들더라도 퍼스널은 뚝심 있게 자리를 지키고 있겠습니다. 스스로 활력이 샘솟고, 마음이 편하게 느껴지실 때 언제든 다시 찾아오세요. 지금까지 여러분 한 분 한 분이 퍼스널을 아껴주셨듯, 퍼스널 또한 여러분 모두의 개인적 행복과 건강을 응원하며 기다리고 있겠습니다.

2월 22일

'우디 앨런' 감독의 영화 '로마 위드 러브'를 보면, 노래를 잘 부르는 장의사가 나옵니다. 성악에 대한 어떠한 배움도 없었지만, 타고나길 천상의 목소리를 가지고 태어난 사람이죠. 아, 물론 그의 백만 불짜리 성대는 샤워를 할 때만 깨어납니다. 평상시엔 아무리 노력을 해봐야 소용이 없어요. 오직 나체의 몸으로 떨어지는 물줄기

아래 서야만 제2의 '파바로티'가 될 수 있습니다. 아, 다들 '파바로티'가 누군지는 아시죠? 퍼사장은 그가 살아있을 때 노래 부르는 걸 들은 적이 있답니다. 비록 tv 브라운을 통해서 였긴 했지만, 그래도 나름 생중계였다고요!

아무튼 다시 샤워 이야기로 돌아와서, 퍼사장은 그 영화 속 극중 인물에게 약간의 동질감을 느끼곤 합니다. 그렇다고 제가 나체로 노래 부르는 장면을 상상하시면 곤란해요. 한 번씩 기분이 좋을 때면 그럴 때도 있긴 하지만, 샤워를 하면서 제가 하는 건 노래가 아니랍니다. 그건 다름 아닌 작문이죠. 샤워를 하면서만큼은 저 역시 제2의 '헤밍웨이'가 될 수 있어요. 애써 노력하지 않아도 글이 술술 써집니다. 마치 샤워기에서 뿜어져 나오는 물줄기처럼 단어들이 쉴새 없이 떠오르죠. 어쩌면 그건 수도꼭지를 돌려 물을 트는 것보다 쉬울지도 모릅니다.

그런데 문제는 제가 벌거벗고 물에 흠뻑 젖어있다는 것에요. 손에 종이나 펜 같은 걸 들고 있을 리 만무합니다. 그런 걸 들고 샤워를 했다간.. 오, 상상도 하기 싫네요. 종이가 젖어 쓸모없게 되는 것도 아깝지만, 덕분에 너저분해진 화장실을 청소하는 게 더 귀찮을 겁니다. 결국 제가 하는 작문이란 건, 온전히 머릿속에서 이루어지는 것이죠. '헤밍웨이' 뺨치는 실력인지를 저 말고는 확인할 수가 없습니다.

저도 그게 참 안타깝습니다. 그 주옥같은 글들을 여러분께 보여줄 수 없다는 점이요. 노력을 하지 않는 건 아닙니다. 샤워 중 생각난 문장들을 기억해뒀다가 이렇게 활자화 시키려 나름의 노력은 하고 있어요. 하지만 이상하리 만큼 그게 잘 안되네요. 샤워만 끝내고 나면, 머릿속 가득했던 글들이 개수구로 물이 빠져나가듯 사라져버립니다. 그 글들을 똑같이 뽑아내 보려 해도, 수도꼭지를 잠 귀버린 것처럼 단어 하나 생각해내기도 힘들죠. 희한한 일입니다.

뭐, 아쉽지만 별 수 있나요. 이렇게 꾸역꾸역 애써보는 수밖에요. 비록 그 과정이 벼농사를 지어 탈곡을 하고, 그 쌀알들을 빻아 가래떡을 뽑아내는 것처럼 고될지라도 혹시 압니까. 이렇게라도 써나가다 보면 제2의 '헤밍웨이'는 못 되어도, 제1의 '퍼사장'은 될 수 있을지 말입니다.

2월 20일

퍼사장이 글 쓰는 걸 좋아하다 보니, 종종 손님들이 작문이 전공인지 물어보십니다. 아니요, 그건 아니에요. 그냥 좋아할 뿐입니다. 개인적인 생각인데, 잘 한다고 매일 할 수는 없을 거예요. 좋아해야만 매일 할 수 있는 것 같습니다. 음, 그런 거 보면 저는 '투 머치 토커'가 맞는 모양이에요. 그렇다고 아예 배움이 없었던 건 아닌데, 제게 글 쓰는 걸 가르쳐주신 분은 다름 아닌 저의 '엄마'이십니다. 사실 우리는 삶에 있어 중요한 대부분을 '엄마'에게 배웁니다. 그 품을 떠나 초등학교에 입학할 때쯤엔 이미 무엇이 옳고, 그른지 다 알고 있는 셈이죠. 학교에서 가르칠 수 있는 건 학문이 전부입니다. 하나의 사람을 만들어 내는 곳은, 집이죠.

퍼사장의 학창 시절, 저희 집안 형편은 그리 넉넉지 못했습니다. 어머니께서 홀로 저희 남매를 키우기 위해 밤늦도록 일을 하셔야 했죠. 서로 얼굴 볼 기회가 그리 많지 않았습니다. 그래도 다행인 건 서로의 생일이나 크리스마스에 서로에게 편지나 카드 쓰는 걸 잊지는 않았었어요. 저의 글쓰기 습관은 그때 생겨난 거나 다름없습니다. 쪽지 한 장이라도 나눠야 한다 가르쳐주신 어머니 덕분이죠. 그리고 무엇보다 어머니께선 저의 그 사소한 쪽지 하나까지도 대충 읽지 않으셨습니다.

"같은 말을 반복해서 쓰지 마라. 매끄럽지 않은 글은 전달력이 떨어진다. 쉼표와 온점을 적절히 사용해라. 첫째, 둘째와 같은 말로 문단을 나누는 건 세련되지 못하다. 무엇보다 마음이 담기지 않은 글은 쓰지 마라."

제 말이 맞죠? 사실 '작문'이 무엇인지 알지도 못하고, 굳이 알고 싶지도 않지만, 제게 작문이라 할 만한 걸 가르쳐주신 분은 그 누구도 아닌 저의 '엄마'이십니다. 아들이 굳이 쓴다면, '좋은' 글을 쓰길 바라신 것 같아요. 저 역시 늘 그런 '엄마'의 바람을 저버리고 싶지 않았습니다.

그런데 말이죠, 오늘 이 글은 어머니께서 그리 좋아하실 것 같지 않네요. 밤새 끙끙 앓아가며 생각해 봐도 '좋게' 글을 쓸 방도가 생각나지 않더군요. 그래서 이리도 서론이 구구절절 길었는지 모르겠습니다. 직구를 던지기 위해 연이어 던진 변화구 정도로 생각해 주세요.

　"여러분, 퍼스널에서 인증 셀카 한 장 찍는다고 여러분이 '힙스터'나 '인싸'가 되지는 않습니다. 어제 제가 신었던 양말 색을 아무도 기억하지 못하는 것처럼, 다른 이들은 여러분께 그다지 관심이 없어요. 그들은 그들의 인생을 살겠죠. 여러분도 여러분의 인생을 사세요. 다른 누구도 아닌 '나' 자신의 삶을.

　내가 가고 싶은 카페에 가서, 내가 마시고 싶은 음료를 주문하세요. 그리고 내가 하고 싶은 일을 하세요. 다른 사람이 사진을 찍었던 곳에서 사진을 찍기 위해 4,000원을 버리지 말란 말입니다. 다른 이가 여러분의 카페를 고르고, 음료도 고르고, 행동마저 고르도록 내버려 두지 마세요. 스스로의 삶을 스스로 선택하세요. 그리고 하고 싶은 일이 남에게 상처가 되는 일이 아닌, 치유가 되는 일이길 '간절히' 바라시길 바랍니다. 선택에는 책임이 뒤따르기 마련이니까요. 마지막으로, 인사는 남이 아닌 날 위해 하는 거란 것 역시 잊지 않았으면 좋겠습니다.

　여러분의 인생은 여러분의 것입니다. 어디를 가고 싶은지, 무엇을 먹고, 어떤 사람이 되고 싶은지 스스로에게 물어보세요. 퍼스널이 응원하겠습니다."

2월 19일

퍼사장은 성차별이 없는 세상을 바라는 사람 중 한 명입니다. 여성을 차별하는 언행은 누워서 침을 뱉는 것만큼 어리석은 짓이라고 생각하며, 남성 역시 낡은 관습으로 인한 부담감에서 해방되어야 한다고 생각하죠. 아마 이렇게 생각하지 않는 사람은 거의 없으리라 믿고 있습니다. 하지만 이것만으로는 충분치 않아요. 동성애자들에 대한 차별 역시 사라져야 합니다. 그전에는 진정한 성평등을 이루었다 볼 수 없을 거예요.

솔직히 저 역시 동성애에 대해 잘 모릅니다. 단지 가장 친한 친구 중 하나가 어려서 이미 커밍아웃을 했던 덕에, 남들 보다 익숙하게 자란 것이 다죠. 제 눈에 그 친구는 여느 친구들과 다를 게 없습니다. 눈, 코, 입이 있고, 생각을 말하고, 누군가를 마음으로 사랑할 줄 압니다. 물론 고추도 고만 고만하니 남다를 게 없어요. 적어도 괴물은 아닌 모양입니다. 이는 다른 동성애자분들 역시 마찬가지일 거예요. 보통의 사람들과 바를 바 없겠죠. 생각해보면 그렇다는 것이고 애초에 이건 너무나도 당연한 사실이어서 이런 시답잖은 생각에 시간을 쓰는 멍청한 짓은 평소 하지 않습니다. 우리가 누군가를 사랑하는 건, 그 사람의 성기가 나와 같거나 달라서가 아니에요. 그저 그 사람이기에 사랑을 하는 것입니다.

그들을 보고 세상 말세라고 혀를 찰 필요도 없습니다. 동성애는 종말이 다가오기 때문에 생겨난 것이 아니니까요. 영화 '쌍화점'을 통해 소개되었듯, 과거 고려 시대는 물론 삼국시대 때에도 동성애는 존재했습니다. 이를 우리의 치부라 생각하지 마세요. 서구화된 현대 문명의 근원이라고 할 수 있는 그리스와 로마의 사회에서는 동성애는 비밀거리도 못 되었습니다. 기독교가 로마의 국교로 채택되기 전까지는 할 만한 사람은 다 했던 게 동성애입니다. 심지어 제가 좋아하는 '카이사르' 조차도 청년 시절 소아시아 지방 군주의 애첩이었다는 설이 있으니까 말이죠. 되려 동성애보다 늦게 생겨난 것이 기독교의 '일부일처제'입니다. 저의 이런 주장을 두고 욕을 해도 좋아요. 저는 개인적인 생각이 아닌 역사적 사실을 말하고 있는 거니까.

하루는 하루 종일 퍼사장의 기분이 좋지 않았던 날이 있었습니다. 퍼스널 무드를 지켜 주시려는 대다수의 손님들 사이에 앉아 4시간 가까이를 신나게 떠들어댄 한 커플 때문인데, 그분들께 세 번이나 주의를 주어야 했던 게 귀찮아서는 아니에요. 그럴 가능성이 아예 없는 건 아니지만, 단지 그것 때문만이 아니란 건 확실합니다. 그분들이 그러더군요. 퍼스널에서 자신만의 시간을 즐기고 계시던 몇몇 남자분들을 향해 '게이'인 것 같다고 말이죠. 남자 혼자 카페에 와, 남자 사장과 정겹게 인사를 나눴다며 동성애자라고 손가락질했습니다. 글쎄요, 세상 사람들 중 일부는 동성애자일 테니 당연히 퍼스널 손님들 중 일부도 동성애자 일 거예요. 제 친구 말로는 퍼사장이 게이 분들의 취향에 한참 못 미친다고 하긴 하던데, 그렇더라도 그분들 중 누군가는 제가 좋아 이 공간을 찾을 수도 있습니다. 어글리 슈즈도 대세로 대접받는 세상이잖아요. 그런 건 아무 문제도 되지 않습니다.

하지만 취향이 다르다고 남을 비하하는 건 문제예요. 자신만의 시간을 즐기길 좋아한다고, 동성을 좋아한다고 비난을 받거나 비하의 대상이 되어서는 안 됩니다. 제가 화가 났던 건, 그분들이 누군가를 비난하기 위해 '게이'라는 호칭을 비하의 의미로 사용했기 때문입니다. 다시 생각해도 치가 떨리는 언행이에요. 제 생각에는 오히려 혼자서 시간을 보낼 줄 모르고, 이목이 두려워 감정 표현 하나 제대로 할 줄 모르는 이들이 늘어가는 게 말세의 정황이 아닐까 싶습니다. '자라' 피팅 룸에서 옷을 갈아입다 보면 남자 탈의실까지 쫓아 들어온 여자분들을 자주 볼 수 있어요. 입구에서 기다리다가 체크해 주는 게 아니라, 아예 탈의실 안까지 들어온다는 말입니다. 도대체 얼마나 마마보이이길래 여자친구 도움 없이는 옷 하나 못 갈아입는 걸까요.

퍼스널은 모두를 위한 공간이 아닙니다. 혼자서도 무엇을 해야 할지 알고 있는 분들, 바리스타에게 따스한 인사 한 마디 건넬 줄 아는 분들, 그리고 세상의 차가운 시선에 굴하지 않고 사랑이란 감정을 속이지 않는 동성애자 분들에게 열려있는 공간이 퍼스널입니다. 여러분의 그 용감한 마음을 퍼스널이 응원합니다.

2월 18일

지난 아카데미 시상식에서 '봉준호' 감독님이 감독상을 수상한 이후, 퍼사장도 덩달아 축하 인사를 받을 때가 있습니다. 설마요, 저희는 아무 사이도 아닙니다. 남이죠. 하긴, 그 유명한 '세 다리 법칙'을 들이대면 이어져있는 사이일 수도 있긴 하겠네요. 희박하긴 하지만, 제 친구의 사돈의 삼촌이 봉 감독님이 아니라는 법은 없으니 말입니다. 그렇다 해도 일단 그분과 저는 남입니다. 길 가다 마주친 적 한 번 없는 그런 사이죠. 그럼 도대체 어떤 정신 나간 사람들이 퍼사장에게 축하 인사를 건넨 건지 궁금하실 겁니다. 하지만 그분들의 면면을 소상히 설명 드리긴 곤란하고, 이유 정도는 알려 드릴 수 있어요. 그건 다름 아닌 봉 감독님의 수상 소감 때문이었습니다. 혹시 기억하시나요.

"the most personal is the most creative."

사실 감독님은 유창한 한국말로 "가장 개인적인 것이 가장 창의적인 것"이라고 말씀하셨죠. 굉장한 한국어 실력입니다. 아무튼 생중계로 이 장면을 본 몇몇 분들은, 다른 아닌 퍼스널을 떠올렸다고 하시더군요. 그래요. 말 주변이 없는 제가 구구절절 떠들어대는 말을, 봉 감독님은 단 하나의 문장으로 표현해내셨습니다. 아, 좀 더 정확히 말하자면 '마틴 스콜세지' 감독님이 말이죠. 개인적으론 봉 감독님 보다 친근한 분이에요. 학창 시절 내내 이분의 영화를 보면서 자랐으니 말입니다.

저는 여러분이 다른 누군가가 아닌, 여러분 자신으로 살아가기를 바랍니다. 내가 좋아하는 일들을 하기 위해 내가 좋아하는 공간을 찾아갈 바라요. 나만의 앵글을 찾아서 사진을 찍고, 나만의 스타일로 옷을 입고, 나만의 시간을 즐기길 바랍니다. 인생은 깁니다. 하지만 그 긴 인생도 나 자신을 충만하게 채워내기엔 턱없이 짧고 부족하기만 하죠. 많은 사람들이 생의 마무리를 앞두고 후회라는 단어를 떠올리는 것도 무리는 아닐 겁니다. '빌 게이츠' 나 '봉준호' 같은 사람들도 후회를 막기는 어렵겠지만, 그래도 노력해 보자고요. 가장 나답게 살아봅시다.

2월 15일

며칠 저 tv에서 방영한 애니메이션 이야기를 해보려 합니다. '슈퍼 배드3'라는 작품이었어요. 시리즈 첫 작품에서만 해도 악당이었던 '그루'가 개과천선을 해서 딸 셋 있는 아빠가 되었더군요. 역시 뭐든 오래 보아야 하는 모양입니다. 아무튼 애니메이션 이야기로 돌아와서, '그루'의 세 딸 중 막내가 숲속을 돌아다니다 아기 염소를 발견합니다. 두 개의 뿔 중 하나가 부러진 녀석이었죠. 막내는 하나 남은 뿔만 보고 녀석을 유니콘으로 착각합니다. 그리고 '그루'는 유니콘을 발견하고 신이 난 막내를 마주하게 되죠.

"미안하지만, 이 녀석은 유니콘이 아니라 염소란다. 인생이란 때론 그래. 유니콘을 기대했는데, 염소를 얻게 될 때도 있단다."

극 중 상황이란 걸 알면서도 얼마나 긴장이 되었는지 몰라요. '그루'의 대처 방법이 옳다는 걸 알면서도, 순수한 막내가 혹여 상처받진 않을까 마음 졸였습니다. 사실 당연히 울음을 터뜨릴 줄 알았어요. 하지만 다음 장면은 제 예상을 보기 좋게 빗나갑니다. 막내는 잠시 고민하다가, 미소 지으며 이렇게 말해요. "하지만 '럭키'는 세상에서 가장 멋진 염소예요." '그루'는 막내 '아그네스'를 꼬옥 안아줍니다.

인생이란 그런 것 같아요. 행복은 바람에 있는 게 아니라, 손안에 있죠. 물론 꿈꾸지 않으면 성취감도 없겠지만, 결국 성취감은 내가 처한 현실에서만 얻을 수 있어요. 멋진 계획은 모두에게 있습니다. 내가 꿈꾸는 걸 나만 바라고 있다고 생각하고 살아가다간, 평생을 실망 속에서 허우적 될지도 모릅니다. '전지현'씨가 결혼하던 날 술독에 빠졌던 퍼사장처럼요, 라고 농담을 하면 다들 믿을 거 같아서 이 말은 취소할게요.

아무튼 행복이란 녀석은 이미 내가 쥐고 있습니다. 남의 것과 비교를 할 필요가 없어요. 다 다르거든요. 세상에 나란 사람은 내가 유일하듯, 나의 행복이 남과 같을 리 없습니다. 나를 낳아주신 부모님은 물론, 많은 시간을 함께 한 친구들과 지하철을 가득 매운 낯선 이들 그 누구와도 똑같지 않은 거울 속 나를 마주 보세요. 그 안에 보이는 행복을 퍼스널이 응원하겠습니다.

2월 13일

세상엔 두 종류의 카페 사장이 있는 듯합니다. '인플루언서의 방문이 기다려지는 사장'과 '인플루언서의 방문이 두려운 사장'. 저요? 퍼사장은 당연히 후자입니다. 저는 인플루언서 분들의 방문이 두렵기만 합니다. 물론 그분들의 방문 자체는 달가워요. 어쨌든 퍼스널이라는 이 공간을 함께 즐기시러 여기까지 와주셨으니까요. 더군다나 그런 분들은 각각의 공간마다 특색이 있고, 나름의 규칙이 있다는 걸 빠르게 파악하시고 이를 지키고자 노력해 주십니다. 정말이에요. 유독 매너가 좋다 싶으면, 늘 인플루언서 분들이세요.

다만 문제는 그분들을 뒤따르는 수 천에서 수 만 명에 달하는 팔로워 분들이 오시면서부터 발생됩니다. 그분들은 퍼스널에 대한 아무 정보 없이, 오로지 한 분의 자취만을 따라 오신 분들이기 때문에 입구에서부터 당황하실 수밖에 없어요. 세상에, 사진을 보고 왔는데 사진 촬영을 자제해 달라니! 다행히도 대다수의 분들은 이런 돌발 상황을 감내해 주시고, 퍼스널의 무드 속에서 시간을 보내시다 가십니다. 하지만 그렇지 못한 분들도 많이 있어요. 아마도 이분들께서는 인플루언서 분들이 한 컷의 사진을 건지기 위해 수 천장의 사진을 찍었으리라고 오해를 하시는 것 같습니다. 주문 전 퍼사장이 안내를 했음에도 불구하고, 꿋꿋이 수 천장의 사진을 찍어가시는 걸 보면 말이죠.

오늘은 이런 이야기를 들었습니다. 제가 책을 읽고 있던 자리에서 불과 2m 정도밖에 떨어지지 않은 곳에서 사진을 찍던 분이, "사진 찍히는 게 싫으면 카페를 하지 말던가."라고 말씀하셨죠. 아마도 안내문에 사장의 사진을 찍지 말아 달라는 문구를 보고 하신 말씀 같아요. 글쎄요, 채식주의자도 고깃집을 운영할 수 있는데, 저라고 안 될 것 있나요. 더군다나 저는 커피라면 라떼에서 에스프레소까지 가리지 않고 즐기는 사람인걸요. 아, 저는 맥심도 편견 없이 마십니다. 아무튼 제가 바란 건 단지, 여러분이 이 공간에서 여러분만의 무엇인가를 하길 바랐을 뿐입니다. 남의 행동을 따라 하고, 누군가의 뒤를 잇기 보다, 나만의 행복을 추구하고, 나 자신에 충만한 시간을 보낼 수 있는 공간을 만들어 드리고 싶었어요. 그래서 이렇게 욕을 먹어가면서도 처음 오신 분들께는 안내문 먼저 보여드리고 주문을 받고 있죠. 그런데 솔직히 말씀드리면, 저도 이제 힘에 벅차고 많이 지쳐있습니다. 더군다나 부산에는 제가 믿고 의지할 사람이 그리 많지도 않죠. 혼술로도 저런 상처는 씻겨나가지 않습니다.

그래서 말인데, 저는 우리 퍼스널을 아껴주시는 단골손님들께서 사진도 많이 찍고, 홍보도 많이 해주셨으면 좋겠어요. 아니, 손님들 많이 오라고 홍보해달라는 게 아니라 우리가 그토록 좋아하는 퍼스널만의 무드를 알려주셨으면 합니다. 이 공간이 어떤 방식으로 운영되고 있고, 어떤 분들이 찾아오는, 얼마나 좋은 공간인지를 알려주셨으면 해요. 다른 그 누구도 아닌 여러분이 말이죠. 간혹 sns홍보 대행사들이 메시지를 보내거나 댓글을 남길 때가 있습니다. 그럴 때마다 퍼사장은 바로 차단을 합니다. 원치 않아요. 퍼스널은 모두를 만족시킬 수 있는 그런 공간이 아니니까요. 하지만 누군가에겐 분명 좋은 공간이라고 생각합니다. 여러분이 그렇게 느끼고 있다면, 함께 지켜주세요. 이렇게 말씀드려도 사진을 10장쯤 찍으면 엄청 많이 찍었다고 생각하시는 여러분이 말이죠. 퍼스널 역시 여러분의 무드를 지켜드리겠습니다.

최근 있었던 인터뷰 내용 중 일부를 공개할까 합니다. 퍼사장이란 사람이 평소 어떤 생각을 하고 사는지, 궁금하지 않더라도 엿보게 될 수밖에 없을 거예요.

편집장 : 표지 소개 부탁드려요.

퍼사장 : 살다 보면 뭘 해도 안 될 때가 있어요. 그럴 때 저마다의 해법이 있는 듯한데, 사실 막상 그런 상황에 처하면 거대한 벽을 만난 것처럼 막막하기만 하죠. 암흑처럼 검고, 산처럼 높은 벽. 저의 경우 한 번씩 그림이 그려지지 않을 때가 있어요. '잘' 못 그리겠다는 의미가 아니라, 정말 난생 처음 글을 배울 때처럼 머릿속이 새하얘집니다. 손이 움직이질 않아요. 그런 상황이 하루 이틀에서 끝나면 다행인데, 몇 주씩 이어질 때가 있죠. 정말이지, 삶의 이정표가 모조리 뽑혀 나간 것만 같은 절망을 맛 보게 됩니다.

표지 낙서는 그런 절망의 늪에 깊숙이 빠져 있을 때 그린 거예요. 어느 날 갑자기 불현듯 그림을 그려야겠다는 생각이 들어, 그냥 그렸습니다. 삶은 그런 것 같아요. 직선으로 이루어지지 않고, 너울처럼 곡선을 그리며 다가옵니다.

편집장 : 작가님이 추구하는 작품의 방향과 주제가 있다면 알려주세요.

퍼사장 : 결국 모든 창작물의 가장 깊숙한 곳엔 사랑이 있다고

생각합니다. 저의 낙서들 또한 그래요. 사랑을 그리려 노력하고 있는 셈이죠. 다만, 사랑의 모습은 제각각이라 거기서 사랑을 찾아내는 건 감상자들의 몫이에요. 그래서 저는 창작에는 친절함이 기본적으로 깔려있어야 한다고 생각합니다. 서비스 개념의 친절함이 아니라 마음에서 비롯된 따스함 말이죠. 창작의 마침표는 감상자가 찍습니다. 함께 나누고자 하는 따뜻한 마음 없이는 그 어떤 창작물도 아름다울 수 없을 거예요.

직업이 카페 사장이라서 좋은 점은 남의 눈에 보기 좋다는 점입니다. 카페가 그리 돈 되는 사업이 아니란 게 알려진 요즘은 예전만 못하긴 하지만, 어디 가서 카페 하나 운영한다고 했을 때 점수가 깎이는 경우는 흔치 않죠. 조금만 더 알아보면 손세차장을 운영한다거나, 부모님이 철물점을 운영한다는 이들이 알부자일 가능성이

높을 텐데도 여전히 사람들 눈에는 카페 사장이야말로 부귀해 보이는 듯합니다. 물론 실상은 그렇지 않다는 걸 동종업계 종사자분들이라면 잘 알고 계시겠죠. 저 역시 누가 카페 사장, 혹은 바리스타라는 직업을 가지고 있다고 하면 고개를 가로저으며 그이의 영양상태부터 체크하곤 합니다. 밥은 먹고 다니나 싶은 게죠.

비하를 하려는 것이 아닙니다. 되려 그 정도로 금전운이 박한 직업임에도 이 길을 포기하지 않는 이들을 보면 진심으로 응원해주고 싶어요. 직업에 대한 신념과 애정이 대단한 분들이니 말입니다. 사실 카페에서 일을 한다는 건 '커피 일'을 한다는 것과는 조금 다른 이야기거든요. 뭐, 이 점은 다른 업종에서도 비슷하게 느끼고 있으리라 생각합니다. 일단 이왕 말 나온 김에 카페를 예로 들어보자면, 에스프레소 한 잔이 추출되는데 걸리는 시간은 25초 내외입니다. 물론 그전에 원두를 갈고, 다지는 과정이 있긴 합니다만 그나마도 퍼스널처럼 반자동 그라인더를 쓰는 경우에나 시간이 조금 걸리는 편이에요. 대부분의 카페에서는 자동 그라인더를 사용하기 때문에 7초 정도면 원두가 갈려 나옵니다. 그리고 숙달된 바리스타라면 그 외 잔을 준비하거나, 우유 스팀을 내는 작업 같은 건 에스프레소가 추출되는 25초 동안에 끝내 두기 때문에, 정말이지 커피 한 잔을 만드는 데 걸리는 시간은 1분 내외일 거예요.

번화가 테이크 아웃 전문점이야 쉴 새 없이 이 작업을 반복할 테지만, 대다수의 개인 카페들은 하루 120잔 이상의 커피를 판매하긴 힘들 겁니다. 아, 120잔을 기준으로 잡은 건 퍼스널이나 주변

여타 카페들과 아무 상관없이 2시간이 120분으로 나뉘기 때문이니 오해는 말아주세요. 자, 이제 가정해봅시다. 하루 120잔의 판매고를 올리는 카페가 있다고 치고, 그럼 여기에서 일하는 바리스타들이 하루 2시간만 일을 하는 걸까요. 모두가 예상하는 것처럼 그럴 리 없을 겁니다. 그 1분 내외의 '커피 일'을 하기 위해선 준비해 두어야 하는 것들이 무궁무진하게 많죠. 청소나 빨래 같은 건 고리타분한 이야기이고, 어찌 보면 고객 응대나 설거지에 투자하는 시간이 더 길지도 모릅니다. 이 사소한 작업들이 바탕이 되어야만 찰나의 '커피 일'도 할 수 있는 것이지요. 그리고 그러한 사소한 일상들을 반복할 수 있는 자만이, 비로소 직업란을 바리스타나 카페 사장으로 채울 수 있습니다.

많은 사람들이 꿈과는 다른 삶을 살고 있다고들 말합니다. 내가 이 직업을 택한 건 고작 이런 일들이나 하려 했던 게 아니라고 말이죠. 그래요, 참 안타까운 일이긴 합니다. 저 역시 작가라는 직업을 갖고자 노력하지만, 대부분의 시간은 퍼사장으로 일을 하며 살아가야 하죠. 솔직히 말해, 언제 마지막으로 그림을 그렸는지 기억조차 나지 않습니다. 가지고 있는 체력과 능력을 창작활동에만 쏟아 부어 보고 싶은데, 현실이란 벽은 높기만 하네요. 그런데 여러분, 어찌 보면 이 또한 '1분의 커피 일'과 크게 다르지 않을 겁니다. 퍼사장으로 살아가는 무수한 일상들이, 결국은 작가라는 직업을 갖기 위한 초석이 되어주리라 생각해요. 혹 반복되는 일상 속에 지쳐가는 분들이 계시다면, 주변에 보이는 아무 카페나 한 번 들어가 보세요. 대부분 영업시간이 10시간쯤 될 겁니다. 누군가는 이 곳에서 '1분의 커피 일'을 하기 위해 애쓰고 있겠구나 생각해보면 조금은 위안이 되지 않을까 싶네요. 퍼사장도 여러분과 늘 같은 고민을 하며 살아갑니다. 그러니 응원할게요. 퍼스널이 여러분의 '1분'을 응원하겠습니다.

"인생을 살아간다는 건 끊임없이 쌓이는 먼지를 닦아내는 일이야."

〈 '천명관' 의 '고래' 중. 〉

2월 6일

겨우내 걱정이 되리만큼 따뜻했던 날씨가 2월이 되고서야 갑자기 추워졌습니다. 방심을 하고 얇아졌던 사람들의 외투 역시 다시 두꺼워졌죠. 여기저기서 춥다는 말들이 숱하게 들려옵니다. 오늘 출근을 해서 환기를 하다 보니 저 역시 찬 공기에 몸이 웅크려지더군요. 그런데 그 순간 문득 '알베르 카뮈'의 '페스트'가 떠올랐습니다. 열어둔 창을 슬그머니 넘어온 겨울의 기운 가운데서 말입니다.

지금 온 나라가 '코로나 바이러스' 덕분에 많이 시끄럽죠. 나라 곳곳에서 악화된 상황에 대한 소식들이 들려옵니다. 시민들의 불안감은 갈수록 높아지고 있고, 덕분에 서로에 대한 불신 또한 깊어져가는 느낌이에요. 하지만 여러분, 너무 깊은 시름에 빠지지 않으셨으면 좋겠습니다. 이 또한 지나가리라는 대범함으로 어려운 상황을 이겨내셨으면 좋겠어요.

소설 '페스트'에서 온 도시를 공포에 몰아넣었던 역병은 추운 겨울의 맹위를 이기지 못하고 잦아듭니다. 물론 과학적 근거가 없는 픽션에 불과하지만, 혹시 모르잖아요. 갑작스러운 늦추위에 우리가 놀란 것처럼 바이러스 역시 깜짝 놀랄지. 특히 우리는 매년 이 겨울을 이겨내고 봄을 맞이하지만, 녀석들에게 이 추위는 처음 맛보는 매운맛일 겁니다. 오늘도 매서운 추위를 뚫고 퍼스널을 찾아주신 수많은 분들께 인사드리고 싶네요. 이 공간을 함께 즐겨주셔서 감사하다고 말이죠.

2월 4일

늦잠을 자다 출근을 못 할 뻔했습니다. 10시간 넘도록 잠을 잤거든요. 미인은 아닌지 평소 잠이 그리 많은 편은 아닌데, 어제는 유독 깊이 잠이 들었던 거 같습니다. 피곤했어요. 이런저런 일들을 처리한다고 분주했던 휴무를 보냈으니 몸도 지칠 만했겠죠. 주 5일 근무가 보편화된 사회에서 남들 쉴 때 일하고, 자투리 시간을 쪼개 개인적인 일들을 봐야 하는 모든 서비스직 종사자분들과 카페 사장님들께 응원을 보낼게요.

잠 이야기가 나와서 말인데, 퍼사장은 개인적으로 '잠은 죽어서 자면 된다'는 말만 보면 헛웃음부터 나옵니다. 음, 솔직히 고백하자면 소름이 끼칠 때도 있어요. 단호히 말씀드려 죄송한데, 죽으면 끝입니다. 죽음은 새로운 시작이 아닌 모든 것의 마무리이죠. 심장과 뇌는 물론이고, 온몸의 세포 하나하나가 활동을 멈추는 것이 죽음입니다. 눈을 감고 있는 건 잠이 들어서가 아니라, 뜰 수 없기 때문이에요. 더 이상 생각이란 걸 하지 않아도 되고, 마음 같은 건 품지 않을 수 있으니 휴식이라는 표현이 어울릴 수는 있겠으나 막상 그 상황이 되고 나면 우리에겐 휴식이란 개념 자체가 없어집니다. 살아있을 때 푹 자두세요. 잠의 달콤함은 살아서 밖에 느낄 수 없습니다. 그 좋은 걸 왜 나중으로 미뤄다가 맛도 못 보고 관 속으로 들어갈 생각을 하십니까.

　많은 사람들이 마음의 병을 앓고 있는 게 자존감 때문이란 말들을 합니다. 스스로 '내' 안에 병을 품고 있다는 이야기지요. 글쎄요, 제 생각에 그 병은 홀로 고칠 수 있는 것이 아닙니다. 애초에 자존감이 떨어지게 끔 만든 사회의 분위기부터 바꿔나가야 할 거예요. 우리 사회는 성공의 기준을 남에게서 찾도록 가르칩니다. 남보다 돈을 잘 벌고, 남보다 직급이 높거나 좋은 차를 타는 것이 성공인 것처럼 가르치기에 잠은 나중에 자라는 말이 튀어나오는 것입니다. 남을 짓밟고 올라가지 않으면 안되는 사회에서 병자가 나오지 않는 게 이상한 일 아닐까요. '내' 안에 있는 것은 병이 아니라, '성공'입니다. 성공의 열쇠는 남이 아닌 내가 가지고 있어요. 그 답은 나만이 알고 있다는 말입니다.

좋아하는 일을 하세요. 내게 좀 더 충실해지자는 이야깁니다. 자는 걸 좋아하는 사람은 충분히 잠을 자고, 하고 싶은 것이 없는 사람은 아무것도 하지 않는 거죠. 여행을 좋아하는 사람은 여행을 하고, 그림을 그리는 게 좋은 사람은 그림을 그리세요. 잠의 달콤함과 게으름, 여행과 그림의 달콤함 모두 내가 스스로 맛보지 않으면 결코 느낄 수 없습니다. 달콤한 그 열매를 직접 따서 맛보세요. 그 달콤함이 바로 행복이고, 성공의 열쇠입니다. 생각해보세요. 다 행복하자고 하는 짓 아닙니까. 그럼 행복이 바로 성공 아니고 무엇이겠어요.

퍼스널은 그것이 무엇이든 여러분이 하고 싶은, 바로 그것을 응원하겠습니다. 다른 이에게 피해를 주지만 않는다면 여러분이 이 공간에서 무엇을 하든 상관하지 않을 겁니다. 자고 싶으면 잠을 자고, 책을 읽고 싶으면 책을 읽고, 일을 하고 싶으면 일을 하세요. 연인과 뽀뽀를 해도 좋고, 친구와 공기놀이를 하거나 여행 계획을 짜도 좋습니다. 하고 싶은 일을 하세요. 세상의 눈이 어떠하든, 이 공간에서만큼은 남보다 팔로워가 많아지는 것보다 하고 싶은 걸 즐기는 것이 성공의 기준이 되기를 바랍니다. 퍼스널은 여러분이 행복했으면 좋겠어요. 이 긴 글에도 그 마음을 다 담지 못할 만큼 말이죠.

2월 1일

근근이 살아갑니다. 오늘도 월세를 다 낼 돈이 없어 하는 수없이 집주인 분께 양해를 구하고 나눠 내기로 했습니다. 퍼스널에 대한 무성한 소문과는 다른 모습이지요. 저 역시 제가 언제까지 이 공간을 퍼스널만의 방식으로 운영을 해나갈 수 있을지 모르겠습니다. 솔직히 말해 주변에서도 성화에요. 다른 카페처럼 예쁜 디저

트는 하나 있어야 한다, 유행처럼 커피 외 대표 음료가 있으면 좋겠다, 하다못해 휴게소에도 포토존은 있더라 등등의 이야기를 꾸준히 들어오고 있지요. 그런데도 버티는 거보면 저도 참 고집이 센 모양입니다.

무엇이 옳은 방법인지는 저 역시 확실할 수 없어요. 세상은 확신으로 가득 차 보이지만, 그 속을 들여다보면 완벽이란 건 존재하지 않거든요. 제가 놓치고 있는 부분도 있을 것이고, 다른 분들이 생각하지 못했던 부분도 있을 겁니다. 옳고 그름의 문제가 아니에요. 저는 완벽한 존재가 아니고, 여러분 또한 마찬가지입니다. 다만 제가 아쉬운 부분은 왜 다들 '같아'지기를 바라는 것인가 하는 거예요.

같은 동네에서 나고 자란 소꿉친구들만 생각해보아도 우리는 각자 다 다른 모습과 개성을 가지고 있습니다. 희한하죠. 주변 환경도 비슷하고, 같은 선생님께 배우고 자랐는데 각자 제 갈 길 가는 것 보면 말입니다. 아무리 나와 비슷했던 것 같은 친구도 어느 순간 보면 다른 사람이 되어있어요. 쌍둥이조차도 같은 삶을 살아갈 수는 없습니다. 자연스러운 것이지요.

어떤가요, 머릿속에 떠올려지는 친구들이 있나요. 그럼 생각해보세요. 그중 존재하지 않아도 되는 친구가 있는지 말입니다. 다르다고 해서 중요하지 않은 존재는 없어요. 어차피 우리는 다 다른걸요. 오히려 그렇게 다르기 때문에 하나하나 소중하지 않은 게 없습니다. 남들과 구별 지을 수 있는 그 개성 덕분에 우리는 아름다울 수 있죠.

세상에 퍼스널 같은 카페도 필요하다고 생각합니다. 사진도 맘껏 찍지 못하고, 대화도 조용조용하게 해야 하며, 테이블까지 셰어 테이블이라 불편하다면 불편할 것 투성이이지만, 이런 공간도 하나쯤은 있어야 한다고 생각해요. 오늘 또 한 장의 대형 안내문을 입구 계단에 붙였습니다. 모르겠어요. 아마 이 때문에 그나마 없는 매출이 더 떨어질지도 모르죠. 하지만 그냥 하던 대로 할 생각입니다. 저는 여러분이 이 공간에서 여러분만의 무엇을 발견하기를 바라요. 남과 같아지려 노력하기보다 자신만의 개성을 발견하길 바라고, 남모를 즐거움과 충만함을 얻을 수 있기를 바라고 있습니다. 퍼스널은 퍼스널만의 길을 갈게요. 우리 모두 그럴 수 있길 바라면서 말이죠.

1월 31일

퍼사장도 쉬는 날에는 어느 카페에 갈지 고민을 합니다. 여러분과 똑같아요. 일단 한 번 마음에 드는 곳이 있으면 가는 곳만 가게 되는 성향 덕분에 선택지가 적기는 하지만, 저 역시 선택을 하지 않으면 안 됩니다. 카페 선택에 옳고 그름 같은 건 없어요. 선거를 앞두고 후보자가 건네는 흰 봉투를 받느냐 마느냐 하는 문제도 아니고, 그저 마음이 향하는 대로 가면 그만이죠. 또 그놈의 취향대로 말입니다.

퍼스널은 제가 가장 좋아하는 카페임이 틀림없어요. 하지만 그렇다고 여러분에게도 최고의 카페이어야 한다고 생각하지 않습니다. 강요하고 싶지도 않고요. 퍼사장의 가족이나 친구들도 마음 껏 떠들고 싶거나, 많은 인원이 모여야 할 때는 다른 카페를 갑니다. 그런 상황에서 퍼스널을 선택하는 건 적절하지 않아요. 잘한 겁니다. 세상에 카페는 많고, 각자 추구하는 바가 다른 만큼 우리가 바라는 조건에 적합한 곳은 얼마든지 있죠. 그러니 '퍼스널이 옳고 다른 곳은 그르다', 혹은 '퍼스널은 그르고 다른 곳이 옳다'와 같은 이분법은 신발 깔창 밑에나 넣어두세요. 퍼스널은 퍼스널이고, 다른 곳 역시 그렇습니다. 우리가 해야 할 일은 그날그날 '나의' 마음이 바라는 대로 선택하는 것 밖에 없어요.

여러분이 다른 이들의 시선에서 벗어나 오로지 나만을 위해 시간을 보내고 싶을 때, 일상을 가득 매우는 소음들에서 벗어나 온전히 나의 작업에 집중하고 싶을 때, 스트레스 받는 일이 많아 진토닉으로 마음을 달래며 쉬고 싶거나 마음 맞는 친구와 농밀한 대화를 나누고 싶을 때가 있다면, 그럴 때는 퍼스널이라는 선택지가 있다는 걸 기억해 주세요. 퍼사장은 그걸로 족합니다. 모두를 만족시킬 수는 없지만, 누구나 충만해질 수 있는 공간, 퍼스널입니다.

1월 29일

어려서 자주 가던 클럽이 있었습니다. '아폴로'라는 곳이었는데, 그리 오래가지 못하고 없어졌어요. 인테리어도 세련되고, 음악도 잘 트는 멋진 공간이었는데 말이죠. 하긴, 사람들 눈에는 생소할 만도 했습니다. 지하나 2층도 아닌 무려 4층에 있었거든요. 15년이 지난 지금도 4층짜리 클럽은 있어도, 4층에 있는 클럽은 잘 없는 것 같네요.

얼마 전 '슈가맨'이라는 tv프로그램에서 옛 가수로 '45rpm'이라는 힙합 듀오를 소개했었죠? 그분들이 운영하던 클럽이었습니다. 퍼사장이 어려서 자주 갔다던 그 '아폴로'라는 곳 말이에요. 그분들이 현역이던 시절 직접 운영하던 공간이었죠. 그분들 역시 노래도 잘 하고, 스타일 또한 좋은 멋진 가수분들이었는데 오래 가지 못하고 금세 사라져버렸네요.

그러고 보면 산다는 게 정말, 잘만 해서는 될 일이 아닌 것 같습니다. 옛말처럼 운때란 것이 있는 건지도 모르겠어요. 그런데 반대로 생각해보면 남보다 뛰어나야지만 성공을 하고 롱런을 할 수 있는 게 아니잖아요. 세상이 잘나고 멋진 사람들만 잘 풀리게 되어 있다면 어느 누가 함부로 꿈이란 걸 꿀 수 있겠어요. 세상은 누구에게나 공평하게 열려있는 것 같습니다.

그러니 우리 포기하지 말고 희망이란 걸 품고 살아가 보자고요. 너무 무리하지 말고 적당히 즐길 수 있을 만큼의 노력을 하면서 말이죠.

1월 28일

이 공간을 아껴주시는 분들이라면 누구나 마음속에 심어져 있는 문장이 하나 있죠. '퍼스널은 컨셉이 아니라 취향입니다'. 네, 맞아요. 퍼스널은 취향이죠. 처음 시작은 퍼사장의 취향으로 채워진 공간이었고, 이제는 그 취향을 공유하는 분들과 함께 나누는 공간이 되었습니다. 지난번에 '오티코티' 사장님께서 퍼스널에 오시는 분들은 퍼스널에 대한 애정도가 굉장히 높은 것 같다는 말씀을 해주시더군요. 참 감사한 이야기죠. 제가 함부로 결론을 지으면 건방진 이야기가 될 수도 있겠지만, 개인적으로는 취향이 우리를 하나로 묶어줬다고 생각합니다. 취향이라는 건 드러내는 것이기 이전에 마음속에서 피어나는 것이기에, 취향을 공유한다는 건 결국 마음을 공유하는 것과 다르지 않은 것이거든요. 저와 취향을, 아니 마음을 나누는 분들이 퍼스널을 함께 지켜주고 있다고 생각하니 다가올 내일도 두렵지 않고 든든하기만 합니다.

그런데 이건 비단 퍼스널에만 국한된 이야기가 아니에요. 모든 공간에는 저마다의 취향이 묻어나 있습니다. 혹자들은 그 취향을 컨셉이라 폄하할지도 모르고, 어쩌면 누군가는 정말 컨셉만으로 공간을 채웠을지도 몰라요. 하지만 저는 그 컨셉 또한 취향이라고 생각합니다. 누군가는 공간을 마음 대신 계산으로만 채우고 싶을 수도 있는 거니까요. 이렇듯 세상 모든 공간들은 저마다의 취향으로 이루어져 있습니다. 취향이란 건 고유한 것이기에 옳고 그름을 평가할 수 없고, 정답이 없는 것이기에 등수나 성적 따위를 매길 수 없어요. 우리가 어떤 공간에 갔을 때 그 공간이 주는 분위기를 공감할 수 없다면, 어쩔 수 없는 거예요. 거긴 나와 취향이 다르니, 다른 곳을 찾으면 그만입니다. 누구도 그 공간을 내 입맛대로 맞추라 요구할 수 없어요. 인테리어도, 커피 맛도, 음악은 물론 사장의 팬티 색깔까지도 말이죠. 그래도 걱정은 하지 마세요. 어딘가엔 나와 취향을 공유하는 공간이 반드시 있을 테니까.

1월 23일

퍼스널 곳곳에 촬영 자제 당부의 글이 적혀 있다 보니, 가끔씩 사진한 장만 찍어도 되냐는 질문을 받을 때가 있습니다. 그럼요. 가능합니다. 저도 찍는걸요. 저 역시 이 공간을 아끼고 좋아하기에 틈틈이 기록을 남겨놓으려 노력하는 편입니다. 마음 편히 사진을 찍으셔도 되어요. 다만, 과도한 사진 촬영만큼은 분명 지양하고 있으니, 이 점 양해 부탁드리겠습니다.

사실 방금 전에도 한 커플이 들어와 끊임없이 셀카를 찍어대기에 제가 자제 요청을 드리자 바로 일어나 나가버리셨어요. 이렇기에 저 또한 여러분께 촬영 자제 요청드리는 것이 그리 마음 편한 일은 아닙니다. 마음속으로 수 십 번은 더 망설이기도 하고, 모른 척하기 위해 bar 안으로 들어가 버릴 때도 있죠. 하지만 가만히 두면 수 백에서 수 천 장의 사진을 찍는 분들을 끝까지 모른 척할 수는 없습니다. 결국 서로 마음 상할 상황이 오고야 마는 것이죠.

　어찌 보면 방금 그 커플은 이렇게 항변할지도 모르겠습니다. 자신들만 나온 셀카를 찍는 게 뭐 그리 문제가 되냐고 말이죠. 글쎄요, 사진의 내용이 문제는 아니겠죠. 문제는 퍼스널이 다른 분들과 함께 나누는 공간이라는 것입니다. 그분들이야 퍼스널 방문 목적 자체가 잘 나온 사진 한 장 건져내는 것이겠지만, 다른 분들까지 그런 것은 아니에요. 누군가는 나름의 작업을 위해, 또 다른 누군가는 책을 읽거나 개인적인 쉼을 위해 찾아오기도 합니다. 그 중 누구 하나를 위해 다른 사람들이 일방적으로 희생해서는 안 되어요. 모두가 충만한 시간을 가질 수 있도록 서로서로가 조금씩 배려를 해주어야 합니다.

　저는 말 주변이 없어 이에 대해 더 적절히 설명하기가 어려우니, 다른 분의 글로 이 마음을 전해보도록 할게요. '박홍규' 교수님의 '내내 읽다가 늙었습니다' 중에서 발췌한 글입니다.

　"지하철이라고 하는 곳은 기본적으로 한국 사람들에겐 '공적 공간'이 아니에요. 다들 자기의 사적 공간으로 생각하는 거죠. 제가 핸드폰 문화의 가장 큰 병폐 중 하나로 생각하는 것은 공사의 구분이 없어졌다는 것이에요. (중략) 제 관점에서 공공사회라고 하

는 건 각자가 각자를 존중해 주는 사회인 거예요. 각자가 각자를 존

중한다는 건 각자가 각자의 공간을 인정한다는 것이고요."

재밌는 게, 어제는 하루 종일 아메리카노 주문만 들어와 놓고는, 오늘은 또 하루 종일 라떼 주문이 줄을 잇습니다. 냉장고에 빼곡하게 채워둔 우유가 걱정이었는데, 이제는 빠르게 비어가는 냉장고가 걱정이에요. 희한하죠? 이렇듯 삶은 예측이 불가능합니다. 누가 미래를 예측 가능하다 말한다면, 그이는 사기꾼 아니면 사이비 종교인일 거예요. 왜 그런 사람들 있잖아요, 종말이 다가오고 있다고 말하는 사람들. 그런데 결국 그 사람들 또한 사기꾼이나 다름없으니, 미래를 안다는 사람 치고 믿을 만한 사람 하나 없는 것이겠죠.

물론 그런 학문이 있고, 그것을 연구하는 학자들 또한 있다는 건 저 역시 알고 있습니다. 분명 누군가는 해야 하는 일이겠죠. 하지만 얼마 전 저명한 미래학자 '호리에 다카후미'씨조차도 이렇게 말했습니다. 불과 십여 년 전까지만 해도 인류가 길을 걸으며 유튜브를 볼 수 있는 날이 이렇게 가까우리라고 예상한 학자는 아무도 없었다고, 그러니 미래를 예측하는 대신 스스로 잘 할 수 있는 것을 찾으라고 말이죠. 퍼사장도 이 의견에 동의하는 바입니다. 여러분, 당장 내일 벌어질 거라 예상되는 일들을 확신할 수 있나요? 며칠 전 이란으로부터 피격 당한 여객기에 타고 있었던 수 백 명의 캐나다인들은 그들의 죽음을 예상이나 했을까요. 그 누구도 내일을 알 수는 없습니다.

그러니 좋아하는 일을 하세요. 다른 이들이 설계한 삶 대신, 나 스스로가 택한 일상을 즐기시길 바랍니다. 호감 가는 이가 있다면 망설이지 말고 지금 당장 연락하세요. 사랑하는 이가 있다면 한 번 더 키스해주고, 보고픈 이가 있다면 찾아가십시오. 미워하는 이 역시 마찬가지예요. 참지 말고 시원하게 욕 한 번 뱉어 내시기 바랍니다. 단, 늦기 전에 용서하는 것 또한 잊지 마시고 말이죠.

인생은 짧다거나 아름답다는 뻔한 말을 하려는 것이 아닙니다. 그저 결과는 누구도 알 수 없으니 일단 저지르라는 무책임한 말을 하려는 것이죠. 남이 정한 아름다움의 기준으로 살아가기보다, 내 마음에 솔직하고 그에 따른 결과를 책임지며 살아가는 여러분을 퍼스널이 응원하겠습니다.

1월 17일

누군가가 정말 멋있어 보일 때가 있죠. 저는 주로 편견 없는 사람을 만났을 때 그렇게 느껴요. 그게 참 쉬운 게 아니거든요. 편견 없는 마음이야말로 아무나 가지지 못하는 능력이라고 생각합니다. 그런 사람에게 세상은 무한한 가능성 그 자체일 거예요.

실제로 로마라는 도시가 유럽을 넘어 아시아와 아프리카까지 아우르는 거대 제국이 될 수 있었던 건 바로 편견 없는 자세 때문이었습니다. 일본인들이 식민 지배를 하면서 조선의 모든 것을 말살하려 한 것과 달리, 로마인들은 각각의 문화와 종교, 심지어 자치권까지도 인정해 주었죠. 덕분에 이민족의 침략으로 나라가 쪼개어지기 전까지 로마의 지배권에 있던 민족 중 독립을 원했던 민족은 유대민족이 유일했습니다.

유대인들은 스스로를 신이 선택한 최고의 민족이라고 믿었기 때문에 누군가의 밑에 있는 것이 용납이 안 되었거든요. 그런 유대인들에게 조차도 로마인들은 종교의 자유와 자치권을 인정해 주었음은 물론입니다. 예수가 십자가에 못 박히게 된 것 또한 그 때문이죠. 모든 종교의 자유를 인정했던 로마는 신의 아들임을 자칭하는 청년을 살려주고자 했지만, 유일신을 믿는 유대인들은 그를 살려둘 수 없었습니다. 무신론자인 퍼사장이 종교가 아닌 역사 이야기를 꺼낸 것뿐이니, 오해는 하지 말아주세요.

아무튼 이토록 지배를 인정하지 않았을 뿐만 아니라 세금 또한 자신들이 아닌 교회에 내는 유대인들을 주변국들의 박해에서 보호하고자 전쟁도 불사했던 나라가 바로 로마입니다. 이들의 사고방식에는 틀이란 게 없었어요. 덕분에 우리가 알고 있는 로마시대 굵직한 전쟁들은 대부분이 내전입니다. 오히려 주변국을 포함하여 속국 들은 그 누구보다도 로마의 지배하에 있고 싶어 했고, 스스로 로마인임을 자랑스러워했죠. 로마가 역사상 가장 강력하고 융성했던 대제국이 될 수 있었던 건 정벌이 아닌 흡수를 통해, 즉 편견 없는 마음을 통해서 였습니다.

뭐, 그렇다고 우리가 힘을 합쳐 대제국을 일궈내보자는 이야기는 아니고요. 그저 우리 마음에서 편견 하나 덜어내는 것만으로도 우물 안 같았던 세상이 바다와 같이 넓어질 수 있다는 이야기가 하고 싶었습니다. 종종 퍼스널에 오셔서 "왜 술을 파냐"고 하시는 분들이 있어요. 쉽게 대답하자면, 제가 좋아해서이고요. 좀 더 깊이 이야기해보자면, 저는 술을 좋아하는 게 아니라 진토닉의 적절한 위트 같은 그 유쾌함을, 하이볼의 따스한 위로 같은 그 그윽함을 좋아해서 여러분과 함께 즐기고자 판매하고 있습니다. 한식

집에서 양식을 팔고, 양식집에서 중식을 팔면 조금 놀라울 일이긴 하지만, 카페는 가능성이 무한히 열려있는 공간이잖아요. 그 재미에 퍼스널은 카페라는 이름으로 문을 열었는지도 모르겠습니다.

그럼에도 여전히 퍼스널의 메뉴가 낯설게만 느껴진다면, 눈을 감고 상상해보세요. 포르투갈의 노천카페에 앉아 흐르는 강을 보면서 와인 한 잔으로 하루의 피로를 풀고 있는 여러분의 모습을. 아, 물론 여러분이 정말 포르투갈의 카페에 있는 거라면 한 잔이 아니라 한 병을 시키지 않고는 못 배길 거예요. 거긴 정말 마음의 짐을 내려놓게 되는 편안한 곳이거든요. 마치 퍼스널처럼 말입니다.

1월 16일

어제는 퇴근길에 약속이 잡혀 오랜만에 술을 한잔했습니다. 즐거운 자리였어요. 그 자리에서 웃은 것만 합쳐도 퍼사장은 장수할 수 있을 겁니다.

그렇게 한바탕 놀고 나니, 술값이 어제 매출보다도 많이 나왔더군요. 뭐, 물론 퍼스널의 일일 매출이란 게 그리 큰 규모가 아니어서 일 수도 있겠지만, 저희가 많은 양의 술을 마시긴 했습니다. 사장님이 흩어진 술 병들을 한 데 모아 술값을 계산하는 동안, 일행 모두 흠칫 놀라 귓속말까지 주고 받을 정도였죠. 그런데도 모두들 얼굴에서 웃음이 떠나질 않았습니다. 값을 치르고 나온 뒤에도 기분이 좋아, 추위에 벌벌 떨면서도 한참을 모여 수다를 떨었어요. 기분이 어찌나 좋던지, 하루가 지난 오늘도 그 여운이 쉬이 가시질 않습니다.

가능만 하다면 앞으로도 이렇게 기분 좋은 자리에서만 술을 마시며 살고 싶네요. 언젠가 대화도 제법 주고받을 만큼 조카들이 자라 "삼촌은 왜 술을 마셔?"라고 물으면, "좋아서"라고 답할 수 있게요. '괴롭고 답답해서'가 아니라 '즐겁고 행복해서' 마신다고 자부할 수 있게 말입니다.

우리가 뭔가를 함에 있어서 그보다 중요한 건 없을 거예요. 스스로 즐겁고 행복한 마음. 퍼스널에 오시는 분들이, 주변에서 "왜 퍼스널에 가?"라고 물으면 "즐겁고 행복해서"라고 답할 수 있게 되길 바라봅니다.

1월 15일

팔은 안으로 굽기 마련이죠. 저도 마찬가지입니다. 지하철에서 '할배', '할미'들이 고래고래 내지르는 사투리는 그렇게 듣기 싫어하면서, 아내가 사투리를 쓰면 그렇게 귀여울 수가 없습니다. 오늘 아침에는 "쭈시다"라는 표현을 쓰더군요. 지켜본 결과 사투리를 쓰는 분들은 스스로 쓰는 말이 사투리인지 모르는 경우가 많습니다. 그래서 "쭈시다"라는 말도 굉장히 진지하게 합니다. 이게 얼마나 귀

여운 상황인지는 당해보지 않고는 모를 거예요. 영문을 모르는 아내의 볼을 감싸 안고 얼마나 웃었는지 모릅니다. 아침부터 아내가 제 마음을 '쭈셔' 놓았네요.

하지만 그렇다고 팔이 언제나 굽는 건 아닙니다. 밖으로는 굽을 수 없는 거지만, 안으로는 굽지 않고 버틸 수야 있지요. 오늘 퍼스널에 한 손님이 찾아와서는 아메리카노를 주문 할 테니 세 모금만 마시고 라떼로 바꿔달라고 하더군요. 그래서 안 된다고 했습니다. 그러자 그분은 라떼 값을 치르면 되지 않냐고 하셨죠. 여러분, 알만 한 분들은 다들 아시겠지만, 이건 돈 문제가 아닙니다. 아메리카노를 라떼로 바꾸는 건 마치 그 옛날 예수께서 물을 포도주로 바꾸신 것과 같은 기적이죠.

그래서 제가 그건 불가능하니, 미국인들이 하듯 아메리카노에 우유를 조금 부어 드리겠다고 했습니다. 물론 그분은 언짢아하시며 그냥 라떼를 주문하더군요. 그래서 라떼를 내어 드렸습니다. 하지만 여기서 끝이 아니니 조금만 더 기다려 주세요. 라떼를 받아든 그분은 아이스로 주문하는 것을 깜빡했으니 얼음을 조금 넣어달라고 하셨어요. 음, 따뜻한 라떼에 얼음을 넣으면 커피가 시원해지는 게 아니라 얼음이 녹아 농도만 옅어질게 걱정이 되었지만, 그리 설명을 해도 그냥 넣어달라 해서 결국은 원하시는 대로 해드렸습니다.

그랬더니 이번에는 샷 4잔만 포장해달라고 하시더군요. 그래서 저는 무슨 이야기시냐 여쭤보았죠. 이야기가 지루해져서 죄송합니다만, 그분 말인즉.. 에스프레소 4잔을 뽑아서 포장해달라는 말이었습니다. 아시다시피 퍼스널 메뉴에는 에스프레소가 없어요. 그 이유까지 다 설명하자면 이야기가 너무 길어지니 각설하고, 저는 없는 메뉴는 내어드릴 수 없다고 답했습니다. 그래서 그분은 다시 또 언짢아지셨고, 아메리카노 값을 내면 될 거 아니냐고 하셨습니다. 결국 어떻게 되었을까요. 거절했습니다. 이 역시 돈 문제가 아니기 때문이죠. 이는 제 아내가 와서 부탁해도 들어주지 않을 겁니다. 아내의 할아버님께서 오시면 들어드릴 테지만, 아무리 저의 아내라 해도 퍼스널에서는 퍼스널만의 룰을 따라야 하죠.

여러분, 이건 퍼스널에서만 지켜져야 하는 것이 아닙니다. 다른 모든 사업장에서도 지켜져야 하는 문제죠. 대상을 카페로 좁혀 이야기하자면, 모든 카페는 제각각의 철학과 신념으로 운영되고 있습니다. 인테리어나 커피 맛은 물론이고, 메뉴 하나하나, 집기 하나하나에까지 사장님들의 소신이 담겨 있죠. 물론 그 소신이 나와는 맞지 않을 수도 있습니다. 그건 당연한 거예요. 우리 모두에게 제각각의 개성이 존재하듯, 세상 모든 카페 역시 제 나름의 소신으로 운영되니까요. 우리가 해야 할 일은 내 취향에 맞는 카페를 찾아 그 공간을 즐기는 것입니다. 우리가 취향을 공유할 수 있는 사람을 만나면, 친구라 부르며 함께 살아가는 것처럼 말이죠.

퍼스널이 모두의 친구가 될 수는 없을 겁니다. 하지만, 누군가에겐 좋은 친구가 될 수 있도록 노력할게요. 세상에 이런 친구도 하나쯤은 있어야지 싶을 수 있도록 말이죠.

누가 제게 물으면, 저는 계획까지는 아니지만 포르투갈로 이민 가고 싶은 마음은 있다고 답하곤 합니다. 그럼 사람들은 눈이 휘둥그레지죠. 살면서 캐나다나 호주, 간혹가다 독일로 이민 가고 싶다는 사람은 만나봤어도, 포르투갈로 이민 가고 싶다는 사람을 만나기는 쉽지 않으니까요. 하지만 저는 이민을 간다면 콕 집어 포르투갈로 가고 싶습니다. 다른 이유는 없어요. 사람들이 친절하다는 단 하나의 이유가 다입니다.

물론 제가 다녀온 나라들이 그리 많은 건 아니에요. 심지어 다녀온 몇몇 나라들을 생각해보면, 사람 사는 건 다 비슷하구나 싶기도 하죠. 아무리 한국인에게 호의적이라는 나라를 가봐도, 운이 좋지 못하면 인종차별 정도는 겪을 수밖에 없어요. 하지만 유독 포르투갈에서만큼은 세상이 아직 살만하다는 걸 만끽할 수 있었습니다. "아, 사람이 이렇게 벽 없이 사람을 대할 수도 있구나"하고 놀랄 일들의 연속이었죠.

세상은 끓어오르고 있습니다. 저처럼 불특정 다수를 상대해야 하는 서비스직 종사자분들은 그걸 피부에 와닿게 느끼고 있을 거예요. 비단 한국만의 문제는 아닌 것 같습니다. 제 개인적인 느낌으로는 그 어느 나라보다도 심각한 수준임은 틀림없지만, 해외에서도 공통된 목소리들이 나오는 걸 보면 국경을 넘어 인류 모두의 문제인듯싶어요. 최근 신드롬에 가까운 인기를 끌었던 영화 '조커'에서 '조커'는, 다름 아닌 사람들의 불친절이 만들어낸 괴물입니다. 영화 '기생충'에서 '송강호'가 살인을 저지르는 건 좀 더 복합적 요인이 있긴 하지만, 그 또한 시발점을 찾아들어가면 개개인의 이기심, 즉 불친절이 원인입니다.

이처럼 제가 재차 말하지 않아도 이미 많은 이들이 사람들의 불친절이 위험한 상황에 이르렀다고 이야기하고 있어요. 그리고 사실 지금 당장 뉴스만 틀어봐도 그러한 일들이 허구가 아닌 현실에서 벌어지고 있다는 걸 알 수 있습니다. 농담 조금 더 보태자면 세계 3차 대전은 러시아나 중국 같은 강대국들의 이해관계가 아닌 불친절과 같은 개개인의 사적 갈등에서 시작 될것만 같네요.

그런데 그렇게 생각해보면 차라리 다행 아닌가요? 우리가 조금만 더 서로에게 친절하면, 3차 대전 같은 재앙도 막을 수 있는 거잖아요. 그저 인사 한 마디 더 하고, 고맙다 말해야 할 때 고맙다 말하며, 미안할 때 미안하다 말하는 것만으로 범죄도 막고, 부의 분배도 공정해진다고 생각해보면 세상사라는 게 그리 심각한 것만은 아닐 겁니다.

여러분, 알고 보면 착한 사람은 없습니다. 친절한 사람이 착한 거예요. 이건 퍼스널과 관계없는 이야깁니다. 이 공간에 오셔서 평소보다 좀 더 친절해지실 필요는 없어요. 그저 평소 모습 그대로 편하게 오시면 됩니다. 단지, 우리 모두가 평소에도 좀 더 친절한 사람이었으면 하는 바람이네요.

1월 8일

며칠 전 있었던 미국 골든글러브 시상식에서, '호와킨 피닉스'가 남우주연상을 수상했더군요. 많은 분들이 영화 '조커'에서의 그 열연을 기억하실 거라 생각합니다. 그래서 이미 많은 매체들이 그의 수상을 미리 점찍기도 했었죠. 저는 개인적으로 '마스터'와 'her'

에서 보여줬던 모습들 역시 굉장히 인상적이었다고 생각합니다.

고작 영화에서 보여준 모습들이 다는 아니겠지만, 아마도 다양하고 두터운 내면을 가진 사람이자 배우가 아닌가 싶어요. 이번 골든글러브 시상식에서도 그가 한 돌발 발언이 이슈가 되기도 했습니다. 좀 더 정확히 말하자면, 그의 수상 소감 때문에 말이죠.

"동료 여러분, '빌어먹을' 최고의 배우나 경쟁 따위는 없어요. (중략) 여러분에게서 많은 것들을 배웁니다. 지난해 경이로운 작품들을 선보인 모두가 스승 같은 존재입니다."

어떤가요. 사실 제 눈엔 그저 지극히 당연한 말을 한 게 아닌가 싶습니다. 정신 나갔다 손가락질할 필요도, 옳은 말을 했다 손뼉을 칠 필요도 없는 삶의 진리 같은 말 말이에요.

여러분, 최고의 카페, 최고의 커피, 최고의 분위기 같은 건 없습니다. 그저 취향만이 있을 뿐이죠. 제겐 퍼스널이 그래요. 제 취향입니다.

1월 7일

누가 그런 소문을 냈는지 모르겠지만, 그 말 맞는 말이에요. 퍼사장이 최선을 다할 때는 자기 커피를 내릴 때라는 말은 틀림없는 사실이죠. 심지어 콧노래를 부를 때도 있답니다.

아유, 그렇다고 손님들 커피는 대충 내리고 있다는 이야기는 아니에요. 그저 제가 마실 커피를 만들 때만큼은 저도 모르게 기쁜 마음으로 열심히 임하게 된다는 고백을 하려는 겁니다.

아마 누구라도 그럴 거예요. '나'를 위한 거니까 말이죠. 우리가 가장 기꺼운 마음으로 하는 행위는 모르긴 몰라도 우리 자신을 위한 것들일 겁니다. 특별한 예외의 경우가 아니라면 남의 밥 차려주고, 남의 일 거드는 것보단 내 밥상 차리고, 내게 득 될 일을 할 때 우린 더 행복하죠.

끊임없이 더 나아지기 위해 무엇인가를 하고 있음에도 스스로 불행하다 생각되고, 어떠한 재미도 느껴지지 않는다면.. 지금 내가 하고 있는 것이 정말 나를 위한 것이 맞나 다시 한 번 돌이켜보세요. 그 답을 알고 있는 건, 세상에 단 한 사람뿐입니다.

1월 6일

이번 한 주는 유독 몸도 가뿐하고, 시간도 금방 갔구나 싶었는데, 생각해보니 월, 화, 수를 연달아 쉬고 목요일부터 일을 했더군요. 고작 4일 영업을 했으니 당연히 피로가 덜 할 수밖에요. 제가 이렇습니다. 어떻게든 일을 덜 할 궁리를 하는 게 일인 사람이죠. 그런데 정말 핑계를 대려는 게 아니라 이것이야말로 삶에 있어 중요한 포인트입니다. 최대한 일의 양을 줄이려 노력하고, 피로도를 낮추려 애쓰는 동안 우리는 자신도 모르게 창의력이란 걸 발휘하게 되니까 말이죠.

1월 4일

그제 '이지 토스트'가 예상보다 많이 팔렸었습니다. 덕분에 제법 넉넉히 준비했다고 생각했던 재료들이 모두 소진 되어버렸었죠. 그래서 어제는 더 많은 양의 새 재료들을 잔뜩 준비를 해두었었답니다. 그런데 이게 웬걸, 어제는 또 어쩐 일인지 '이지 토스트'가 단 한 개도 팔리지 않더군요. 알 수 없는 일입니다.

때문에 불행인지 다행인지 오늘 저의 점심 식사는 '이지 토스트'입니다. 평소에는 먹고 싶어도 못 먹던 걸 먹게 되었으니 기쁘게 생각해야겠지요. 사는 게 그래요. 한 치 앞도 내다볼 수 없는 게 인생입니다. 그러니 즐기라는 말은 하지 않을게요. 말처럼 쉬운 일이 아니기도 하지만, 그처럼 흔한 말을 굳이 제가 또 해서 지겹게 만들 필요는 없거든요.

그저 이렇게 말하고 싶습니다. 지금 이 순간, 스스로에게 조금 더 충만해지시라고 말이죠. 3초 뒤 운명도 모르고 살아가야 하는데, 남의 시선만 신경 쓰는 건 낭비 일지도 몰라요. 내게 물어보세요. 힘든 건 없는지, 하고 싶은 건 무엇인지, 혹 잠시 멈추고 싶지는 않은지. 음.. 이왕이면 퍼스널에 오셔서 '이지 토스트'를 먹으면서 말이죠.

1월 3일

왜 퍼스널은 테이블을 벽으로 붙이지 않았는지 궁금해하는 분들이 계십니다. 테이블을 벽으로 붙여서 2인 테이블과 4인 테이블로만 구성한다면 좀 더 많은 좌석 확보가 가능할 테니까 말이죠.

애씁니다. 애써 테이블 간 간격도 넓게 떨어뜨리고, 굳이 셰어 테이블로만 구성해 놓은 것이 일반적이지 않긴 해요. 더군다나 8인석 너비의 테이블을 만들어 놓고도, 의자 역시 6개씩 밖에 배치를 하지 않았으니 이상하다 말해도 할 말은 없습니다.

그럼에도 이렇게 고집은 부린 건, 단순히 말해 퍼스널을 이용하는 개개인의 손님들이 각자의 공간을 넓게 쓸 수 있기를 바랐기 때문이에요. 함께 나누는 공간이면서도, 개인적인 영역만큼은 지켜지기를 바랐죠. 그래서 각자 다른 작업을 하는 손님들이 한 테이블에 앉아 나름의 시간들을 보내는 것을 보면, 특히 더 보람이 느껴지곤 합니다.

하지만 그 이유만이 전부인 건 아니에요. 또 한 가지 이유가 있죠. 바로 벽을 살리기 위함 이었습니다. 좀 더 정확히 표현하자면 벽에게도 역할을 부여하고 싶었죠. 퍼스널의 너른 벽들이 많은 작가님들의 전시 공간으로 활용되기를 바랐습니다. 덕분에 지금, 김민강 작가님의 사진전이 진행 중이기도 하고 말이에요.

저는 이 공간이 기획전만 여는 공간이 되기를 바라지는 않습니다. 기획전이 열리는 동시에 상시 전시도 함께 진행되는 공간이 될 수 있길 바라죠. 저 역시 그림을 그리고 창작 작업을 이어나가는 사람이기에, 많은 작가님들이 대중들에게 스스로를 보여줄 수 있는 기회와 장소를 찾고 있다는 걸 알고 있습니다. 퍼스널이 여러분에게 그런 기회이자 장소가 되어줄 수 있다면 좋겠어요.

　누구든, 나누고자 하는 마음이 있고, 사랑의 가치를 아는 작가님이 계시다면 퍼스널을 찾아주세요. 함께 이야기 나눠봅시다.

1월 2일

easy mood, take personality.

위 문장은 다름 아닌 퍼스널의 '캐치프레이즈'입니다. 그래서 모든 피드 글은 저 문장으로 시작되죠. 직역을 하자면, "쉬운 분위기, 개성을 가져라." 정도쯤 되기 때문에 친구 녀석의 거센 만류를 받았던 문장이기도 합니다. 카페의 캐치프레이즈로 쓰기엔 너무

강하다는 것이 이유였죠. 하지만 저는 이 문장이야말로, 퍼스널에게 꼭 필요하다고 생각합니다. 이 공간 존립의 이유쯤 된다고 생각하거든요. 그리고 사실 제 눈엔 그다지 강한 메시지도 아닙니다. 저는 "편안한 분위기 속에서 스스로에게 충만해지세요." 정도로 의역을 하니까 말이에요.

아, 물론 퍼스널에 와보셨던 절반.. 음, 그래요. 절반 정도 밖에 안 된다고 믿고 싶습니다. 절반 정도의 손님들은 저의 의역을 비웃을지도 모르겠습니다. 어딜 봐서 이 공간이 편안한 분위기냐고 말이죠. 과도한 사진 촬영은 삼가달라고 해서 셀카 촬영도 넉넉히 못하지, 틀어둔 재즈보다 작은 목소리로 대화해달라고 해서 생일파티 같은 건 꿈도 못 꾸지.. 저도 알고 있습니다. 그분들께는 그야말로 더없이 불편한 공간이라는걸. 하지만 저는 그분들께 문장을 끝까지 봐달라고 부탁드리고 싶어요. 개인적 착각일 수도 있겠지만, 스스로에게 충만한 분들께는 퍼스널만큼 편안한 공간도 없지 않겠냐는 것이 저의 생각입니다. 음, 마음이라고 봐주셔도 무방하겠네요.

아무튼 퍼스널이란 공간을 통해 전하고자 하는 메시지는 바로 '스스로에게 충만하자'는 것입니다. 무작정 사진을 찍지 말고, 조용히 해달라는 것이 아니에요. 저 역시 좋은 공간에 가면 사진도 찍고, 좋은 사람과 함께 가서 이야기도 나누고 싶은 걸요. 제가 얼마나 '투 머치 토커'인지 알고 싶으시다면, 그에 대해 증언해 줄 사람을 몇 소개해 드릴 수도 있습니다. 다만, 그 행위들이 다른 누군가에게 보이기 위한 것이 아니라 오로지 나 자신을 위한 것이라면 도리어 서로를 배려하는 분위기 속에서 더 원활히 이루어지지 않을까요. 내가 다른 이의 분위기를 지켜주기 위해 노력하는 동안, 그 역시 나의 분위기를 지켜주기 위해 노력하는 환경이라면 말 그대로 함께하는 모두가 편안할 수 있을 겁니다.

정말이에요. 그 동안 퍼스널을 찾아주신 절반의 손님들께서는 과도한 촬영 없이도 즐거웠던 순간순간을 사진으로 남겨서 간직도 하고, sns를 통해 나누기도 했으며, 재즈 소리 보다 작은 목소리로도 친구 또는 연인, 그리고 가족과 함께 친밀한 대화와 웃음을 나눠왔으니까 말입니다. 그래서 퍼스널은, 2020년에도 과도한 촬영을 하는 분들과 고음으로 대화하는 분들께 다가가 양해를 구할 겁니다. "no"라고 말할 거에요.

여러분, 저는 그렇게 생각합니다. 자유란, 모든 것을 내 마음대로 하는 행동을 뜻하는 것이 아니라 스스로에게 충실하고 만족스럽게 살아가는 삶을 뜻하는 것이라고. 퍼스널에 오셔서 편안한 분위기를 즐기시며, 스스로에게 충만해지길 바랍니다.

나는 왜 말이 많은가

2019

12월 29일

2019년을 어떤 말로 마무리해야 할지 고민이 많았습니다. 한 해의 마지막에 서 있는 건 맞지만, 어찌 보면 이제 시작점에 서 있는 것이나 다름없으니까 말이죠. 퍼스널이란 공간은 어떤 이에겐 숨겨둔 보석 같은 곳이기도 하면서, 또 다른 이에겐 따분하고 번거로운 곳이기도 합니다. 모두를 만족시키기보다 취향을 공유할 수 있기를 바랐고, 그것이 배려를 통해 전해지기를 원한 결과라고 생각해요. 물론 저는 앞으로도 보석을 지켜나가기 위해 노력할 생각입니다. 저의 이런 마음을 다른 이의 입을 빌려 전하는 것으로 인사드릴게요. '박홍규' 교수님의 '내내 읽다가 늙었습니다' 중에서 발췌한 글입니다.

"제가 이런 삶을 주장하거나 살아갈 때 무슨 100퍼센트의 확인이나 이념이 있었던 것은 아닙니다. 경우에 따라선 그렇게 될 수밖에 없던 상황적인 탓도 있고, 이렇게 몰리게 된 측면도 분명히 있고요. 또 아직도 저는 저 자신의 삶과 입장에 대해서 계속 회의하고 있어요. 이러한 아웃사이더의 삶이 항상 제게 희망이나 기쁨만을 주는 것도 아닙니다. 경우에 따라선 불행하다고 생각될 때도 있고, 콤플렉스로 느껴질 때도 있고, 항상 왔다 갔다 하는데요. 그것은 제가 분명히 말씀드리고 싶어요. 이 책을 읽는 분들이 저를 포함해서 누구든 조금도 이상화하거나 절대화하지 말고, 제가 저의 삶을 솔직하게 말씀드림으로써 누구나 다 똑같이 고민하고 있고 방황하고 있다는 것을 알게 되고, 그래서 그분들이 살아갈 때 '그래. 누구나 다 그렇지. 그렇지만 그런 고민과 방황에도 힘이 있지. (중략)'라는 것을 제가 조금만 보여줄 수 있다면. 그것만으로 참 다행일 거라고 생각합니다."

밤 사이 날이 많이 추워졌습니다. 그래서인지 아침 내내 이불 속에서 꾸물대며 일어나지 않았죠. 말 그대로 해가 중천에 뜬 다음에 일어난 것 같습니다. 늦잠을 잔 덕분에 허겁지겁 출근 준비를 하는데, 침실 창밖으로 동백나무 몇 그루가 바람에 흔들거리고 있더군요. 도리어 이 추위를 기다리고 있었던 것 마냥 이파리는 빤

질빤질 광이 나고 세찬 바닷바람에도 여유 넘치는 그루브를 타면서 말입니다.

저는 동백나무를 보면 떠오르는 기억이 하나 있어요. 제가 군 생활을 할 때 내무반 밖에 동백나무가 한 그루 있었죠. 누가 왜 가져다 놓았는지도 모를 주인 없는 나무였습니다. 검정 플라스틱 화분에 오로지 딱 한 그루만 심어진 채, 버려져 있었어요. 처음엔 그것이 동백나무 인지도 몰랐습니다. 가지와 줄기는 말라비틀어지고, 이파리 하나 남지 않아 꼴이 말이 아니었거든요. 줄기에 난 무늬 하나로 오랜 인터넷 검색을 한 뒤에야 그것이 동백나무라는 걸 알 수 있었습니다.

저는 잘 자란 동백나무 사진 하나를 골라, 나무의 특징이나 관리 방법 따위를 함께 적어 프린팅 했죠. 그리고 그것을 코팅해서 나무에 걸어 놓고, 틈이 나는 대로 물을 주기 시작했습니다. 처음엔 마른 흙이 마치 시멘트 바닥처럼 굳어 물도 잘 스미질 못하더군요. 그래도 줬습니다. 흔한 말로 눈이 오나 비가 오나 녀석을 돌보았죠. 아, 제가 이 일로 거친 군대 내에서 혹여 비웃음이라도 사진 않았을까 걱정은 하지 않으셔도 됩니다. 저는 신임과 선망을 한 몸에 받는 후임이자 선임이었다고 말하고 싶지만.. 저희 부대 내에선 5월 군번이 그야말로 무소불위의 권력을 누리고 있었고, 운 좋게도 제가 바로 그 5월 입대자였죠.

이 이야기는 꺼내면 말이 길어지니 그만하기로 하고, 저는 그렇게 시멘트 바닥 같은 흙에 물을 뿌리며, 박제된 막대기를 닮은 가지에서 싹이 트기를 기다렸습니다. 막 애를 쓴 건 아니에요. 몇 날, 몇 주, 몇 달을 기다려도 푸른 싹의 기운은 느껴지지 않았거든요. 그저 언젠가 그런 일이 일어날 거란 믿음만 저버리지 않았을 뿐입니다. 사계절을 꼬박 기다렸던 것 같아요. 그리고 전역을 앞둔 어느 날, 빨간 동백꽃 한 송이가 맺힌 걸 볼 수 있었습니다. 2년의 지루한 군 생활 동안 제가 한 일들 중 가장, 아니 유일하게 보람된 일이 아니었나 싶어요. 믿음이 꽃을 피운다는 건 당연해야 할 것 같지만, 그리 흔히 있는 일이 아니니까요.

음, 뭔가를 정의하길 그리 좋아하는 편은 아닙니다. 그런데 생각해보면 인간관계라는 것이 나무에 물 주기와 그리 다르지 않은 것 같아요. 물 조금 주고 나면, 꽃도 피고 가지도 풍성해질 것 같지만 막상 한 송이 꽃, 한 줄기 새싹을 틔우기 위해서는 오래도록 공을 들이지 않으면 안 되거든요. 그렇다고 너무 겁먹을 필요는 없습니다. 믿을 만한 꽃집 사장님 말씀으로는, 나무는 웬만해서 말라죽지 않는다고 하더군요. 누구나 꾸준히 노력만 하면 죽은 것 같던 나무도 다시 풍성해질 수 있는 것이죠. 관계란 것도 그럴 거예요. 전하지 못할 마음 같은 건 없습니다. 내게 지치지 않을 믿음만 있다면 말이죠. 퍼스널은 그런 믿음으로 엮어낸 공간입니다. 진심은 전해지리란 마음으로.

12월 25일

"손님이 전혀 오지 않는 가게에서 기노는 오랜만에 마음껏 음악을 듣고, 읽고 싶던 책을 읽었다. 바짝 마른 땅이 빗물을 빨아들이듯 지극히 자연스럽게 고독과 침묵과 적막을 받아들였다."

제가 좋아하는 '무라카미 하루키'의 글 중 한 구절입니다. 때론 삶에 고독과 침묵, 그리고 적막도 필요하다고 생각해요. 물론 쉬운 일은 아니죠. 세상은 그리 호락호락하지 않고, 마음은 그리 대범하질 않으니까요. 결국 우리에게 필요한 건 용기가 아닐까 싶습니다. 용기 있는 자만이 삶의 빈칸에 고독을 채워 넣고, 침묵과 적막도 담아낼 수 있겠죠. 그럼 보일 것입니다. 온전한 내가, 있는 그대로의 진심이. 메리 크리스마스.

12월 24일

지난 주말에 퍼스널에서 있었던 파티는, 다행히 유쾌한 분들이 마지막까지 함께 해주셔서 기분 좋게 마무리할 수 있었습니다. 모든 걸 마무리하고 집에 오니 이미 자정을 넘겼더군요. 함께 해주셨던 모든 분들이 무리 없이 월요일을 시작하셨길 마음으로 바라봅니다.

파티 중간에 작은 행사가 있었죠. 준비해온 '별거 아닌' 선물들을 나눠 갖는 시간이 있었습니다. 참 '별거 아닌' 행사였음에도 누구 하나 망설이는 이 없이 재미있게 즐겨주셔서 얼마나 고마웠는지 몰라요. 다시 한번 감사 드립니다.

음.. 사실 퍼스널을 지켜나가며 맞이하는 매 순간순간이 모두 다 보람되고 행복하기만 한 것은 아니에요. 때론 서운하거나 힘에 부칠 때도 있죠. 누가 농담으로 말한 것처럼 욕을 하며 설거지를 할 때도 있습니다. 정말요. 하지만 그럼에도 이렇게 이 공간이 제게 소중하고 뜻깊은 건, 저의 이런 마음들을 공유해 주는 따뜻한 분들이 있기 때문일 겁니다.

'별거 아닌' 그 행사 중간에, 모든 분들이 나와 각자 간략한 자기소개와 인사말을 나누는 시간이 있었습니다. 전시 오프닝을 겸했던 파티인 만큼 대다수의 분들은 작가님을 축하해 주기 위해 오신 분들이었죠. 평소에도 퍼스널을 찾아주시는 분들은 손가락에 꼽을 정도로 소수에 불과해서 죄송한 마음마저 들 정도였어요. 분위기상 혹여 이분들이 어색하고 불편하게 느끼시면 어쩌나 하는 걱정이 없었다면 거짓말일 테죠.

그런데 막상 이분들의 자기소개 차례가 돌아올 때마다 제 걱정이 부끄러울 만큼 기우에 불과했다는 걸 알 수 있었습니다. 약속이라도 한 듯, "안녕하세요. 저는 퍼스널의 단골 누구누구입니다"라고 스스로를 소개하고는, 또 누구 하나 빠짐없이 "퍼스널을 좋아해서 참석하게 되었다"고 말씀해 주시더군요. 그날 밤, 집에 와서 울고 싶은 심정이었습니다. 차에서 내리지 못하고 긴 시간을 숨

죽이고 앉아 있었죠.

퍼스널이 뭐라고, 여러분의 수식어가 될 수 있다니요. 고맙습니다. 어찌 표현해야 좋을지 다음 날이 되어서도 모를 정도로 감동이었습니다. 사실 저도 잘 몰라요. 퍼스널이 앞으로 어찌 나아가야하는지 여전히 고민이 많죠. 하지만 한 가지 만큼은 알 것 같네요. 퍼스널은 컨셉이 아니라 여러분의 취향이며, 얄팍한 수단이 아닌 여러분의 따스한 마음이란 걸 말입니다.

12월 18일

요 며칠 몇몇 인친 분들의 피트에 '박서보'화백의 전시가 올라오기에 많은 분들이 서울로 놀러 가셨나 보다 생각했습니다. 그런데 알고 보니 부산에서 진행 중인 전시더군요. 세상에, 부산에서 '박서보'라니! 이 전시를 보러 갈 생각에 벌써부터 마음이 들뜹니다.

제가 그분의 부산 전시를 이리도 달갑게 생각하는 건, 이런 말

참 건방지고 어이없는 소리이긴 하지만 말입니다. 제가 예술을 꾸준히 한다면 이분이야말로 지향점으로 삼고 싶구나 생각했던 분이 바로 '박서보' 화백이셨기 때문이죠.

그림이란 걸 그려보니, 예술은 그야말로 'digging'이라는 생각이 갈수록 짙어집니다. 실제로 그 분께서 그림을 파내는 사람이라 이런 말을 하는 건 아니고, 일종의 비유적 표현이에요. 음악이란 예술을 하는 dj를 예로 들자면, 이 친구들은 하루 서너 시간씩은 기본으로 음악을 듣습니다. 좋아서 듣고 앉아있는 게 아니라, '좋은' 음악을 찾기 위해 수백수천 곡씩 음악을 듣고 있는 것이죠.

저와 가까이 지내는 dj의 말로는 천 곡 들으면 고작 두세 곡 정도를 건질 수 있다고 합니다. 말 그대로 'digging', 흔한 말로 막노동인 셈이에요. 하지만 이런 선별 작업이 있었기에, 자신만의 위트 있고 독창적인 공연을 만들어 낼 수 있는 것입니다. '박서보' 화백 또한 하루 8시간 이상씩 4개월여를 작업해야만 하나의 작품을 만들어 낼 수 있다고 해요.

그려보면 그려 볼수록 그런 생각이 듭니다. 영감이란 건 사람들이 말하는 것처럼 허공을 둥둥 떠다니는 녀석을 우연히 낚아채는 것이 아닐 거예요. 만약 그런 게 존재한다면, 그것은 아마 땅속 깊숙이 묻혀 있을 황금을 찾아 쉬지 않고 삽질을 해나가는 것과 같은 작업을 통해서만 만날 수 있을 겁니다.

물론 해답은 허공에 떠 있지도, 땅속에 묻혀있지도 않아요. 그것은 이미 우리 안에 있으니까 말이죠. 다만 그것을 만나기 위한 방법이 'digging' 밖에 없을 뿐입니다. 삽질 말이에요. 그러니 오늘도 전국 곳곳에서 스스로 삽질이나 하고 있다고 한숨짓는 분들이 있다면, 잘 하고 있는 겁니다. 걱정하지 말자고요.

저 역시 오늘도 퍼스널에 앉아 삽질을 할 생각합니다. 함께 하고픈 분들은 언제든 여기로 오셔요. 퍼스널은 삽질하는 여러분을 응원하고 또 환영합니다. 우리, 나올 때까지 파보자고요.

12월 17일

퍼스널은 컨셉이 아니라 취향입니다. 생각이 아닌 마음에서 비롯된 공간이죠. 사실 아는 사람만 찾아오는 프라이빗한 공간이 될 거라 예상하고 시작했었습니다. 그래서 간판도 없고, 따로 홍보도 원치 않는 것이죠. 아, 물론 인스타그램 피드가 약간의 홍보 효과를 내고 있긴 하지만, 이는 애초부터 소통을 위한 창구일 뿐입니다. 그래서인지 누가 퍼스널을 힙한 공간이라 부르면 얼떨하고 쑥쓰러울 때가 많아요. 제게는 그저 내 마음 가는 대로 채워둔 개인적인 공간이니까요.

그래요, 여전히 퍼스널은 제 개인 작업실이자 마음 맞는 이들과 공유하는 비밀스러운 공간이란 느낌이 남아 있습니다. 때때로 그런 분들이 있어요. 다짜고짜 들어와서는 "이거 어디 따라 했네, 컨셉 잘 잡았네."라는 말들을 제 앞에서 쉽게 쉽게 던지는 분들 말입니다. 그냥 흘려듣긴 합니다만, 속상한 건 사실이에요. 퍼스널은 얄팍한 셈으로 여러분의 지갑을 열기 위해 준비한 '카페'가 아니니까요. 누군가는 나와 취향을 공유하고, 그것들을 함께 즐겨주겠거니 해서 열어둔 '공간'일 뿐이죠.

주변에서는 저의 이런 마음을 걱정합니다. 그러다 손님들의 발길이 끊기고, 매출이 떨어지면 어떡하나 하고요. 글쎄요, 생각만 해도 막막하고 두렵긴 합니다. 하지만 그렇다고 마음 가지 않는 방향으로 나아가고 싶지는 않네요. 이곳에서 만큼은 사람들이 포토존을 찾기보다 누군가의 흔적들을 감상하길 바라고, 번잡한 뒷이야기로 시간을 보내기 보다 자신의 마음을 충분히 들여다 보기를 원하며, 남의 뒤를 쫓기보다 나만의 것을 발견할 수 있기를 마음 깊이 바라고 있으니까 말입니다.

최근 제가 아닌 다른 이의 전시를 시작하게 되면서, 돈도 마음도 많이 투자가 되고, 또 덕분에 조금은 무리가 될 수 있는 파티까지 기획하게 되었는데요. 이로 인해 저도 모르게 조급해진 것이 사실입니다. 머릿속으로 계산이란 걸 하고 있더군요. 스스로 바라던 모습이 아니었기에, 마음이 이렇게도 공허할 수가 없네요. 결국 하루를 푹 쉬면서 이런저런 잡생각들을 털어내고자 노력해야 했답니다.

그렇다고 저의 모든 생각들을 부정하고자 했던 건 아니에요. 그 또한 잘 해보고자 하는 나름의 노력이었으니까 말이죠. 다만, 퍼스널이 지향하는 바가 무엇인지 돌이켜 볼 필요가 있었다고 생각합니다. 여러분, 퍼스널은 컨셉이 아닌 취향이에요. 누군가에게 잘 보이기 위해 가면 같은 건 쓰고 싶지 않습니다. 꾸밈없는 솔직한 모습을 그대로 보여 드릴게요. 담백한 사람 앞에서 우리가 편안함을 느끼듯, 퍼스널에서 여러분이 편안함을 느낄 수 있기를 바랍니다.

12월 15일

드디어 퍼스널에서 새 전시를 시작합니다. '김민강' 작가님의 사진전인데요. '낭만;일상의 관음'이라는 이름으로 열릴 이번 전시에서는 한 사람의 시선으로 마주한 일상 곳곳의 민낯을 만나 볼 수 있습니다. 민낯이라고 해서 겁내지 마세요. 그의 따뜻한 마음이 느껴지는 사진들 속에서, 우리가 끝내 버리지 못한 아름다움을 느낄 수 있을 겁니다. 작가님의 의도와 같이 자유롭고, 날 것 그대로의 전시가 될 듯하니 편하게 오셔서 감상해 주세요.

어제 아침 tv를 보는데 배구 경기 중계를 하고 있더군요. 네, 아침마다 자꾸 tv 보는 습관을 고쳐야 하는데 말입니다. 아무튼 경기 중 외국인 선수가 스파이크로 포인트를 올린 뒤 한국 선수들과 하이파이브를 하며 "좋아!"라고 외치더군요. 순간 잘못 들었나 싶었지만 분명 그리 말한 게 틀림없었습니다. 지금 생각해보면 그리 대단치 않은 장면 같긴 한데, 어쨌든 외국인이 한국어를 사용한다는 것이 재밌어 한참을 웃었네요.

그런데 나중에 보니 선수들이 '좋아'라는 말을 자주 사용하더군요. 포인트를 올리는데 성공한 선수는 도움을 준 선수에게 그리 말하고, 또 다른 선수들은 포인트를 올린 선수의 등을 토닥여주며 그리 말했습니다. 아, 때론 자신의 플레이에 문제가 없었는지 확인하기 위해 "좋아?"라고 의문형으로 사용하는 선수들도 있었죠. 사정이 이렇다 보니 외국인 선수가 '좋아'라는 말을 배우게 되는 것도 무리는 아니겠구나 싶었습니다.

배구 선수들은 왜 그리도 좋다는 말을 많이 사용하는 걸까요. 궁극적으로 생각해보면 당연히 경기에 이기기 위해서 일 겁니다. 경기가 시작해서 끝날 때까지 그들의 머릿속에는 오로지 승리를 향한 열망만이 가득할 테니까요. 하지만 팀 스포츠는 특성상 한 사람, 한 사람의 욕구보다는 모두의 단합이 중요합니다. 그리고 단합을 위해선 감정적 교감이 중요하죠. 예를 들자면 믿음이나 애정 같은 감정들 말이에요. 이런 감정들은 표현을 먹고 자라납니다. 배구 선수들처럼 좋으면 좋다, 잘했으면 잘했다고 말을 해줘야 서로 용기를 얻고 신뢰하게 되는 것이죠.

우리는 촘촘한 관계의 그물망 안에서 살아갑니다. 누군가의 연인이며, 또 누군가의 친구, 가족이기도 하죠. 그런데 분명한 것은 그중 말하지 않아도 알아서 깊어지는 관계는 없다는 것입니다. 사랑하면 사랑한다, 고마우면 고맙다 말해주세요. 배구 선수들이 동료의 도움이 있어야 승리할 수 있듯, 우리도 주변 사람들의 사랑이 있어야 행복하게 살아갈 수 있습니다.

12월 12일

모두를 납득시키고 싶었다면, 애초에 퍼스널이란 공간을 열진 않았을 것입니다. 이 공간이 지향하는 바는 보편성이 아니죠. 바닐라 시럽이 없어서 욕을 먹어야 한다면, 욕을 먹고 퍼스널만의 개성을 지키는 쪽을 선택할 겁니다. 모두가 찾아오는 카페를 바랐던 것이 아니니까요. 누구든 제 나름의 시간을 보낼 수 있는 공간이 되기를 바랐습니다. 그리고 누군가는 그렇게 퍼스널을 즐기고 있죠. 그럼 그것으로 되었습니다.

12월 11일

곧 새해가 시작될 것입니다. 어찌 되었든 2019년은 과거가 될 테죠. 그러니 미련은 접어두고 남은 연말은 좀 더 즐겨보도록 해요. 단순히 먹고 마시라는 이야기가 아닙니다. 아쉬움이 남는 것들은 아쉬운 대로, 충만한 성취감은 충만한 대로 받아들이자는 것이죠. 아쉬움이 있어야 새로운 목표가 생길 수 있고, 충만함은 그를 받쳐 줄 원동력이 되어줄 테니 말이에요. 나중에 돌이켜보면 어느 것 하나 소중하지 않은 것이 없는 날이 올 것입니다. 잘 하고 있어요.

12월 7일

이제는 퍼스널의 '연관 검색어'처럼 떼어 놓을 수 없는 존재가 된 '이지 토스트'는 사실, 제가 먹으려고 넣어둔 메뉴입니다. 어이없어도 소용없어요. 사실이 그러니까요. 저는 글루텐 소화 능력이 떨어져서 면이나 빵을 크게 좋아하는 편이 아닙니다. 그러다 보니 디저트 판매는 자연스럽게 메뉴 계획에서 제외되었죠. 퍼스널의 메뉴는 어디까지나 제 취향을 고려해 정했으니까 말입니다. 무엇이 잘 팔릴지 궁리했다면 퍼스널이란 공간을 하진 않았을 거예요. 그랬다면 아마 초등학교 앞에서 분식집을 하지 않았을까 싶네요. 퍼스널을 준비하며 제가 생각한 건 오로지 '내가 좋아하는 것' 뿐이었습니다. '진토닉'처럼 말이죠.

아무리 그래도 음료로만 메뉴를 채울 순 없었습니다. 퍼스널은 제 작업 공간이기도 했거든요. 저는 이 공간을 제 작업실이라 생각했고, 그래서 작업을 하다 배가 고프면 먹을 요깃거리가 필요했습니다. 그런 목적이라면 '이지 토스트'가 딱이었죠. 제겐 이미 검증된 메뉴였거든요. 호주에 있을 때, 특히 영화 편집 작업을 하면서 토스트를 자주 만들어 먹었습니다. 간편하니까요. 굳이 한식이 아니라 파스타 한 그릇 만드는 것도 준비과정과 조리과정을 거쳐야 하고, 다 먹고 나면 설거지 거리도 여럿 나옵니다. 하지만 토스트는 그릴 하나만 있으면 끝, 설거지도 접시 하나 닦아 내는 것이 전부죠. 그런 연유로 '이지 토스트'는 퍼스널과 함께 하게 되었습니다.

이렇게 잘 팔릴 거라곤 생각지 못했어요. 토스트를 굽느라 예상치 못하게 바쁜 저를 보고 가족들이 놀릴 정도랍니다. 그런데 생각해보면 이게 참 다행이에요. 토스트 하나로 인해 많은 분들이 즐거움을 느끼시고, 그로 인해 저 역시 좋은 분들을 많이 만나게 되었다는 것이 참 다행입니다. 때론 모든 일들이 다 계획대로만 흘러가는 건 아닐 거예요. 우리 주변엔 늘 예상치 못한 일들이 함께하죠. 물론 그것이 우리를 힘들게 할 수도 있지만, 우리가 그것을 즐길 수만 있다면 그 의외성 이야말로 우리 삶의 감초 같은 역할을 하지 않나 생각합니다. 관계나 감정처럼 정말 중요한 것들은 계획할 수 있는 게 아니니까요.

혹시 오늘 마음 같지 않은 일들로 힘든 분들이 계시다면, 퍼스널에 오셔서 '이지 토스트' 한 조각 하세요. 의외로 맛있어서 금세 지난 일들은 잊고 기운 낼 수 있을 겁니다.

오늘 아침 채널을 돌리다가 보니 복싱 경기 중계를 하고 있더군요. 생중계나 최근에 있었던 경기는 아니었고, 오래전에 치러졌던 명 경기들을 다시 보여주는 프로그램이었습니다. 그리고 마침 제가 시청을 하게 되었을 땐, 그 유명한 '마이크 타이슨'의 퍼포먼스를 보여주고 있었죠.

그 점이 제 흥미를 끌더군요. 제가 어렸을 때만 하더라도 그는 현역 선수로 활동 중이었어요. 물론 이미 퇴물 취급을 받기 시작하던 시점이라 '핵 이빨'과 같은 조롱의 대상이기도 했으나, 여전히 그 펀치력 하나만큼은 공포 그 자체였죠. 상대 선수들의 가드 위에다 뿌리는 펀치만으로도 가볍게 ko 승리를 따낼 정도였으니까 말이에요. 정말 무시무시한 주먹이었습니다. 특히 거리를 좁히고 들어가 미사일이라도 발사하듯 날려버리는 어퍼컷은 말 그대로 살상 무기 그 이상이었죠. 오늘도 그는 화면 속을 종횡무진하며 강함이란 무엇인지를 온몸으로 보여주고 있었어요.

아시다시피 그는 헤비급 선수였습니다. 그야말로 몸집이 거대한 선수였죠. 그것은 그의 상대 선수들 또한 마찬가지였어서, 두 명의 복서가 올라선 것만으로도 링을 꽉 채울 수 있었습니다. 물론 몸집이 큰 것 때문만은 아닐 거예요. 그들이 뿜어내는 기세등등한 아우라가 브라운관 너머에서 지켜보는 제게도 뻗칠 정도였으니까, 단 두 명의 사람이 링을 가득 채웠다는 말은 비유적인 표현을 넘어 사실 그 자체였을 것입니다.

그런데 막상 경기를 지켜보다 보니 그 두 짐승 사이사이를 웬 깡마른 남자 하나가 경쾌한 발걸음으로 헤집고 다니고 있었습니다. 마치 춤이라도 추는 듯 경쾌한 발놀림이었죠. 입고 있는 옷까지 정복 이어서 그런지는 몰라도 정말 왈츠 공연이라도 나온 듯한 모습이었습니다. 그래요, 그는 다름 아닌 심판이었습니다. 끊임없이 서로의 품을 파고드는 '오소독스' 스타일의 두 선수가 엉겨 붙을 때마다 그는 겁 없이 달려들어 두 사람의 등짝을 찰싹찰싹 때려댔어요. 속마음은 알 수 없는 거지만, 정말 그랬어요. 대수롭잖게 두 선수를 때리고 밀치고 하는 모습이 이제 막 걸음마를 뗀 강아지를 데리고 나와 '앉아'를 가르치고 있는 동네 어르신 같았죠.

그런데 신기하게도 독기 가득한 눈으로 서로를 노려보던 두 선수들도 그가 등짝 스매싱이라도 할라 치면 머쓱한 얼굴을 하며 뒤로 물러나 얌전히 기다리기를 반복했습니다. 아무리 급박한 상황 속에서도 심판이 그만하라고 하면 군말 없이 그를 따랐죠. 재밌지 않나요? 마치 그날 저녁식사도 심판의 허락 없이는 먹지 못할 것만 같았습니다.

이런 게 바로 규칙의 힘이겠죠. 링 위에는 엄연한 규칙이 있다는 걸 두 사람도 아는 것입니다. 우리가 매일매일 법을 지키며 살아가고 있는 것처럼요. 규칙이 없으면 복싱이 더 이상 스포츠일 수 없듯, 우리가 사는 사회도 법이 없으면 그야말로 야생의 일부에 지나지 않을 겁니다. 그런데 이 법은 사실 공중도덕을 기반으로 하죠. 도덕적으로 옳고 그른지를 따져서 만든 것이 바로 법입니다. 그럼 이 도덕은 도대체 어디서 온 걸까요. 제 생각에 그것은 바로 배려입니다. 서로를 배려하고자 하는 마음이 도덕의 잣대가 되었고, 이를 기반으로 법이 세워진 것이죠. 결국 우리의 매일매일을 지탱하고 있는 것은 서로를 향한 배려라고 생각합니다.

퍼스널에도 권고사항이 있죠. 일종의 규칙인 셈인데, 사실 그 내용이란 게 그다지 대단한 내용들이 아니에요. 누구나 평소 지킬 법한 배려 정도에 지나지 않습니다. 종종 퍼스널에 오셨다가 메뉴판 옆에 있는 안내문을 읽고 난색을 표하며 도로 나가시는 분들이 있던데, 너무 부담을 느끼지 않으셨으면 좋겠습니다. 사실 저는 이 공간에 규칙이 있다고는 생각하진 않으니까요. 단지 퍼스널이란 공간에는 서로를 배려하는 마음이 있다고 기억 되길 바랄 뿐이랍니다. 링 위에서 주먹을 맞대고 땀 흘린 수많은 선수들이 복싱을 신사적인 스포츠로 기억해주길 바라는 것처럼 말이죠.

12월 3일

맹자의 '측은지심'이란 말이 있죠. 남을 가엽게 여기는 타고난 착한 본성을 의미하는 말입니다. 하지만 삶이란 게 그렇게 단순하지 않아요. 한마디 말처럼 똑떨어지는 게 아니죠. 그래서 살다 보면 자책도 하게 되고, 스스로를 불신하게 되는 순간도 생깁니다. 나란 사람의 본성 자체를 의심하게 되는 것이죠.

아, 이렇게 별거 아닌 상황에도 화를 내었는데, 나는 정녕 나쁜 놈인가? 아, 저분이 지금 곤경에 빠진 것 같은데, 제 갈 길이 바쁜 나는 인격적으로 문제가 있는 것인가? 요 정도 고민들은 다들 해보셨으리라 생각합니다. 저에게도 늘 있는 일이니까요. 저기에까지 생각이 미치고 나면 마음이 여간 괴로운 것이 아닙니다. 내가 드디어 막장으로 치달았구나 싶죠. 그런데 다행히도 그때마다 저를 책망의 구렁텅이에서 건져내주는 것들이 있습니다. 바로 퍼스널을 지키는 여러 식물들이죠.

퍼스널에는 제법 많은 화분들이 곳곳에 배치되어 있습니다. 이전 주인이었던 '아림 상사'로부터 인수 받은 것들부터, 공간을 채우기 위해 스스로 구매한 것들도 있고, 누군가로부터 선물 받은 녀석들도 있죠. 다 제각각의 사연들이 있는 녀석들이지만, 한 가지 공통점이 있다면 이 녀석들이 이곳에 있게 된 것은 그 스스로의 뜻이 아니라는 겁니다. 그저 누군가에 의해 이곳에 있게 된 것이죠. 어쩌면 이들은 창 너머로 보이는 야산 어딘가에 심어져있기를 더 바랄지도 모릅니다. 그곳에서는 자연의 섭리대로 살아갈 수 있을 텐데, 이곳에서는 그렇지 못하니까요.

그래서 저는 이 식물들이 보내는 작은 메시지 하나하나를 놓치지 않으려 애쓰는 편입니다. 제가 조금이라도 신경 써주지 못하면 노랗게 말라버리거나, 썩어버릴 수도 있다는 걸 알기에 마음으로 보살피려 노력해요. 어쩌면 이런 저의 마음이 맹자가 말했던 '측은지심'인지도 모르겠습니다. 늘 함께 공간을 지키고 있는 식물들이 건강할 수 있게 도움이 되고자 하는 최소한의 양심이 말이에요.

오늘도 한바탕 오두방정을 떨어가며 식물들에게 물을 주고 나니 마음이 더없이 벅차오릅니다. 푸르고 건강해 보이는 녀석들을 보고 있자니, 내가 그래도 요만큼의 가치는 있는 존재이구나 싶어요. 다행입니다. 퍼스널이란 공간을 홀로 지키지 않아도 되어서, 참 다행이에요.

11월 24일

"토요일 밤이 되면 나는 여전히 로비 의자에 앉아서 시간을 보냈다. 전화가 걸려올 곳은 없었지만, 그것 말고 무엇을 해야 좋을지 알 수 없었다. 나는 언제나 텔레비전 사이에 가로놓인 막막한 공간을 응시했다. 나는 그 공간을 둘로 나누고, 나눠진 공간을 또 둘로 나눴다. 그리고 그렇게 몇 번이나 계속하다 마지막에는 손바닥에 올려놓을 정도로 작은 공간을 만들어 냈다.

열 시가 되면 나는 텔레비전을 끄고 방으로 돌아와 잠들었다."

제가 하루키의 글들 중 가장 좋아하는 조각입니다. 워낙 다작을 하는 작가라, 그의 글들이야 얼마든지 더 있지만 유독 이 몇 줄을 좋아합니다. 그야말로 하루키 밖에 쓸 수 없는 글이기 때문이죠. 흔한 표현을 빌려보자면, 이 몇 줄의 글이야말로 '하루키 문학의 정수' 라고 생각합니다. 그의 매력이 여기에 다 있고, 이 매력이 그를 좋아할 수밖에 없게 만들죠.

맞아요. 하루키의 모든 글들이 다 수작일 필요는 없습니다. 누군가 그를 좋아하게 만들기 위해선, 단 몇 줄의 좋은 글이면 충분하죠. 우리도 그래요. 모든 게 완벽할 필요는 없습니다. 우리가 누군가에게 호감을 느끼는 건, 그만의 작은 매력을 알아보았기 때문이죠. 그 매력은 그만이 가지고 있습니다. 남과 같은 외모, 남과 같은 스타일, 남과 같은 언행을 위해 힘쓰지 마세요. 누구나 자신만의 매력이 있고, 누군가는 그래서 당신을 좋아하고 있으니까. 바로 여러분이 퍼스널만의 분위기를 좋아하는 것처럼 말이죠.

11월 21일

오늘은 미리 말씀드린 것처럼 오후 1시에 오픈합니다. 12시부터 오셔서 퍼스널 입구 앞에 불법주차 하는 차량들을 막아주시면 더욱 좋긴 하겠지만, 날이 추우니 1시에 맞춰 오셔요.

한순간에 이렇게 겨울이 찾아왔네요. 며칠 전에 보니 tv 쇼 프로에서 시민들에게 이런 질문을 하더군요. 가장 최근에 스스로에게 선물한 게 무엇이냐 말이죠. 생각나는 게 있으신가요? 글쎄요. 저는 음.. 최근 쇼핑 목록은 주로 퍼스널과 연관된 것들밖에 없네요. 심지어 4벌의 검정 티셔츠도 근무복으로 산 거니까 선물로 보긴 어려울 것 같습니다.

뭐, 그런데 선물이란 게 꼭 값비싸고, 보기 좋은 물건일 필요가 있을까요. 그저 마음에 따뜻한 위안을 줄 수 있으면 그게 바로 선물 아닐까 싶습니다. 생각이 여기에 미치고 보니, 제가 최근에 스스로에게 준 선물은 마음 맞는 이들과의 즐거운 술자리였던 거 같아요. 그 시간들이 있어 세상을 좀 더 가치있게 보게 되었고, 마음속에 의미 있는 희망도 심을 수 있었죠.

때론 나 혼자만으로 힘에 벅찬 것들이 있습니다. 스트레스는 샘물처럼 퐁퐁 솟아나고, 마음은 밑 빠진 독처럼 채워지질 않는데 쇼핑으로 그걸 다 풀고, 채우려 했다간 억만금이 있어도 남아나질 않을 겁니다. 하지만 마음 맞는 이들과 함께라면 얄궂은 어묵탕 한 그릇에 싸구려 소주 한 병으로도 충분하죠. 혹 아직까지 스스로에게 준 선물이 생각나지 않는 분들이 있다면, 서로에게 꾸밈없고 싶은 이에게 연락 한 통 해보는 건 어떨까요.

11월 15일

아마도 겨울이 온 것 같습니다. 가을이 좀 더 머물렀으면 했지만, 결국 겨울이 오는 게 순리겠지요. 계절은 오고 갑니다. 심지어 북극이나 남극에도 계절의 변화는 있다 하더군요. 많이 춥고, 덜 춥고의 차이겠지만 말이에요. 가을이 늘 머물러 있을 수 없는 것처럼, 오늘의 날씨가 내일과 같진 않을 겁니다. 어제 좋았다가도 오늘은 궂을 수 있는 게 날씨죠.

　　사람 기분도 그래요. 날씨만 달라져도 휘청거리는 게 기분인데, 별 수 있나요. 서장훈 씨가 그러는데 언제나 기분이 좋으면 그건 조증이라고 하더군요. 병인 거죠. 언짢은 날도 있어야 기쁘고, 흥 돋는 날도 있는 겁니다.

　　저 역시 말할 것도 없지요. 농담 삼아 사장이 자기 커피만 손으로 만든다는 분들도 있던데, 그러게요. 한 번씩 커피 마실 생각에 기분이 좋아지면, 저도 모르게 좀 더 공을 들이게 될 때도 있더군요. 그 커피가 누가 마실 커피인지도 잊고 말이죠. 그렇다고 늘 그런 것도 아니에요. 때론 맨날 하는 그것마저 귀찮게 느껴져, 대충 내려 약 사발 마시듯 마실 때도 있답니다. 사람이 다 그렇죠, 뭐.

아, 아니다. 사람 뿐 아니라 기계라고 언제나 상태가 좋은 것만은 아니에요. 운전하는 분들은 느껴보신 적 있을 겁니다. 날마다 시동 걸리는 느낌이 다르다는 걸 말이죠. 카센터가 괜히 있는 것이 아닐 겁니다. 세상에 한결 같은 건 존재치 않아요. 날마다 제멋대로인 사람과 컨디션이 오락가락하는 머신이 내리는 커피 또한 마찬가지일 테죠. 저는 최상의 커피라는 건 믿지 않습니다. 날마다 최고 컨디션의 커피를 대접한다 말하는 바라스타가 있다면, 그 사람은 심각한 구라쟁이가 틀림없을 거예요.

퍼스널은 그저 편하게 내린 커피를, 편히 마실 수 있는 환경을 제공하고자 노력합니다. 카페에서 가장 중요한 건.. 글쎄요. 카페마다 추구하는 가치는 다르겠죠. 퍼스널이 가장 중요하게 생각하는 가치는, 커피도, 공간도 아니에요. 바로 사람입니다. 매 순간마다 커피와 공간은 그 맛과 모습을 달리하겠지만, 그 안에서 저마다의 '뭔가 좋은 것'을 찾아보시길 바라요. 모든 것이 변하고 다시 또 변하는 세상에서 우리가 할 수 있는 가장 가치 있는 일은, 그 안에서 제 나름의 행복을 찾는 일일 겁니다.

어제 오신 분들께는 제가 숙취가 있어 정신이 없다 둘러댔지만, 실은 개인적인 일로 기분이 좋지 못해 그런 것이었죠. 숙취가 있을 때 보다 더 정신이 없더군요. 출근길 내내 생각했습니다. 이대로 사라져버리고 싶다. 원래 없었던 것처럼, 바람에 날려 흩어져 버린 재처럼 말이죠.

그런데 사는 일이, 바람이 알아서 날려주는 재처럼 쉽지가 않습니다. 우리에겐 각자 맡은 바 역할이 있죠. 누군가의 자녀이자, 또 다른 이의 친구인 건 말할 것도 없고, 제각각 선택한 의무들 또한 있습니다. 물론 거리의 쓰레기를 치워주시는 환경미화원분들이나 경찰관분들과 비교해보면 제가 해야 할 일은 미약하기 짝이 없긴 하죠. 세상에 카페는 많고, 어느 카페를 가든 커피는 내어줄 테니까요. 아, 진토닉을 주는 카페는 없긴 합니다만.. 아무튼 제 역할이 세상의 존립에 영향을 미칠 만큼 클 것 같진 않습니다.

하지만 그럼에도 누군가는 퍼스널을 찾아올 테고, 그이가 찾는 것은 오직 퍼스널에만 있을 지도 몰라요. 아니, 오직 퍼스널만이 그분들께 내어드릴 수 있는 것이 분명 있을 것입니다. 결과적으로 어제 출근하길 참 잘한 것 같아요. 애써 멀리까지 와서 모처럼의 휴무를 즐겨주신 분들을 보며, 좋은 소식을 나누고자 선물을 들고 찾아와준 분과 스윙재즈를 들으며 흥얼거리던 분들을 보며 그렇게 생각했죠. 제각각의 시간을 보내러 오신 모든 분들을 보며 그리 생각했답니다. 내가 해야 할 일을 하길 잘 했다고 말이죠.

그리 어렵지도 않았습니다. 그저 늘 하던 대로 하면 되었죠. 심지어 출근 내내 땅만 보고 걸었는데도 저절로 퍼스널에 도착하더라고요. 도착해서야 그 사실을 깨달을 정도였으니까, 그것이 얼마나 쉬웠는지는 더 생각해볼 것도 없는 것 같네요. 때론 사는 게 버거울 수도 있습니다. 아니, 솔직히 말해 매 순간순간이 버겁죠. 하지만 어쩌면 그건 느낌과는 달리 정말 쉬운 걸지도 몰라요. 생각을 좀 덜어내어도 몸이 알아서 해줄 만큼 손쉽고, 우리가 가장 잘 할 수 있는 것인지도 모르죠. 내 역할을 해낸다는 것 말이에요.

혹 오늘 삶의 무게가 유달리 버거운 분들이 계신다면 퍼스널에 오셔서 잠시 소일거리나 하며 시간을 보내보시는 건 어떨까요. 몇 시간쯤, 아니 하루쯤 손을 놓아도 금세 또 제자리를 찾아갈 수 있을 테니 걱정하지 마시고요.

11월 10일

처음 '아림 상사'로부터 화분들을 넘겨받았을 때, 기분이 좋으면
서도 한편으로는 부담이 없었던 것이 아닙니다. 30년간 분갈이 한
번 없이 키워온 화분들이 조금은 위태로워 보이기도 했고, 식물이
라곤 군대 있을 때 동백나무 한 그루 키워본 게 전부인 내가 이들을
상하게 하지 않고 키워낼 수 있을까 미심쩍었죠.

그래도 맡은 바 도리는 다하려 노력했습니다. '아림 상사' 사장님 말씀대로 열흘에 한 번은 물을 흠뻑 주었죠. 다행히 새로 들인 다른 화분들도 물을 주는 주기가 비슷해 따로 공들이지 않고 하나의 루틴만 잘 기억하면 되었고 말이에요. 지금, 녀석들은 더 푸르고 풍성해졌습니다. 자찬을 하려는 게 아니라, 처음 인수받았을 때 보이던 누런 잎들도 더 이상 보이지 않죠. 물을 줄 때 보면 이파리와 줄기들이 과장 조금 보태 밀림 같아 보일 정도입니다. 다행이에요. 무엇이든 저로 인해 아프지 않다는 것이 참 다행입니다.

마음과 다르게 상처를 준다는 것만큼이나 속상한 일이 또 있을까요. 그런 것 같아요. 누군가에게 상처 주지 않고, 좋은 기운을 주기 위해선 많은 것들이 필요한 게 아닐지도 모른다는 생각을 합니다. 최소한의 할 도리만 하며 그저 지켜봐 주는 것이, 어쩌면 가장 큰 응원이 되어줄 수 있는 게 아닐까 싶죠. 때로 우리는 내 의사대로 큰마음을 주어 놓고는, 그만큼이 돌아오지 않는다고 섭섭해하고 성을 낼 때도 있습니다. 그이에게 당면한 깃들이 무엇인지도 모르고 말이죠.

어머니 홀로 저희 남매를 건사해야 했던 시절, 외숙모께서는 기별 없이 매달 어머니의 통장에 돈을 부쳤습니다. 영문을 알 수 없는 어머니의 화수분 계좌 덕택에 저는 고등학교를 무사히 졸업할 수 있었죠. 어머니 역시 제가 어떤 결정을 내리든 그저 지켜볼 뿐, 그 뜻을 꺾으신 적이 없습니다. 느닷없이 대학교를 가지 않겠다 선언을 했을 때도, 사랑하는 여자가 생겨 부산에 가서 살겠다고 했을 때도, 그 여자를 따라 호주로 가겠다고 했을 때도 말없이 믿어주신 게 다죠.

우리는 사랑이라 하면 뜨겁고 극적인 모습만 떠올립니다. 하지만 어쩌면 사랑은 우리가 생각한 것보다 정적인 모습을 하고 있는 건지도 모르겠어요. 재촉 없는 기다림이나, 조건 없는 믿음처럼 말이죠.

11월 9일

피드 글을 왜 그리 길게 쓰냐 물으면 답이 쉬워져요. '투 머치 토커'라서 그렇습니다. 하고 싶은 말들이 많은 데 어찌 한 마디로 글을 맺을 수 있겠어요. 박찬호 선수에게 야구가 무엇인지 한 마디로 정의해 달라고 하면, 아마 그분도 속 답답해 미칠 지경일 겁니다.

뭐, 농담 같은 이야기였고, 감사하게도 많은 분들이 이 긴 글들을 읽어주십니다. 퍼스널에 오셔서 "저 사실 인친이에요" 하시는 분들은 없지만, "저 늘 끝까지 다 읽어요" 하시는 분들은 많기에 알고 있죠. 그분들은 이런 질문도 가끔 하십니다. 글이 잘 읽히는 데 비결이 뭐냐고. 글쎄요, 스스로 비결이란 걸 가져도 될 만큼의 자격이 있는지 모르겠네요. 그런 건 아마 '무라카미 하루키' 같은 베스트셀러 작가나, '어니스트 헤밍웨이' 같은 대문호에게 여쭤봐야 하는 것 같고, 저의 경우를 보자면 그저 나름의 신념 정도는 가지고 있습니다. 마음에 없는 소리는 하지 않는 것이지요.

에이, 그게 무슨 신념 씩이냐 되냐 반문한다면 저 역시 너무 거창한 표현이었다 인정하겠습니다. 다만 늘 유념하는 건, 진정성 바로 그것이죠. 마음에 없는 소리만큼이나 듣기 거북한 게 또 없으니까요. 저만 그렇나요? 지키지 않을 약속, 입만 바른 칭찬, 의미 없이 늘어놓는 친교의 표현들은 되려 우리를 지치게 만듭니다. 겉으로 듣기엔 힘을 주는 것 같지만, 그 말들엔 배려가 없죠. 오직 스스로를 충족시키기 위한 자위행위에 지나지 않습니다. 남의 오르가슴이나 구경해야 하는 상대방은 당연히 공허해질 수밖에 없어요.

저는 그래서 마음으로 말하려 노력합니다. 집안 어른이나, 건물주를 만나서까지 있는 이야기, 없는 이야기 다 꺼냈다간 문제가 커질 수도 있으니 자중하려 노력하는 편이지만, 그 외의 상황이라면 늘 마음에 없는 소리 따윈 꺼내지 않으려 하죠. 이 글을 읽고 있는 이들 중 혹 제게 칭찬을 들은 일이 있다면 그건 말 그대로의 진심입니다. 정말로 당신은 매력 있고, 멋진 존재죠. 또 다른 이들 중 제게 술 한 잔 하잔 말을 들은 이가 있다면 이 역시 진담입니다. 저는 관심 없는 사람하고는 술이 아니라 물 한 잔도 함께하지 못하는 사람이에요. 지랄맞지만 그렇죠. 피차간에 기분 상할 일을 해서 좋을 일이 뭐 있겠습니까.

그래서 불특정 다수가 볼 이 글들도 마음속에 있는 것들로만 채워냅니다. 누가 읽게 될지는 모르지만, 읽는 동안 기분이 상하지 않았으면 좋겠으니까 말이죠. 다행히 꾸준히 글을 읽는다는 이들이 있는 걸 보면, 나름의 성과는 있는 모양입니다. 어딘가 그렇지 못한 이도 있겠지만, 모두의 마음을 얻으려 노력하는 것만큼 어리석은 일도 없겠지요. 모쪼록, 이 긴 글들을 읽어주시는 모든 분들께 감사드립니다. 덕분에 제 마음들이 아주 의미 없지는 않게 되었어요. 퍼스널 역시 제가 마음으로 채워낸 공간입니다. 허튼수작 같은 건 부리지 않았죠. 어느 날이든 이 글을 읽는 분들이 이 곳을 찾게 되거든, 글을 읽으실 때와 같이 편안한 마음 가지실 수 있으면 좋겠습니다.

11월 8일

차라리 비가 주룩주룩 오는 날에는 피하기도 쉬운 법입니다. 우산을 쓰는 방법도 있고, 아예 외출을 하지 않아버리는 수도 있으니까요. 그런데 옛말에도 있듯, 가랑비는 그렇지가 않아요. 우산을 쓴다고 옷이 젖지 않는 것도 아니고, 비 핑계로 집에만 있기에도 애매하죠. 마치 우리 사는 문제처럼 말이에요. 되려 큰일에는 대범해지다가도, 이상하게 사소한 일들은 마음속에 차곡차곡 쌓이곤 합니다. 그렇게 누적된 피로도가 결국 우리를 지치게 만들어 버리죠..

간발의 차이로 놓쳐버린 대중교통이라든가, 출퇴근길에 마주친 새치기꾼들, 발을 밟고도 모른 척하는 얌체족.. 네, 오늘의 일기를 쓰고 있는 중 입니다. 조금만 더 할게요. 입간판을 부숴버린 불법주차 차량도 있었고요, 바퀴 없이 배송 온 테이블부터 실수로 건물 전체의 수도관을 잠궈버린 새 이웃도 있었네요. 나중에야 이렇게 하나하나 뜯어보면 별거 아닐 수도 있는 일들이지만, 막상 이런저런 일들이 겹겹이 벌어지다 보면 머릿속이 하얘져서 마치 스스로가 기계가 되어버린 듯한 느낌마저 듭니다. 마음과 생각 없이 역할만 남은 로봇 같은 존재 말이죠.

이럴 때 생각나는 사람이 있어요. 다름 아닌 외할아버지 입니다. 돌아가신지 20여 년이 지나, 이젠 기억나는 것들이 그리 많진 않아요. 그럼에도 스스로를 포기하고 무너져버리고 싶어지는 순간이면, 어김없이 그 분과의 따스한 추억들이 새록새록 솟아나 저를 지탱해 주곤 하죠. 품에 안겨 오토바이를 타던 기억, 연안 부두에서 게를 잡거나 고동을 먹던 기억, 운영하시던 횟집 뒷마당에서 닭장 구경을 하던 기억.. 3살쯤인가, 옷에 실례를 한 제가 엄마한테 혼이 날까 봐 얼른 옷을 벗겨 손빨래 하시던 모습도 기억이 나네요.

살면서 가장 아쉬운 게 무엇이냐 물으면, 저는 아무 고민 없이 외할아버지께서 좀 더 오래 사셨다면 좋았을 거라 답할 겁니다. 그 분께서 계셨더라면 제 삶이 조금 더 나은, 아니 더 행복한 방향으로 흘러가지 않았을까 하는 막연한 아쉬움이 있어요. 적어도 이렇게까지 외롭거나 고독하지는 않았을 수도 있지 않았을까 생각하곤 하죠. 아, 당신께서 인천에 횟집을 운영하시던 때 제가 미취학아동이었던 것 또한 아쉽기만 합니다. 이렇게 회와 해산물을 곁들여 술 마시길 좋아하는 성인으로 자랄 줄 알았으면, 미리 많이 먹어둘 걸 그랬는데 말이에요. 지난 일들을 아쉬워하는 것만큼 소용없는 짓도 없지만, 그래도 이렇게 행복한 추억 하나쯤 마음속에 남아있다는 건 참 다행인 일 같습니다.

모르긴 몰라도 우리 삶을 지탱하는 건 결국 맘속 깊숙이 숨겨져 있지만, 그만큼 상처 없이 순수하게 남겨진 그 밝은 부분일 거예요. 그 기억이 뿜어내는 긍정적인 기운들이 고된 삶의 골짜기 위에서 외줄타기를 하는 우리들의 무게중심인 셈이죠. 이미 다 큰 성인들에게 퍼스널에서의 시간들이 그 정도 의미까지 될 순 없을 테고, 그저 여러분이 고되다 느끼는 순간 한 번씩 꺼내보며 피식피식 웃을 수 있는 즐거운 추억쯤 될 수 있으면 좋겠습니다.

11월 7일

어제 제가 재즈에 대해 이야기했던가요. 오늘은 좀 더 잘 아는 것에 대해 말해볼게요. 제가 처음으로 소믈리에 일을 시작했던 것이 11년하고도 몇 달 전이니까, 그동안 저도 와인을 참 많이 마셔 온 것 같습니다. 못해도 재즈보다는 많이 즐겨왔을 테죠. 덕분에 배운 게 하나 있다면, 와인을 잘 알기 위해선 백날 머리 싸매고 공부해봐야 소용이 없다는 것입니다. 그저 많이 마셔보는 게 최고죠. 사람도 개성이 있듯, 와인 역시 캐릭터가 다 다른데 그걸 어느 세월에 통달 할 수 있겠어요. 사람처럼 와인도 입에 머금은 뒤에나 알 수 있는 것입니다. 일로 와인을 대하던 시절 수 천 병의 와인을 따봤지만, 테이스팅에서 산화된 와인을 걸러낸 손님은 딱 한에 불과했어요. 다른 분들은? 상상에 맡기겠습니다. 뭐, 모르고 마시면 해골물도 꿀물이 되는 법 아니겠습니까. 저도 이제 마실 일이 드물다 보니 와인이 전보다 많이 낯설게 느껴지네요.

그럼에도 여전히 와인에 대한 이런 저런 질문들을 받을 때가 있습니다. 그중 가장 많이 듣는 질문은 결국, 어떤 안주가 옳냐는 것이지요. 글쎄요. 이럴 때 가장 많이들 떠올리시는 게 고기일 거라고 생각이 됩니다. 커피에는 달달한 빵이 잘 어울린다는 말만큼이나 보편적으로 통용된 상식이죠. 그런데 사실 와인 마시는 사람들은 '아무거나'랑 마십니다. 닥치는 대로 손에 잡히면 그게 안주가 된다는 말이죠. 일종의 소주와 함께 마시는 김치, 혹은 새우깡처럼요.

정말 그래요. 와인이란 게 수입주류라고 생각하니 뭔가 대단하게 느껴지는 것이지, 사실 생산국들에 가면 생수보다 싼 게 와인입니다. 농담이 아니라 마트에 가면 되는대로 쌓아둔 와인더미들이 발에 치일 정도죠. 최근에 포르투갈에서 장을 보다 보니 한 병에 1유로 74센트짜리 와인도 있었어요. 이정도면 뭐, 그냥 750ml 용량의 소주다 생각하면 마음 편하지 않을까요?

소주를 마실 때 삼겹살이나 회가 안주로 있다면 더욱 맛있긴 하지만, 그 안주들이 없다고 우리가 소주를 안 마시는 건 아니잖아요. 와인도 마찬가지입니다. 치즈 같은 훌륭한 짝꿍과 함께 마셔도 좋지만, 캔에 들어있는 올리브만 깔아놔도 맛있게 마실 수 있는 게 와인이죠. 전에 소믈리에로 함께 일했던 동생들 하고는 물김치 하나 놓고 마신 적도 있을 정도라니까요. 아, 햄버거나 샐러드를 사서 공원을 가는 것도 추천할 만 하겠네요. 코다리 조림처럼 짭짤한 찬거리, 심지어 콩장이나 일미 무침 같은 밑반찬도 훌륭한 안주가 될 수 있을 겁니다.

화이트 와인은 해산물과 잘 어울린다는 뻔한 공식 같은 건 접어두자고요. 사계절 흔한 숭어 회를 가져다 레드 와인에 곁들인다고 아무도 뭐라 안 합니다. 그냥 마음 가는 대로 즐기세요. 규칙 안에 스스로를 가두기엔 삶은 영원하지 않습니다. 술 한 잔 마시는 것까지 답이 정해져 있으면, 어디 가서 흐트러질 수 나 있겠어요? 다른 사람에게 피해만 주지 않는다면, 나만의 개성, 나만의 방식, 나만의 안주가 있다는 건 기쁘고 신나는 일입니다.

퍼스널에서도 마찬가지예요. 오셔서 꼭 뭔가를 하실 필요는 없습니다. 잠을 자도 좋다는 말, 농담이 아니에요. 벌써 몇몇 분들은 편히 주무시다 가셨으니까요. 누가 책을 읽고 있다고, 또 다른 누군가는 컴퓨터 작업을 하고 있다고 여러분도 똑같이 하실 필요는 없습니다. 하고 싶은 걸 하세요. 지금 이 순간 가장 마음 편한 것을 말이죠. 여러분 각각의 개성들로 함께 채워나갈 때 더욱 편안해지는 공간이 바로 퍼스널입니다.

11월 6일

가끔 제게 재즈에 대해 물어오는 분들이 계신데, 솔직히 말해 저는 재즈에 대해 쥐뿔도 모릅니다. 그저 남들이 아는 만큼 아는 정도죠. 나름 좋아하는 아티스트가 하나 있고, 그녀의 이름이 '엘라 피츠제랄드'라는 걸 아는 정도로 만족하고 있습니다. 그럼에도 불구하고 퍼스널에 앉아 재즈를 듣다 보면, 콧노래를 흥얼거리거나 팔다리로 박자를 맞추게 되요. 좋은 예술이란 이런 것이겠죠. 아무것도 모르는 이조차도 감흥에 빠지게 만드는 것.

개인적인 생각이긴 하지만, 예술을 즐기는데 특별한 지식 같은 건 필요 없습니다. 그저 스스로의 감정에 솔직할 줄만 알면 되요. 앎과 앎의 차이죠. 퍼스널을 즐기기 위해 커피나 술에 대해 공부해오지 마세요. 그저 마음 하나만 가져오시면 됩니다. 재즈를 모르고, 커피와 술까지 몰라도 즐길 수 있는 쉽고 편안한 공간이 바로 퍼스널이 추구하는 바니까 말이죠.

불금 같은 건 잊고 산지 오래입니다만, 어젯밤 우연히 부산에서 가장 불 타오른다는 서면엘 다녀오게 되었습니다. 뭐, 그렇다고 제가 불금을 엮어내보려고 했던 것은 아니고, 친한 동생이 공연을 한다고 해서 클럽에 좀 다녀왔어요. 아, 오해는 하지 마세요. 딱 두 시간만 있다가 나왔습니다. 더 있다가는 도가니에서 목탁 두드리는 소리가 나겠더군요. 말이 좋아 내 발로 걸어 나온 것이지, 거의 네 발로 걸어 나온 것이나 다름없습니다.

아무튼 어제 클럽을 나와 서면 한복판을 가로지르는데, 그야말로 그곳은 이 세상이 아닌 것만은 틀림없었습니다. 의욕 없이 순찰 도는 경찰차, 그 앞을 가로막고 쌍욕을 주고받으며 치받는 소녀들, 그 곁에 불법 주차된 차와 구토하는 소년들.. 그리고 팬티만 입고 침으로 흥건해진 바닥에 주저앉은 아가씨들까지. 저와 팔짱을 끼고 걷던 아내가 감탄을 하더군요. 도대체 저런 텐션들은 어디에서 뽑아낸 것이냐고 말이죠. 그에 저는 혀를 끌끌 차면서 짐짓 어른 흉내라도 내보려 했으나, 너는 더 했으면 더 했지 덜 하지는 않았다는 아내의 말에 잔말 않고 앞만 보고 걸었답니다.

그야말로 온 세상이 술독에 빠진 느낌이었어요. 뭔가 불금의 '불'이, 흥이 돋는다는 느낌의 표현이 아니라 분노가 활활 타오르고 있다는 느낌의 표현이 아닐까 싶은 광경들이었죠. 음.. 그런데 이해는 합니다. 이런 말 하면 아내가 싫어하겠지만, 과음과 폭음의 아이콘인 제가 이해하지 못하면 누구도 이해하지 못할 상황이니까요. 우리 사회는 술 말고는 다른 해소 창구가 잘 없습니다. 스트레스는 그 경중을 떠나 때와 장소, 사람을 가리지 않고 찾아오는데, 막상 그것들을 떨쳐 낼 방법이 없죠. 제가 한 주의 마무리나 하루의 마무리를 술로 하려는 것과 경찰차 앞에서 육탄전을 벌인 소녀들의 '그것'은 결과야 어떻든, 이유 면에서 만큼은 크게 다르지 않을 겁니다.

커피만 해도 그래요. 퍼스널과 별개의 이야기로, 카페에서 일해보면 한겨울에도 아이스커피의 판매량이 압도적으로 많습니다. 들끓는 화를 억누를 방법이 그것 말고는 잘 없으니까요. 결론적으로 우리 사회는 구성원들에게 술과 커피를 제공하는 것 말고는 어떠한 노력도 하고 있지 않습니다. 매 정권마다 수조원의 복지 예산을 뿌려대고 있다고 하는데, 이들이 복지에 대해 제대로 이해나 하고 있는 것인지 모르겠어요. 제 생각에 복지는, 행복할 권리를 제공해 주는 것입니다. 그리고 이 행복은 스트레스 해소 여부에 달려 있죠. 믹으면서 행복한 게 행복이린 걸 먹기 때문인가요. 먹는다는 행위로 스트레스가 해소되기에 행복한 것입니다. 저는 우리 사회가 다른 누구도 아닌 우리들에게 놀고 즐길 거리를 공들여 제공해야 한다고 생각합니다.

지금 옆 동네 '해리단길'이 알박기 문제로 시끄러운데, 그 땅이 경매에 나왔을 때 국가에서 구매해 공원으로 만들어 주었다면 어땠을까요. 우리는 누워 쉴 수 있는 공원이 지금보다 훨씬 많이 필요합니다. 빈 땅 남았다고 미분양 날 빌딩들만 자꾸 올려봐야, 몇몇 소수 사기꾼들만 득을 볼 뿐이죠. 이력서에 '취미'란을 계속 두려면 더 많은 수영장과 도서관이 있어야 합니다. 저희 어머니께서 사시는 동네에는 승마장과 국궁장도 있던데, 그건 것도 좋고 말이죠. 말만 비인기 스포츠니, 올림픽 때만 관심을 준다니 할 게 아니라 자연스럽게 우리가 접할 수 있게 해주어야지요.

공원을 지을 때도 좀 더 성의가 있었으면 좋겠습니다. 맨날 똑같은 소나무 파오고, 뻔한 보도블록이랑 운동기구만 설치해 놓을 게 아니라, 어떤 공원에는 러닝트랙을 깐다 던지, 또 어떤 곳에는 보드장이나 암벽등반장 같은 것들을 설치한다면 자연스럽게 생활 체육이 발전할 수 있을 거에요. 이걸 다 무슨 돈으로 하냐고요? 매년 증발하는 수조원대의 복지예산이면 가능할 것도 같습니다. 인터넷 포털 사이트만 들어가 봐도 눈먼 국가 돈 받아먹는 방법을 알려준다는 웹사이트들이 수두룩하죠. 선거철마다 가만 앉아 있어도 돈 줄 방법들을 찾아보겠다고 떠들어대는데 말이죠. 우리에게 필요한 건 술과 커피를 사먹을 돈보다 자리에서 일어나 뛰어 놀며 즐길 거리에요. 스스로 행복을 찾을 권리 말입니다.

어휴, 입 아프네요. 그분들은 모르는 듯하니, 퍼스널이라도 즐길 해소 거리들을 준비해보겠습니다.

11월 1일

가끔씩 왜 남성 노인만 그리냐는 질문을 받곤 합니다. 그러게요. 누가 말해주길 그림이 잘 팔리려면 젊고 예쁜 것을 그려야 한다고 하던데 말이죠. 물론 제가 늙은 남자라서 그럴 수도 있지만, 저도 처음부터 노인 그림이 많았던 것은 아닙니다. 낙서를 이제 막 시작하던 시절엔 '소피아 로렌'이나 '모니카 벨루치'처럼 멋진 여배우들도 그렸었고, 첫 전시는 키스하는 연인들을 그린 낙서들을 모은 것이었죠. 맞아요, 저 역시 아름다움과 사랑을 추구하는 사람입니다.

그런 제가 언제부터인가 노인들을 그리고 있더군요. 혹자는 노인들이 어디가 아름답냐고 반문하실지도 모릅니다. 특히나 요새 한국 사회 돌아가는 분위기가 세대 간 갈등이 극으로 치닫고 있어 더욱 그럴 거예요. 하긴, 저희 외할머니마저도 tv에 노인들만 나오면 그렇게 보기 싫다고 채널을 돌리십니다. 세상에 예쁘고 생기 넘치는 것들이 얼마나 많은데 노인네들 떠드는 걸 보고 있냐며 말이죠.

그런데 제 눈에는 그 노인네들만큼 멋진 것이 또 없습니다. 물론 저 역시 스스로 늙어가는 건 싫죠. 늘어가는 흰머리와 소리 없이 자리 잡은 팔자주름, 무엇보다 매 순간 느껴지는 활력의 저하까지. 피할 수만 있다면 드라큘라에게 피라도 빨리고 싶은 심정이죠. 그럼에도 백발에 주름이 자글자글한 노인들이 멋지게 느껴지는 건,

저와는 달리 늙지 않으려 아등바등 하는 모습이 보이지 않아서 입니다. 감추고 싶고, 숨기고 싶은 게 많은 젊은이들과는 달리 그들은 솔직합니다. 보임에 꾸밈이 없죠. 그래서 애써 표정을 짓지 않아도, 그 무표정 속에서 감정이 고스란히 드러나 보입니다. 생기가 빠져나간 눈빛이 되려 또렷이 빛이 나죠.

저는 아직도 많은 것들을 모릅니다. 단순히 지식 이야기가 아니에요. 제가 모르는 것들은 책을 읽거나 학교를 다닌다고 배울 수 있는 것들이 아니죠. 누군가와 함께 할 때, 가까우면 가까운 대로, 멀면 먼 대로 어찌 대해야 하는지 아직 저는 잘 모르겠습니다. 미소 지어야 할지, 고개를 끄덕이거나 대꾸를 해야 할지, 아니면 모른척하거나 시선을 거둬야 할지 치열하게 고민하고 선택하죠. 그래서 늘 함께이고 싶어 하면서도 혼자이고 싶어 하는 것 아닐까요. 어려우니까 말입니다. 하지만 노인들은 압니다. 지금 내가 어찌하면 되는지를. 그들에겐 아무 생각이 없다고, 남을 배려하지 않는 것이라고 힐난하는 이들도 있을 거예요. 하지만 제 생각은 다릅니다. 그들은 그저 솔직할 뿐이에요. 앞에 가까운 이가 있건, 먼 이가 있건 이들은 그저 자기 스스로에 솔직하죠.

모두가 나와 같을 순 없습니다. 누군가와는 이런 이유로, 또 다른 이와는 또 다른 이유로 불편할 수밖에 없어요. 아직은 그럴 때면 매 순간 가면 뒤에 숨느라 갑갑하겠지만 너무 조급해 맙시다. 결국은 우리도 스스로에게 솔직해지는 날이, 나 자신을 가면 없이 내보이는 것이 자연스러운 날이 올 테니까요. 그때까진 퍼스널에 오셔서 가면을 벗고 편히 쉬세요. 저 역시 가면 없이 여러분을 기다리고 있겠습니다.

11월 1일

힘을 주고픈 이가 있어서 두 시간 정도 펜을 붙들고 있어봤는데, 글이 잘 안 써집니다. 이런 날도 있는 법이죠. 글이란 게 펜을 들 때마다 술술 써지는 것이라면, '헤밍웨이'가 노년에서야 문학상을 타는일은 없었을 겁니다. '하루키'처럼 밥 먹듯 글을 쓸 수 있는 사람조차도 천재라 일컫는 '헤밍웨이'도 상한가만 친 게 아니었는데, 우리라고 다를 순 없겠죠.

장사가 잘 되지 않는 날도, 문제가 풀리지 않는 날도, 다리에 쥐가 나서 뛸 수 없는 날도 있어야.. 손님이 많은 날, 시험을 잘 본 날, 조깅을 완주한 날 더 기분이 좋지 않을까요. 오늘의 스트레스는 내일의 환희를 위한 '장작 쌓기'다 생각하고, 그저 밥 잘 먹고 건강히 기다립시다. 결국은 남 몰래 안주머니에 숨겨둔 그 성냥갑을 쓸 날이 오고야 말 테니까.

퍼스널에 새 에어컨을 설치하던 날이에요.

두 시간 가까이 땀을 뻘뻘 흘리며 일한 설치기사님 두 분께서, 뒷정리를 하다 한구석에 처박혀 있는 옛 에어컨을 발견하셨습니다. 그 에어컨은 사실 퍼스널 이전의 '아림 상사'에서 사용했던 것으로 무려 10년 전에 설치된 것이었죠. 두텁게 먼지가 쌓인 것도 문제라면 문제였지만, 배수 호수가 끊어져있었고, 필터 청소 또한 언제 했는지 알 수 없어 애초에 사용을 포기한 상태였습니다. 심지어 제작 업체의 고객 센터에 전화해봐도 a/s는커녕 제품에 대한 정보조차 알아낼 수 없었죠. 저와 통화한 cs직원 중 한 분은 자신의 회사에서 에어컨을 제작했었는지조차 모르고 있었죠. 저도 그 회사를 보일러 회사로만 알고 있었기에, 처음 이 에어컨을 발견했을 때 적잖이 놀랐던 기억이 나네요.

하지만 그런 저와는 달리 두 분의 설치기사님들은 자연스럽게 그 에어컨을 살피다 제게 물어오셨습니다.

"이것도 사용하실 수 있게 손봐 드릴까요?"

저는 그 질문에 더 놀랐던 거 같아요. 본인들의 업무가 끝났음에도, 퇴근을 미루고 애써 타회사 제품까지 손봐주시겠다는 그 호의가 평소 익숙하게 접할 수 있는 건 아니니까 말이죠. 제가 얼떨떨해하는 사이 두 분은 금세 호스를 새것으로 교체하고, 필터도 뽑아내 새척해 주셨습니다. 한순간에 옛 에어컨이 새 생명을 얻게 되는 순간이었죠. 황망히 감사 인사를 드리는 제게 두 분은 손사래 치시며 조금은 쑥스러운 듯 말을 꺼내셨습니다.

"저.. 사장님, 사례는 되었고요. 이제 조금 있다가 저희 본사에서 전화가 올 텐데요. 그 때 10점 만점에 10점 부탁드릴게요."

마음이 아팠습니다. 그 말 한마디 꺼내는 것도 빚을 지려는 사람처럼 목을 한껏 웅크리고 꺼내시는 그 모습에 마음이 편치않았죠. 얼마 전 퍼스널 담당 전기 검침원이라고 찾아오셔서 전기세

절약 방법을 상세히 일러주셨던 아주머니께서도 같은 말씀을 하셨습니다.

"한전에서 전화가 오거든, 절대 제가 이런 거 알려드렸다 말씀하시면 안 되고, 그저 10점 만점에 10점이라고만 해주세요."

제기랄, 어떤 인간이 고안해낸 방법일까요. 얼마나 고약한 인간이길래 사람이 사람에게 점수 매기게끔 하는 것이 편리하고 좋은 방식이라는 생각을 한 것일까요. 글쎄요. 저는 굳이 평가가 없었어도 설치기사님들께선 에어컨을 손 봐주셨을 것이고, 검침원분도 절세 방법을 알려주셨을 거라고 생각합니다. 그리고 그분들이 그러한 호의를 베푸시지 않았어도 아무 문제가 되지 않는다고, 이미 맡은 바를 다하신 거라고 생각하죠.

어원이야 어찌 되었든, 서비스는 어디까지나 전하는 이가 더한 따뜻한 마음 한 줌입니다. 받는 이가 요구하거나, 제3자가 강요할 수 있는 게 아니에요. 어느 누가 마음에 점수를 매길 수 있을까요. 눈에 보이지 않는 것에 질적 평가라는 게 타당 키나 할까요. 어떤 말로도 사랑을 대신할 수 없듯, 마음은 마음 그대로 둘 때 가장 가치 있고 아름다운 것 아닐까 싶습니다. 퍼스널이 10점 만점에 10점짜리 카페는 아닐지도 몰라요. 하지만 마음이 먼저인 공간만큼은 포기하지 않을게요. 조금 변덕스럽고, 정답도 없겠지만 말이죠.

10월 30일

오늘, 저희 외할머니 생신이셔요. 요 몇 년간 저와 둘이 참 많이도 다퉜었는데, 제가 부산으로 이사 오고부터는 자주 보지 못해서인지 한 번씩 만나면 힘없는 미소만 지으셔서 마음이 아플 때가 많습니다. 입버릇처럼 제가 아비를 닮아 대답만 잘하고, 어미를 닮아 돈 쓰길 잘한다고 하시지만, 정작 저는 제 억척스러운 면과 과욕적인 면들이 당신을 닮아 그렇다고 생각하죠.

제가 많이 어렸을 적, 그러니까 아직 겨드랑이 보송보송하던 그 시절 당신께서는 유독 저와 함께하길 좋아하셨었습니다. 곤히 자고 있는 일가 손주들 중 콕 집어 저만 깨워 새벽 산보를 다니곤 하셨죠. 삶의 대부분을 대도시에서 보내셨음에도, 모태신앙처럼 몸에 밴 버릇에 따라 봄이면 공터에 난 쑥을 캐고, 가을이면 뒷산에 올라 솔잎을 뜯으시는 동안 곁에는 늘 제가 있었습니다. 한 번은 야산에서 밤을 털다, 갑자기 나타난 산 주인에게 호되게 욕을 얻어먹은 적도 있었는데, 그때도 당신 곁에는 깐 알밤들을 호주머니에 숨긴 제가 서 있었죠.

당신 말씀으로는 손주들 중 유일하게 해 뜨기 전에 깨워도 군말이 없고, 같이 다니는 동안 과자 한 봉, 장난감 하나 사달라는 법이 없는 제가 편했다고 하시더군요. 하지만 제가 싫은 소리 없이 당신을 따라나선 건, 쑥을 캐고, 솔잎을 뜯으며, 그리고 밤을 털며 들을 수 있었던 당신의 이야기들이 좋았기 때문입니다. 당신께서 이겨내온 수많은 시간들, 그 시간들 속에서 배워온 생각과 마음, 이를 바탕으로 행하는 시선과 행동들까지. 그것들이 앞으로 저라는 사람을 담는 그릇이 되리란 걸 알았기에 당신을 따라 공터와 뒷산, 야산을 가리지 않고 다녔던 것이죠.

이제 당신께선 입버릇처럼 당신께는 아무 힘도 없다고, 그래서 그 무엇도 의미가 되지 않는다고 말씀하십니다. 하지만 제가 어제보다 나은 마음을 품으려 노력하고, 한 번 더 바른 행동을 하려하는 성인이 되어가고 있다면, 외할머니의 치열한 역사는 아직 끝난 게 아니라고 말씀드리고 싶네요. 웃음 가득한 하루 보내고 계시길 바랍니다.

10월 27일

퍼스널에는 두 개의 테라스가 있습니다. 건물에 본래부터 있었지만, 사용은 하지 않는 공간들이죠. 그중 하나는 화장실과 잇닿아 있어 종종 나가서 바람을 쐴 때가 있어요. 사람 하나 간신히 지나다닐 수 있을 만큼 폭이 좁은데, 집주인 할아버지의 잡동사니들로 어지럽혀져 있어 그리 자주 나가지는 않습니다. 그 좁은 공간에 나

가서 보면 근방 동네 풍경이 한 눈에 들어오죠. 제 눈에는 개인적으로 정겨워 보이는 풍경이지만, 오래된 건물들이 몸을 잇대고 선 그 모습이 보기에 따라 조악하게 느껴질 수도 있겠네요.

아무튼 때때로 그곳에 서서 볕을 쬘 때가 있는데, 그럴 때면 한 번씩 마주치는 녀석이 있습니다. 흰 몸에 연갈색 줄무늬가 예쁘게 그어진 고양이 한 마리인데, 아직 어린지 몸집이 작아요. 그 작은 몸으로 어디 가서 밥이나 벌어먹겠나 싶을 정도로 말이죠. 하지만 매일 같이 이 근방을 돌며 순찰하는 거로 봐서는 나름 이 구역에서 힘깨나 쓰는 모양입니다. 녀석은 높고 낮은 지붕들을 가볍게 타고 넘으며, 훈시 나온 사단장이라도 되는 냥 사람들의 일상을 지긋이 내려다보곤 하죠. 그러다 저와 마주치면 눈싸움이 시작됩니다.

아마도 퍼스널의 테라스가 녀석의 순시 경로에 포함이 되는 모양이에요. 제가 그곳에 서서 일광욕을 하고 있으면, 흠칫 놀라는 기색과 함께 탐색전이 시작됩니다. 자신의 영역을 침범한 저를 한참 동안 응시하는 녀석이 귀여워서 저 역시 피하지 않죠. 그렇게 우리는 말없이 서로를 바라봅니다. 한 번씩 녀석의 관심을 조금 더 끌어볼 생각에 막춤을 추거나, 맥락 없는 마임을 할 때도 있긴 한데, 그럴 때면 녀석은 고개만 몇 번 갸웃거릴 뿐 별다른 반응을 하진 않아요. 그러다 더 이상 흥미로울 것이 없어지면 혀라도 끌끌 차는 듯한 뉘앙스를 풍기며 다음 지붕으로 훌쩍 사라져 버립니다.

그런데 오늘은 녀석을 의외의 장소에서 마주쳤어요. 제가 bar 앞에 있는 소파에 앉아 시리얼을 먹고 있는데, 웬 작은 그림자 하나가 복도에 드리우는 거 아니겠어요? 곧이어 조막만한 머리 하나가 쏘옥 하고 튀어 나왔습니다. 녀석이더군요. 빼꼼 내민 눈으로 제가 혼자 있는 걸 확인한 녀석은 가벼운 발놀림으로 몇 걸음 더 들어왔습니다. 과감하게도 복도 한 가운데로 나서 제게 눈싸움을 걸어왔죠. 저는 그 상황이 어처구니없으면서도, 미지의 영역으로 발을 들인 녀석이 대견하고 귀엽기도 해서 헛웃음부터 터저 나왔습니다. 언제나처럼 녀석의 도전을 받아들여 숨막히는 대치를 시작했죠.

하지만 그것도 잠시. 언제 올지 모를 손님 생각이 번뜩 들더군요.

"어허, 이 놈!"

시리얼 푸던 노란 스푼을 치켜들고 짐짓 엄한 척 소리를 내었습니다. 녀석이 놀랄 것이 미안하긴 하지만, 그렇게라도 타개하지 않으면 이 대치가 언제 끝날 지 기약할 수 없었으니까요. 그런데 이 녀석이 쫄기는커녕, 고개를 한참 갸웃거리다 여유 넘치는 발걸음으로 돌아나가는 것이 아니겠어요? 그 뒷모습이 마치 한심하다 혀를 차는 것만 같았죠.

결국 저는 찝찝한 승전고를 울리며 다시 소파로 돌아와 시리얼이나 퍼먹었답니다. 그 뒤 몇 번이고 테라스로 나가봤지만 아직 녀석을 또 만나진 못했네요. 아마 제가 실수를 한 모양입니다. 수컷이 아니었던 거죠. 다음에 만나면 여자라 불러줘야겠습니다. 늘 정겨운 에피소드가 함께하는 퍼스널로 놀러 오세요. 성별은 최대한 틀리지 않도록 노력해서 불러드리겠습니다.

어젯밤 제가 국밥 이야기를 꺼낸 뒤 무려 세 분이 제게 국밥집 추천을 해왔습니다. 그래요, 세상이 이렇게 살만합니다. 누군가에겐 국밥 한 그릇이 위로가 된다는 말에 스스로의 시간과 수고를 들이는 마음 따뜻한 분들이 우리와 함께 살아가고 있죠. 그분들이 전하고 싶었던 것은 단순히 국밥집의 정보였던 게 아니라, 한 마디 위로였다고 생각합니다. 세상이 아름다운 건 눈에 보이는 것보다 보이지 않는 이런 마음들 덕이 더 클 테죠. 그 마음들이 필요한 날, 추천해 주신 국밥집들에 가보겠습니다.

그런데 명색이 카페를 운영한다는 사람이 취향을 놓고 커피 대신 국밥을 논하고 말이죠. 어쩌겠습니까, 이해 좀 해주세요. 화딱지 나는 순간에 커피 이야기라뇨. 국밥 정도는 되어야지. 자 따라 해보세요.

"이런, 국밥!"

어때요, 지난 한 주간 쌓였던 스트레스가 싹 풀리지 않나요?

꼭 그런 사람들이 있습니다. 속 긁어 놓는 사람들. 더 속 시원한 표현들도 많지만, 가장 알맞은 표현으로 말해보자면 불친절한 사람들이 있지요. 하루쯤은 안 만날 만도 한데, 그게 참 쉽지가 않습니다. 달력에 동그라미로 표시해보면 아마 길 가다 만 원짜리 한 장 주운 날 보다, 좋은 사람들하고만 지낸 날이 더 적을지도 모르겠네요.

오늘도 그랬습니다. 오랜만에 마음 통하는 남정네들과의 짙은 대화로 가슴 뜨겁게 하루를 시작했건만, 예고 없이 찾아온 불친절한 사람 둘이 기어코 그 감흥을 헤집어 놓고 갔죠. 좋은 시간 동안 가졌던 수많은 좋은 생각들과 떠오른 글들이 한순간에 희뿌연 안갯속으로 사라져 버렸습니다. 도대체 왜, 누군가에게 상처를 주기 위해 저렇게 애쓰는 걸까. 이 하나의 의문점만이 계속해서 머릿속을 맴돌았죠.

참 희한한 일이 아닐 수 없습니다. 굳이 왜, 그런 일에 공을 들이는 걸까요. 하지만 오늘은 금세 그 괜한 고민을 털고 일어나버렸습니다. 생각해봐야 답을 알 수 없거든요. 아마 백날을 고민해봐야 불친절하기 위해 노력한다는 마음 따위는 이해할 수 없을 겁니다. 차라리 그 시간에 맛있는 순대국밥에 대해 생각하는 편이 낫죠.

오, 부산 사는 놈이 돼지국밥이 아니라 순대국밥을 떠올려서 죄송합니다. 아직 부산에서 먹어본 돼지국밥의 양으로는 평생을 먹어 온 순대국밥의 양을 따라잡기 힘들어서니 이해해주세요. 순대국밥이 영 어색한 분들은 그냥 돼지국밥을 떠올리셔도 무리는 없답니다. 그냥 편하게 국밥에 대해 생각해 보자고요. 아, 소고기국밥은 안돼요. 순대나 돼지와는 접근법부터가 다른 녀석입니다.

아무튼 입맛이란 게 다 다른 거라 그 기준점 역시 각자가 다르겠지만, 제게 좋은 국밥이란 건 다진 양념부터가 시작이에요. 흔히 '다대기'라고들 하죠. 저는 일단 이 다진 양념을 말아서 나오는 국밥집은 선호하지 않습니다. 꼭 선보이고 싶은 양념이 있으면 따로 내주길 바라죠. 미리 말아버린 양념은 '백선생'의 설탕과도 같다고 생각합니다. 맛을 뭉뚱그려 무난하게 만드는 역할을 하는 것이죠.

물론 생각하기 따라서 그 또한 좋은 역할이기도 합니다만, 저는 본연의 맛을 느낀 후 제 스스로 간을 맞추고 싶습니다. 그것도 육젓으로요. 단순히 짠맛을 첨가하는 것을 넘어 한 숟가락의 국물에서 개운함을 느끼기엔 그만한 방법이 또 없죠. 그래서 다진 양념 다음으로 보는 것이 육젓입니다. 육젓을 아예 주지 않거나, 이건 젓갈이 아니라 그냥 삭힌 짠물이다 싶은 걸 테이블도 아닌 셀프 배식대에 대충 넣어 둔 국밥집은 되도록이면 피하고 싶어요. 육젓의 역할에 대한 생각이 서로 다르다면, 애초에 저와는 그 결부터가 다른 곳 일 수밖에 없으니까 말이죠.

그렇다고 제가 국밥 한 그릇을 놓고 그리 까다롭게 구는 것은 아닙니다. 커피가 먹고 싶으면 눈에 보이는 카페에 쉬이 들어가듯, 국밥이 먹고 싶으면 가까운 국밥집으로 가서 먹습니다. 맘에 들지 않는다고 밥상을 엎거나, 내가 원하는 대로 내오라고 요구하는 일은 결코 없죠. 그저 마련된 조건 내에서 최대한 맛있게 먹고, 인사도 꼬박꼬박 하고 나옵니다. 애써 남에게 불친절한 수고를 할 필요는 없으니까요.

그렇게 국밥은 웬만하면 다 잘 먹으면서도 이리 오래 떠들어댄건, 단지 국밥을 먹는 데에도 나름의 취향이 있다는 말을 하고 싶어서 일뿐입니다. 내가 좋아하는 스타일의 국밥을 잘 알고 있다는 건 생각보다 중요하니까요. 불친절한 사람을 만나 몹시도 마음이 상한 날, 그로 인해 스스로의 존재에 대한 용기가 바닥끝까지 떨어진 날, 내 취향에 맞는 국밥집 하나 알고 있으면 아무리 아픈 상처도 금세 잊어버릴 수 있습니다.

뜨끈한 국밥 한 그릇 다 먹고 나면, 그 기억들은 고작 모기 물린 자국 정도에 불과해지죠. 지친 날 마음을 달래기 위해 다른 이들의 추천 맛집을 이집 저집 돌지 않아도 된다는 점에서, 취향이란 것이 이리도 중요합니다. 오늘의 서운한 일들은 뜨끈한 국밥 한 그릇에 말아버리고, 다시 또 제 할 일들을 묵묵히 해나가겠습니다. 누군가 위로가 필요한 날 생각나는 공간이 퍼스널이 될 수 있도록 말이죠.

10월 25일

왜 예전에, 택시 타면 미터기 화면 속에 말 한 마리가 달리던 거 기억나세요? 택시가 천천히 달리면 함께 슬렁슬렁 달리고, 택시가 속도를 올리면 또 함께 질주를 하던 야생마 한 마리 말입니다. 그때 지금처럼 카드 결제가 쉽지 않던 시절이라, 주머니 속 현금 사정을 고려해 미터기 요금을 잘 체크해야만 했죠. 그래서인지 어린애 손바닥만 한 그 미터기 화면이 또렷이 기억납니다.

어제 집에 가는 택시 안에서 문득 그 생각이 미터기를 찾아보니, 달리는 말은 없고 작은 원 하나가 돌아가고 있더군요. 이런 게 참 아쉬워요. 작은 디테일들이 사라져 가는 것 말입니다. 사실 택시 요금 올라가는 거야 달리는 거리나 속도, 또 시간 등의 영향을 받는다는 걸 모르는 이가 없으니 미터기 모양 쯤이야 어찌 되었든 그리 중요하지 않을 겁니다. 아마 지금처럼 네모 상자가 아닌 미러볼 모양으로 천장에 매달아 놔도 별 관심은 받지 못할 거예요. 어찌 되었던 그건 그저 미터기에 불과하니까요.

하지만 누군가 거기에 맹렬히 달리는 말 한 마리를 그려 넣은 것 하나로 그것은, 단순히 요금을 안내하는 기능뿐 아니라 택시의 생동감을 고스란히 보여줄 수 있는 생명력 마저 얻을 수 있었던 겁니다. 디테일이란 게 그래요. 없다고 당장 세상이 멈춰버리는 건 아니지만, 있음으로 인해 세상은 좀 더 다채로워질 수 있죠. 빈 벽에 슥 그려 넣은 벽화들이 침체된 마음에 다양한 이들을 불러 모으는 것처럼 말입니다.

뱅크시의 그라피티가 그렇듯, 고작 빈 벽에 그려 넣은 낙서 하나에도 세상을 이끌 수 있는 동력이 숨어있어요. 여러분이 행한 작은 차이 또한 마찬가지입니다. 퍼스널은 그 작은 디테일의 힘을 믿어요. 응원하겠습니다. 스스로의 디테일에 충만한 하루 보내세요.

10월 23일

저 멀리 미국에서는 월드시리즈가 한창입니다. 하지만 제가 평소 좋아하는 '카디널스'와 '양키스'가 동반으로 탈락하고 엄한 팀들끼리 푸닥거리를 하다 보니 영 흥미가 나질 않네요. 아침에 tv를 틀어 잠깐 관심을 가져보려 했지만, 금세 실증이 나버렸죠.

갈수록 많은 것들이 그래요. 꿈 많던 십 대 시절처럼 밤을 새워 축구를 보고 싶지도 않고, 같은 피사체를 놓고 몇 시간이고 사진을 찍던 이십 대 때와도 다르죠. 뭔가에 재미를 붙이는 일이 여간 힘든 게 아닙니다. 입만 열면 사는 게 재미없다는 외할머니의 말씀이 목구멍을 긁고 넘어간 덩치 큰 알약처럼 이물감 짙게 머릿속을 맴돌고 있어요.

그래도 다행인 건 아직 제가 젊고 힘이 있다는 겁니다. 물론 흰머리가 하루 다르게 늘어가고, 계단 좀 오르면 숨이 차는 게 느껴지긴 해요. 하지만 적어도 하루하루를 버텨내고, 내 할 일들을 스스로 해결할 만큼은 강하고 용감하죠. 제가 아는 한 이 글을 읽고 있는 대부분의 분들도 그럴 겁니다. 최소한 이 글을 읽을 만큼은 끈기가 있고, 새로운 것에 갈증을 느끼고 있죠.

그러니 포기하지 맙시다. 계속해서 새로운 것을 만들어내고, 낯선 것에 도전합시다. 일분일초가 아깝다며 한 눈 팔지 말라는 말들은 불어오는 가을바람에나 흘려보내세요. 지금 손에 잡고 있는 그것 하나에만 집착하다가 나중에 정말 나이 들고 힘없어지는 순간이 오면 어쩌려고요. 재미없다고 한탄만 하기엔 삶이 그리 쉽게 여러분을 놓아주지 않을 겁니다.

꿀 따러 간 양봉꾼이 벌집을 들쑤시고 보듯, 안주하려는 여러분의 마음을 들었다 놨다 하세요. 어제 다녀온 매듭 공방에서의 경험이, 오늘 산 한국사능력검정시험 문제집이, 내일 약속한 일기예보 동호회 모임이 언제 어떤 모습으로 우리 인생을 풍요롭게 채워 줄지는 아무도 모릅니다.

"탱고는 실수할 게 없어요. 인생과는 달리 단순하죠. 탱고는 정말 멋진 거예요. 만약 실수를 하면 스텝이 엉키고, 그게 바로 탱고죠."

제가 만들어낸 말은 아니고, 좋아하는 영화 '여인의 향기'에 나온 대사입니다. 빈도의 차이나 정도의 차이는 있겠지만, 누구나 실수는 하고 살죠. 뭐, 물론 그게 실수라고 생각하느냐, 아니냐는 스스로가 결정하는 것이기에 단 한 번의 실수도 하지 않고 사는 것도 가능한 일이긴 합니다만, 사람으로 태어난 이상 후회는 떼어낼 수 없는 필연과도 같은 것이에요. 그 많은 후회들의 도움 없이는 수많은 주류회사들이 재벌이 될 수 없었을 테죠.

그래요, 누구든 후회할 만한 실수는 하고 삽니다. 술과 자괴의 '뫼비우스'에서 철인삼종을 쉼 없이 하고 있는 제가 보장할게요. 다만, 이 실수라는 녀석 없이는 삶도 참 재미없을 겁니다. 모든 게 계획대로 치러지는 로봇들의 야구 경기가 있다면 누가 그걸 보겠습니까. 절체절명의 순간 가랑이 사이로 공을 빠트리는 팀의 에이스, 처음 올라 온 마운드 위해서 새하얗게 질려 오줌마저 찔끔 지려버린 루키, 예상치 못했던 홈런에 흥분해 방망이를 냅다 던져버린 9번 타자, 우연히 마주친 시선에 불이 붙어 벌어진 벤치클리어링.. 결국 팬들의 관심을 일 년 내내 야구장으로 끌어모을 수 있는 건, 바로 이런 크고 작은 실수들이 있기 때문일 거예요.

오늘의 실수 하나를 놓고 9회 말 투아웃을 마주한 사람처럼 덜덜 떨지 마세요. 나중에 돌아보면 '나'라는 성공적인 시즌을 쌓아 올린 벽돌들 중 하나 일 테니까 말이죠. 혹시 아나요. 작전을 오인한 주자의 도루 하나로 우연히 우승컵을 거머쥐게 된 팀처럼, 그 작은 실수가 우리 삶의 긍정적인 터닝 포인트가 될지도 모를 일입니다.

10월 18일

마음이란 녀석이, 현관문 나서기 전과 후가 어찌나 다르던지요. 분명 소파에 반쯤 누워 '양키스'와 '애스트로스'의 경기를 볼 때까지만 해도 창을 세차게 두드리는 빗방울들이 대수롭지 않게 느껴졌습니다. 그런데 막상 집을 나서 여러 볼 일들을 봐가며 출근하려니, 비 오는 날씨가 여간 성가신 게 아니더군요.

　마음이란 게 그래요. 늘 같은 얼굴을 하고 있지 않죠. 모르긴 몰라도, 길들이기가 '개코원숭이'를 애완동물로 만드는 것보다 어려울 겁니다. 그러니 시시각각 널뛰는 감정 상태를 가지고 너무 자책하지 말아요, 우리. 우리라는 존재 자체가 지랄맞은 것이 아니라, 이 마음이란 녀석이 야생성을 잊지 못하는 것뿐이니까.

　이것 봐, 그렇게 씩씩대며 출근 해놓고 따뜻한 라떼 한 잔 마시고 나니까 마음이란 녀석도 잠잠해지잖아. 마음이 영 잡히지 않을 땐, 잠시 손에 들고 있던 짐을 내려놓고 좋아하는 뭔가를 해보세요. 낙서를 해도 좋고, 따뜻한 커피나 매운 떡볶이를 먹어도 좋아요. 아, 화장실 변기에 대고 욕을 좀 해도 알아서 모른 척 해드릴게요. 그렇게 잠시 나 좋은 거 조금 했다고 무너질 만큼 세상이 부실하진 않답니다.

　여러분의 '개코원숭이'가 '개냥이' 되는 그날까지, 퍼스널이 응원할게요.

10월 16일

생각해보니 우리 어렸을 땐 과자 하나 나눠먹으면 바로 친구였는데 말이죠. 휴대폰은커녕 집 전화에 달린 무선 전화기조차도 이제서야 막 나오던 시절이라, 애들이 할 수 있는 거라곤 뜀박질밖에 없던 시절이 있었어요. 애써 약속이란 걸 하지 않아도, 문방구 앞에만 가면 동네 코흘리개 치고 나오지 않는 이가 없었습니다.

가서 막상 아는 얼굴이 없어도, 개중 하나가 불량식품이라도 하나 사 먹을라 치면 우르르 달려가 고사리 손들을 보태면 그만이었죠. 그렇게 얼굴 한 번 익히고 나면, 다음부터는 친구 아니겠어요? 이제 생각해보니 양키 코쟁이들만큼이나 free한 분위기였네요. 지금도 이 토스트 한 조각씩 나눠먹고 친구가 될 수 있으면 좋으련만, 해가 갈수록 남은 친구들 지키기도 여간한 노력으로는 쉽지가 않습니다.

가을이라고 이제 공기가 제법 차네요. '차다' 라는 표현을 쓸 수 있을 만큼이 되었죠. 이런 날 친구와 함께 나누는 깊은 정만 한 게 또 있을까요. 혼자서도 충분히 씩씩한 여러분이지만, 오늘만큼은 아끼는 이와 함께 충만해지는 저녁 보내시길 바랍니다.

10월 16일

하루아침에 이루어지는 것은 없겠지요. 만연한 가을, 잘 익은 감 하나 내기 위해 감나무는 연이은 태풍을 이겨내고 또 이겨냈을 테지요. 여름날 뜨거운 볕도 한 줌, 한 줌 살뜰히 모았을 것이고, 들쭉날쭉 내리는 비를 묵묵히 기다리기도 오래였을 겁니다. 너무 잘 익은 감만 바라보지 말아요, 우리. 그러다 목 아파. 후회되는 어제와 버거운 오늘이 단감처럼 달진 않아도, 약이 되는 날이 올 겁니다.

10월 14일

이런 말을 하면 과장한다고 생각하실지도 모르겠지만, 퍼스널에 출근해 있으면 하루 평균 적게는 수 천에서 많게는 수 만 번의 셔터 소리를 듣는 것 같습니다. 아, 놀라지 않으셔도 돼요. 여러분이 그랬다 말하는 것이 아니니까요. 제가 갑자기 걱정을 하는 건 다름이 아니라, 손님들께서 제가 쓴 이 긴 글들을 하나하나 다 읽고 '내 이야기인가' 걱정을 하시는 경우가 있더라고요. 여러분처럼 사려 깊은 분들은 카메라를 하나씩 선물해드려도 퍼스널은 물론, 다른 어디에 가서도 그렇게 많은 사진을 찍진 못하실 거예요.

하지만 여러분과 다른 성향의 분들도 계시답니다. 그런 분들은 한 분, 한 분이 평균 수백 장의 사진은 족히 찍고 가시는 것 같아요. 심지어 며칠 전에는 bar 뒤편에 붙여둔 포스터를 찍겠다고 촬영에 걸리적거리는 저를 잠시 노려보시기까지 했답니다. 그곳이 주된 일터인 저로서는 조금, 아니 많이 억울한 상황이 아닐 수 없었죠.

아무튼 단시간 동안 그렇게 많은 사진을 찍는 분들이 왔다 가시면 저도 모르게 불안한 마음이 들 때가 있습니다. 오랫동안 동종 업계에 일하면서 나름의 면역이 생겼다고 생각했는데 그렇지 않은 모양이에요. 사실 좋지 않은 말을 듣는다는 것이 면역이 될 만한 일이 아닌지도 모르겠습니다.

개업 초, 두 분의 손님이 오셔서 '아이스 라떼'를 드시진 않고 40여분간 촬영만 하시더군요. 그러다 나중에는 자리를 옮겨 다니며 가져온 상품 촬영까지 하셨습니다. 대관 없이 상업적 촬영을 하는 것도 문제이긴 합니다만, 다른 손님들은 신경도 쓰지 않고 자리를 옮겨 다니는 행동 자체가 저는 옳지 않다고 생각했어요. 결국 제게 제재를 당한 그분들은 얼음이 다 녹아버린 커피에는 입을 대는 둥, 마는 둥 하고 가버리셨죠.

며칠 전 그분들이 sns에 퍼스널을 태그해서 평을 남기셨더군요. 아주 짧은 평이었습니다. 그 내용을 여러분께 전하고 싶진않네요. 음.. 솔직히 말이죠. 그런 일이 있고 나면 기분이 썩 좋지 않습니다. 때론 집에 와 잠들기 전까지 생각을 떨쳐버리지 못할 때도 있을 정도죠. 그래서 일 겁니다. 혹여 비슷한 일이 벌어질까 봐, 또 그런 일이 발생할까 봐, 그와 비슷한 성향의 분들이 오시면 괜히 기분이 울적해져요. 불안감이 마음을 떠나지 않죠. 누군가에게 평가받기 위해 퍼스널이란 공간을 연 것은 아니니까요. 행복은 성적 순이 아니듯, 취향에도 등급이 매겨져서는 안 된다고 생각합니다.

이렇듯 고작 작은 카페 하나 하면서도 마음 쓰이는 일들이 많은데, 불특정 대다수에게 노출된 공인은 얼마나 힘들었을까요. 속옷을 입든 입지 않든, 동성과 살을 맞대든 맞대지 않든, sns활동을 활발히 하든 하지 않든, 그건 어디까지나 개인의 자유입니다. 우리 모두의 개성과 삶의 방식은 존중받아 마땅하죠.

저는 그분에 대해 잘 모릅니다. 사실 논란이 된 몇 가지 사실들을 제외하고는 아는 것이 전무하다고 봐도 무방할 정도죠. 하지만 마음이 아프네요. 아주 먼 타인이지만, 그렇습니다. 타인의 취향, 타인의 방식, 타인의 삶.. 각자의 personality는 각자의 것, 누군가 함부로 강요해서는 안 되죠. 명복을 빕니다. 퍼스널은 모든 분들 각각의 취향을 존중합니다. 변함없이 여러분 모두의 삶을 존중할게요. 응원합니다, 모두.

설리 씨의 명복을 빕니다.

적당히 내려 기본은 하려 합니다. 혹시 커피가 맛있으셨다면, 그건 99% '커피 리브레'에서 원두를 잘 볶은 덕이죠. 음.. 제게도 1% 정도의 공은 있다고 생각하는데, 그건 그저 일정량의 원두를 담아 적절한 압력으로 누른 뒤 머신을 잘 다독여가며 에스프레소를 추출한, 딱 그 정도의 공일 겁니다.

무엇보다 여기서 중요한 포인트는 머신을 잘 다독여준다는 것인데요. 이게 생각보다 어렵습니다. 이 녀석이 보통 꼬장꼬장한 노친네가 아니거든요. 그 흔한 자동 청소 기능도 없을 만큼 연식이 오래돼서인지, 고집도 심하고, 커피 한 잔 내리면서 투덜투덜 흰소리를 늘어놓기 십상입니다. 저도 성깔이라면 뒤지지 않는 편이지만 어쩌겠어요. 저희 싸움에 손님을 기다리게 할 순 없으니 "한 번만, 또 한 번만"하고 아양을 떨어보는 수밖에요.

수압 체크도 수시로 해주고, 머신이 변덕을 부려도 괜한 그라인더부터 채근을 해댄답니다. 저도 이제 앉았다 일어나려면 앓는 소리부터 뱉어야 하는 나이인데, '잘생긴 놈이 참아야지' 하는 마음으로 버티고 있어요. 한 마디로 좁은 bar 안에서 늙다리 둘이 복작복작 수작질을 하고 있는 셈이죠. 기본을 한다는 게 이리도 어려운 일입니다.

어쨌든, 커피를 적당히 내리면서도 기본은 하기 위해 노력하고 있다고 말씀 드리고 싶어요. 좋은 원두를 아쉽지 않게 소개하기 위해 애쓰고 있죠. 혹 입맛에 맞지 않으셨다면, "이놈이 영혼을 담지 않았구나"하고 사장 탓을 해주세요. 솔직히 제가 커피 한 잔에 제 영혼까지 내어드리진 않거든요. 괜히 머신 탓을 했다가 이 녀석이 성나는 날엔, 이 정도 커피조차도 내어드릴 수 없을 지도 모릅니다. 바리스타가 스트레스 없이 내린 청정 커피 드시면서, 퍼스널만의 무드를 마음 편히 즐겨주세요.

10월 11일

날씨가 계속 요즘만 같으면 마음속 화도 점차 사그라들고, 길거리 불친절도 줄어들고, 세상의 이기심도 설자리를 잃을 텐데 말이죠. 그 자리를 공생하고자 하는 용기가, 한 마디 말에도 묻어 나오는 측은지심이, 화보다 뜨거운 사랑이 대신할 수 있을 거예요.

최근 개봉한 영화 속 인물 '조커'는 결국 우리가 만들어 낸 인물입니다. 만들어 내지 않는 것도 우리가 할 수 있죠. 어려서는 허구의 인물로만 보이던 조커가, 이제는 마치 현실 속 인물처럼 두렵기만 합니다. 그에게 생생한 활력을 불어넣은 건 그것을 연기한 배우들이 아니라, '고담'시에서나 벌어질 거라 생각했던 일들이 우리 주변에서도 버젓이 일어나고 있기 때문이 아닐까요.

이건 지극히 개인적인 생각이긴 한데, 친절할 수 있는 건 그 사람이 남들보다 착하게 태어났기 때문이 아닙니다. 흔히 하는 말처럼 우리는 모두 착하게 태어났을지도, 혹은 하나같이 나쁘게 태어났을 수도 있죠. 하지만 그럼에도 누군가 유독 친절하다면, 그건 그 사람이 용기를 잃지 않았기에 가능한 일입니다. 불친절로 가득한 세상에서 내가 옳다고 생각하는 것에 대한 믿음을 잃지 않는 신념, 그건 다름아닌 용기예요. 퍼스널은, 아니 저는.. 언제나 용감한 사람들의 편에 서겠습니다.

10월 4일

퍼스널은 컨셉이 아닌, 스며든 취향입니다.

취향은 학습되는 걸까요. 아마 그럴 수도 있을 겁니다. 보고 배운 대로 한다는 말이 괜히 있는 건 아닐 테니까 말이죠. 집 안에 많은 가구를 들이기보다 적절한 여백과 흰 벽지만을 선호하신 저희 어머니의 영향이 이곳, 퍼스널에서도 보이는 것 같습니다. 하지만 취향이 정말 학습만으로 이루어지는 것이라면, 그것만큼 무서운 일도 또 없지 않을까요. 획일화된 취향은 곧 다양성의 말살을 뜻하니 말입니다.

다행인 건, 그 어떤 교육도 우리 각각의 개성을 꺾진 못했다는 것입니다. 그 옛날 식민지배 시절 일제가 그리도 노력했지만 우리가 독립을 이루었고, 김 씨 일가가 저리도 애를 씀에도 탈북민들이 국경을 넘는 일이 끊임없는 것만 봐도 알 수 있죠. 교육으로는 우리 안의 개성이 품은 자립 의지를 꺾을 순 없습니다.

스스로가 남들에 비해 소극적이고, 귀 얇은 것 같다고 생각이되도 다른 사람의 눈에는 그 사람만의 개성이 쉬이 눈에 띄어요. 예를 들자면 같은 사진학과를 졸업하고, 같은 스튜디오에서 일하는 작가들도 저마다 다른 색의 사진을 찍어낸다는 걸 비전공자인 우리의 눈으로도 확인할 수 있는 것처럼 말이죠.

나만의 취향을 숨기려 애쓰지 마세요. 나만의 것이 있다는 건 신나는 일이니까요. 다른 이의 취향 또한 강요하지 마세요. 그도 그만의 것이 있다는 건 존중받을 일이니까요. 퍼스널이 여러분의 다양성을 응원하겠습니다.

10월 2일

손님들이 어디서 보고 온 건지 자꾸 미대 오빠가 내려주는 커피를 찾습니다만, 안타깝게도 저는 미대 근처에도 안 가봤습니다. 미대 라.. 저도 4b연필 잡은 손을 살포시 뒤에서 감싸 쥐고 데생을 가르 쳐주고 싶지만, 미대를 나오지 않은 유부남 아저씨가 알려줄 수 있 는 건 '음주학개론'정도가 다네요. 음주가 질 좋은 독서에 미치는 영향이라든가, 진토닉과 인류애의 상관관계라든가 하는 것들 말이죠. 아무튼 미대 근처에도 안 가본 오빠가 내려주는 라떼 마시기 좋은 날씨입니다.

10월 1일

성차별은 물론, 성소수자에 대한 차별 또한 사라져야 한다고 생각하지만, 퍼스널의 화장실에서만큼은 성차별을 하고 있습니다. 비록 남녀 공간이 구분되어 있긴 하지만, 세면대 등 공유하는 것들이 있는 만큼 여성분들이 화장실에 갔을 땐 남자분들께선 밖에서 대기해 주세요. 남자들도 볼일을 볼 때 다른 칸에서 인기척이 느껴지면 신경이 쓰이잖아요. 그동안 전국 각지의 환경 미화 이모님들께서 남자분들의 '작은'비밀을 지켜주신 만큼, 여성분들을 조금만 더 배려해 주시면 감사하겠습니다.

9월 29일

어렸을 때, 제가 국민학생에서 초등학생이 되었을 때쯤 말이죠. 친구네 집에서 전과를 펼쳐보게 된 일이 있었어요. 거기엔 지금껏 제가 열심히 풀어왔던 교과서의 답안이 한 문제도 빠짐없이 적혀 있었습니다. 그야말로 신세계였죠. 평소였으면 30분은 족히 걸렸을 그날의 숙제를 30초 만에 받아 적고는 친구와 나가 뛰어 놀 수 있었어요.

그런데 그날 오후 내내 어찌나 기분이 이상하던지, 즐거워야 할 친구와의 술래잡기가 영 마음에 차질 않았습니다. 답을 똑똑히 두 눈으로 확인했음에도, 오히려 그것을 보기 전보다 모르는 것이 많아진 느낌이 들었어요. 일종의 상실감 같은 것이 가슴 한편을 가득 채웠죠.

정답, 그것이 도대체 뭘까요? 우리의 삶에 정답이란 것이 존재하기는 할까요? 물론 모든 것에 답이 있어 실수를 하지 않고, 곤경에 빠짐없이 살 수 있다면 아픔 또한 없을 수 있을 겁니다. 하지만 그날, 처음으로 전과에서 답을 베껴 썼던 그날 이후 저는 두 번다시 전과에 손을 대지 않았죠. 때론 숙제를 하지 않아 혼도 나고, 오답투성이 답안지로 누군가를 실망시킬 때도 있었지만, 결코 전과만큼은 들쳐보지 않았습니다. 어른이 된 지금도 마찬가지에요. 내가 한 선택이 오답일지도, 이 실수가 내게 아픔이 될지도 모른다는 생각을 하면서도 되도록이면 마음이 가는 대로 따르려 노력하고 있죠.

글쎄요. 제가 잘하고 있는 건지 저도 잘 모르겠습니다. 하지만 그날 전과를 펼쳐보고 배웠던 것, 아니 살면서 저지른 숱한 실수들로부터 배운 게 있다면 말이죠. 실수를 극복하면서 겪게 된 경험들이야말로 스스로를 충만하게 해준다는 사실입니다. 내가 좀 더 나은 사람이 될 수 있다는 믿음, 내가 좀 더 나은 사람이 되어가고 있다는 기쁨보다 스스로에게 원동력이 될 수 있는 것이 또 있을까요. 퍼스널이 모두에게 정답인 카페는 아니겠지만, 그저 실수를 두려워하지 않는 마음으로 나아가고 있다고 말씀드리고 싶네요.

9월 28일

퍼스널에서는 최고의 커피를 선보이지 않습니다. 적당히 내려, 적당히 제공할 뿐이죠. 바리스타의 스트레스 없이 내려진 청정 커피를 편안히 즐겨보세요. 근래 들어 카페에서는 보기 드문 엉덩이 편한 의자들이 여러분의 여유를 길게 지켜드릴 겁니다.

커피가 적당히 맛있고, 엉덩이가 아프지 않은 카페, 퍼스널입니다.

9월 27일

퍼스널은 컨셉이 아니라 취향입니다.

간혹 서로 일적인 관계로 보이는 분들이 우르르 들어와서는, 퍼스널을 두고 컨셉을 잘 잡았다고 말씀하실 때가 있습니다. 글쎄요. 일단 칭찬으로 해주신 말씀들인 만큼 감사하게 생각합니다만,

그럴 때면 내심 마음이 울적해지곤 해요. 제게 퍼스널이란 공간은 의도보다는 의지를 가지고 만들어 낸 곳이기 때문이죠. 얄팍한 수로 누군가의 지갑을 열고자 했던 것이 아니라, 세상에 이런 공간이 하나쯤은 필요하지 않을까 하는 마음에서 시작한 일이었습니다. 농을 진으로 받아들여도 아쉬움이 남지만, 진심이 농담으로 받아들여졌을 때의 아쉬움이 더욱 큰 것만 같네요.

하지만 그 또한 그분들의 취향이라고 생각합니다. 누구나 각기 다른 곳에 점 하나씩은 가지고 태어나듯, 모두의 취향이 같을 수는 없겠죠. 퍼스널은 다양한 취향을 존중합니다. 이 공간만의 편안한 분위기 속에서 나만의 취향을 즐겨보세요.

9월 26일

모든 것이 늘 마음먹은 것처럼 쉽게 이뤄지진 않습니다. 매년 연말이면 연초에 했던 다짐들을 떠올리며 한숨짓고, 매일 밤 잠들기 전 그리도 이불을 차대는 것 또한 그 때문이겠죠. 저 역시 그림을 그리다 수없이 많은 펜들을 내동댕이쳐보았고, 글을 쓰려다 술만 퍼마셔본 게 한두 번이 아닙니다.

하지만 아침이 밝아오면 이불을 걷어내 하루를 시작하고, 다시금 새해가 돌아오면 새로운 목표를 다듬듯이 우리는 늘 마음먹은 것을 향해 나아가고 있습니다. 언제나 맨정신일 필요는 없습니다.

매일 목표를 되새기며 스스로를 재촉했다간 금세 기운이 빠져버릴 테니까 말이죠. 우리가 해야 하는 것은 새로울 게 없어 보이는 일상의 반복 속에서도 잘 해나가고 있다고 스스로를 믿어주는 것, 그것이 전부인지도 모르겠습니다.

9월 26일

어떻게 알았는지, 지인분들께 성토의 전화가 빗발치고 있습니다. 비밀이라고 할 만한 건 없었지만, 애써 주변에 알리지 않고 퍼스널의 문을 연 것 때문이죠. 사실 가족들조차도 아내의 귀띔이 아니었다면 여전히 모르고 있었을 지도 몰라요. 아내의 배신으로 혼이 좀 나긴 했습니다만, 덕분에 외할머니께 금일봉을 받았으니 이를 고마워해야 할지, 서운해해야 할지 헷갈리네요.

아무튼 소리 소문 없이 퍼스널을 시작한 것에 대해 주변 지인분들께는 죄송한 마음뿐이지만, 저로서는 어쩔 도리가 없었습니다. 이 또한 저의 취향이기 때문이죠. 누구도 이 공간으로 인해 마음이 무거워지길 바라지 않았습니다. 저를 알고 찾아오신 분들도, 또 우연히 찾아오신 분들도 하나같이 편히 머물다 가실 수 있는 공간이 될 수 있도록 최선을 다하고 싶습니다.

근래 들어 혹자들은 인생살이에서 중요한 건, 최선을 다하는 게 아니라 잘 하는 것이라고들 하던데요. 글쎄요, 제 생각은 다릅니다. 잘 하는 것 역시 중요하겠지만, 최선을 다하는 것보다 값진 게 또 없죠. 퍼스널과 연이 닿는 모든 분들께서 최선을 다해 스스로 충만한 하루 보낼 수 있기를 바랍니다.

9월 25일

공지합니다. 10월 5일, 토요일에 퍼스널의 오픈 파티가 예정되어 있습니다. 일정 관련해 많은 분들이 내어주신 소중한 의견들 모두 고맙습니다. 카드 단말기도 없이 시작했던 첫 출발로부터 한 달째 되는 날, 여러분의 성원에 보답할 수 있는 하루가 되었으면 좋겠네요. 부담 없이 오셔서 소소한 시간 함께해주세요.

〈퍼스널의 지극히 개인적인 파티〉

각자의 취향을 소개하고, 새로운 세계를 엿보는 파티입니다. 자신의 세계에 사람들을 초대할 수 있는 어떤 이야기라도 좋아요. 좋아하는 물건, 음악, 책, 유형이든, 무형이든, 물질이든, 비물질이든 당신의 취향을 오롯이 드러낼 수 있는 것에 대한 이야깃거리를 하나씩 가져와 주세요. 특별한 취향이 없어서 걱정이라면, 그저 털어놓지 못했던 고민거리를 함께 공유하셔도 된답니다. 아, 물론 그저 몸만 오셔서 자리를 즐겨주셔도 되니 쑥스러워 마시고요.

지극히 개인적인 취향을 꺼내 다 함께 공감할 수 있는 퍼스널한 파티에, 여러분을 초대합니다.

9월 21일

이런 걸 전문 용어로 '효자 상품'이라고 하죠. 퍼스널에서 이지토스트는 애플에서 아이폰은.. 좀 허풍 같고, 아이팟 팔리듯 팔리고 있습니다. 사실 개인적으로 라떼를 좋아하는지라 라떼에 초점을 두고 원두까지 골랐는데, 아메리카노 다음으로 손님들의 선택을 많이 받는 건 다름 아닌 이지토스트네요. 몇몇 손님들은 그냥 토스트 가게를 차리는 것이 어떻겠냐고 농반진반의 우스갯소리도 하신답니다. 그러다 보니 얼마 전에는 타 카페 직원으로 보이는 분들이 오셔서 해체까지 해가며 연구를 해간 일도 있었네요. 허허, 웃어야 할지 울어야 할지.

이지토스트에 비밀 같은 건 없습니다. 빵 사이에 햄과 치즈를 넣고 구워낸 게 전부인데, 비밀 같은 게 숨어든다는 것 자체가 어불성설이 아닐까 싶네요. 쉽게 만들고, 쉽게 드시라고 만들어낸 이 메뉴는 사실, 제가 호주에 있을 때 만들어 먹던 것입니다. 장사를 위해 개발한 음식이 아니라, 생활 양식인 셈이죠. 적어도 저에게 만큼은 말입니다.

호주에서 제가 살던 곳은 말이 호주지, '타즈매니아' 주의 깡촌이었습니다. 장을 보려면 고속도로를 타고 30분쯤 달려야 하는 곳이었죠. 쌀이야 한 포대 사두면 몇 달이고 걱정할게 없었지만, 다른 재료들은 그렇지 않았습니다. 국거리 몇 개 산다고 한 시간여를 고속도로에서 허비하는 것도 마땅치 않은데다, 그나마 판매하는 재료들 역시 한국과는 달랐어요. 그래서 그냥 토스트나 만들어 먹었던 겁니다.

마침 당시에는 독립영화를 만들던 때라, 편집 작업을 하면서 금세 하나 구워내 먹기엔 그만한 게 없었어요. 든든히 배를 채울 수 있으면서, 간편히 만들 수 있는 방법을 찾다 보니, 지금의 이지토스트가 탄생하게 되었죠. 퍼스널에서 판매 해야겠다 결정하게 된 것 또한 같은 연유입니다. 많은 분들이 여유 있게 시간을 보내고, 각자의 작업을 하면서도 먹을 수 있는 메뉴를 팔면 좋겠다고 생각했거든요.

이렇듯 이지토스트는 촉촉 바삭한 사연이 있는 메뉴랍니다. 사람들이 생각하는 것만큼 대단한 레시피는 없지만, 직접 겪고 느낀 바를 바탕으로 만들어 낸 것인 만큼 특히 애정이 가는 메뉴죠. 그 마음 부끄럽지 않게 좋은 재료만 쓰도록 하겠습니다. 쉽게 만들어 드릴게요, 부디 쉽고 맛있게 드시길 바라요.

단출한 메뉴판은 컨셉이 아니라 취향입니다만, 사실 퍼스널의 메뉴는 결코 단출하지 않답니다. 공간에 걸려있는 대부분의 액자들과 포스터들 또한 판매 중인 상품이기 때문이죠.

그간 이 공간을 운영하면서 가장 많이 들었던 질문이, '전시된 그림의 작가가 누구냐' 하는 것이었습니다. 그만큼 많은 분들이 예술 소비에 관심 있다는 것이겠죠. 일단 지금 준비된 작품들은 대부분 저의 것들이긴 하나, 퍼스널의 목표는 다양한 작가님들의 작품을 전시하고, 그로 인해 발생한 수익으로 공생을 하는 것입니다.

공간 기획을 하면서 가장 우선시 되었던 것은, 남들보다 맛 좋은 음료나 감 좋은 연출을 뽐내보고자 하는 것이 아니었어요. 그저 다양한 사람들이 모여들어 함께 즐기고, 각자의 역량을 존중할 수 있는 장소를 만들어보고자 했을 뿐이죠.

재기발랄하고 역량 있는 작가님들을 찾는다는 웃기는 소리는 하지 않겠습니다. 취향을 공유하고, 서로에게 힘이 되어줄 수 있는 분들이 있다면 언제든 퍼스널을 찾아주세요.

9월 18일

퍼스널은 컨셉이 아닙니다. 취향입니다.

이 공간을 연지 벌써 2주 가까운 시간이 흘렀네요. 무난한 시간들이었다고 생각합니다. 공간을 준비하면서 스스로 예상하지 못했을 만큼 많은 분들이 다녀가 주셔서 외롭지 않은 시간이었어요. 더구나 그분들이 하나같이 젠틀하고, 취향의 공감대가 형성되는 분들이라 행복했답니다. 정말이지 취향의 공감이 주는 안도감만큼 따스한 것이 또 있을까요.

입구를 찾기 어려운 것도, 메뉴가 단출한 것과 좌석들을 벽으로 붙이지 않은 것까지도 얄팍한 컨셉이 아닌 두텁게 축적된 취향이려니 이해하고 즐겨주시는 분들이 있다는 것이 제게는 그저 신나는 일입니다. 성큼성큼 가을의 보폭이 커진 오늘, 변함없이 컨셉이 아닌 취향으로 여러분을 맞이 할게요.

쪼물딱 쪼물딱 하지 않아요. 그저 기본은 하려 합니다.

메뉴 사진은 아니에요. 잔에 담긴 건, 그저 누군가의 아침밥 정도
가 되겠네요. 이 사진에서 주인공은 요거트가 담겨있는 커피잔이
랍니다. 사진으로는 잘 보이지 않지만, 저 커피잔에는 수많은 반점
들이 찍혀있죠. 퍼스널의 공식 '못난이'랍니다. 아마 제작 과정에
서 누군가의 부주의로 생겨난 자국들이 아닐까 싶어요.

퍼스널에 잔과 컵이 들어오던 날, 박스에서 꺼내든 이 녀석을 보고 잠시 일을 멈추게 되었었죠. 고민을 하지 않았다면 거짓말입니다. 녀석을 데리고 소파에 가 앉아, 시간을 들여 가만히 지켜보았었어요. 사실 집에서 쓸 물건이었다면 그저 "운이 나빴다" 생각하고 넘어갔을 테죠. 하지만 이 커피잔들은 퍼스널에서 손님들께 제공 될 녀석들이었기에, 단순히 먹는데 지장 없다 눈 감을 순 없었습니다. 결국 '못난이'는 제 전용잔이 되었어요. 이 녀석 입장에서 보자면, 한평생을 제 입술에만 와닿게 생긴 겁니다.

그것이 불만이라 해도 어쩔 수 없어요. 남과 다르다는 건 결국, 스스로 감내해야 할 숙명과도 같은 것이니까요. 퍼스널에게는 퍼스널만의 역할이 있습니다. 퍼스널이 '스타벅스'를 대신 할 순 없죠. 사람도 마찬가지, 나의 다름은 온전히 나만의 것입니다. 쌍둥이 조차도 서로 똑같을 수 없어요. 우린 누구나 남과 다른 면을 가지고 살아가죠. 중요한 건 선택의 문제입니다. 그것을 내 안의 밝고 따뜻한 부분으로 새겨둘지, 어둡고 차가운 부분으로 남겨둘지는 어디까지나 우리 스스로의 몫이란 걸 잊지 마세요.

혹시 모르죠. '못난이'도 제 입술만을 바라고 원할지도.

9월 11일

불과 몇 년 전까지만 하더라도 저 역시 '앙리 마티스'의 신봉자 중

한 명이었습니다. 그는 제가 서른의 나이에 그림을 그려야겠다고 마음먹게 만든 장본인 중 하나였죠. 지금도 동시대 라이벌로 꼽히는 '피카소'와 '마티스' 중 한 명의 손을 들어주라고 한다면, 저는 주저 없이 후자의 손을 들어줄 겁니다.

하지만 어느 날부터인가, 그의 그림들이 너무나 흔해지더군요. 인테리어 소품을 파는 온라인 마켓들은 경쟁을 하듯 그의 그림들을 찍어댔고, 덕분에 거리에는 그의 그림이 걸려있지 않은 가게를 찾는 것이 더 빠를 지경이 되었습니다. 그 뒤로 제 안에는 그에 대한 반항심이 자리 잡아, 카페나 레스토랑에서 그의 그림을 마주치게 될 때면 매몰차게 고개를 돌려버리곤 해요. 유치하지만, 정말 그렇죠.

하지만 제가 스스로 유치하다는 걸 알면서도 그렇게 고집 부리는 건, '마티스'의 그림 만큼이나 '에밀 놀데'와 '사이 톰블리'의 그림 또한 위대하다고 생각하기 때문입니다. 세상에는 수없이 많은 그림들이 존재하며, 그 각각의 것들은 저마다의 매력을 가지고 있어요. 그렇기에 우리 개개인의 취향은 어떤 방식으로도 강요 받거나, 취합 되어서는 안 되죠.

퍼스널의 라떼는 '라떼 아트' 없이 제공됩니다. 스팀 밀크로 그려낸 수려한 그림들이 익숙한 분들의 입장에서는 당혹스러울 수도 있어요. 하지만 그것이 커피의 맛을 결정하는 잣대가 되거나, 카페의 세련도를 측정하는 기준이 되어서는 안 된다는 것이 퍼스널의 입장이죠. 카페 열 곳 중 아홉 곳이 '라떼 아트'에 공을 들여도, 이 공간에서 만큼은 다른 방식을 추구할 생각입니다.

　누군가의 눈에는 푸어 방식으로 낸 라떼가 '마티스' 그림 한 점 없이 문을 연 카페처럼 와 닿지 않을 수도 있겠지만 말이죠. personal의 선택은 유행이 아닌 취향입니다.

9월 10일

"혹시 여기에 높고 단단한 벽이 있고, 거기에 부딪쳐서 깨지는 알이 있다면, 나는 늘 그 알의 편에 서겠다."

　제가 좋아하는 작가 중 하나인, '무라카미 하루키'씨의 말입니다. 아니, 마음이라고 해야 할까요. 평소에도 취향의 닮음을 종종 느끼는 편이었는데, 이 글에서는 취향을 넘어선 뭔가 좀 더 밀착된 공감이 일었습니다. 이건 스스로를 좋은 사람이라고 말하는 과는 다른 종류의 이야기입니다. 그래요, 바위에 깨어진 달걀의 편에 선다는 건 선함보다는 용기를 필요로 하는 일이니까요. 품었던 마음을 놓지 않는 용기가 제 마음에서 떠나지 않기를 바랍니다.

　퍼스널 로고의 숫자 '1'은 무엇으로도 대체할 수 없는 각각의 나 자신을 의미합니다. 이곳에서만큼은 온전히 나 자신만을 위한 시간을 가져보세요. 'easy mood, take personality.' 라는 캐치프레이즈처럼, 퍼스널은 여러분의 개인적인 '무엇'을 위해 편안한 분위기를 제공해드립니다. 채움보다 여백을, 보이는 화려함보다 기본의 충실함을 택한 마음이 고스란히 전해지길 바랄게요.

9월 9일

노을은 늘 보이는 것만큼 담기지 않는 것 같아요. 창이 많은 퍼스널에서는 시시각각 바뀌는 빛의 변화를 느끼기 좋답니다. 날이 좋아 낮술이 몹시도 당기는 순간, 날이 흐려 묵묵히 커피 한 잔 마시고 싶은 순간, 퍼스널에 오셔서 자신만의 시간을 가져보세요.

9월 8일

퍼스널의 커피는 '커피 리브레'의 원두를 사용합니다. 만약 커피가 맛있으셨다면, 그건 순전히 원두 덕분이죠. 반대의 경우도 마찬가지예요. 그것 또한 순전히 원두 때문입니다, 는 농담인 거 아시죠?

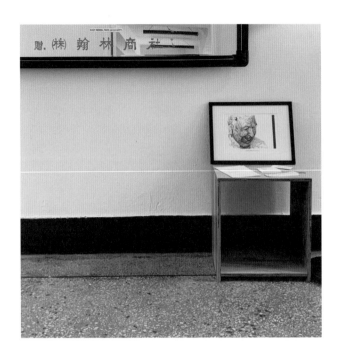

어릴 때만 해도 거리 곳곳에서 심심찮게 한자를 발견할 수 있었는데, 이제는 신문에서나 간혹 찾아볼 수 있게 되었네요. 퍼스널 입구에 있는 거울은, 이전 세입자였던 '아림 상사'가 받았던 개업선물을 그대로 달아 둔 것입니다. '아림 상사'는 지난 30여 년간 남태평양을 누비며 목재를 수입하던 회사로, 연로하신 사장님께서 은퇴하시며 문을 닫게 되었고, 그렇게 퍼스널은 이곳에 터를 내릴 수 있었죠.

각각의 역사가 묻어있고, 사연이 담긴 것들을 좋아하는 저는 퍼스널 곳곳에 그 시절의 물건들을 그대로 남겨두었습니다. 그중 가장 먼저 여러분을 맞이하는 건, 바로 저 거울이죠. 혹 한자를 잘 아신다면 거울 속에 남은 '아림 상사'의 흔적을 찾아보세요. 물론 저처럼 한자에 밝지 않은 사람도 한두 글자 정도는 충분히 읽어낼 수 있을 만큼 어렵지 않은 글자들로 되어있으니, 걱정은 내려두시고 말입니다.

태풍보다 먼저 커피잔이 도착했고, 두 시간 꽉 채워 설거지를 해야
했던 저의 두 손은 메마르고 거칠어졌습니다.

뭐, 그렇다고요.

오늘, 카드 단말기가 없네요. 현금 없는 분께는 커피를 못 드립니다. 마음 편히 오세요. 제 마음이 불편하니까.

나 는 왜 말 이 많 은 가

초판 1쇄 인쇄   2022년 2월 22일
초판 1쇄 발행   2022년 3월 2일

지은이   박보현
기획/편집   다이하드커피클럽
디자인   성지나

펴낸곳   다이하드커피클럽
주소   부산광역시 수영구 수영로666번길 60, 2층
메일   book@diehardcoffeeclub.com

ISBN 979-11-977943-0-8